Katja Brandis

Woodwalkers – Die Rückkehr

Das Vermächtnis der Wandler

Bücher von Katja Brandis im Arena Verlag:
Woodwalkers. Carags Verwandlung
Woodwalkers. Gefährliche Freundschaft
Woodwalkers. Hollys Geheimnis
Woodwalkers. Fremde Wildnis
Woodwalkers. Feindliche Spuren
Woodwalkers. Tag der Rache

Woodwalkers and Friends. Katzige Gefährten
Woodwalkers and Friends. Zwölf Geheimnisse
Woodwalkers and Friends. Wilder Kater, weite Welt

Seawalkers. Gefährliche Gestalten
Seawalkers. Rettung für Shari
Seawalkers. Wilde Wellen
Seawalkers. Ein Riese des Meeres
Seawalkers. Filmstars unter Wasser
Seawalkers. Im Visier der Python

Die Jaguargöttin
Khyona – Im Bann des Silberfalken
Khyona – Die Macht der Eisdrachen
Gepardensommer
Koalaträume
Delfinteam. Abtauchen ins Abenteuer

Katja Brandis, Jahrgang 1970, hat Amerikanistik, Anglistik und Germanistik studiert und als Journalistin gearbeitet. Schon in der Schule liehen sich viele Mitschüler ihre Manuskripte aus, wenn sie neuen Lesestoff brauchten. Inzwischen hat sie zahlreiche Romane für Jugendliche veröffentlicht, zum Beispiel *Khyona, Gepardensommer, Die Jaguargöttin* oder *Ruf der Tiefe.* Bei der Recherche für Woodwalkers im Yellowstone-Nationalpark lernte sie eine Menge Bisons persönlich kennen, stolperte beinahe über einen schlafenden Elch und durfte einen jungen Schwarzbären mit der Flasche füttern. Sie lebt mit Mann, Sohn und drei Katzen, von denen eine ein bisschen wie ein Puma aussieht, in der Nähe von München.
www.woodwalkers.de | *www.seawalkers.de*

Katja Brandis

Woodwalkers

Die Rückkehr

Das Vermächtnis der Wandler

Zeichnungen von Claudia Carls

Arena

Für Sabine

Ein Verlag in der Westermann Gruppe

RECYCLED
Papier aus Recyclingmaterial
FSC® C110508
FSC www.fsc.org

www.blauer-engel.de/uz195
• ressourcenschonend und umweltfreundlich hergestellt
• emissionsarm gedruckt
• überwiegend aus Altpapier
MI6
Dieses Druckprodukt ist mit dem Blauen Engel ausgezeichnet

1. Auflage 2022

Dieses Werk wurde vermittelt durch die
Autoren- und Projektagentur Gerd F. Rumler (München).
Cover und Innenillustrationen: Claudia Carls

Gesamtherstellung: Westermann Druck Zwickau GmbH
Gedruckt in Deutschland

ISBN 978-3-401-60640-8

Besuche uns auf:
www.arena-verlag.de

@arena_verlag
@arena_verlag_kids

Inzwischen kann ich ziemlich gut verbergen, dass ich nicht nur ein blonder Junge mit grüngoldenen Augen bin, sondern in zweiter Gestalt auch ein Puma. Mein erstes Schuljahr am geheimen Woodwalker-Internat Clearwater High habe ich dank der Nachprüfung im Fach Tiersprachen geschafft und es war toll, die Sommerferien mit meiner wunderbaren Polarwölfin Tikaani zu verbringen. Jetzt bin ich gespannt, was sich die Lehrer für unser zweites Schuljahr ausgedacht haben. Und natürlich, ob meine Schwester Mia, die bisher als wilder Puma in den Bergen gelebt hat, sich in der neuen Erstjahresklasse wohlfühlen wird! Manchmal muss ich an Andrew Milling denken, meinen schlimmsten Feind, der nach seinen Angriffen auf die Menschen zu einer lebenslänglichen Strafe verurteilt worden ist. Aber wieso sollte ich noch Angst vor ihm haben? Er ist für sehr lange Zeit eingesperrt in einem der Gefängnisse des Rats, dem »Tierpark« Sunny Meadows ...

Prolog

Andrew Milling

Es war erniedrigend, angeglotzt zu werden wie ein Zootier, doch daran hatte er sich gewöhnt. Niemals würde er sich daran gewöhnen, dass der Rat ihm seine Verwandlungsfähigkeit genommen hatte, niemals! Er war der mächtigste Woodwalker des amerikanischen Westens gewesen – und irgendwann würde er es wieder sein.

»Schau mal, Mama, ein Löwe«, rief ein Junge jenseits der Wand aus dickem Panzerglas. »Sieht echt flauschig aus!«

»Nein, mein Schatz, das ist kein Löwe – das ist ein Puma«, erklärte die Mutter. »Aber es stimmt, manche nennen sie Berglöwen.«

Andrew Milling ignorierte die beiden, ging auf seinen großen Pranken durch das Gebüsch hinüber zum Teich, kauerte sich nieder und trank. Wäre er frei gewesen, er hätte diese Menschen innerhalb von Sekunden reißen können. Doch er wusste aus Erfahrung, dass die Absperrungen – über die sich manche Besucher wunderten – ausbruchsicher waren. Die Insassen mit milden Strafen hatten Freigehege, die sich von denen eines gewöhnlichen Tierparks auf den ersten Blick kaum unterschieden, doch sein eigenes Gehege war maximal gesichert. Sogar zwischen ihm und dem Himmel waren Metalldrähte gespannt, die unter Strom standen, damit kein fliegender Wandler darauf landen oder ihm jemand von draußen Ausrüstung zuwerfen konnte. Nicht dass er damit hätte viel anfangen können, schließlich musste er damit klarkommen, nur noch Pfoten zu haben statt Hände.

»Huhu, Puma! Schau mal zu mir her!«, schrie der Junge nun und hämmerte mit den flachen Händen gegen die Glasscheibe. »Puuuuma! Hier, Katzi, schau hierher!«

Das nervte und gerade war kein Wächter in der Nähe, um es zu verhindern.

Also wandte Andrew tatsächlich den Kopf und schickte dem Gör einen durchdringenden Blick. Erschrocken wich der Junge zurück, wetten, dem hämmerte das Herz wie wild? Immerhin, er war klug genug, die Gefahr zu spüren. »Können wir jetzt zu den Elchen gehen?«, fragte er und klammerte sich an die Hand seiner Mutter.

»Ja natürlich, mein Schatz. Magst du noch einen Schokoriegel?«

Vor Neid grub Andrew mit den Krallen tiefe Furchen in den nächstbesten Baumstamm. Andere Woodwalker-Häftlinge, bestimmt auch sein ehemaliger Kommandeur Lominga – ein Elch in zweiter Gestalt –, durften sich nachts, wenn alle Besucher Sunny Meadows verlassen hatten, verwandeln und in erster Gestalt menschliche Dinge tun: eine Cola trinken, mit anderen Häftlingen Karten spielen, eine Zeitschrift lesen. Nur er und einige wenige andere waren in der zweiten Gestalt eingefroren worden.

Die Geräte, die Dämpfer genannt wurden, verhinderten, dass er Gedankenkontakt mit anderen Gefangenen aufnehmen konnte. Selbst zu den Hirschen und Füchsen nebenan kam er nicht durch, obwohl seine Fähigkeit, von Kopf zu Kopf zu sprechen, schon immer stark gewesen war. So verhinderte dieser verfluchte Rat, dass er gemeinsam mit seinen Getreuen, die ebenfalls in Sunny Meadows gelandet waren, neue Pläne schmiedete. Sicher war den Ratsmitgliedern klar, dass er sie vernichten würde dafür, dass sie seine Pläne durchkreuzt und ihn hierher verbannt hatten.

Doch heute war irgendetwas anders. Nur was? Rastlos pirschte Andrew Milling durch die sorgfältig mit Büschen und Bäumen bepflanzte Anlage, bis er herausgefunden hatte, was es war.

An der Südseite seines Geheges war einer der Gedankendämpfer – ein silberner Zylinder, etwa so groß wie eine Colaflasche – defekt.

Da war sie, seine Gelegenheit!

Wie lange würde es dauern, bis sie herausfanden, dass das Ding kaputt war, und es austauschten?

Den ganzen Tag über lauschte er, streckte seine Sinne aus. Versuchte zu spüren, ob unter den Besuchern des Tierparks ein Wandler war. Hoffte, wartete. Hin und wieder kamen ehemalige Getreue, er erkannte sie an dem tiefen Respekt, mit dem sie ihn betrachteten. Vielleicht würde heute einer von ihnen kommen, ja, ganz bestimmt!

Am Nachmittag schlenderte ein etwa sechzigjähriger Mann mit einer lächerlichen rot-grünen Kappe und einem kleinen Mädchen an der Hand vorbei. Er war ein Woodwalker, das war deutlich zu spüren. Nein, der war nicht der richtige, ältere Leute waren zu vorsichtig, zu skeptisch. Falls der Mann nicht wusste, dass er selbst kein normaler Mensch war, würde es zu lange dauern, es ihm zu erklären, und wahrscheinlich würde er es nicht glauben.

Gegen Abend horchte Andrew Milling noch einmal auf, als eine blonde, in ein weißes Prada-Kostüm mit pfirsischfarbener Bluse gekleidete Frau vor der Panzerglaswand stehen blieb. An ihrem Handgelenk glänzte eine brillantenbesetzte Armbanduhr. Sie fühlte sich an wie eine Wandlerin und die Art, wie sie ihn fasziniert – und irgendwie *wissend* – anstarrte, verriet ihm, dass sie sehr wahrscheinlich seine Geschichte kannte. Sollte er mit ihr Kontakt aufnehmen? Doch es war schwer, ihren Gesichtsausdruck zu deuten, womöglich fühlte sie Abscheu vor ihm. Es war zu riskant, sie anzusprechen.

Mit einem eigenartigen Lächeln nickte sie ihm zu, dann stöckelte sie auf ihren teuren, hochhackigen Schuhen davon.

Er hatte Glück, auch am zweiten Tag hatten seine Wächter noch nicht gemerkt, dass der Dämpfer defekt war. An diesem Tag kam zwar keiner seiner früheren Getreuen, aber jemand, der fast genauso gut passte. Ein Mädchen, vielleicht dreizehn, mit frischem Gesicht, die Wangen gerötet von der kühlen Morgenluft der Rocky Mountains. Arglose blaue Augen betrachteten ihn neugierig. Sie war eindeutig ein Woodwalker, so wie auch ihr Vater, doch er hatte das Gefühl, dass sie sich bisher beide nicht verwandelt hatten. Ihre Mutter und der kleine Bruder fühlten sich an wie normale Menschen.

»Oh wow, ist das ein großer Puma – schaut mal«, sagte das Mädchen und blieb stehen, beobachtete ihn. »Raubkatzen sind einfach so *cool!*«

»Ja stimmt«, meinte ihre Mutter und hob ihr Smartphone, schoss ein paar Fotos. »Ein prachtvoller Kerl. Aber ganz schön viele Narben hat er, der hat wohl in der Wildnis gerne gekämpft!«

Sie wussten nicht, wer er war. Perfekt.

Andrew Milling wandte den Kopf, um die kleine Familie mit seinen Katzenaugen anzusehen, und verbannte die mörderische Wut tief in sein Inneres. Es durfte nichts schiefgehen. Schon heute konnten die Angestellten merken, dass der Dämpfer nicht richtig funktionierte, vielleicht war das hier seine einzige Chance. Als die Eltern mit dem jüngeren Bruder weitergingen, schickte er dem Mädchen ein lautloses *Hallo* in den Kopf.

Verblüfft blickte sie sich um. »Hallo?«, fragte sie ratlos. »Ist da jemand?«

Kein Mensch war in der Nähe.

ICH habe das gesagt, sagte Andrew Milling. *Der Puma.*

Mit offenem Mund starrte das Mädchen ihn an.

Mein Name ist Andrew. Wie heißt du?

»Kim... Kimberley«, stotterte das Mädchen und blickte sich noch immer ungläubig um. Durch die Glasscheibe konnte er sie nicht wittern – was für ein Tier konnte sie in zweiter Gestalt sein? Sie fuhr fort: »Wieso ... kannst du sprechen? Bist du ... ein magisches Tier?«

So was in der Art, meinte er und ließ seinen Blick einen Moment lang traurig zum Horizont schweifen. *Schon seit Juni bin ich hier gefangen. In einem viel zu kleinen Gehege, obwohl ich die Freiheit der Berge gewohnt bin.*

»Oje, das ist wirklich schlimm.« Sie schenkte ihm einen mitleidigen Blick.

Aber jetzt bist du gekommen, fuhr er fort. *Endlich!*

»Ich ... du meinst, du hast auf mich gewartet?« Er sah, wie das Mädchen die Luft anhielt.

Ja, genau auf dich, weil du vielleicht die Einzige bist, die mir helfen kann, verkündete Andrew Milling feierlich. *Schon vor langer Zeit haben die Weisen vorhergesagt, dass du kommen würdest ... wenn der Abendstern besonders hell strahlt, nachts eine Mondsichel am Himmel steht und ich einen Schwalbenschwanzfalter sehe. Und genauso war es auch!*

»Kim! Wo bist du?«, hörte er ihre Eltern rufen. Verdammt.

»Komme gleich!«, erwiderte das Mädchen, strich sich das schulterlange braune Haar aus dem Gesicht und wandte sich dann mit glänzenden hellblauen Augen ihm zu. »Was kann ich tun?«

Er erklärte es ihr ganz genau – und fügte hinzu: *Das alles muss unser Geheimnis bleiben, verstehst du? Das ist sehr, sehr wichtig!*

Feierlich legte Kimberley die Hand aufs Herz. »Natürlich. Ich verrate niemandem etwas. Nichts, kein Wort!«

Sie war so eine arme, dumme Gans.

Zwei Pumas sind keiner zu viel

Du stinkst, Carag, sagte meine große Schwester Mia zu mir, als wir uns in den Bergen westlich von Jackson Hole trafen.

Was für eine nette Begrüßung! Wer hatte sie denn darum gebeten, ihren großen zimtfarbenen Raubkatzenkopf an meinem zu reiben? *Ach wirklich,* gab ich zurück und verpasste ihr einen Prankenhieb mit eingezogenen Krallen. *Wonach denn?*

Nach Menschenzeug – nach Kräutern und irgendwelchen Früchten, beklagte sich Mia.

Als Mensch hätte ich gegrinst. Hätte ich mir ja denken können, dass sie meine Limette-Minze-Deo-Seife nicht mögen würde. *Ich habe geduscht. Heute ist schließlich ein wichtiger Tag, alle kommen aus den Ferien an die Schule zurück und die Neuen kreuzen auf. Sie sollen ja nicht gleich entsetzt wieder abhauen.*

Mia kräuselte die Schnauze. *Aber wenn du nach Früchten riechst, versucht vielleicht jemand, dich zu essen.*

Das muss er erst mal schaffen, gab ich zurück und zeigte ihr meine Fangzähne, die immerhin so lang waren wie ein Menschenzeigefinger. Bevor Mia sich beschweren konnte, dass auch die unnatürlich nach Minze rochen, lief ich ihr voraus und glitt über die Felsen, pirschte um eine Drehkiefer herum.

Dort trafen wir unsere Eltern, die sich natürlich von uns verabschieden wollten. *Friss möglichst keinen deiner Mitschüler,* meinte mein Vater; er lag als große Raubkatze quer über einem umgestürzten Baumstamm und spähte auf uns herab. *Denk dran, du musst bei einem Beutetier immer erst prüfen, ob es nicht etwa ein Woodwalker ist!*

Jaja, weiß ich – Carag hat mir die Schulregeln schon erklärt, meinte Mia ein bisschen genervt.

Willst du dich wirklich heute mit Carags Menschenfamilie treffen? Schnurrend schmiegte sich meine Mutter erst an mich und dann an Mia. *Sei unbedingt nett zu ihnen und denk dran, deine Krallen einzufahren!*

Ach, das wird schon klappen, meinte ich und war selbst ein bisschen aufgeregt bei dem Gedanken an diese Begegnung. Seit fast drei Jahren – seit ich mich entschieden hatte, nicht mehr als Puma, sondern als Mensch zu leben – wohnte ich nun bei den Ralstons in der kleinen Stadt Jackson. Erst seit Kurzem wussten sie, was und wer ich wirklich war. *Sie wollen übrigens nicht nur Mia, sondern euch alle kennenlernen, hab ich euch ja schon erzählt.*

Mein Vater antwortete gar nicht erst, warf mir nur einen *Ernsthaft?*-Blick zu. Er war überzeugt davon, dass die meisten Menschen ihm das Fell abziehen wollten. Obwohl ich wusste, dass meine Mutter sehr neugierig war auf meine Menschenfamilie, meinte sie diesmal nur: *Irgendwann werden wir alle bereit dazu sein.*

Bestimmt, sagte ich ein bisschen enttäuscht. *Kommst du, Mia?*

Ich war sehr gespannt, wie meine Schwester mit den Ralstons klarkommen würde; sie hatte nicht viel Erfahrung mit Menschen, weil sie bisher nur als Puma gelebt hatte. Deshalb legten wir den größten Teil des Weges auch in zweiter Gestalt zurück. Kleidung hatte ich schon für uns deponiert, wir mussten uns nur noch verwandeln und umziehen.

Doch als wir von der Hügelkette aus auf die Stadt Jackson herabblickten, blieb Mia plötzlich stehen, ihre Schwanzspitze pendelte unruhig. Dabei hatten wir noch nicht mal das Klamottenversteck erreicht.

Was ist?, fragte ich unruhig.

Deine Menschenfamilie ... das sind vier Menschen in einem Haus, oder? Ich muss in dieses Haus und sie machen die Tür hinter mir zu?

Wir können die Tür auch offen lassen – du wirst sehen, es wird sehr katzig, meinte ich und stupste sie mit der Schnauze an. *Sie freuen sich schon auf dich!*

Mia grub die Krallen in die Erde. *Einen Hund haben sie auch, hast du gesagt. Was ist, wenn der Hund mich anbellt und ich Panik bekomme und wegrenne?*

Na, dann kommst du eben wieder zurück, sagte ich und lief ein Stück voraus. Es nutzte nichts, sie kam mir nicht nach.

Ich glaube, ich will doch nicht, meinte meine Schwester. *Irgendwann mal vielleicht, zusammen mit Mama und Papa.*

Beim großen Gewitter! Sobald ich in der Clearwater High war, würde ich die Ralstons anrufen und ihnen absagen müssen. *Aber auf meine Schule willst du schon noch gehen?* Falls sie sich das auch noch anders überlegt hatte, musste ich ganz dringend irgendwas mit den Krallen zerfetzen!

Ja, das mit der Schule mache ich. Mia spähte entschlossen ins Tal.

Bevor sie noch mal drüber nachdenken konnte, führte ich meine Schwester aus den Bergen heraus zur garantiert geheimsten Highschool des ganzen Landes.

Nach und nach regte ich mich ab. Dass sich Mia nicht zu den

Ralstons getraut hatte, war schon in Ordnung, wir würden das nachholen. Es war unglaublich cool, dass wir in Zukunft beide auf die Clearwater High gehen würden! Lange genug hatte ich meine Pumafamilie vermissen müssen und nun würde Mia mein Leben teilen, endlich. Morgen, am Montag, war ihr erster Schultag. Sie war sechzehn und ich vierzehn. Drei Jahre war es nun schon her, dass ich zu den Menschen gegangen war. Damals hatte ich mich gegen ein Leben als Puma entschieden, weil die Menschenwelt mich fasziniert hatte. Es war schwer gewesen, dort Fuß zu fassen, aber es hatte sich gelohnt.

Ich blickte auf die Clearwater High hinab und freute mich darüber, dass sie aussah wie ein Teil der Natur. Von hier oben konnte ich die Lichtung sehen, auf der meine Freunde und ich gerne unsere Pausen verbrachten, und das Flüsschen in der Nähe glitzerte in der Septembersonne. *Hübsch, oder?,* fragte ich Mia stolz und sie nickte.

Wir überquerten den grasbewachsenen Parkplatz und liefen durch den Kiefernwald bis zum Eingang. Damit Menschen, die zufällig vorbeikamen, keinen Verdacht schöpften, war der Eingangsbereich der Schule aus Backstein und Glas konstruiert, über den großen Eingangstüren war der Schriftzug *Clearwater High* zu lesen.

Obwohl Mia schon einmal hier gewesen war – zum Besuchertag –, zögerte sie, als sie sich diesem Teil des Gebäudes näherte. *Wie halten es die Leute aus, den ganzen Tag in so einem Kasten zu verbringen?*

Ach, man gewöhnt sich dran, und keine Sorge, wir sind nicht den ganzen Tag drinnen, versicherte ich ihr, schleckte ihr beruhigend über die Schulter und hoffte, dass sie nicht noch mal einen Rückzieher machen würde. *Komm, wir laufen erst mal eine Runde um die Schule.*

Zum Glück sah der Rest der Clearwater High weniger nach Haus und mehr nach einem felsigen Hügel aus – die Oberfläche bestand aus großen, unregelmäßig übereinandergestapelten Granitquadern. Dort, wo ein bisschen Erde angeweht worden war, wuchsen Grasbüschel, Bärentraube und sogar ein paar Babykiefern.

Durch kleine und größere Fenster, viele von ihnen rund, konnte man in die Zimmer und Unterrichtsräume blicken. In der Mitte hatte das Schulhaus einen mit Bäumen bewachsenen Innenhof, in dem wir Verwandlungsunterricht hatten.

Etwas Kleines, Rotbraunes schoss auf mein Gesicht zu. *Carag! Da bist du ja endlich!*, rief das pelzige Etwas empört, zog an meinen Ohren und hüpfte zwischen ihnen auf und ab. *Weißt du, wie viele Stunden ich auf dich gewartet habe? Nein, nicht Stunden, sondern TAGE, nein, WOCHEN! Ich könnte einen ganzen Sack Nüsse verputzen, so viel Hunger hab ich wegen dir!*

Mia guckte verdutzt, aber ich freute mich einfach, meine beste Freundin wiederzusehen! *Ah, Holly, das Hektikhörnchen,* meinte ich und schüttelte gleichzeitig den Kopf, sodass das Pelztierchen in hohem Bogen davonflog. Geschickt fing ich Holly unter meiner Pranke und schnupperte an ihr. *Mhmm, ich glaube, ich hab auch Hunger, wie wäre es mit einem Snack?*

Gute Idee, sagte Mia, ohne mit einem Tasthaar zu zucken. Schließlich kannte sie Holly schon aus den Ferien.

Lass mich sofort los, du Mistmieze, schimpfte Holly und zappelte unter meiner Pranke, was angenehm kitzelte.

Ich tat ihr den Gefallen. Kaum hatte ich meine Pfote gehoben, da zischte meine beste Freundin schon davon. *Gerade sind ein paar Neue angekommen, wollen wir die abchecken?*

Sind Brandon und Tikaani schon da? Ich schaute mich um, doch weder mein bester Freund, der in zweiter Gestalt ein

Bison war, noch die tollste Polarwölfin der Welt waren gerade in Sicht. Beim großen Gewitter, ich vermisste sie!

Hab ich beide noch nicht gesehen, informierte uns Holly, setzte sich auf die Hinterbeine und schaute sich nach uns um. *Also, was ist, kommt ihr endlich oder wollt ihr euch lieber hier draußen langweilen, bis euch das Fell ausfällt?*

Mein Fell ist eh gleich weg, also kein Stress, sagte ich und zog mich hinter den Baum zurück, bei dem ich meine Klamotten deponiert hatte. Dort konnte ich mich in Ruhe verwandeln. Inzwischen brauchte ich mein selbst ausgedachtes »Zauberwort« *Timbuktu* nur noch selten, es klappte auch so, indem ich mir meine Menschengestalt vor mein inneres Auge rief. Schon spürte ich ein Kribbeln und das Fell verschwand von meinen Armen. Aus meinen Vorderpranken wurden wieder Hände, die pelzigen Ohren zogen sich an die Seiten des Kopfes zurück.

Mia stutzte zum Glück nur kurz, als sie mich als Jungen sah, roch an meinen Jeans und schmiegte sich dann schnurrend an mein Bein. Ich lächelte ihr zu und meine Schwester schnaufte. *Haha, du solltest dich mal sehen, mit so kleinen Zähnen hat ja nicht mal ein Wapiti Angst vor dir!*

»Und das ist auch gut so«, sagte ich und winkte Lou zu, die – gerade in ihrer Gestalt als hübsches Mädchen mit langen dunklen Haaren – auf die Schule zuging. Eine ganze Herde ihrer Wapitiverwandten war bei ihr.

Über mir flatterte etwas und ich freute mich, als ich unsere Rabenzwillinge erkannte – Shadow und seine Schwester Wing. »Na, guten Flug gehabt?«

Fedrig, gab Wing gut gelaunt zurück, hockte sich auf eine der offenen Türen und putzte sich das schwarz glänzende Gefieder. *Wann gibt's eigentlich Mittagessen?*

Ich musste lachen – die beiden waren unglaublich verfressen.

In der Eingangshalle, in der mittendrin ein lebender, menschendicker Ahornbaum wuchs, war ebenso viel los wie draußen. Ich winkte Mia zu, mir nach drinnen zu folgen, und leicht geduckt schlich sie neben mir her. Um sie zu beruhigen, legte ich eine Hand auf ihren hellbraunen Rücken. Verdammt, warum hatte ich sie nicht nachts hergebracht, wenn weniger Trubel herrschte?

»Oh hallo, Carag!« Das Maulwurfmädchen, das einen riesigen, ramponierten Koffer hinter sich herschleifte, kannte ich schon – es steuerte direkt auf meinen Lieblingslehrer James Bridger zu und fragte: »Aber ich kann doch diesmal ein Zimmer im Keller bekommen, oder?«

»Da sind eigentlich keine Schülerzimmer, aber ich werde schauen, was sich machen lässt«, versprach ihr mein Lieblingslehrer.

Neben ihr wurde gerade ein Mädchen mit glatten braunen Haaren von unserer Schulleiterin begrüßt. »Du bist Kimberley, nicht wahr? Herzlich willkommen!« Lissa Clearwater war eine Weißkopf-Seeadlerin und in Menschengestalt eine hochgewachsene, schlanke Frau mit geisterweißem Haar und leicht gebogener Nase. Sie hakte etwas auf ihrer Liste ab. »Was bist du noch mal in zweiter Gestalt?«

»Kanadagans«, sagte das Mädchen. »Ich weiß es erst seit ein paar Wochen und ...«

Ein nicht sehr großer, dunkelhaariger Junge mit eckigem Gesicht und Klamotten, die eine Nummer zu groß für ihn waren, drängte sich zu unserer Schulleiterin durch. »Und ich bin ein Ameisenlöwe«, unterbrach er lautstark das Gespräch.

Im ersten Moment sah ich eine dieser hellbraunen Katzen

vor meinem inneren Auge, mit denen ich mich im letzten Schuljahr herumgeschlagen hatte. Nur eben in einer winzig kleinen Version, von der fünf auf meinen Radiergummi passten.

Ein Ameisenlöwe?, fragte Mia, sie klang entgeistert. *Sind das nicht INSEKTEN? Die mit diesem Trichter im Sand, in den ihre Beute reinrutscht?*

Ups, ja, sie hatte recht.

»Es gehen alle möglichen Schüler hierher, nicht nur große, starke Raubtiere, und könntest du bitte etwas leiser denken?«, zischte ich ihr zu. »Sonst ist bald jemand beleidigt.« Ich sagte ihr lieber nicht, dass mir von einem der anderen Schüler ein Duft nach Nagetier in die Nase gestiegen war. Sie würde es bestimmt gleich selbst wittern.

Drei andere schnüffelten schon längst interessiert – Jeffrey, der Anführer des Wolfsrudels in unserer Schule, sein kräftiger Beta-Wolf Cliff und Miro, unser Wolfswelpe, der in den Sommerferien ordentlich gewachsen war.

Finster blickte der rundliche Junge mit dem dichten blonden Schopf und dem hübschen Gesicht, der neben uns stand, sie an. »Bevor ihr fragt – ich bin ein Lemming, wisst ihr überhaupt, was das ist?« Ein Schwall Mundgeruch begleitete seine Worte und unauffällig bewegten Mia, Holly und ich mich rückwärts.

Nach einem Blick auf das hellgraue T-Shirt und die dunkelgrauen Hosen des Neuen meinte Jeffrey: »Lemming? Nennt man so nicht geistig behinderte Elefanten?« Dann wieherte er vor Lachen über seinen eigenen Witz, während der Neue die Lippen zusammenkniff. Aha, der gute Jeffrey hatte sich nicht sehr geändert.

Weil Miro große Augen machte, erklärte ihm Cliff schnell: »Nein, nein, Lemminge sehen so ähnlich aus wie Hamster, glaube ich. Wir googeln das nachher mal, ja?«

Holly und ich blickten uns an. *Sieht aus, als hätten wir diesmal ein paar, äh, INTERESSANTE neue Schüler,* meinte ich.

Aber hallo, eben wäre ich fast den Baum rauf, als ich das gerochen habe, meinte Holly.

Während Miro mich begeistert wedelnd begrüßte, betrachteten Jeffrey und Cliff meine Schwester und mich skeptisch.

»Gleich zwei Pumas an der Schule, wow«, sagte Jeffrey, er klang mäßig begeistert. Es herrschte nun zwar Frieden zwischen uns, aber echte Katzenfans würden die Wölfe sicher nicht mehr werden.

Zwei Pumas sind keiner zu viel, sagte Mia ein bisschen trotzig.

»Jaja, schon gut. Hab ich gemeckert oder was?« Mein Ex-Feind grinste in Mias Richtung und schlug mir auf die Schulter. »Alles okay bei euch? Wie war's in der Arktis bei den Polarwölfen?«

»Toll. Es gab ein kleines Problem, als einer von ihnen mich verflucht hat, aber Tikaanis Großmutter hat das wieder hinbekommen«, erzählte ich.

Jeffrey schaute drein, als hätte ich nicht mehr alle Nadeln an der Kiefer. Ich zuckte die Schultern und hielt Ausschau nach meiner Freundin, als wäre sie eine Bergquelle und ich gerade am Verdursten.

Holly interessierte sich weder für Lemminge noch für das

Rudel, sie witschte zwischen den Beinen des Neuen hindurch und sauste quer durch die Halle: zu einem Mädchen mit tiefschwarzen Haaren, neben dem ein kniehoher grau-weißer Mischlingshund herumhüpfte. *Tabitha! He, Fledermaus! Hier sind wir! Sehr nussig, dass du auch gekommen bist, Flauschi.*

Dafür wurde sie angeknurrt. *Ich heiße nicht mehr Flauschi! Mein wahrer Name ist TERRY!* Doch richtig sauer war Terry nicht, schon begann er zu wedeln und versuchte, Holly über den Kopf zu schlecken. *Wenn das stimmt, was Carag von euren Lehrern erzählt hat, sind die viel besser als irgendwelche blöden Besitzer.*

Absolut, sagte ich und spürte, wie Mia sich wieder etwas entspannte. Diese beiden kannten wir schon, wir hatten sie in den Ferien aus einem Tierheim befreit. Terry war als Haustier aufgewachsen und hatte ein paar nicht besonders nette Besitzer überstanden, Tabitha dagegen kam aus der Menschenwelt, sie war eine angehende Künstlerin und hatte es im Sommer fertiggebracht, sich als Fledermaus einfangen und in einen Käfig sperren zu lassen.

»Dass wir hier auf die Schule gehen, wird bestimmt furchtbar schiefgehen«, sagte Tabitha mit düsterer Miene. Sie war Schwarzseherin aus Prinzip.

Schiefgehen? Wer? Was? Warum?, fragte Terry und setzte an, am Baum in der Eingangshalle sein Bein zu heben und so sein Revier zu markieren. Unsere drei Schulwölfe, zwei von ihnen immerhin doppelt so groß wie Terry, schauten ungläubig zu.

So was machen wir nur draußen, Winselpfote!, schimpfte Holly.

Ich seh hier keine Winselpfote, behauptete Terry, ganz kurz bevor er vom frisch verwandelten Jeffrey gepackt und auf den Boden geworfen wurde. Interessiert beobachteten sämtliche anwesenden Schüler, wie der dunkelgraue Wolf über dem Fellbündel stand und die Zähne fletschte.

Willst du mal raten, wer hier der Chef ist?, fragte Jeffrey.

Von euch Wölfen? Euer Kampflehrer?, riet Terry, was eindeutig die richtige Antwort war, aber bei Jeffrey nicht so gut ankam.

Gerade hangelte sich Holly mein Hosenbein hoch, als sie stutzte. Ihr Näschen zuckte. Hatte etwa auch sie ein Problem mit meiner Duschseife? Nein, anscheinend war ihr die Witterung eines dünnen Mädchens mit schulterlangen rotblonden Haaren in die Nase gestiegen. Die Neue zwängte sich gerade in die Eingangshalle, klammerte sich an ihre Reisetasche und versuchte, sich zu orientieren. Mir fielen ihr schmales Gesicht und ihre großen bernsteinfarbenen Augen auf, die ein wenig unsicher, aber auch herausfordernd blickten.

Bei der großen Nuss, das darf ja wohl echt nicht wahr sein!, entfuhr es Holly. *Spinn ich oder was?*

»Eulendreck«, murmelte ich, als ich ebenfalls roch, was die Neue in zweiter Gestalt war. »Holly, *nicht!*«

Meine Freundin stieß etwas aus, das wie ein Hörnchen-Kampfschrei klang, und katapultierte sich, die Pfötchen mit den Kletterkrallen vorgereckt, in Richtung des neuen Mädchens.

Zwei Mädchen, zwei Begrüßungen

Das Mädchen, das ziemlich stark nach Luchs roch, blickte verblüfft drein, als es von Holly angesprungen wurde, und rührte sich nicht vom Fleck. Vielleicht war sie bisher nie von einem Nagetier angegriffen worden und konnte noch nicht ganz glauben, dass das hier und jetzt wirklich passierte.

»He, Hörnchen, bist du Tollwut oder was?«, motzte Jeffrey.

Tabitha hob die Augenbrauen. »Das sagt man anders – *verspürst du Symptome einer Tollwut-Infektion?*«

»Holly!«, brüllte ich und wusste, dass ich zu spät kommen würde, um diesen Angriff zu verhindern. Mia, die vielleicht hätte eingreifen können, wirkte verwirrt und die Lehrer standen zu weit weg.

Plötzlich ging die große Glastür auf, weil jemand hereinkam. Holly prallte von innen dagegen und rutschte mit ausgebreiteten Pfoten daran herunter. Bevor sie wieder zum Angriff übergehen konnte, packte jemand sie am Nackenfell – eine große weiße Wölfin mit mitternachtsblauen Augen. Tikaani. Sofort schlug mein Herz schneller.

Was sollte das denn werden?, fragte Tikaani, während sie unsere zeternde Freundin festhielt. Zum Glück konnte man von Kopf zu Kopf auch sprechen, wenn man das Maul voll hatte. *Erstis werden bei uns nicht angegriffen, wenn sie durch die Tür kommen!*

»Ich hab ihr nichts getan«, sagte die neue Erstjahresschülerin.

Sie ist ein Luchs! Ein beknackter Luchs wie der, der meine Mutter umgebracht hat!, wütete Holly, während nun auch Brandon hereinkam – ein großer, kräftiger Junge im schwarzen T-Shirt und in einer mit vielen Taschen besetzten Khakihose.

Ich kam kaum dazu, ihn zu begrüßen, vorsichtig nahm ich Holly aus dem Maul meiner Freundin und hielt sie gegen meine Brust gepresst fest. »Alles gut, das Mädchen kann nichts dafür, dieser andere Luchs war nur ein Tier. Ganz ruhig, alles bestens ...«

Währenddessen trafen sich Tikaanis und meine Augen und unsere Blicke hielten sich fest. Ich schickte ihr meine Gefühle, teilte ihr wortlos mit, wie sehr sie mir gefehlt hatte, und ein großer Schwall Wärme schwappte von ihr zurück.

Inzwischen hatten uns Lissa Clearwater und James Bridger erreicht. »Tut mir furchtbar leid, das war eine raue Begrüßung«, sagte unsere Schulleiterin und lächelte das neue Mädchen an. »Du bist bestimmt Juniper Ash Clayton, richtig?«

Das Mädchen nickte und diesmal blieb mir und anscheinend auch Tikaani und Brandon die Luft weg. Diesen Nachnamen kannte ich! Moment mal, war sie etwa die Tochter des Luchs-Wandlers, der im Rat Informationen unterdrückt und sogar Unschuldige bedroht hatte, um unserem Todfeind Andrew Milling zu helfen?

Bevor meine Freunde oder ich irgendetwas fragen konnten, winkte James Bridger dem Mädchen freundlich, ihm zu folgen. »Komm, ich zeig dir dein Zimmer, du wirst mit Kimberley zusammenwohnen. Sie ist Kanadagans in zweiter Gestalt.«

Diese Kimberley schien nichts dagegen zu haben. Sie beäugte Brandon neugierig, als er sich aus einem mitgebrachten Stoffsack ein paar Maiskörner in den Mund warf und sie krachend zerkaute. »Oh, kann ich auch welche haben? Ich liebe Mais!«

»Äh, ja«, sagte Brandon, griff noch mal in den Sack und reichte ihr ein paar Körner.

Ich verriet ihm lieber nicht, dass auch der gut aussehende Lemmingjunge seinen Schatz mit begehrlichen Blicken musterte. Mein bester Freund wirkte sowieso schon überfordert. Wenn auch nicht so sehr wie meine Schwester, die gerade fauchend dagegen protestierte, dass Terry an ihrem Hintern schnupperte.

Sobald das Luchsmädchen außer Sicht war, beruhigte sich Holly wieder etwas und murmelte nur noch etwas von *Frechheit, dass so jemand auf unsere Schule gehen darf,* was niemand von uns kommentierte. Jetzt kam ich endlich dazu, Tikaani und Brandon zu umarmen.

Hi, Mia! Schön, dich wiederzusehen – ich hoffe, du hast viel Spaß an der Clearwater High, meinte Tikaani und schnurrend blickte Mia meine Freunde an. *Danke, es wird bestimmt katzig!*

»Kommt, Leute, bringen wir unser Zeug auf unsere Zimmer, dann können wir 'ne Runde chillen«, sagte Brandon und ich nickte, weil ich inzwischen wusste, dass »chillen« nichts mit »frieren« zu tun hatte.

Doch dann fiel uns auf, dass in der Eingangshalle plötzlich sämtliches Geplapper verstummt war und sich ein unnatürliches Schweigen ausgebreitet hatte. Und dass zum zweiten Mal fast alle Leute um uns herum zur Tür starrten. Dabei war das Mädchen, das gerade dort aufgetaucht war, eher unscheinbar und sogar noch kleiner als Cookie, das Opossum aus unserer Klasse. Als ich die Neue betrachtete, die strähnige braunblonde Haare und große Augen hatte, wusste ich plötzlich Bescheid.

»Ich bin doch am richtigen Tag hergekommen, oder?«, fragte sie. »Ava Banning aus Kansas.«

Das ist die Schwester unserer Eule Trudy, die an Millings Tag der Rache getötet worden ist, flüsterte ich Mia in den Kopf und zurück kam ein erschrockenes *Oh!*.

Ava blickte völlig verunsichert drein, als sich so gut wie alle Leute, die gerade im Eingangsbereich standen, auf sie zubewegten. Dann prasselten Worte auf sie ein.

»Schön, dass du hier bist!«

Deine Schwester war ein tolles Mädchen ...

»Herzlich willkommen!«

Du bist auch eine Eule, oder? War das nicht ein scheußlich weiter Flug?

Die Neue ging Schritt für Schritt rückwärts, bis sie wieder draußen stand. Doch Jeffrey packte sie kurzerhand mit den Zähnen am Pullover, zog sie wieder in die Eingangshalle und verkündete: *Hey, Leute, ist das nicht toll, dass Trudys Schwester bei uns ist? Was bist du noch mal in zweiter Gestalt, Ava?*

»Steinkauz.« Ava wagte ein Lächeln.

Mia schaute zu mir hoch, ihre goldenen Augen wirkten nachdenklich. *Zwei Mädchen, zwei sehr unterschiedliche Begrüßungen,* meinte sie, und nachdem auch wir Hallo zu Ava gesagt hatten, zogen wir uns mit unseren Freunden zurück. Klar, ich war neugierig auf die anderen eintreffenden Erstis, aber die würden wir sowieso später noch kennenlernen, jetzt mussten wir dringend bequatschen, wie unsere Ferien gewesen waren.

Wir drängten uns in Brandons und meinem Zimmer. Meine Schwester blickte sich um, fläzte sich auf meinem noch unbezogenen Bett und fragte: *Krieg ich auch so ein Mini-Revier und ein Liegeding? Das ist schön weich.*

»Miss Clearwater zeigt dir bestimmt bald dein Zimmer. Und

ja, du bekommst ganz sicher ein Bett«, versprach ich und hielt dabei Tikaanis Hand. Meine Freundin hatte sich in ein Inuit-Mädchen mit schulterlangen schwarzen Haaren zurückverwandelt und saß (natürlich angezogen) im Schneidersitz ganz nah neben mir auf dem Boden.

Hoffentlich ist es ein Zimmer nah bei meinem. Bis gleich, ich geh kurz einen Kiefernzapfen naschen, verkündete Holly und turnte aus unserem Zimmerfenster, von dem aus man unser Baumhaus und den Wald sehen konnte. Besorgt blickten wir ihr nach.

»Hoffentlich geht sie nicht das Luchsmädchen fertigmachen«, meinte ich.

»Schafft sie doch eh nicht.« Brandon versuchte, den Sack mit seinen Maiskörnern in ein leeres Kleiderschrankfach zu pressen. Vergeblich. Frustriert warf er seine Reisetasche auf sein mit Stahlstangen verstärktes Bett – manchmal verwandelte er sich in einen Bison, wenn er davon träumte, dass er über die Prärie galoppierte.

»Es war scheußlich am Meer«, berichtete er währenddessen. »Ich muss meine Eltern unbedingt überreden, dass ich nächstes Mal in den Rocky Mountains bleiben darf, schließlich bin ich ein Bison und kein Fisch!«

»Wir helfen mit«, versprach Tikaani und dann erzählten wir Brandon wild durcheinander, was noch so passiert war. Wie wir mit dem Wolfsrudel gekämpft hatten, das meinen Eltern damals ihr Revier abgejagt hatte. Wie sich herausgestellt hatte, dass eins ihrer Mitglieder von einem tollwütigen Tier gebissen worden war, und wie wir sofort alles getan hatten, um ihnen zu helfen. Wie die Wölfe – unter denen wir eine Woodwalkerin entdeckt hatten! – versprochen hatten, meinen Eltern dafür ihr Revier zurückzugeben. Was für fellsträubende Sachen wir hatten tun müssen, um den Impfstoff und später das Geld dafür aufzutreiben. Dabei hatte besonders Holly geholfen, ihre Kunststücke hatten uns jede Menge Spenden beschert.

Was meint ihr, können wir dieses arme Luchsmädchen vor Holly beschützen?, fragte Mia.

Klar, das schaffen wir, sagte ich zuversichtlicher, als ich mich fühlte. War Juniper Ash ein Milling-Fan so wie ihr Vater? Und wenn ja, wie sollte ich damit umgehen?

»Jedenfalls dürfen wir nicht dulden, dass Holly die Neue rausekelt«, sagte Brandon.

Ich nickte. »Apropos ekeln, ich bin echt froh, dass ich nicht in der Erstjahresklasse bin – dieser Lemming hat ja so dermaßen Mundgeruch ...«

Gut, dass wir nicht gerade über Holly geredet hatten, denn schon jagte sie zurück durchs offene Fenster nach drinnen und jodelte: *Jooheeeaheee, schaut mal raus! Schnell.*

»Hast du einen von deinen Wintervorräten von letztem Jahr wiederentdeckt?«, zog ich sie auf, doch von oben sahen wir, was sie meinte. Eine fremde Wölfin mit rötlich grauem Fell war auf die Lichtung getreten und wurde dort von Jeffrey und Bill Brighteye, unserem Kampflehrer, in Empfang genommen.

»Oh, wie cool! Die Woodwalkerin aus dem wilden Rudel, das wir geimpft haben, ist unserer Einladung gefolgt«, sagte Tikaani. »Ich war nicht sicher, ob sie sich das trauen würde. Bin gespannt, wie sie so drauf ist.«

»Wie hieß sie noch mal?« Ich kratzte mich am Kopf. Wahrscheinlich hatte ich über die Ferien nicht nur den Namen der Wölfin, sondern auch sämtliche Füchsisch- und Elchisch-Vokabeln wieder vergessen. Ein bisschen Angst hatte ich auch vor Mathe und Physik, die mir irgendwie aus dem Kopf herausgerutscht waren in den letzten Monaten. Brandon war darin Klassenbester, aber ich hatte mit diesen Fächern immer gekämpft, weil ich ja als Puma aufgewachsen war und sie für mich fremd geblieben waren.

Mondauge heißt sie, sagte Mia. *Jeffrey wird bestimmt froh sein, dass sie sein Rudel wieder etwas vergrößert. Mit nur dreieinhalb Mitgliedern ist das ja im Moment ein bisschen mickrig.*

Doch wie sich herausstellte, war Jeffrey nicht besonders froh. Warum, das zeigte sich schon in der allerersten Unterrichtsstunde am Montag.

Verantwortung

Hi – wie hast du geschlafen?«, fragte ich meine große Schwester am nächsten Morgen, unserem ersten Unterrichtstag im neuen Schuljahr. Sie stand in Menschengestalt – in der sie lustigerweise etwas größer war als ich, während sie als Puma kleiner war – vor ihrem Zimmer, auf dessen Tür sie schon mit blauer Farbe MIA gepinselt hatte. Prüfend wackelte sie mit ihren ungewohnten Menschenfingern und versuchte dann, auch mit ihren Ohren zu wackeln. Das klappte nicht ganz so gut.

»Das Bett-Ding war mir zu weich, also bin ich raus in den Wald, da war alles prima«, schnurrte Mia und grinste mich unternehmungslustig an. »Ist noch ein bisschen ungewohnt, dass ich mein Revier mit jemandem teilen soll.« Sie hatte als Zimmergenossin eine große, sportlich wirkende Schülerin namens Salomé erwischt, die eine prächtige blonde Haarmähne hatte. Noch hatte ich nicht mit ihr gesprochen, da sie etwas schweigsam und zurückhaltend wirkte.

»Da gewöhnt man sich dran«, sagte ich. Ein paar Grashalme hatten sich in Mias wildem hellbraunem Haarschopf verfangen. Sollte ich schnell einen Kamm holen? Ach nee, musste nicht sein. »Was hat Salomé denn für eine zweite Gestalt?«

»Keine Ahnung.« Mia zuckte die Menschenschultern und kratzte sich mit einem teilverwandelten Krallenfinger unter der Achsel.

»Was?« Erstaunt blickte ich sie an. »Du hast sie nicht gefragt? Also ich bin immer ziemlich neugierig, was ...«

»Klar habe ich gefragt. Sie wollte es nicht sagen.«

Jetzt war ich endgültig verblüfft. »Im Ernst?«

Mia verdrehte die Augen. »Ja, im Ernst. Vielleicht ist sie ein Schleimwurm, ein Mistkäfer oder eine Zecke. Also, wo geht's jetzt zum Lernen?«

»Äh, ja, stimmt, so was kann sein. Komm, ich zeig dir dein Klassenzimmer«, meinte ich. Sie hatte recht, wir mussten uns beeilen, gleich fing der Unterricht an. Ich führte Mia ins Erdgeschoss, wünschte ihr viel Glück und schob sie durch die Tür.

Eine Witterung von Nervosität und Erwartung flutete gegen meine Nase, die versammelten »Erstis« schienen ganz schön aufgeregt zu sein. Ich warf einen kurzen Blick hinein und sah noch, wie Mia kurz zögerte und sich dann neben Juniper setzte, das Luchsmädchen. Nun war noch ein Platz frei ... wer fehlte denn da? Eigentlich hatte ich gedacht, dass schon alle neuen Schüler eingetroffen waren.

Dann schwang ich die Pfoten, um pünktlich zu meinem eigenen Unterricht zu kommen. Wir waren eine sehr kleine Schule, es gab momentan nur eine Erstjahres-, eine Zweitjahres- und eine Drittjahresklasse. Nach dem dritten Schuljahr auf der Wandlerschule wechseln die Kids auf die normale Highschool, um dort einen anerkannten Abschluss machen zu können.

Echter Glücksfall: Wir hatten immer noch unser altes Klassenzimmer. Es war eins der besten, weil seine Türen direkt auf die Lichtung hinausführten, auf der wir meistens unsere Pausen verbrachten. Früher hatte ich mit Leroy, unserem Skunk-Wandler, eine Bank geteilt, doch ich hatte ihn überreden können, seinen Platz zu tauschen. Dadurch konnten Tikaani und ich nebeneinandersitzen.

Schnell ließ ich den Blick durch die Klasse schweifen. Auch Frankie – unser Otterjunge – und Shadow saßen nebeneinander und blickten sich verliebt an, doch dadurch saß Shadows Zwillingsschwester Wing neben Nell, die in zweiter Gestalt Maus war. Ganz glücklich wirkte Wing nicht. Dafür aber die meisten anderen. Fast alle aus dem ersten Jahr waren wieder da, nur Viola nicht, die in der Prüfung *und* einer Nachprüfung durchgefallen war, und zwar in Kampf und Mathe. Sie musste das erste Jahr wiederholen. Ich dagegen hatte es mithilfe einer Nachprüfung gerade so geschafft. Aber ich wusste, dass wir montags – also jetzt – in der ersten und zweiten Stunde Mathe hatten, und schon jetzt verknotete sich mein Magen, wenn ich daran dachte. Sämtliche Zahlen waren aus meinem Kopf verschwunden – wie weggewischt.

Doch anscheinend fand am Anfang des ersten Schultags noch kein normaler Unterricht statt, jedenfalls gab es erst mal eine Ansprache.

»Herzlichen Glückwunsch, ihr seid nun Zweitjahresschüler«, verkündete James Bridger, er war Kojote in zweiter Gestalt und unser Lehrer in Mathe, Physik sowie Verhalten in besonderen Fällen. Wie so oft trug er eins seiner karierten Hemden, Jeans und Cowboystiefel, sein langer, schlaksiger Körper lehnte gegen den Lehrertisch. »Das heißt, ihr seid jetzt die Großen. Die Grundlagen dessen, was ein Wandler wissen und können muss, beherrscht ihr.«

»Aber so dermaßen«, flüsterte Jeffrey seinem Wolfskumpel zu.

»Voll krass!«, sagte Cliff.

Bridger fuhr fort: »Deswegen ist es jetzt Zeit, dass wir andere Dinge vertiefen. In diesem Schuljahr geht es zum Beispiel darum, Verantwortung zu übernehmen.«

»Dazu zählt hoffentlich auch, keine anderen Schüler einzuschüchtern, oder?« Nimble, unser ziemlich brav wirkender Kaninchen-Wandler, warf Jeffrey einen feindseligen Blick zu.

»Absolut.« Bridger schaute nicht Jeffrey an, sondern Holly. Dabei kratzte er sich sein haariges Gesicht, er hatte offensichtlich mal wieder Probleme beim Rasieren gehabt. »Aber wir haben uns auch etwas Neues einfallen lassen, nämlich ein Mentorensystem.«

Ich zuckte zusammen. Der mächtige und reiche Puma-Wandler Andrew Milling hatte mein »Mentor« sein wollen, weil Raubkatzen-Wandler selten waren und er den Eindruck gewonnen hatte, dass ich (so wie er) den Menschen feindselig gesinnt war. Aber das war nur ein Missverständnis gewesen und ich hatte sein Angebot abgelehnt, weil dieser Kerl mir unheimlich war. Andererseits konnte ich verstehen, dass er die Menschen hasste: Andrew Millings Frau und Tochter waren von Menschen erschossen worden, deshalb hatte er viele Woodwalker dazu gebracht, am Tag der Rache Menschen anzugreifen und zu verletzen, zum Teil auch zu töten. Viel Blut war geflossen auf beiden Seiten und ich war ausgesprochen froh, dass dieser grausame Woodwalker nun in Sunny Meadows saß und mir nichts mehr anhaben konnte.

Vermutlich dachte er darüber nach, wie er sich an mir rächen konnte, weil ich ihn besiegt und ins Gefängnis gebracht hatte. Oder wie er anderen befehlen konnte, mir zu schaden – aber wenn er seine Zeit so verschwenden wollte, war das sein Problem. Wer in Sunny Meadows hockte, durfte keinen Kontakt nach außen haben, damit er sich keine Unterstützung organisieren konnte.

James Bridger schien zu ahnen, was ich dachte. »Keine Sorge, ihr müsst euch keinen erwachsenen Mentor suchen ... im Gegenteil, *ihr* werdet die Mentoren sein. Jeder von euch wird einen neuen Erstjahresschüler betreuen und ihm dadurch die erste Zeit hier an der Schule erleichtern.«

Tuscheln in der Klasse. Es klang erwartungsvoll, die meisten schienen das neue System gut zu finden.

»Also ich will die neue Wölfin betreuen – Mondauge«, meldete sich Jeffrey zu Wort.

»Habe ich gesagt, dass ihr euch eure Schützlinge selbst aussuchen könnt?«, fragte Bridger. »Wir haben euch schon jemanden zugewiesen. Lasst euch überraschen.«

Jetzt erst fiel mir der Stapel Umschläge auf, der vor ihm auf dem Tisch lag.

»Aber ... was ist, wenn wir denjenigen nicht ausstehen können?« Hollys rotbraune Haare hatten sich gesträubt. Der pure Horror auf ihrem Gesicht verriet, was sie befürchtete. Tikaani und ich tauschten einen schnellen Blick. Nein, das konnte nicht sein, die Lehrer konnten nicht so grausam sein, ihr das Luchsmädchen zuzuteilen, oder?

»Wenn ich die Wölfin nicht betreuen kann, nehme ich Ava, die Schwester von Trudy«, verkündete Jeffrey, als wäre es noch vor seinen Ohren versickert, was unser Lehrer gerade gesagt hatte.

Zum Ausgleich ignorierte Bridger ihn völlig. »Ich bin sicher, ihr werdet euch hervorragend um eure Schützlinge kümmern«, sagte er und begann, die Umschläge auszuteilen.

Holly war dran und strahlte, als sie las, wen sie betreuen sollte. »Tabitha«, flüsterte sie uns zu. Das war toll, weil sie sich schon kannten, aber wieso schaute Brandon so skeptisch drein?

»Die ist bestimmt viel besser in der Schule als Holly«, flüsterte er mir zu.

»Was? Sag's ruhig laut, du brauner Klotz«, fuhr unsere Hörnchenfreundin ihn an.

»Nichts, nichts.« Brandon machte sich daran, seinen eigenen Umschlag aufzureißen, und blickte verständnislos drein. »Wer ist Felix?«

»Ein Schüler aus Deutschland ... leider ist noch nicht ganz sicher, ob er es hierher schafft, im Moment steckt er noch an der Ostküste fest«, berichtete Bridger.

Nell grinste. »Meine Tante – ihr wisst schon, die Polizistin in New York – hat ihn verhaftet. Mehr weiß ich leider auch nicht.« Sie zeigte ihren eigenen Zettel herum. Ah, sie hatte Joe Bridger bekommen, den schon achtzehnjährigen Sohn unseres Lehrers ... er war so wie sein Vater in zweiter Gestalt Kojote.

Juniper war, wie sich herausstellte, der neue Schützling von Dorian, in zweiter Gestalt ein Russisch-Blau-Kater. »Katze und Kater – das passt hervorragend«, meinte er und wirkte zufrieden.

Nell griff sich an den Kopf. »Du willst nicht ernsthaft mit jemandem flirten, der als Katze fünfmal so groß ist wie du?«

Nun hatte auch Jeffrey seinen Umschlag geöffnet. »Moment

mal, ich soll *Carags Schwester* betreuen? Seid ihr noch ganz trocken hinter den Ohren? Sie ist eine …«

Leider war es verboten, sich spontan im Unterricht zu verwandeln. Dabei hätte ich ihm jetzt furchtbar gerne meine Fangzähne gezeigt. »Ja? Eine was?«

»Eine Katze halt«, sagte Jeffrey mürrisch und ich verdrehte die Augen.

Tikaani hatte ein Mädchen namens Lotta bekommen, von dem wir keine Ahnung hatten, wer oder was sie war. »Gleich in der Pause gehe ich nachforschen«, kündigte meine Freundin an.

Sehr gespannt öffnete ich meinen eigenen Umschlag. »Terry«, berichtete ich meinen Freunden gut gelaunt.

Das war nur richtig so, dass ich den Flauschball bekam, schließlich hatte ich ihn höchstpersönlich aus dem Tierheim heraus adoptiert. Ich würde ihn vor Schul-Wölfen, gemeinen Verwandlungslehrern und Computerviren beschützen, genau wie ich es ihm versprochen hatte.

Als alle ihre Umschläge geöffnet hatten, fragte ich herum: »Wer hat eigentlich Salomé? Mit der ist meine Schwester zusammen in einem Zimmer.«

Ratlose Blicke. Auch Mr Bridger blieb stumm. Die ganze Sache wurde immer seltsamer.

Tikaani stieß mich sanft an und deutete mit dem Kinn auf Leroy. Oh. Der sah irgendwie geknickt aus. Schon streckte er den Arm in die Höhe. »Mr Bridger, da ist ein Fehler passiert … ich habe keinen Umschlag bekommen.«

»Das ist richtig«, meinte Mr Bridger. »Du bist ab sofort mein persönlicher Assistent, wenn du einverstanden bist. Wir beide werden uns darum kümmern, dass *alle* Erstis sich bei uns wohlfühlen.«

Leroy blickte drein, als würde ihm das ziemlich gut gefallen. »Na klar bin ich einverstanden! Ich könnte zum Beispiel einen Leitfaden schreiben, was man als Neuer in der Clearwater High so beachten sollte.«

»Tolle Idee, den teilen wir dann an alle aus«, meinte Mr Bridger.

Danach gab es noch eine Menge Organisationskram, frische Hefte und unseren neuen Stundenplan. Mein Hassfach Tiersprachen war darauf bunt markiert und mit der Notiz versehen: *Lektionen starten, wenn neuer Lehrer gefunden (leider nicht leicht, es gibt nicht viele Woodwalker, die mehrere Tiersprachen beherrschen).* Uff. Vor Erleichterung wurde mir fast schwindelig.

Wir übten uns in Geduld, doch ich war garantiert nicht der Einzige, der nur auf die Pause wartete, um seinen neuen Schützling suchen zu gehen.

Es war ein eigenartiges Gefühl, dass wir nun die Großen sein sollten.

Kaum ertönte der Gong, schossen wir nach draußen auf die Wiese.

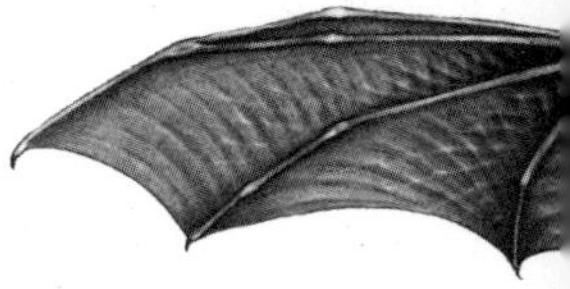

Ein geheimnisvoller Anruf

Endlich Pause – sofort eilten wir los, um unsere Schützlinge zu suchen. »Ich werde dich betreuen, das wird bestimmt sehr nussig«, verkündete Holly der ganz in Schwarz gekleideten Tabitha, die sie um einen halben Kopf überragte.

»Oder wir werden alle sterben!«, sagte Tabitha düster, grinste dann und fügte hinzu: »Nur Spaß.« Sie blickte Holly aus ihren dunkel umrandeten Augen an und strich sich die langen schwarzen Haare zurück. »Magst du Kunst-Performances?«

»Kann man die essen?«, fragte Holly.

»Meistens nicht«, sagte Tabitha. »Dafür erweitern sie deinen Horizont. Viel wichtiger.«

Mir fiel auf, dass Brandon sie fasziniert betrachtete.

»Bin gespannt, wann dein deutscher Schüler hier auftaucht«, sagte ich zu ihm. »Und ob er überhaupt Englisch kann.«

»Was? Wie? Ach so, ja.«

Anscheinend hatte mein bester Freund mir überhaupt nicht zugehört. Was war denn mit dem los?

»Vielleicht kann ich noch tauschen«, meinte er zu Tabitha, »am liebsten würde ich dich betreuen.«

Das brachte ihm einen rätselhaften Blick von Tabitha und ein Kopfschütteln von Holly ein. »Wir dürfen nicht aussuchen, schon vergessen?«

Mein Schützling Terry hüpfte währenddessen als Hund

übermütig um mich herum. *Lerne ich heute schon, wie Verwandeln geht?*

Ich ging los und warf kurz einen Blick auf seinen Stundenplan, der in seinem Klassenzimmer aushing. »Oh ja, direkt nach der Pause habt ihr eine Doppelstunde Verwandlung.« Das würde auch für Mia spannend werden, so richtig gut hatte sie ihre erste Gestalt bisher nicht im Griff. Neugierig hörte sie zu, wie wir uns unterhielten.

Währenddessen hatte Tikaani anscheinend ihren Schützling entdeckt, aber warum kam sie dann gleich mit zwei blonden Kids zurück? »Das hier sind Jonne und Lotta, Geschwister aus Finnland«, verkündete sie.

»Polarfüchse – unser Vater will, dass wir mehr über unsere Wandler-Seite lernen«, sagte das Mädchen mit den endlos langen dunkelblonden Haaren, den langen Wimpern und den zartrosa Wangen. »Und du bist also ein Polarwolf, das ist so cool.«

Verlegen brummte Tikaani irgendetwas und ich, Brandon und Holly mussten grinsen.

Mir fiel auf, dass Lotta ein braunes und ein blaues Auge hatte. Ihr anscheinend älterer Bruder dagegen hatte zwei eisblaue Augen.

»Sagt mal, habt ihr hier auch Eishockey?«, fragte Jonne ein bisschen schüchtern. »In Finnland war ich in der Schulmannschaft.«

»Ach ja, und kann man hier an der Schule Kunstturnen machen? Daheim gehe ich zweimal die Woche«, fügte Lotta hinzu.

Tikaani und ich blickten uns an. Meine Freundin übernahm es, ihnen die schlechten Nachrichten zu überbringen. »Ich fürchte, das haben wir hier beides nicht«, sagte sie. »Tut mir echt leid. Nur Basketball. Das ist, äh, fast das Gleiche.«

»Oh«, meinte Lotta geknickt. »Sagt mal, wer ist eigentlich Shadow? Der ist mein Mentor.«

»Der Rabe da«, sagte ich und deutete auf einen Ast in der Nähe. Lotta musste lachen. »Ein Vogel? Nee, oder?«

Keine Sorge, ich werde nicht versuchen, dir das Fliegen beizubringen. Shadow startete von seinem Ast, landete auf ihrer Schulter und schaute ihr mit seinen blanken schwarzen Augen ins Gesicht. *Hi,* sagte er zu Lotta, dann drehte er den Kopf uns zu. *Habt ihr schon gehört, dass wir nachher gemeinsam mit den Erstis Kampf und Überleben haben?*

»Was haben die Lehrer vor?« Brandon wirkte besorgt. »Die Neuen erst mal 'ne Runde plattzumachen?«

Tabitha zog die linke Augenbraue hoch. »Fledermäuse können beißen, weißt du?«

»Weiß ich«, versicherte er ihr.

Mein Handy, das ausnahmsweise aufgeladen war, klingelte. Auf dem Display stand eine unbekannte Nummer. Wer konnte das denn sein? Ich schlenderte ein paar Schritte in Richtung Waldrand, damit ich die anderen nicht störte, dann ging ich ran. »Hallo?«

Erst hörte ich gar nichts, dann eine zögernde Jungenstimme. »Äh, du bist Carag, oder? Ich habe von dir gehört, davon dass du gegen Andrew Milling gekämpft hast.«

»Aha«, meinte ich ein bisschen verlegen. »Ja, das stimmt, meine Freunde und ich haben ihn besiegt und geschafft, dass er verurteilt wird. Wer bist du?«

»Nick. Ich arbeite als Pfleger in Sunny Meadows. Du weißt schon, der, äh, Tierpark?«

Eine Art Blitz schoss durch meinen Körper und auf einen Schlag waren alle Schuldinge ganz weit weg. Sunny Meadows. Das Ratsgefängnis, in dem Milling seine lebenslange Strafe absaß. »Ja, weiß ich. Dort alles in Ordnung?«

Das kurze Schweigen am anderen Ende machte mir Sorgen.

»Eben nicht. Deswegen rufe ich an. Niemand will mir zuhören, aber du ...«

Ausgerechnet in diesem Moment ertönte der Gong – die Pause war zu Ende. Nick sprach weiter, aber es war so laut auf der Pausenlichtung, dass ich nur die Hälfte mitbekam. »Ich rufe dich zurück«, sagte ich zu ihm, wünschte Mia viel Spaß bei Verwandlung und rannte zum Klassenzimmer, wo ich mich auf meinen Platz gleiten ließ.

Ärger in Sunny Meadows? Was war da los? Sorgen krochen in mir hoch wie schwarze Schlingpflanzen, die sich um mein Herz wickelten. Tikaani, die neben mir saß, warf mir einen besorgten Blick zu, aber ich konnte jetzt nicht mit ihr reden und ich wusste ja auch noch fast gar nichts.

»Willkommen zurück, ich wünsche euch viel Spaß bei unseren gemeinsamen Sei-dein-Tier-Lektionen!« Amelia Parker, in zweiter Gestalt ein Mops, war nicht sehr groß, hatte muntere dunkle Augen und ein mieses Gedächtnis – am Anfang hatte sie mich immer mit einem Dachsschüler verwechselt. Soweit ich mitbekommen hatte, war der mit einem Jahr Verspätung nun tatsächlich in der Erstjahresklasse. Wahrscheinlich würde Mrs Parker den Armen nun ständig mit einem Puma verwechseln.

»Fangen wir gleich an. Cliff, wie lange muss ein Wolf- oder Hunde-Woodwalker mit der Verwandlung warten, wenn er als

Mensch Schokolade gegessen hat? Die ist ja in zweiter Gestalt giftig für euch, wie ihr wisst.«

»Ich glaube, es reicht, eine halbe Stunde zu warten«, riet Cliff, als Mensch ein großer, kräftiger blonder Junge, der etwas verpennt wirkte.

»Das reicht nicht«, rief Mrs Parker erzürnt. »Damit riskierst du dein Leben! Eineinhalb Stunden mindestens!«

Cliff wurde leicht grün um die Nase. Ich konnte mir denken, wieso: Er und die anderen Rudelmitglieder hatten den anderen Schülern öfter mal Süßigkeiten abgenommen – auch Schoko. Das wusste offenbar auch Mrs Parker. »Soso, ihr habt Schokolade gegessen und nicht lange genug gewartet, wusst ich's doch. Was war es?«

»Vollmilch«, sagte Jeffrey schwach.

»Da habt ihr Glück gehabt! Schwarze Schokolade hätte euch erledigt.«

Verstohlen schielte ich auf mein Handy. Vielleicht konnte mir dieser Nick auch eine Nachricht schreiben? Ich machte mich daran, unter dem Tisch eine an ihn zu tippen – seine Nummer hatte ich ja nun –, doch leider stand ganz plötzlich Mrs Parker neben mir. »Carag, tu das weg, sofort!«, blaffte sie mich an und ich gab vorerst auf. Am besten, ich versuchte es in der Mittagspause, diesen Nick zurückzurufen.

In der nächsten Stunde hatten wir Menschenkunde bei Miss Calloway. Als sie den Klassenraum betrat, richteten sich achtzehn Augenpaare auf ihren Bauch. Wahrscheinlich hatte sie im Sommer noch gar nicht vorgehabt, bekanntzugeben, dass sie und Bill Brighteye ein Kind bekommen würden, aber die Wölfe hatten es gewittert und natürlich hatte es Jeffrey prompt herausposaunt. Bisher sah unsere hübsche Menschenkunde-Lehrerin nur so aus, als hätte sie ein bisschen zu viel gegessen, ohne unsere feinen Woodwalker-Sinne hätten wir niemals gemerkt, was mit ihr los war. Noch hatte sich keiner von uns getraut, sie zu fragen, wann das Baby kommen würde.

»Heute nehmen wir menschliche Sportarten und ihre Regeln durch«, meinte Miss Calloway und lächelte uns an. »Gebt mir mal ein paar Beispiele.«

Tikaani meldete sich. »Kunstturnen und Eishockey.«

»Sehr gut, endlich nennt mal jemand ungewöhnliche Sportarten«, wurde sie gelobt und ich musste grinsen. Im Moment war es noch so, dass die Erstis uns etwas beibrachten und nicht umgekehrt.

»Sport ...«, meinte unsere Opossum-Wandlerin Cookie. »Das ist das, was sich Berta so gerne im Fernsehen anschaut, oder? Diese wie irre herumlaufenden Leute, die sich ständig über den Haufen rennen?«

»Das nennt sich Football, du Beutelratte«, sagte Berta, unsere Grizzly-Wandlerin, und verdrehte die Augen.

»Es ist eine tolle Übung fürs echte Leben, dabei muss man ein braunes Ei beschützen«, erklärte Wing. Miss Calloway zeichnete einen Football an die Tafel und erklärte uns, wo man ihn auf dem Spielfeld hinbringen musste, um zu gewinnen.

Ich hörte nur mit halbem Ohr zu – durch meinen Stiefbruder Marlon kannte ich mich recht gut mit Football aus – und wartete nur noch auf die Mittagspause, um endlich diesen Tierpfleger anrufen zu können. Als sich die andern lachend und schwatzend auf den Weg zur Cafeteria im zweiten Stock machten, versuchte ich, Nick zu erreichen. Er nahm sofort ab.

»Was meinst du damit, dass nicht alles in Ordnung ist?«, fragte ich ihn.

Nick legte los. »Also ich finde, die Sicherheitsvorschriften hier sind viel weniger streng als noch letztes Jahr«, meinte er. »Ich habe mitbekommen, dass die Wachen manchmal Karten spielen, statt aufzupassen, und der eine Alarm war wochenlang kaputt, bis er gestern endlich repariert worden ist. Neulich ist eine ganze Stunde lang der Strom der Sicherheitsdrähte ausgefallen. Pures Glück, dass niemand geflohen ist.«

Mich überlief es kalt. »Das alles betrifft wahrscheinlich auch Andrew Milling? Ist den Wachen klar, wie viele Leute er und seine Kumpane umgebracht haben?«

»Manche der anderen Gefangenen bewundern ihn.« Inzwischen flüsterte Nick. Nur weil ich so gute Ohren hatte, verstand ich ihn noch. »Und sogar einige der Wächter, da bin ich mir sicher.«

»Oh nein.« Meine Hand krampfte sich um das Gerät. »Hast du schon jemandem davon erzählt? Dem Direktor von Sunny Meadows?«

»Ich fürchte, der ist selbst das Problem. Seine Frau hat ihn verlassen, seither interessiert er sich für nichts mehr. Und ich weiß nicht, wen ich sonst warnen soll. Aber du kennst ein paar Leute aus dem Rat, oder? Kannst du denen Bescheid geben, was hier läuft?«

»Kann ich zumindest versuchen«, versprach ich ihm und legte auf.

Meine Hand zitterte. Nicht gut. Ich musste mich sofort um diese Sache kümmern. Eine ganze Stunde lang war kein Strom auf den Sicherheitsdrähten gewesen? So was konnte noch mal passieren und dann hatte Milling womöglich die Chance zu fliehen!

Doch ausgerechnet jetzt gongte es zum Mittagessen. Und mein Handy zeigte eine neue Nachricht an. Während ich losmarschierte, rief ich die Nachricht auf.

du mieses stück dreck, wie konntest du uns woodwalker nur so an die menschen verraten. DU solltest im knast sein und nicht andrew!

Na toll, anscheinend hatte nicht nur Nick meine Handynummer, auch irgendein Milling-Anhänger hatte sie rausbekommen. Ich versuchte, die fiesen Worte nicht an mich ranzulassen. Es war nun mal so – nach dem Kampf gegen Andrew Milling war ich für die meisten Wandler ein Held ... aber für manche der Schurke. Ohne sie noch mal zu lesen, löschte ich die Nachricht, schob sie, so gut es ging, aus meinem Kopf und ging zum Mittagessen.

Schon von Weitem sah ich, dass Mia mit meinen Freunden am Tisch saß ... und dass sie bedrückt wirkte. Oje!

Auftritt Mia

»Na, du kommst aber spät, normalerweise wäre von der Beute nicht mehr viel übrig«, zog mich meine Schwester auf. Ein bisschen verkrampft lächelte sie mich an, dann verputzte sie den Rest ihres Burgers (aus dem sie Salat und Tomaten herausgepflückt hatte). Etwas erstaunt sah ich, dass neben ihr Terry als Hund auf einem Stuhl saß und mit den Vorderpfoten auf dem Tisch ebenfalls einen Burger fraß.

»Was geht denn hier ab?«, fragte ich erstaunt, denn eigentlich war es üblich, in Menschengestalt zu essen. Daran hielten sich alle, auch zum Beispiel Trudys Schwester, die an einem Tisch mit den Wölfen saß. Gerade schenkte Jeffrey ihr seinen Nachtisch, Frankie brachte ihr eine Limo und Wing bot ihr an, ihr Tablett zurückzubringen. Anscheinend hatten alle an der Schule sich vorgenommen, richtig nett zu ihr zu sein. Dafür hockte das rotblonde Luchsmädchen Juniper fast allein an einem Tisch, nur Dorian war bei ihr.

»Ich weiß, was abgeht – Mr Ellwood hat Mist gebaut«, sagte Viola, die zusammen mit Lou in diesem Moment an unserem Tisch vorbeikam. »Anders kann man das nicht ausdrücken.«

»Was, wieso?« Geschockt blickte ich unsere Ersti-Schützlinge und meine Schwester an. Mia zögerte. »Na ja, ich glaube, dieser Huftier-Lehrer mag mich nicht so richtig«, erzählte sie schließlich. »Vielleicht lag es daran, dass er mich gefragt hat, ob ich schon mal Wapiti gefressen hätte, und ich Ja gesagt habe.«

Ich stöhnte. Meine große Schwester hatte noch nie wirklich verstanden, wieso man lügen sollte, wenn man auch die Wahrheit sagen konnte.

»Er hätte ihr sowieso nicht geglaubt, wenn sie Nein gesagt hätte«, mischte sich Tikaani ein. »Wapitis sind schließlich häufige Beutetiere von Pumas.«

»Als Nächstes hat er gesagt, ich würde sicher genauso viele Probleme verursachen wie mein Bruder und ob ich auch so schwierig wäre wie du.«

Mia hat ihm geantwortet, dass du gar nicht schwierig bist, sagte Terry, wedelte und versuchte, aus seinem Wasserglas zu trinken. Nach einer lautstarken Schlabberei hatte er die Hälfte getrunken, die andere Hälfte bildete eine Pfütze um das Glas herum.

»Danke«, meinte ich zu meiner Schwester. Unser Verwandlungslehrer Mr Ellwood hatte mich von Anfang an nicht leiden können, weil seine Frau (ebenfalls Wapiti-Wandlerin) mal von einem Puma verletzt worden war. Blöderweise hatte ich außerdem im ersten Jahr große Probleme mit meinen Verwandlungen gehabt. Ich hatte nie eine Chance gehabt, Mr Ellwoods Lieblingsschüler zu werden.

»Danach war er nicht mehr wirklich nett zu mir«, berichtete Mia.

... und ich hatte keine Lust mehr, mich zu verwandeln, als er mich dazu aufgefordert hat, sagte Terry trotzig. *Und auch keiner von den anderen Neuen hat sich getraut, obwohl Jeffrey Mondauge gut zugeredet hat. Er hat es so hingebogen, dass er bei unserer Stunde dabei sein durfte.*

»Na toll.« Tikaani knurrte fast vor Empörung. »Es ist nicht

fair, Mia, dass Mr Ellwood dich dafür bestraft, dass du Carags Schwester bist!«

Lou Ellwood stöhnte einfach nur, sie sah so aus, als würde sie am liebsten als Wapiti in den Wald galoppieren und sich dort verstecken. »Es tut mir leid, dass mein Vater sich so aufgeführt hat. Wirklich.«

»Hat Jeffrey wenigstens protestiert?«, fragte Holly meine Schwester mit blitzenden Augen. »Schließlich ist er dein Mentor!«

»Nee. Das war ihm anscheinend egal, er hat sich nur mit Mondauge – der neuen Wölfin – beschäftigt.«

Mir war danach zumute, meine Finger teilzuverwandeln und die Krallen über den Tisch zu ziehen. »Dieser miese Hinterschnüffler!«

Inzwischen hatte Lou fertig gegessen, sie nahm ihr Tablett und stand auf. »Bis später, Leute. Wir lösen das Problem – irgendwie.«

Wir anderen lächelten ihr zu und blieben sitzen.

»Macht euch nichts draus«, sagte Mia und fiel über ihren zweiten Burger her, während ich nicht mal mit dem ersten angefangen hatte. »Ich freue mich schon auf Kampf und Überleben, das haben wir jetzt, oder?«

Doch Holly war noch nicht fertig. »Wisst ihr, was, Leute? Wir tyrannisieren Mr Ellwood einfach zurück! Ich überleg mir ein paar Sachen, ja?«

»Ja.« Mia strahlte sie an und wischte sich den soßenverschmierten Mund mit dem Pulloverärmel ab. Beeindruckt schaute ich zwischen den beiden hin und her. Das war eine echte Holly-Idee und vielleicht funktionierte sie sogar.

»Äh, vielleicht wäre es besser, erst mal einen Klassensprecher zu wählen«, schlug Brandon vor. »Das kenne ich aus der Menschenschule. Solche Sprecher helfen, Probleme zu lösen, zum Beispiel mit Lehrern.«

»Es lebe die Demokratie!« Tabitha blickte meinen Bison-Freund anerkennend an. »Diktaturen haben aber auch ihre Vorteile.«

Holly und ich schauten wahrscheinlich etwas überfordert drein. Was war noch mal eine Diktatur? Doch keiner von uns traute sich zu fragen.

Schon war die Essenszeit rum. Ich überlegte, ob ich vor der Kampfstunde schnell noch versuchen sollte, den Ratsvorsitzenden zu erreichen und ihm von den Problemen mit Sunny Meadows und Milling zu erzählen. Aber dafür brauchte ich ein bisschen Zeit. Mit einem unguten Gefühl steckte ich das Handy wieder ein.

Gemeinsam machten wir uns auf den Weg zum Kampfraum. Das Gerücht stimmte, Unterricht hatten diesmal Erstjahres- und Zweitjahresschüler zusammen.

»Hallo, allerseits«, begrüßte uns Bill Brighteye, unser junger, kahlköpfiger Kampflehrer, der in zweiter Gestalt ein schwarzer Timberwolf war. Nachdem er den Erstis erklärt hatte, was sie bei ihm lernen würden, meinte er: »Noch Fragen?«

»Ja«, sagte Holly. »Wann kommt denn das Baby von Ihnen und Miss Calloway?«

»Ja genau, und heiratet ihr vorher?«, fragte Frankie, unser Otter-Wandler, gerade ein braunhaariger, schmaler Junge mit munteren Augen.

So verlegen hatten wir unseren Kampflehrer noch nie gesehen. »Ähm ... der Doc sagt, mit dem Nachwuchs können wir im März rechnen. Das mit dem Heiraten überlegen wir uns noch.«

»Oooh, noch so lang ... ich liebe Babys!«, schwärmte Cookie, unsere zarte, sommersprossige Opossum-Wandlerin.

»Ich auch«, meinte Juniper Ash, das Luchsmädchen, was ihr einen durchdringenden Blick von Holly einbrachte und ein »Als was, als Hauptspeise?«.

Bill Brighteye schlug die Hände zusammen. »Okay, Leute, wir haben jetzt Kampf und Überleben, wisst ihr noch?«

Die meisten der Erstis, die noch nicht wussten, was sie heute erwartete, verkrampften sich. Wie sich herausstellte, stand heute »Abwehr von gefährlichen Tieren« auf dem Programm. Als ich gerade überlegte, ob damit ich gemeint war, fragte unser Lehrer: »Wie sollte man sich verhalten, wenn zum Beispiel ein Bär in deiner Nähe ist?«

»Wegrennen und panisch einen Baum hochklettern?« Jonne, der Polarfuchsjunge, grinste immerhin, während er das sagte.

»Das funktioniert nicht bei einem Schwarzbären, der klettert einfach hinterher«, erklärte ihm Nimble, der schon länger in der Yellowstone-Gegend lebte.

»Erst mal seid ihr ganz nett zu ihm«, informierte uns Berta, in zweiter Gestalt ein Grizzly. »Ihr schaut ihn nicht an und redet beruhigend auf ihn ein.«

»Okay«, sagte Henry.

»Aber was ist, wenn er angreift? Hat irgend jemand 'nen Vorschlag?«

In die Schnauze beißen, meldete sich überraschend Mondauge, die neue Wölfin, zu Wort. Sie war noch in zweiter Gestalt und wirkte schüchtern und misstrauisch. Bill Brighteye nickte und lächelte ihr zu.

»Besprühen«, sagte Leroy, verwandelte sich in einen Skunk, wandte uns das Hinterteil zu und reckte den Schwanz hoch. Ein Drittel meiner Mitschüler flüchtete nach rechts, ich und einige andere nach links, der Rest warf sich in Deckung.

»Konzentrieren wir uns heute mal darauf, wie man gefährliche Tiere in Menschengestalt abwehrt«, erklärte unser Lehrer, zog zwei Erstis hinter einem Stapel Ausrüstung hervor und gab Leroy ein Zeichen, dass er wieder als Zweibeiner gefragt war. »Aber das mit dem Besprühen ist eine ganz gute Idee, jedenfalls in Menschengestalt ...«

»Pfefferspray, Pfefferspray!«, riefen Jeffrey, Cliff und Miro im Chor.

»Genau.« Mr Brighteye zog ein längliches rotes Ding hervor, das aussah wie einer der Feuerlöscher, die in der Schule an der Wand hingen, nur kleiner. »Das hier ist Bärenspray, man kann es am Gürtel tragen. Direkt auf die Nase ist das ein ...«

Einer der Erstjahresschüler – der Ameisenlöwe – meldete sich zu Wort. »Ich würde den Bären einfach umwerfen«, sagte er.

Man hätte eine Maus husten hören können, so still wurde es in unserem Kampfraum. Inzwischen hatte sich nämlich herumgesprochen, wie winzig dieser Neue in zweiter Gestalt war. Als Mensch war er nicht groß, aber er hatte kräftige Schultern und Arme.

»Ah, das würdest du also tun.« Ein bisschen ungläubig blickte unser Kampflehrer den Neuen an. »Wie heißt du?«

»Paolo. Ich bin ein Ameisenlöwe.«

»Ah. Möchtest du uns zeigen, wie du ein angreifendes Tier umwirfst? Vielleicht erst mal mit einem Wolf? Der ist 'ne Nummer kleiner als ein Bär.« Bill Brighteye winkte Tikaani heran.

Paolo ließ sich nichts anmerken, als sich Tikaani in eine Wölfin mit dickem weißem Fell verwandelte. Die beiden stellten sich etwa drei Menschenlängen voneinander entfernt auf. Dann sprintete Tikaani los.

Kaltblütig wartete Paolo, bis meine Freundin direkt vor ihm war. Dann machte er blitzschnell einen Schritt zur Seite, packte Tikaani am Nackenfell und warf sie seitlich zu Boden, sodass er sie mit ganzem Gewicht nach unten drückte. Ein Raunen erhob sich im Kampfraum. Mir blieb der Mund offen stehen. Arme Tiki!

Schnell hatte sie sich freigezappelt, doch als sie knurrend auf ihn losgehen wollte, hob Bill Brighteye die Hand. »Stopp. Er hat gewonnen – gut gemacht, Paolo«, sagte er, als sei nicht viel passiert, als sei nicht die beste Kämpferin dieser Klasse gerade von jemandem besiegt worden, der in zweiter Gestalt nicht mal so lang war wie eine meiner Krallen. »Jetzt zurück zum Bärenangriff. Berta, könntest du dich bitte verwandeln?«

Langsam legte sich unsere Aufregung. Tikaani stapfte zu mir her und stellte sich finster neben mich.

Ich nahm ihre Hand und drückte sie. »Nimm's nicht so schwer, Lieblingswölfin. So was kann jedem mal passieren.«

Meine Freundin knurrte etwas Unverständliches über die Jugend von heute.

Berta war nicht besonders gut in Verwandlung, doch schließlich tappte sie als prachtvolles Grizzlyweibchen mit goldbraunem Fell durch den Kampfraum. Ein pelziger Berg, der Mr Brighteye bis zur Schulter reichte. Nicht nur Jonne und Lotta machten große Augen und standen stocksteif da. Ich witterte Angstschweiß.

Und mag sich jemand mit mir anlegen?, fragte Berta bestens gelaunt. *Irgendjemand? Na? Bin ich nicht umwerfend heute?*

»Ich verrate euch jetzt einen Trick«, sagte Bill Brighteye zu uns. »Wenn ihr in der Wildnis von einem Grizzly angegriffen werdet und ihr kein Spray dabeihabt, dann macht ihr am besten *gar nichts.* Nicht umwerfen, nicht beißen. Ihr lasst euch fallen und stellt euch tot. Wer mag anfangen? Wie wär's mit dir, Cookie?«

Vor Schreck fiel Cookie in Ohnmacht und sackte auf den Boden des Kampfraums. »Note eins«, verkündete Bill Brighteye mit einem verstohlenen Grinsen, während Lou und Wing unsere Opossum-Wandlerin zur Seite trugen und ihr Luft zufächelten.

Überrascht hörte ich, dass Mia sagte: »Ich könnte es mal versuchen.«

Ich war ein bisschen besorgt – würde sie ihren Instinkt zu kämpfen unterdrücken können? Gespannt schaute ich zu. Als Berta auf meine Schwester zurannte, rollte sie sich zusammen, sodass ihr Bauch geschützt war, zog den Kopf zwischen die Arme und regte sich nicht mehr. Fauchte nicht mal ein bisschen. *Mr Brighteye, darf ich auf ihr herumhüpfen?*, fragte Berta eifrig.

Schnell schüttelte unser Kampflehrer den Kopf. »Totstellen reicht, sie soll nicht wirklich sterben!«

Stolz stand Mia auf und genoss den Applaus. Gut, dass sie nach der miesen Verwandlungsstunde einen Erfolg gehabt hatte.

»Bekomme ich jetzt eine Note?«, fragte sie und schaute fasziniert zu, wie unser Kampflehrer ihr eine Eins in sein Notizbuch eintrug. »Eins ... das ist aber schlechter als zum Beispiel Fünf, oder? Fünf Stücke Fleisch sind ja auch besser als eins.«

Ich hätte es ihr erklären können, aber das war nicht mein Job, sondern der ihres Mentors. Ein halbes Dutzend Blicke traf Jeffrey, bis er sich schließlich dazu bequemte, meiner Schwester einen Schnellkurs zum Thema Noten zu verpassen.

»Bin ich jetzt dran? Bitte!«, rief Aidan, der Assel-Wandler. Natürlich war er hervorragend darin, sich zusammenzurollen.

»Darf ich jetzt?«, rief der Erstjahresschüler, der wahrscheinlich Matti, der Dachs, war. Er blieb bemerkenswert ruhig, als Berta ihn mit ihren riesigen Pranken herumrollte und ihm ihren Raubtieratem ins Genick blies.

Danach durfte Brandon das gefährliche Tier spielen – einen angreifenden Bison – und wir hatten noch eine Menge Spaß, als wir vor ihm wegrannten. Das war bei seiner Tierart erlaubt und am besten war es, wenn man einen Baum zwischen ihn und sich bringen konnte. Also spielten einige Erstis die Bäume, bis sie mitbekamen, dass sie dadurch nicht sehr weit von Brandons einzelnem Horn entfernt waren.

Es war eine gute Stunde, aber ich war heilfroh, dass danach der Unterricht aus war. Ich musste dringend den Rat warnen und außerdem natürlich mit meinen Freunden reden und ihnen berichten, was ich über Millings Gefängnis erfahren hatte. Wir brauchten einen Plan, so viel war klar.

Der große Igel-Plan

Als ich meinen engsten Freunden berichtete, was ich erfahren hatte, reagierten sie ziemlich unterschiedlich.

»Es gibt Ärger in Sunny Meadows? Wieso hast du das nicht gleich gesagt?«, fragte Tikaani und ich sah die Besorgnis in ihren Augen.

Kein Wunder, auch ich machte mir Sorgen.

»Die Lehrer stehen nicht so auf Unterhaltungen im Unterricht, weißt du?«

Vielleicht war es wirklich besser, ich redete erst mit meinen Freunden, bevor ich blindlings wichtige Leute anrief. Ich schätzte am Stand der Sonne die Uhrzeit ab. Der Einzige von uns, der eine Armbanduhr trug, war Dorian und der benutzte sie nur als Deko. »Treffen wir uns in fünf Minuten in unserem Baumhaus?«

»Geht klar, Schnurrmaschine«, sagte Holly sofort.

Brandon dagegen druckste herum. »Heute Nachmittag wollte ich eigentlich in die Stadt ...«

»In die Stadt? Was willst du in der beknackten Stadt? Das hier ist *wichtig!«* Holly sah aus, als wolle sie unserem Bisonfreund am liebsten an der Wolle ziehen. Und zwar fest. »Hast du vergessen, wie gefährlich Andrew Milling ist? Wie knapp es war beim Kampf gegen diesen Drecksack?«

Unwillkürlich fuhr meine Menschenhand zu meinem eingekerbten Ohr, das ich neben nicht wenigen anderen Narben den Kämpfen mit meinem ehemaligen Mentor verdankte.

Brandons Gesichtsausdruck nach erinnerte er sich auch gerade. »Äh, ja, ich kann ja später noch nach Jackson. Also in fünf Minuten, Leute!«

Als ich mich in zweiter Gestalt hochkrallte in unser Baumhaus, das im Geäst einer Kiefer über der Lichtung thronte, stellte ich fest, dass es im Inneren ein bisschen muffig roch, weil über den Sommer niemand hier gewesen war. Mit den Zähnen schleppte ich die Kissen zum Auslüften nach draußen und legte mich gleich mal drauf.

Währenddessen zischte ein aufgeregtes Hörnchen um mich herum. Holly rannte über das roh aus Ästen gezimmerte Geländer und wieder zurück, jagte hoch aufs Dach und wieder herunter, als würde sie vor einem Waldbrand fliehen. *Wenn ich mir nur vorstelle, dass Milling es vielleicht schafft zu fliehen, verdorrt alles in mir! Da werden die Kiefernzapfen in meinem Magen schlecht! Da wird ...*

Jaja, kenn ich, geht mir auch so – der Burger wälzt sich schon in meinem Magen, meinte ich. *Immerhin, Milling hat nun weniger Macht, weil er keine Menschengestalt mehr hat.*

Aber er kann die Kerle, die immer noch zu ihm halten, auch als Tier herumbefehligen! Holly blieb kurz sitzen, um mit den Pfötchen ein Blatt zu zerknibbeln. *Und was ist, wenn er es irgendwie hinkriegt, seine Gestalt zurückzubekommen?*

Wird er schon nicht, versuchte ich, sie zu beruhigen, warf mit der Pfote die Strickleiter runter und schaute zu, wie Tikaani und Brandon als Menschen zu uns hochgeklettert kamen. Als Wölfin und Bison hätten sie es nicht mal bis zur untersten Astgabel geschafft.

Ich versuchte, Tikaani in meiner Katzengestalt einen Kuss zu geben, doch sie verzog nur das Gesicht und drehte sich weg. »Hast du schon gewusst, dass du als Puma ganz schön Maulgeruch hast?«

Hab aber geputzt, erwiderte ich ein bisschen beleidigt und legte mich auf die Holzplattform, von der aus man Schule und Lichtung im Blick hatte.

Nicht als Puma, wetten?

»Egal, Leute«, sagte Brandon. »Carag, du musst unbedingt dem Rat Bescheid geben, dass die Sicherheitsvorkehrungen in Sunny Meadows so lax sind! Wen kennst du denn da?«

Ich mag den Vorsitzenden, David Johnson, der ist ein Fuchs und echt nett, berichtete ich. *Und Farryn García, der Delfin-Wandler aus Florida, ist auch super – er ist übrigens Lehrer an der Blue Reef Highschool, habt ihr das gewusst? Die Sicherheitschefin war mir ein bisschen unheimlich, sie ist eine Ratte in zweiter Gestalt.*

»Kenn ich alle nicht. Ruf erst mal diesen Vorsitzenden an, würde ich sagen«, schlug Tikaani vor, streichelte meinen pelzigen Rücken und kraulte mich hinter den Ohren. Das fühlte sich zwar nicht sehr romantisch, aber ansonsten sehr gut an.

Mach ich. Und ich erzähle Lissa Clearwater und Mr Bridger davon, für alle Fälle, beschloss ich. *Meint ihr, der Rat kann dem Direktor von Sunny Meadows seine Frau zurückholen? Oder ihm eine neue besorgen? Dann geht es ihm garantiert besser und er kann wieder mehr auf die Sicherheit achten.*

»Wahrscheinlich wäre es einfacher, einen neuen Direktor einzusetzen«, meinte Brandon, der als Mensch aufgewachsen war.

Ich hatte noch mehr Neuigkeiten. *Habt ihr eigentlich gehört, dass es inzwischen überall im Land Selbsthilfegruppen für ehemalige Milling-Anhänger gibt?*

»Ja, hab ich gehört – die wollen ihr ›Trauma aufarbeiten‹«, meinte Tikaani.

Holly nagte heftiger als nötig an einer Nuss herum. *Welches Trauma? Dass sie verloren haben?*

»Nein, das Trauma, dass sie sich von ihm haben mitreißen lassen. Immerhin haben sie einem Verbrecher geholfen, den Menschen zu schaden!«

»Damals wussten sie noch nicht, dass er ein Verbrecher ist«, wandte Brandon ein.

»Sie wussten es spätestens dann, als er ihnen am Tag der Rache befohlen hat, Menschen anzugreifen ... und alle Wandler, die sich gegen ihn gestellt haben!«

Ach, das Trauma ist doch deren Problem. Lasst uns lieber mal darüber reden, was wir mit Mr Ellwood anstellen. Holly machte Männchen auf dem Geländer und blickte uns an. *Wie wäre es, wenn wir dort, wo er als Wapiti am liebsten grast, irgendwas ausstreuen, von dem er höllischen Durchfall bekommt?*

Vergiss es, sagte ich sofort. *Dort grasen auch Lou und Nimble gerne!*

»Dort wächst sogar ein bisschen Klee, einfach köstlich.« Brandon schloss genießerisch die Augen. »Auf gar keinen Fall streut ihr dort irgendwas aus, klar?«

Ich wollte mich gerade verwandeln und mein Handy zücken, um endlich Mr Johnson anzurufen und ihn zu warnen, dass im Tierpark-Gefängnis etwas schieflief, als Holly Alarm gab.

Jemand kommt!

Gespannt spähten wir nach unten. Ein fremder, rundlicher Junge näherte sich unserem Baumhaus, das war höchst verdächtig. Er hatte seine braunen Haare mit Gel zu einer Stachelfrisur gekämmt. Unter dem Baumhaus blieb er stehen und blickte zu uns hoch. Nein, er blickte nicht nur. Er *strahlte* förmlich zu uns hoch. »Carag! Tikaani! Holly! Brandon! Darf ich zu euch rauf?«

Moment mal, woher wusste der, wie wir hießen?

»Wer bist du?«, rief Tikaani.

»Felix Ackermann aus Deutschland. Brandon ist mein Mentor.«

Wir sahen uns alle an. Das war also der berüchtigte Felix, der vor Kurzem noch in New York verhaftet worden war? Neugierig spähten wir alle nach unten. Brandon sah besonders gespannt aus, schließlich war das da sein Schützling. Immerhin, der Junge sah nett aus, aber das garantierte noch nicht, dass er *wirklich* nett war. Was er wohl verbrochen hatte? Immerhin, er konnte wirklich gut Englisch, obwohl es ein bisschen ungewohnt klang, wie er es aussprach.

Holly strengte sich tierisch an, um die Strickleiter zum Rand zu schleifen und über die Kante zu schubsen. Dabei fiel sie selbst mit hinunter, doch schnell wie der Blitz kletterte sie wieder zu uns nach oben. Währenddessen mühte sich Felix ab, zu uns hochzukommen – das Baumhaus war immerhin fünf Menschenlängen über dem Boden –, und schob sich schließlich schnaufend und keuchend auf die Plattform zu uns. Dort lag er und starrte mir ins Raubkatzengesicht. »Oh mein Gott«, sagte er. »Ich kann's noch gar nicht glauben. Ich habe schon so viel von euch gehört.«

Woher?, fragte ich und freute mich, dass er anscheinend gar keine Angst vor mir hatte. Er sah eher aus, als hätte er Lust, mich zu streicheln.

»Du hast doch aufgeschrieben, was ihr in eurem ersten Jahr an der Schule erlebt habt – das hab ich gelesen«, meinte Felix. Als er meinen Blick sah, fügte er schnell hinzu: »Keine Sorge, es ist sehr geheim, nur Wandler und Wandlerfreunde kennen deine sechs Berichte und den über deine Ferien. Du hast doch erlaubt, dass andere sie lesen dürfen, oder?«

Stimmt, hab ich – dann ist es ja okay, meinte ich beruhigt.

In diesem Moment quiekte Holly auf. *Felix! Du bist doch ein Igel, oder? Da fallen mir gleich zehn oder zwanzig Wege ein, wie wir Mr Ellwood zurücktyrannisieren können, wenn du uns hilfst!*

Dass er meine Berichte kannte, hatte den Riesenvorteil, dass wir ihm nicht viel erklären mussten. Auch nicht, wo das Problem bei Mr Ellwood lag. Aber wir erzählten ihm noch, wie mies er meine Schwester Mia behandelt hatte.

»Was soll ich denn machen?«, fragte Felix.

Wir könnten dich als Igel in sein Hemd stecken oder in seinen Schuh, schlug Holly gut gelaunt vor.

»Erstens würde er das merken und zweitens bin ich als Igel zu groß für einen Schuh«, wandte Felix ein.

Keine Sorge, ich habe noch einen Plan, fuhr meine Hörnchenfreundin fort. *Ich hab gesehen, dass sich Mr Ellwood einen Stuhl und einen Tisch mit in den Innenhof genommen hat, weil er es zu unbequem fand, die ganze Zeit über zu stehen. Wie wäre es, wenn du in zweiter Gestalt auf seinen Stuhl kletterst, bevor er sich setzt … dann hat er auf einmal Stacheln im Hintern! Du bist ein Neuer, du kannst behaupten, dass du dachtest, jeder darf sich dorthin setzen.*

»Aha«, sagte Felix, der noch weniger begeistert wirkte als zuvor.

Mir scheint, wir müssen Felix erst mal anstacheln, witzelte Holly und wir anderen verdrehten die Augen.

Nachdenklich zwickte Felix sich ins Ohr, vielleicht konnte er dann besser nachdenken. »Na gut, das mache ich. Ich will euch natürlich helfen. Wann habt ihr denn wieder Verwandlungsstunde?«

Das gefaltete Blatt, das Tikaani aus ihrer Hosentasche zog, stellte sich als Stundenplan heraus. »Morgen gleich als Erstes. Es könnte gut sein, dass Erstjahres- und Zweitjahresschüler diese Stunde zusammen haben, damit wir den Erstis bei ihren Verwandlungen helfen können.«

»Jetzt erzähl aber mal, was da in New York passiert ist«, sagte Brandon und lächelte seinen Schützling an. Ich spürte, dass sich die beiden sympathisch waren. Hoffentlich stellte sich nicht heraus, dass Felix die Angewohnheit hatte, alte Omas zu betrügen, Leute von Brücken herunterzuschubsen oder so was. Aber dann hätte Miss Clearwater ihn bestimmt nicht aufgenommen.

»Am besten, ich fange am Anfang an«, meinte Felix. »Meine Mutter ist ein Feuersalamander in zweiter Gestalt, was ich aber nicht wusste … Als ich neun war, hat sie Stacheln auf meinem Rücken gesehen. Es hätte zwar auch eine fiese Hautkrankheit sein können, aber weil mein Großvater auch ein Igel in zweiter Gestalt war, hat sie kapiert, dass ich ein Woodwalker bin. Wir haben uns nur selten verwandelt, aber es hat mir ziemlich gut gefallen. Dann hab ich von der Clearwater High gehört und wollte unbedingt auf diese Schule gehen. Es soll ja bald auch ein deutsches Wandler-Internat eröffnen, aber ich wollte viel lieber zu euch. Das Problem war nur, meine Eltern haben es mir nicht erlaubt!«

Oh, sagte Holly mitleidig, setzte sich auf Felix' Schulter und schmiegte sich an sein Ohr. *Das kenn ich. Mein neuer Vormund wollte mich auch von der Clearwater High wegbringen.*

Und dann?, fragte ich gespannt.

»Dann war es auf einmal August und ich wusste, ich muss was tun, sonst wird das nie was … schließlich beginnt das Schuljahr im September.« Felix atmete tief durch. »Also habe ich fast all mein Erspartes ausgegeben, eine Vollmacht meiner Eltern gefälscht und einen Flug nach Amerika gebucht.«

Wir starrten ihn alle an. Der war wirklich finster entschlossen!

»Dort wollte mich eigentlich ein Woodwalker abholen, den ich aus dem Internet kannte. Er wollte mir helfen, zur Schule zu kommen. Aber er ist nicht aufgekreuzt. Also bin ich durch die Stadt geirrt, um ein günstiges Hotel zu finden …«

Brandon sah aus, als würde ihm gerade etwas dämmern. »Ah, und beim Herumirren hat dich die Polizei aufgegriffen?«

»Genau.« Unser neuer Erstjahresschüler lächelte schief. »Erst dachte ich, jetzt ist alles aus. Aber dann hat sich herausgestellt, dass eine der Polizistinnen Nells Tante war. Sie hat gemerkt, dass ich ein Woodwalker bin, und für mich Miss Clearwater angerufen.«

Was hat die gesagt?, fragte ich und schnaubte vor Aufregung.

Felix verzog das Gesicht. »Sie hat gesagt, ohne Erlaubnis der

Eltern geht gar nichts. Keine Ausnahme. Und selbst wenn ich die Erlaubnis habe, muss ich direkt vor Ort in New York – vor Nells Tante – einen Verwandlungstest ablegen, um zu beweisen, dass ich wirklich ein Wandler bin.«

»Das hast du geschafft, sonst wärst du ja nicht hier«, sagte Tikaani und ich hörte den Respekt in ihrer Stimme. Auch ich war beeindruckt.

Er nickte. »Fragt nicht, was ich meinen Eltern versprechen musste, aber schließlich haben sie sich abgeregt und mir erlaubt, dass ich auf die Clearwater High darf. In Verwandlung bin ich nicht gerade gut, aber schließlich hat es doch geklappt. Miss Clearwater hat mir sofort ein Schülervisum besorgt. So bin ich nur ein bisschen zu spät gekommen für den Anfang des Schuljahres.« Sein Lächeln war hell wie die Sonne.

Das ist sehr katzig – herzlich willkommen an der Schule, sagte ich und berührte sein Bein mit der Schnauze. Holly zog ihn freundschaftlich am Ohr, Brandon lächelte ihm zu und Tikaani zeigte ihm einen Daumen nach oben. Ich war sehr gespannt, wie er sich in der Clearwater High bewähren würde ... und ob unser Streich morgen in Verwandlung klappen würde!

Aber erst mal musste ich jetzt dringend Mr Johnson anrufen und ihm von den Sicherheitslücken im Ratsgefängnis berichten! *Bis später, Leute,* sagte ich und kletterte als Puma – natürlich ohne Strickleiter – die Kiefer hinunter. *Ich geh telefonieren. Man sieht sich!*

Verwandlung leicht gemacht

Tikaani

»Ich muss auch los«, sagte Tikaani zu ihren Freunden im Baumhaus. Sie musste mal wieder beim Rudel vorbeischauen und außerdem war sie neugierig, wie die neue Wölfin sich so machte.

»Viel Spaß«, brummte Brandon. Holly sagte nichts, weil ihr gerade eine Nuss auf den Kopf gefallen war, mit der sie zu jonglieren versucht hatte.

Tikaani verwandelte sich am Fuß des Baumes, verstaute ihre Klamotten in einer Holzbox, die sie dort aufgestellt hatte, und folgte Jeffreys Fährte bis zu einer Stelle am Fluss. Dort versuchten ihre Rudelgefährten gerade, irgendein kleines Tier – wahrscheinlich eine Taschenratte – auszugraben. Erde flog in alle Richtungen, denn besonders der kleine Miro buddelte wie wild.

Sieh an, wer da ist. Jeffrey, gerade ein dunkelgrauer Timberwolf, hob den Kopf und maß sie mit einem Blick. *Meine Beta hat auch mal wieder Zeit für uns, wie schön.*

Natürlich, ihr seid schließlich mein Rudel, meinte Tikaani, während Cliff und Miro sie wedelnd begrüßten. Auch Mondauge näherte sich ihr vorsichtig.

Plötzlich machte Tikaani sich Sorgen, was die wilde Wölfin von ihr denken würde – schließlich hatte sie gesehen, wie Tikaani im Kampfunterricht einfach so umgeworfen worden war, von einem Jungen mit winziger zweiter Gestalt! Total peinlich und schlecht für ihre Stellung hier. Würde die neue Wölfin versuchen, ihr den Rang als Beta, als Kämpferin des Rudels, streitig zu machen?

Blöderweise rutschte ihr bei diesem Gedanken unwillkürlich ein Knurren heraus. Mondauge blickte verwirrt drein, kniff die Ohren zurück und hob die Lefzen.

Nein, nein, so habe ich das nicht gemeint, versuchte Tikaani, sofort wieder zu beschwichtigen. *Ich habe, äh, nur gerade an etwas Gefährliches gedacht.*

Mondauges Ohren hoben sich wieder. Doch es klang förmlich, als sie sagte: *Ich soll dir Grüße von meinem Rudel ausrichten. Wir denken oft an dich und deine Freunde und wünschen euch, dass ihr viel Beute macht.*

Das ist schön, erwiderte Tikaani, aber das klang genauso steif. Blöd!

Um die Situation zu entspannen, begann Tikaani, ebenfalls in der Erde zu scharren. Obwohl sie deutlich lieber Burger und Pommes verspeiste als irgendwelche in Löchern wohnenden Nagetiere.

Ha! Da ist sie, gleich hab ich sie, rief Miro und versuchte, sich auf die aus einem Notausgang fliehende Taschenratte zu werfen. Doch das kleine Tier witschte ihm mühelos zwischen den Beinen hindurch und verschwand. Miro warf einen verdutzten Blick auf seine Pfoten.

Da mussten sie alle lachen, auch Mondauge. *Du wirst mal*

ein toller Jäger, versicherte ihm die rotgraue Wölfin. *Sogar die Kaninchen werden vor dir zittern!*

Meinst du wirklich?, fragte Miro und legte den Kopf schief.

Ganz sicher, meinte auch Tikaani und tat so, als würde sie vor ihm zurückweichen. *Du wirst noch gefährlicher sein als ein Ameisenlöwe!*

Ach so, ihr wollt mich verulken, wieso habt ihr das nicht gleich gesagt? Begeistert stürzte sich Miro auf sie und schon war ein wildes Spiel in Gange. Jeder jagte jeden und auch Jeffrey und Mondauge machten vergnügt hechelnd mit.

Später lagen sie gemütlich zusammen in der Sonne.

Ich glaube, ich werde mich wohlfühlen an dieser Schule, murmelte Mondauge und betrachtete sie aus dunklen Augen, in denen keine Vorsicht mehr war.

Tikaani stupste die Pfote der Neuen mit der Schnauze an. *Das ist schön,* sagte sie zum zweiten Mal und wusste, dass sie sich um ihren Rang als Beta keine Sorgen machen musste.

Carag

»Das klingt nicht gut«, sagte der Ratsvorsitzende David Johnson, als ich ihm berichtete, was ich von dem Tierpfleger Nick erfahren hatte. »Von diesen Problemen höre ich zum ersten Mal! Wenn Andrew Milling während jenes Stromausfalls geflohen wäre … das wäre übel gewesen. Wir dürfen ihm keine zweite Chance geben auszubrechen.«

Zehn Mitglieder und zwei Anwärter hatte der Rat, dessen Aufgabe es war, in ganz Amerika Woodwalker zu unterstützen und Probleme zwischen ihnen und den Menschen zu lösen. Und Johnson war der für vier Jahre gewählte Chef des nordamerikanischen Rates. »Ich werde mit dem Direktor reden«, fuhr er fort. »Wenn es hart auf hart kommt, müssen wir ihn ablösen lassen. Schwerer wird es, alle Wächter daraufhin zu überprüfen, ob sie Sympathien für Milling haben.«

»Ja, Sir, ich weiß«, sagte ich mit schwerem Herzen.

»Anderes Thema: Ich habe gehört, es gibt eine dieser Selbsthilfegruppen bei euch in der Nähe ... könntest du da mal vorbeischauen? Es würde mich interessieren, ob du jemanden wiedererkennst und ob diese Leute es überhaupt ernst meinen. Zufällig haben wir herausbekommen, wo und wann sie sich diesmal treffen.« Er gab mir die Daten durch – das Treffen war schon morgen Abend!

»Kein Problem, mach ich.« Ich war selbst neugierig darauf, ob manche der Leute in dieser komischen Gruppe mal gegen mich gekämpft hatten und ob sie jetzt wirklich für den Frieden eintraten.

»Aber sei vorsichtig und geh auf keinen Fall allein«, schärfte Johnson mir noch ein.

Es machte *Bing!*, als wieder eine anonyme Nachricht auf meinem Handy einlief.

du bist kein held, du bist das allerletzte – andrew milling ist tausendmal so viel wert wie du! aus deinem fell machen wir einen teppichvorleger!

Nein, ein Held war ich sicher nicht, das immerhin stimmte. Ich überlegte, ob ich Johnson von den Nachrichten erzählen sollte, aber schon sprach er weiter: »Viel Glück! Und sag mir sofort Bescheid, falls dieser Tierpfleger sich noch mal bei dir meldet.«

»Mach ich«, sagte ich und hörte, dass meine Stimme seltsam klang. Aber Johnson merkte nichts.

Natürlich hatte ich schon eine Idee, wen ich mitnehmen konnte. Tikaani, die gerade von ihrem Rudel zurückgekommen war, lächelte, als sie mich sah. Es war ein herrliches Gefühl, als meine Lippen die ihren berührten. In Tiergestalt verpasste man wirklich was.

Schnell erzählte ich ihr das von der Selbsthilfegruppe. »Magst du mitkommen? Die treffen sich schon morgen Abend und ich hätte dich gerne dabei. Du hast ein gutes Gespür dafür, was in jemandem steckt.«

»Du meinst: außer dem Tier in uns allen?« Tikaani grinste. »Geht klar, ich bin dabei.«

Ihr erzählte ich natürlich von den anonymen Nachrichten. Ihre Augen wurden ganz kalt vor Wut. »Was für ein Schwachsinn! Leute, die so viel Hass versprühen, sind echt *krank.* Vielleicht kann dir Brandon helfen, eine neue Handynummer zu bekommen?«

»Gute Idee«, sagte ich und freute mich darüber, dass sie immer zu mir hielt.

Als Nächstes berichteten wir meinem Lieblingslehrer James Bridger und unserer Schulleiterin, dass es offenbar Probleme mit Andrew Millings Bewachung gab. Ich erwähnte auch den Gefallen, um den Johnson mich gebeten hatte. Ihren Gesichtern sah ich an, dass sie das mit dem Auskundschaften der Selbsthilfegruppe für keine so gute Idee hielten. »Ihr geht dort nur hin, wenn mehrere Lehrer in der Nähe bleiben und euch zu Hilfe kommen können«, sagte Miss Clearwater.

»Mr Bridger, wir sind ein *Wolf* und ein *Puma«,* protestierte Tikaani.

»Ja und?« James Bridger kratzte sich das Kinn. »Lissa, morgen Abend geht es nicht, oder?«

Unsere Schulleiterin nickte. »Nein, jetzt am Schuljahresanfang ist bei uns zu viel los, wir können nicht weg. Ich fürchte, ihr müsst auf das nächste Treffen warten.«

»Aber ...«

»Nichts ›Aber‹. Schönen Tag noch, Carag.«

Ärgerlich zogen Tikaani und ich wieder ab. »Zu blöd! Vielleicht schafft der Rat es nicht noch einmal rauszukriegen, wann diese Leute sich treffen«, knurrte Tikaani übellaunig.

Auch ich war alles andere als glücklich. »Der Rat persönlich hat mich darum gebeten, diese Leute auszukundschaften!« In meinem Kopf arbeitete es. »Wir könnten ja morgen rein privat in die Stadt gehen ...«

»... und ganz zufällig bei der Selbsthilfegruppe reinschauen, weil wir sowieso in der Nähe sind.« Tikaani hatte schnell kapiert, was ich vorhatte.

Wir grinsten uns an und damit war es beschlossen.

Für diesen Abend hatten meine Freunde, ich und ein paar Drittjahresschüler eine Basketballpartie geplant – und weil es ein warmer Tag war, entschieden wir uns für das Spielfeld unter freiem Himmel. Wir waren ein bisschen erstaunt, dass so viele Erstis kamen ... manche nur, um zuzuschauen, aber Paolo, der kräftig gebaute Ameisenlöwe, fragte: »Kann ich mitmachen?« Mit hochgezogenen Augenbrauen, ein bisschen herablassend, schaute er sich auf unserem Spielfeld um.

»Klar«, sagte Nell und wärmte sich mit ein paar Sprüngen auf. Seit ich sie kannte, würde ich nie wieder eine Maus unterschätzen, sie war mutig und konnte springen wie ein Gummiball.

Amber, die in zweiter Gestalt Ameise war, schaute den Neuen misstrauisch an – es hatte sich inzwischen herumgesprochen, dass er sich in zweiter Gestalt von Tierchen ihrer Art ernährte.

Unser Katzen-Wandler Dorian, gerade ein lässiger, grünäugiger Junge mit Jackett über dem T-Shirt, gesellte sich zusammen mit Salomé zu den Zuschauern. »Was findet ihr nur dabei, euch so anzustrengen? Dabei schwitzt man doch.«

»Ich dachte, das wäre der Sinn der Sache«, meinte ich und sah Salomé grinsen.

Schon ging es los.

Vielleicht hätte ich vorher mal nachforschen sollen, was Ameisenlöwen so machen. Paolo war zwar nicht sonderlich schnell, aber er war der absolut perfekte Werfer. Er warf, als hätte er nie etwas anderes gemacht, als Bälle in Körbe zu versenken.

»Mit dem spiele ich nie wieder!«, schimpfte ich, als die Partie beendet war.

»Wieso – nur weil er uns 50:1 rasiert hat?«, fragte Brandon und fächerte sich mit seinem völlig durchgeschwitzten T-Shirt Luft zu.

»Nimm's nicht so schwer, Lieblingspuma.« Tikaani schaute mir ganz lieb in die Augen. »So was kann mal passieren.«

Während Paolo sich auf die Brust schlug und herumstolzierte, als wäre er mindestens Weltmeister geworden, zeigte sie mir ihr Smartphone, mit dem sie sich gerade schlaugemacht hatte. Aha, wenn ein Insekt in ihren Sandtrichter geraten ist, dann bewerfen die Ameisenlöwen es mit Sand, damit es zu ihnen in die Mitte rutscht und sie es fressen können. Alles klar.

Ich war schon sehr gespannt auf die Verwandlungsstunde am Dienstag, in der Felix dabei sein und seinen großen Auftritt haben würde. Wir hatten richtig geraten, diese Stunde würden »unsere« Erstis und wir gemeinsam haben. Gut! Dann konnte ich hoffentlich verhindern, dass dieser Wapiti-Wandler Mia quälte, nur weil sie meine Schwester war!

»Na, diesmal im Bett übernachtet?«, fragte ich Mia, als wir uns am Eingang des Innenhofes trafen.

»Ich hab's immerhin eine ganze Weile geschafft.« Mia wirkte sehr stolz. »Aber dann war die Nacht so schön, ich wollte raus und durch die Gegend streifen, verstehst du das?«

»Morgen komme ich mit«, versprach ich ihr und sah, dass einige der Erstis in dem selbst verfassten Leitfaden blätterten, den Leroy gerade austeilte, und sich bei ihm bedankten. Nur Paolo, der Ameisenlöwe, nicht. Er warf einen Blick auf die zusammengehefteten Blätter und beförderte sie in den nächstbesten Papierkorb. Sprachlos schaute Leroy zu.

»Paolo, wie bist du denn drauf?«, schimpfte stattdessen Frankie, der den Kerl als Mentor betreute.

Unser Erstjahres-Igel war nirgendwo in Sicht. *Wo bist du, Felix?,* flüsterte ich ihm in den Kopf.

Schon auf dem Stuhl, kam es zurück – aber nicht sonderlich leise, er hatte nie richtig gelernt, von Kopf zu Kopf zu flüstern. *Seid ihr sicher, dass das eine gute Idee ist?*

Was soll eine gute Idee sein?, fragte ein zartes Stimmchen – Juanita, unsere Spinnen-Mitschülerin, hatte es sich in einem Baum schräg über uns bequem gemacht.

Ach nichts, nichts, gab ich zurück.

Meint ihr vielleicht den Igel auf dem Stuhl dort? Das ist doch gar kein Lehrer, wieso darf der dort sitzen?

Beim großen Gewitter! Jetzt wussten es noch ein paar Leute mehr. Auch Lou, die hin- und hergerissen aussah. *Juanita, ich erkläre dir nachher alles, okay?,* sagte ich.

Da kam schon Mr Ellwood, er war in Menschengestalt und trug sein übliches braunes Jackett. Mit einem kurzen Gruß marschierte er auf seinen Tisch und den dahinter stehenden Stuhl zu, die im grasbewachsenen Innenhof etwas fehl am

Platze wirkten. Holly konnte kaum stillhalten vor Erwartung. Und wäre Mia gerade ein Puma gewesen, hätten sich ihre Tasthaare bestimmt erwartungsvoll gesträubt.

Mr Ellwood senkte sein Hinterteil auf den Stuhl zu ... und setzte sich. Einfach so. Ohne Aufschrei. Ich merkte, warum, als ein Igel durchs Gras wuselte und sich zu den anderen Erstis gesellte. Felix hatte es sich anders überlegt! Ich konnte ihn nicht fragen, warum, ohne dass Mr Ellwood seine Antwort aufgefangen hätte. Meine Freunde und ich tauschten einen enttäuschten Blick, Lou dagegen sah erleichtert aus. Immerhin, sie hatte nicht gepetzt!

»Viel Arbeit liegt vor euch,

liebe Erstjahresschüler«, sagte unserer Verwandlungslehrer und blickte streng in die Runde. »Stellt euch jetzt bitte in einer Reihe auf. Die Zweitjahresschüler können erst mal sitzen bleiben.«

Brav stellten sich die Erstis auf – bis auf einen. Terry blieb seelenruhig hechelnd im Schatten liegen und dachte nicht daran, sich in die Reihe zu begeben.

»Du da, hast du nicht gehört?«, raunzte Mr Ellwood ihn an.

Doch, gab Terry seelenruhig zurück.

»Na dann, ab in die Reihe!«

Terry schlenderte zu den anderen Erstjahresschülern und stellte sich neben sie – sodass sein Hinterteil in Richtung Mr Ellwood zeigte. Dann pupste er laut und vernehmlich.

Ich ächzte. Mir war eingefallen, was die Tierheimfrau mir gesagt hatte, als ich »Flauschi« dort rausgeholt hatte – dieser Hund habe keine Lust mehr zu gehorchen und mache deshalb immer das Gegenteil von dem, was man ihm befehle.

Unser Verwandlungslehrer hatte einen roten Kopf bekommen. »Wer ist sein Mentor?«, schnaubte er. »Derjenige möge bitte eingreifen, und zwar sofort!«

»Äh ... ich bin das«, gab ich zu und bekam dafür einen vernichtenden Blick nach dem Motto *Ihr passt ja gut zusammen.*

Von vielen Augenpaaren beobachtet, stand ich auf, ging zu Terry hinüber und kniete mich in meiner Menschengestalt vor ihn.

»Ich dachte, du willst hier was lernen?«, flüsterte ich ihm zu und legte ihm eine Hand aufs Halsfell. »Verwandlung ist wirklich wichtig. Und willst du nicht wissen, wie du als Junge aussiehst?«

Vielleicht. Terry tat gleichgültig. *Eigentlich interessiert es mich nicht so sehr.*

Doch zum Glück war seine beste Freundin Tabitha, die als Fledermaus auf dem Boden hockte, mal wieder in Schwarzseherstimmung. *Ich wusste, das geht schief!*, verkündete sie dramatisch und flappte mit den Flügeln. *Tut mir leid, dass ich dich überredet habe herzukommen, Terry. Wahrscheinlich ist ein Haustierleben doch das Beste für dich ...*

Knurrend fuhr Terry herum. *Ist es nicht!* Zack, schon stand er bei den anderen Schülern, und zwar mit dem Kopf Richtung Lehrer, so wie es sich gehörte.

Tabitha zwinkerte mir zu – und gähnte. Es war nicht wirklich ihre Tageszeit.

Ich atmete auf, aber nicht lange, denn schon kommandierte Mr Ellwood: »So, jetzt geht jeder Zweitjahresschüler zu seinem Schützling und übt mit ihm die Verwandlung!«

Jeffrey stand gelangweilt Mia gegenüber und sagte nur: »Na, dann mach mal«, worauf ihn meine Schwester mit einem Blick durchbohrte. *Du denkst bestimmt, Nettsein wird überschätzt, was?*

»Woher hast du das gewusst?«, fragte Jeffrey grinsend.

Währenddessen hüpfte Holly als Rothörnchen wütend auf und ab und versuchte, Tabitha-die-Fledermaus vom Einschlafen abzuhalten. Brandon mühte sich vergeblich, Felix aus seiner Igelgestalt herauszuholen, ich hörte nur ein »Ich spür kein Kribbeln, ich spür kein Kribbeln!«.

Einen Meter weiter konnte man den Anblick bewundern, wie ein Frosch (Henry) vor einem Jungen (Oscar) saß und auf ihn einredete. *Nein, natürlich verachten wir dich nicht, weil du ein Lemming bist, wie kommst du darauf?*

»Gestern hat mich eure Sei-dein-Tier-Lehrerin gefragt, ob

ich auch schon mal eine Klippe runtergesprungen bin! Aber Lemminge machen das in Wirklichkeit gar nicht! Und wenn ich mich jetzt verwandle, geht es bestimmt gleich los mit den blöden Witzen!«

Wahrscheinlich hatte er sogar recht. Jeffrey schaute so komisch in seine Richtung.

Und ich? Ich hatte als Verwandlungsschüler einen Hunde-Wandler, der gerade im ganzen Innenhof herumlief, ohne mich zu beachten. *Komm, wir spielen ’ne Runde, ich such uns schnell ein Stöckchen,* rief Terry, während ich ihn ratlos anblickte und mir Halsband und Leine für ihn wünschte. Wie alt war er eigentlich? Sollte ich versuchen, ihn in einer Wandler-Grundschule unterzubringen, falls es so was überhaupt gab?

Joe Bridger blickte sich mit verschränkten Armen um. »Und ich dachte, in meiner alten *Menschenschule* würde es chaotisch zugehen.«

»Jaja, hab’s kapiert, du bist der taffe Kerl aus dem Navajo-Reservat«, sagte Nell, zauberte hinter ihrem Rücken das Foto eines Kojoten hervor und hielt es ihm vor die Nase. Joe bekam pelzige Ohren und motzte: »He! Wie wär’s mit ’n bisschen Vorwarnung?«

Nur Tikaani und ihr Polarfuchsmädchen hatten eine tolle Zeit. Die beiden lachten sogar hin und wieder. Wenigstens ein Dream-Team unter uns, wie schön.

Ich glaube, die meisten von uns waren froh, als die Stunde vorbei war. Sofort verzogen Tikaani, Holly, Brandon und ich uns mit Felix auf diese Wiese hinter der Schule. »Sag mal, was war denn los, Stachelkissen?«, fragte Holly enttäuscht. »Ich dachte, du wolltest uns helfen beim Zurücktyrannisieren!«

Inzwischen war Felix kein Stachelkissen mehr, sondern ein

auf den ersten Blick normaler Junge. »Na ja, ich saß auf diesem Stuhl … und da wurde mir plötzlich klar, dass ein Mensch, der sich jetzt auf mich setzt, mich *plattmachen* würde«, sagte er und verzog das Gesicht. »Außerdem gab es keine vernünftige Ausrede, warum ich auf diesem Stuhl sitze. Ich hätte gleich an meinem ersten Tag hier einen Verweis kassiert.«

»Stimmt«, sagte ich betroffen und dachte daran, was er riskiert hatte, um an die Clearwater High zu kommen. »Daran habe ich nicht gedacht. Wir hätten dich nicht um so was bitten dürfen.«

Auch Holly blickte zerknirscht drein. »Ein platter Igel! Die hab ich schon ab und zu auf der Straße gesehen. Aber auf einem Stuhl sind die ja noch viel ekliger.« Während Brandon und ich versuchten, im Boden zu versinken, kramte Holly aus ihrer Hosentasche ein Tütchen Nuss-Mix heraus – bestimmt frisch aus der Küche »geborgt« – und überreichte es dem Neuen. »Hier. Als Entschuldigung.«

Ich wartete darauf, dass Felix so was wie »Ich mag viel lieber Regenwürmer« erwiderte, doch stattdessen meinte er nur: »Oh danke«, riss die Tüte auf und teilte sie mit uns. Stimmt, er war ja als Mensch aufgewachsen.

»So, und jetzt zeigen wir dir und unseren anderen Schützlingen erst mal die Schule«, kündigte Brandon an, warf Tabitha einen Blick zu, der vielleicht rätselhaft-geheimnisvoll wirken sollte, und zerkaute krachend ein Maiskorn.

Tabitha gähnte.

Ich checkte den Stundenplan der Erstis – als Nächstes hatten sie Englisch, Sei dein Tier und Kampf und Überleben. Mit diesen Fächern würde Mia vermutlich wenig Probleme haben, Lesen konnte sie schon, über das Pumasein wusste sie bestens Bescheid und als Kämpferin war sie ungeschlagen. Aber mein Hundeschützling würde es wahrscheinlich schwer haben.

»Wenn ich mit dir übe, kommst du in Englisch bestimmt bald gut mit«, versprach ich Terry.

Der war gerade mehr mit Herumschnüffeln als mit Lauschen beschäftigt. *Oh wow, hier riecht es total lecker nach Kaninchen, habt ihr ernsthaft ein Kaninchen in der Klasse?*

»Ja, und stell dir vor, es ist grün-schwarz kariert«, sagte ich, um zu prüfen, ob er mir zuhörte.

Keine Reaktion. Ich seufzte. Zum ersten Mal kam mir der Gedanke, dass Mentorsein und jemanden zu betreuen gar nicht so einfach war … und dass Andrew Milling genau das vielleicht auch über mich gedacht hatte!

Heute Abend würde ich einen ganzen Raum voll von Milling-Kumpanen treffen. Ein Schauer überlief mich. Aber erst mal hatte ich Mathe. Es wurde leider genauso grauenhaft, wie ich schon geahnt hatte. Obwohl ich mich bemühte, möglichst unauffällig zu erscheinen, rief Mr Bridger mich auf. »Carag, zeig uns bitte mal, wie man diese Bruchrechnung löst. Das habt ihr ja alles schon im letzten Schuljahr gemacht.«

Ich ging zur Tafel und starrte die Zahlen an. Die Zahlen starrten zurück.

»Sorry, ich weiß es nicht«, musste ich zugeben und kurz darauf durfte stattdessen Frankie fröhlich auf der Tafel herumkritzeln.

Holly – die in fast allen Fächern Probleme hatte – warf mir einen mitleidigen Blick zu und Tikaani nahm tröstend meine Hand. Besorgt blickte mich Brandon von seiner Bank aus an. Er war Klassenbester in Mathe und Physik. *Hast du wirklich so viel vergessen?,* sagte sein Blick.

Ich schickte ein gequältes Lächeln zu ihm rüber. Ja, anscheinend hatte ich das.

Hilfe vor der Selbsthilfe

Das Treffen der Selbsthilfegruppe sollte im Hinterzimmer eines Hotels und Restaurants in Jackson stattfinden, das *Mountain Inn* hieß. Es hatte schon bessere Zeiten gesehen, wie die Menschen sagen. Im Leuchtschild waren ein paar Buchstaben dunkel und die Fenster zur Straße sahen aus, als wären sie zuletzt geputzt worden, als ich noch als Puma in den Bergen gelebt hatte.

»Wird schon alles klappen«, sagte ich und lächelte Tikaani an. Dann gingen wir rein.

»Was für eine Absteige«, murmelte Tikaani und sog den Geruch nach alten Teppichen, Staub und billigem Bratfett ein, der im Inneren in der Luft hing.

Die Rezeption war nicht besetzt, als wir zur Tür hereinkamen, doch kaum standen wir drinnen, wieselte plötzlich jemand in unsere Richtung, ein apfelförmiger, grauhaariger Mann. Er hatte eins dieser Gesichter, das man sofort wieder vergisst, sobald man es nicht mehr vor Augen hat. Aber seine Witterung fand ich sehr interessant. Der Mann trug nicht nur eine gestreifte Strickjacke, er roch auch ganz schwach nach Streifenhörnchen. Ein Woodwalker. Sicher hatte er längst gespürt, dass wir auch welche waren.

»Wer seid ihr?«, fragte er nicht sehr freundlich. »Ihr wollt aber kein Zimmer, oder? Für so 'nen Kram seid ihr echt noch zu jung.«

»Äh, nein – kein Zimmer«, stammelte ich und fühlte mein Gesicht heiß werden. Wahrscheinlich sah ich aus wie eine dieser Ampeln draußen, wenn sie einem das Weiterfahren verbieten wollten.

Tikaani ließ sich zum Glück nicht so leicht aus der Ruhe bringen. Irgendwie schaffte sie ein Lächeln, obwohl es ein bisschen nach Zähnefletschen aussah.

»Wir kommen von der Clearwater High und sollen ein Schulprojekt machen«, erklärte sie und wie abgesprochen zückte ich einen Notizblock. »Über die Woodwalker in Amerika nach dem Tag der Rache.«

Ich atmete einmal tief durch. »Genau. Ich heiße Daniel, das ist meine Freundin Leila. Dürfen wir bei Ihrem Treffen zuhören? Wir stören auch nicht.« Die Decknamen, die wir uns überlegt hatten, klangen ungewohnt in meinen Ohren. Doch wer Carag war, wussten Millings Leute natürlich und auch Tikaanis Name behielten wir besser für uns.

Der Mann zögerte. Wieder dieser Geruch nach Streifenhörnchen. In diesem Moment dämmerte es mir, wer das vor uns war. Rudy! Tikaani und ich blickten uns nicht an, doch ich spürte, dass auch sie ihn erkannt hatte. Er war ein Späher für Milling gewesen und hatte für ihn Botschaften überbracht. Später hatte er auch geholfen, Millings Stützpunkt in der Sierra Lodge zu bewachen. Es war ihm nicht gut bekommen, dass ich reflexartig auf ihn gesprungen war. Ich freute mich richtig, dass er noch lebte, denn sonst wäre sein Tod meine Schuld gewesen.

»Na gut«, sagte Rudy, der meinen Gesichtsausdruck wohl als freudige Aufregung missdeutete. Er führte uns durch einen schlecht beleuchteten Flur und in die Tiefen des Hauses hinein. Es kostete mich eine Menge Selbstbeherrschung, ihm zu folgen.

»Hier rein.« Der Woodwalker öffnete eine Tür und winkte uns in einen Raum mit schmuddelig weißen Wänden. Auf Regalen an der einen Seite lagerten Reinigungsmittel, Riesenpackungen Tortillachips und andere Lebensmittel, Salz- und Pfefferstreuer, Servietten und Ketchupflaschen. An der anderen Wand waren neben einem Reservekühlschrank, der vor sich hin brummte wie ein nachdenklicher Bär, Getränkekästen gestapelt. Darüber hing ein Feuerlöscher. Alles war eingestaubt und dreckig und an Decke und Regalen sah man, dass hier viele Spinnen gewohnt hatten. Wahrscheinlich waren sie ausgezogen, weil es ihnen zu eklig geworden war.

In dem staubig riechenden Hinterzimmer saßen schon zwei Frauen und zwei junge Männer auf Stühlen im Kreis.

»Was, du lässt hier Fremde rein?«, beschwerte sich eine der Frauen, sie hatte eine schwarze Lockenmähne und war stark geschminkt und – uäh – parfümiert. Ihr Riechorgan hatte eine etwas seltsame Form, ich konnte von hier aus in ihre Nasenlöcher hineinschauen. Fledermaus, ging es mir durch den Kopf. War sie in dem Schwarm gewesen, der mich und meine Freunde mehrmals angegriffen hatte?

Rudy flüsterte ihr etwas ins Ohr und ihr Ausdruck veränderte sich, wurde freundlicher, fast ein bisschen zu freundlich. Was hatte er ihr zugeflüstert?

»Wir machen ein Schulprojekt«, erklärte ich.

»Schön, euch kennenzulernen«, sagte die behäbig wirkende Frau mit dem blonden Pagenschnitt und lächelte uns an, obwohl auch sie ein bisschen misstrauisch wirkte. »Für welches Fach macht ihr denn das Projekt?«

Tikaani schien in Schockstarre zu sein, sie schien nicht mal mehr zu atmen. Was war denn auf einmal mit ihr los? Ich stieß sie an, doch sie reagierte überhaupt nicht.

»Verhalten in besonderen Fällen«, schwindelte ich und zog Tikaani auf einen der Stühle, die am Rand des Raumes standen. Nun saß sie da, als hätte sie jemand mit Wasser übergossen und bei zwanzig Grad minus rausgestellt.

Keiner aus der Gruppe hatte seinen Namen genannt. Aber ich war schließlich nicht nur ein Junge, sondern auch ein Puma. Als ich den Parfüm-Nasenangriff überwunden und die Witterung der blonden Frau aufgenommen hatte, wusste ich, wer sie war und warum Tikaani sich so seltsam benahm. Zuletzt getroffen hatten wir sie auf einem schneebedeckten Berggipfel, als wir versucht hatten, meine kleine Stiefschwester aus Millings

Fängen zu befreien. Das da war Mina, die Bärin. Tikaani und sie hatten bis aufs Blut miteinander gekämpft.

Ein leises Klicken ließ mich aufhorchen. Aus dem Augenwinkel sah ich, woher es stammte.

Rudy hatte von innen abgeschlossen. Gerade ließ er den Schlüssel in seine Tasche gleiten. Ich spürte, dass sein Blick auf uns ruhte.

Nicht gut. Gar nicht gut.

Doch fürs Erste schien es ein ganz normales Treffen zu sein. Rudy setzte sich zu den anderen in den Kreis. »So, Leute ... erst mal, wie geht es euch?«

»Ich weiß, ihr habt es alle nicht leicht, aber mir geht es eindeutig am *miesesten.«* Mit leidendem Blick schaute die Bärenfrau in die Runde. »Ich hab schließlich meinen *Job* verloren durch diese ganze blöde Tag-der-Rache-Sache! Mein Wasserhahn tropft, ich bräuchte dringend neue Klamotten und als Mensch kann ich mir kein Steak mehr leisten, könnt ihr euch das *vorstellen?«*

Der sportlich wirkende junge Mann mit dem blonden Bürstenhaarschnitt wirkte genervt. »Grab halt ein paar Wurzeln aus oder so was, wozu hast du eine zweite Gestalt? Wir sollten über die Rechte von Luchsen reden! Unbedingt! Es war nicht okay von Andrew, dieses Wildnisgebiet zu verkaufen. Luchse brauchen Wildnis!« Seine Hand öffnete und schloss sich reflexartig, wahrscheinlich hätte er in zweiter Gestalt die Krallen ausgefahren.

»Jaja, Sergej, schon gut. Mir geht es auch schlecht«, verkündete die Fledermaus-Lady. »Manchmal denke ich, niemand mag mich.«

»Hast du mal versucht, das Parfüm zu wechseln?« Die Bärenfrau rümpfte die Nase. »Es stinkt unerträglich!«

»Ach wirklich?«, fauchte die Fledermaus. »Ich dachte, hier wäre Thema, wie ich mich *fühle.* Manchmal freue ich mich nicht mal mehr auf die Nacht, weil sie mich so sehr an Andrew erinnert!«

»Andrew hat uns im Stich gelassen. Er ist nicht mehr für uns da.« Die Bärenfrau schluchzte auf. »Meine Tochter hat gesagt, sie findet es nicht gut, was damals gelaufen ist, und hat gar keine Lust mehr, mit mir zu reden – mit mir, ihrer Mutter!«

»Das sind doch keine wirklichen Probleme«, motzte Streifenhörnchen Rudy. »Mir geht es viel schlechter als euch. Ich habe schon zehn Ein-Sterne-Bewertungen für mein Hotel bekommen in letzter Zeit – ZEHN! Bestimmt alle von Milling-Gegnern.«

»Na ja, du hättest es mal mit Putzen versuchen können«, sagte die Fledermausfrau spitz. »Also *ich* mag das, wenn es aussieht wie in einer Höhle, aber Menschen …«

Jetzt tauschten Tikaani und ich doch noch einen Blick. Beim großen Gewitter, diese Gestalten waren ja unerträglich. Immerhin hörten sie nun auf, über ihre Gefühle zu schwafeln, und redeten über den Tag der Rache, das war interessanter.

»… und wenn jemand sagt, ich hätte zugebissen damals, dann lügt er! Ich jedenfalls kann mich nicht daran erinnern, dass ich zugebissen hätte«, rechtfertigte sich die Fledermausfrau. »Alle anderen im Schwarm fanden das gut, was Andrew vorhatte, also habe ich einfach mitgemacht. Das kann mir doch niemand vorwerfen, oder? Woher hätte ich denn wissen sollen, wie das alles endet?«

»Ich habe auch jemanden gebissen – eine Frau. Ins Bein.« Der zweite junge Mann, der mit dem weichen Gesicht, wirkte fast stolz. »Das war sehr gefährlich, sie hat gedroht, mir den Hals rumzudrehen und mich in den Kochtopf zu werfen! Richtig angestrengt habe ich mich am Tag der Rache, aber was hat es mir gebracht? Andrew hat mich überhaupt nicht beachtet! Dabei habe ich alles für ihn getan, was ein Truthahn nur tun kann!«

»Kann ich gut verstehen«, versuchte Rudy, ihn zu beruhigen. »Ich habe auch alles getan und es hat nichts genutzt.« Er warf uns einen schnellen Blick zu. »Wir waren einfach auf dem falschen Weg, Leute. Stimmt's?« Er betonte das letzte Wort.

»Ja, völlig fehlgeleitet«, sagte die Bärenfrau und schüttelte theatralisch den Kopf. »Wir sind eigentlich *Opfer.*«

»Niemals hätten wir mitmachen dürfen!«

»Warum haben wir Andrew nur geglaubt!«

»Aber was hätten wir denn tun sollen? Er wirkte so toll!«

Mir war schlecht. Auch Tikaani sah aus, als hätte sie genug, sie zupfte mich am Arm und stand auf. »Danke, ich glaube, wir haben genug Material für unser Schulprojekt. Wir machen uns jetzt wieder auf den Weg, ja?«

»Hm, ich weiß nicht«, sagte Rudy und grinste auf eine Art, die mir ganz und gar nicht gefiel. »Bleibt doch noch. – Was meint ihr, Leute, sollen Carag und Tikaani uns noch ein bisschen Gesellschaft leisten?«

Eulendreck, nicht nur wir hatten sie erkannt – sie auch uns! Als uns fünf hasserfüllte Blicke trafen, wurde mir klar, dass es in den nächsten Minuten ziemlich brenzlig für Tiki und mich werden konnte.

Luchs mit Ketchup

Die Tür des Lagerraumes war abgeschlossen, wir saßen in der Falle. Rudy hatte den Schlüssel in der Tasche und sah nicht aus, als hätte er vor, ihn rauszurücken. Ich hatte keine Ahnung, was diese fünf Woodwalker mit uns anstellen wollten, aber viel Lust, es rauszufinden, hatte ich nicht. Absolut miese Idee, ohne die Unterstützung der Lehrer hierherzukommen!

Alle fünf Mitglieder der Selbsthilfegruppe waren aufgestanden und kamen auf uns zu. Mit drohenden Blicken machten sie sich daran, Tikaani und mich in eine Ecke zu drängen.

Meine Freundin und ich wichen zurück, bis wir spürten, dass es nicht mehr weiterging. Ich beäugte die Tür, versuchte abzuschätzen, wie morsch oder wackelig sie war. Auch in erster Gestalt war ich deutlich stärker als ein Mensch – konnte ich das Ding eintreten? Doch leider war sie aus Metall und sah ziemlich solide aus.

»Lassen Sie uns gehen«, sagte ich zu Rudy, der anscheinend der Anführer der Gruppe war. *Unterschätze nie ein Hörnchen,* schien Hollys Stimme in meinem Kopf zu sagen. Wir waren Puma und Wolf in zweiter Gestalt, das kampfstärkste Team der Schule. Aber in einem so engen Raum, gegen so viele Feinde … nein!

Nun waren vier der Woodwalker uns so nah, dass sie uns mit ausgestrecktem Arm hätten berühren können. Mina, die

Bären-Wandlerin, knurrte uns an. Wären Blicke Dolche gewesen, hätte uns die Fledermaus schon längst an die Wand gepinnt. Und hätte dieser Luchs-Wandler eine Knarre gehabt, hätte ich keinen Mäuseschwanz auf unser Leben gewettet. Nur vor dem Truthahn-Wandler hatte ich nicht wirklich Angst, aber er hielt sich sowieso im Hintergrund und sah aus, als wäre er lieber woanders.

»Wenn Sie uns etwas antun, wird der Rat der Woodwalker Sie bestrafen«, versuchte Tikaani zu argumentieren. »Wollen Sie unbedingt nach Sunny Meadows?«

»Wieso?« Rudy lächelte und zeigte dabei gelblich braune, schiefe Zähne, eine Schande für jedes Nagetier. »Das war doch Notwehr, oder? Ihr habt versucht, uns anzugreifen, weil ihr Andrew Milling hasst. Und weil ihr zwei wirklich gefährliche Tiere seid, sind wir in Panik geraten.«

Na wunderbar. Instinktiv stieß ich den lautesten Fernruf aus, den ich schaffte. *Hier sind Carag und Tikaani, wir sind im Mountain Inn und brauchen Hilfe! Wenn uns jemand hört, dann ...*

Rudy holte aus und versetzte mir einen Schlag gegen den Kopf, der mich vorübergehend daran hinderte, zu denken oder zu rufen. »Ihr seid schuld, dass alles schiefgegangen ist! Ihr!«, brüllte er, und das war anscheinend das Signal für die anderen, sich auf uns zu stürzen. Der Luchsmann drosch mit den Fäusten auf uns ein, Rudy schüttete uns den Inhalt von gleich mehreren Pfefferstreuern ins Gesicht und Mina schleuderte alles auf uns, was sie gerade in die Finger bekam. Leider auch Konservendosen. Aua!

Aus dem Augenwinkel sah ich, dass Tikaani sich verwandelt hatte. Ihr Fell streifte mich, als sie an mir vorbeisprang und die Zähne in den Arm von Sergej-dem-Luchs grub – Momente, bevor er mir damit eine verpassen wollte. Doch ich blieb noch in meiner Menschengestalt. Wir mussten hier raus, das war das Wichtigste!

Während der Schrei des Luchsmanns mir in den Ohren gellte, wehrte sich alles in mir dagegen, einen alten Mann anzugreifen. Aber erstens benahm sich Rudy nicht gerade wie ein netter Opa und zweitens war er einer von Millings Leuten, ein feindlicher Woodwalker! Ohne darauf zu achten, wie der Pfeffer in meiner Nase und meinen Augen brannte, stürzte ich auf ihn zu und versuchte, mit der Hand in seine Tasche zu kommen. Wir brauchten diesen verdammten Schlüssel!

Bevor ich das Ding zu fassen bekam, verwandelte sich Rudy und war plötzlich weg. Nur einen Wimpernschlag lang saß das Streifenhörnchen auf seiner Strickjacke und der abgewetzten Hose, dann flitzte es los – mit dem Schlüssel im Maul!

»Eulendreck«, stieß ich hervor und jagte ihm nach. Oder versuchte es jedenfalls. Mina hatte sich in eine Schwarzbärin verwandelt und holte mit der Pranke aus.

Jetzt hatte ich keine Wahl mehr, als Mensch konnte ich es mit ihr niemals aufnehmen. Stress hin oder her, inzwischen brauchte ich nur noch ein paar Atemzüge dafür, in meine zweite Gestalt zu schlüpfen. Mein T-Shirt ging in Fetzen, dann sprang ich als ausgewachsener Puma einfach über die Bärin hinweg.

Rudy schoss gerade das Lagerregal mit dem Restaurantzeug hoch und ich kletterte finster entschlossen hinterher. Senf- und Ketchupflaschen regneten herab, Servietten flatterten durch den Lagerraum wie ein Vogelschwarm und ein Kanister mit braunem Sirup spuckte seinen Inhalt durch die Gegend. Ein Sack Reis plumpste auf den Truthahn-Wandler und schickte ihn zu Boden, wo er ohnmächtig liegen blieb.

Sergej verlor keine Zeit, nahm seine zweite Gestalt ein – ein Luchs mit Ketchupflecken und blutender Vorderpfote – und raste mir nach. Jetzt kletterten schon zwei Raubkatzen, eine davon (ich) immerhin sechzig Kilo schwer, in den Restaurantvorräten herum. Als ich meine Krallen in das Holzregal schlug, begann es zu schwanken und auch ein paar Konservendosen kamen ins Rutschen.

Gib mir den Schlüssel, dann hauen wir ab und ihr müsst uns nie wiedersehen!, schrie ich Rudy an, doch er schickte mir nur eine Welle der Wut in den Kopf und hangelte über eine Riesenpackung Nudeln hinweg, um mir zu entkommen. Meine Krallen verfehlten ihn und rissen nur die Packung auf. Es regnete Nudeln auf Tikaani und ihre Gegnerinnen.

Als ich hinunterblickte, sah ich erschrocken rote Flecken auf Tikaanis Fell. *Oh nein, bist du verletzt?*

Das ist nur Ketchup, gab sie zurück und kämpfte verbissen weiter gegen die Bärin. Mina sah inzwischen kaum noch aus wie ein Tier. Anscheinend hatte der Ahornsirup sie durchtränkt, denn Servietten in allen Farben klebten an ihr, außerdem etliche kleine Gestecke aus künstlichen Blumen und jede Menge Nudeln. Jedes Mal, wenn sie sich beim Kampf mit Tikaani durch den Raum wälzte, kam eine Schicht Staub und Spinnweben hinzu.

Dieses runde bunte Etwas stürzte sich immer wieder brüllend auf meine nicht mehr sehr weiße Freundin. Tikaani versuchte, hinter sie zu kommen, und brachte einen Biss in ihr Hinterbein an, ließ aber sofort wieder los. *Mist, sie hat jede Menge Pfeffer im Fell! Ekelhaft! Ich muss etwas anderes versuchen.*

Sei vorsichtig, rief ich ihr zu und riss meinen eigenen Hinterlauf weg, bevor der Luchs seine Zähne hineingraben konnte.

Während er und ich uns anfauchten und versuchten, uns von diesem Regal runterzuklatschen, nahm Tikaani so viel Anlauf, wie es in dem kleinen Raum ging. Während sie losrannte, wurde mir klar, was sie vorhatte. Sie wollte Mina von der Seite rammen und versuchen, sie umzuwerfen, wie neulich dieser Ameisenlöwe sie! Oh nein, das konnte nicht gut gehen!

Bären sind ganz anders gebaut als Wölfe. Statt umzufallen, setzte sich Mina mit dem runden Hintern in eine Lache Senf, schlug sitzend mit den Pranken um sich und erwischte Tikaani mit einem Hieb. Ich musste etwas tun, und zwar schnell! Das Streifenhörnchen musste eben warten.

Direkt vor mir war ein Blechkanister, in dem sich laut Aufschrift *Premium-Bratöl Sonnenblume* befand. Ich schob ihn mit der Schnauze an und half mit der Pfote nach. Ganz langsam setzte sich das Ding in Bewegung, kippte ... und stürzte ab. Genau auf Mina. Ausgeknockt streckte die Bärin alle vier Pfoten von sich. Na also!

Keuchend stand Tikaani als Polarwölfin mitten im Raum, noch in Kampfpose und mit gefletschten Zähnen.

Währenddessen hatte ich Rudy natürlich im Auge behalten, ohne es ihn merken zu lassen. Als er kurz verharrte, um gespannt nach unten zu glotzen, überbrückte ich die Entfernung zwischen uns mit einem gewagten Sprung, der das ganze Regal zum Beben brachte und praktischerweise den Luchs hinunterkegelte. Dann schoss meine Pranke vor und krallte sich das Streifenhörnchen. Wenige Atemzüge später hatte ich Rudy (der nur ein paar Kratzer hatte) in einer blauen Tupperdose verstaut und hielt den Schlüssel zwischen meinen Zähnen.

Dafür flog unter uns eine Fledermaus mit aufgerissenem Maul – sodass man ihre nadelspitzen Zähne sah – auf Tikaanis Gesicht zu.

Achtung!, schrie ich meiner Freundin in den Kopf, doch es wäre nicht nötig gewesen. Tikaani hatte die Gefahr längst erfasst und auch sie hatte Mr Ellwoods Drill hinter sich. Mit einer blitzartigen Bewegung ihrer teilverwandelten Hand fing sie die Fledermaus aus der Luft, riss mit der anderen Hand die Tür des Kühlschranks auf und verstaute ihren Fang zwischen den darin lagernden Bierflaschen.

Fröhliche Winterruhe und Prost!, wünschte Tikaani der verdutzten Wandlerin und schlug die Tür wieder zu. Dann verwandelte sie sich zurück in ihre Inuit-Menschengestalt und zog sich hastig an. Während Rudy ganz oben auf dem Regal in seiner Tupperdose tobte, sprang ich mit einem Riesensatz auf den Boden, landete elegant auf allen vier Pfoten ... und rutschte auf einer Ketchuppfütze aus.

Schlecht gelaunt und mit völlig verklebtem Fell, kam ich wieder hoch. Weil Sergej sich fauchend in eine Ecke geduckt hatte und sich damit begnügte, mir Beleidigungen entgegenzubrüllen – er wusste, dass er keine Chance gegen einen Puma hatte –, konnte ich mich zurückverwandeln. Im Eiltempo streifte ich mir meine Hose über und schlidderte mit dem Schlüssel zur Tür.

Bevor ich dort ankam, wallten um mich herum weiße, nach Menschenzeug stinkende Wolken auf. Wir hatten den Truthahn-Wandler vergessen – und er hatte die Gelegenheit genutzt, den Feuerlöscher von der Wand zu reißen! Aus dem Ding kam irgendein Pulver heraus und nebelte alles ein. Ich sah nichts mehr, musste husten und wusste nicht, was der Kerl machte. Hoffentlich versuchte er nur, mich mit dem Schnabel ins Bein zu beißen, und nicht, mich mit einer Gabel zu durchbohren!

Ein Hauch von Löwin

Wir waren gefangen im stinkenden Nebel und hatten keine Ahnung, was unsere Feinde noch mit uns vorhatten. Selbst ein Truthahn-Wandler kann in Menschengestalt einiges anrichten. »Schnapp ihn dir, Tiki!«, schrie ich und bekam dabei weißes Pulver in den Mund, was ekelhaft schmeckte.

»Ich weiß nicht mal, wo er ist«, schrie meine Freundin zurück und hustete krampfhaft. »Raus hier, schnell, mach die Tür auf!«

»Aber wo ist die Tür?!« Blindlings stocherte ich nach dem im Nebel unsichtbaren Schlüsselloch – und fiel vornüber, als etwas oder jemand mir mit vollem Schwung auf die Schultern sprang und seine Zähne in meinen Arm senkte. Der verdammte Luchs-Wandler!

Doch auf solche Situationen hatte Bill Brighteye uns im Kampfunterricht vorbereitet. Im ersten Moment stolperte ich zwar nach vorne. Doch dann griff ich mit beiden Händen nach hinten, senkte den Kopf, packte den Luchs und schleuderte ihn mit Schwung über mich hinweg. Verblüfft miauend, schlug er einen Salto und hinterließ auf meinem Rücken brennende Kratzspuren.

Eigentlich hatte ich erwartet, dass er gegen die Tür dotzen würde, doch er flog nur in den Nebel hinein und war verschwunden. Woran das lag, wurde mir klar, als der Nebel vor mir mich anbrüllte: »Was ist das eigentlich für ein beschissener Aufruhr hier?« Jemand hatte mit einem Zweitschlüssel von außen aufgeschlossen!

Tikaani und ich rasten los und rannten den Unbekannten dabei einfach um. Wir bogen in den Flur ab und stürmten nach draußen, ohne dass jemand versuchte, uns aufzuhalten. Zum Glück war nicht viel los auf der Straße. Nur ein paar Touristen glotzten, als wir – zwei ziemlich ungewöhnlich gekleidete Gestalten – machten, dass wir davonkamen.

Querfeldein hinkten wir zurück zur Schule. »Erstaunlich, wie viel Ärger so ein paar Spinner machen können«, meinte Tikaani und versuchte, weiße Pulverreste von ihrem Pullover herunterzuklopfen.

»Immerhin haben wir einiges herausgefunden«, sagte ich und hoffte, dass Miss Clearwater niemals erfahren würde, wie leichtsinnig wir gewesen waren. Wieso hatten wir nicht Mia, Brandon oder die anderen Wölfe gebeten, uns Rückendeckung zu geben? »Von Reue habe ich nichts gespürt, die tun sich einfach nur selbst leid.«

Tikaani schnaubte. »Genau. Und kein Wort über die vielen Opfer, die Millings Tag der Rache gefordert hat.«

He, wo wart ihr? Mia tauchte in ihrer Pumagestalt aus dem Wald auf und begrüßte mich mit dem zirpenden Laut, mit dem wir uns in der Familie riefen. Erst wollte sie ihren Kopf an mir reiben, doch als sie an mir roch, überlegte sie es sich anders. *Iiiih!*

Ja, ich weiß – noch schlimmer als Deo-Seife, sagte ich. *Wir müssen ungesehen in mein Zimmer kommen … hilfst du uns?*

Keine Frage, sagte meine Schwester sofort und kundschaftete einen Weg aus, der uns an Matti, dem Dachs, Ava, dem Steinkäuzchen, und anderen nachtaktiven Schülern vorbeiführte.

Als ich erschöpft durchs große, runde Fenster in mein und Brandons Zimmer kletterte, saß mein Bisonfreund auf seinem Bett und las eine Musikzeitschrift.

»Wie siehst du denn aus!«, sagten wir gleichzeitig.

Seine lockigen Haare waren nicht mehr braun, sondern hatten die Farbe einer mondlosen Nacht. Außerdem trug er nicht wie üblich seine olivgrüne Hose mit den vielen Taschen, sondern eine neu riechende schwarze Jeans. Um den Hals hatte er einen ungewohnten Anhänger – einen silbernen Totenkopf.

»Ich hatte Lust auf einen neuen Look«, verteidigte sich Brandon. »Und du? Haha, du siehst aus, als hättest du ein Restaurant zerlegt! Ist das da Senf auf deiner Hose?«

Ich blickte an mir hinab. »Ja, und Ketchup. Es war übrigens kein Restaurant, sondern ein Hotel.«

Kurz darauf saßen Brandon, Tikaani und ich im Waschraum der Schule und schauten zu, wie unsere Klamotten im Kreis wirbelten. Ein lustiger Tanz mit dem Schaum. Ein paar andere Maschinen und Trockner waren auch in Betrieb, aber die Besitzer des Inhalts nicht in Sicht. Ansonsten waren im Keller nur die üblichen Verdächtigen unterwegs – den Geräuschen nach schraubte unser Hausmeister und Fahrer Theo (ein Elch-Wandler) irgendwas in seiner Werkstatt und Bobbie, das Maulwurfsmädchen, widmete sich im offenen Erdbereich hingebungsvoll ihren Tunnelarbeiten.

»Wieso habt ihr mir nicht gesagt, was ihr vorhabt? Ich hätte die Burschen plattgemacht!«, meinte Brandon, während Tikaani seinen »neuen Look« mit hochgezogenen Augenbrauen beäugte.

»Es war, äh, irgendwie geheim«, meinte ich und kam mir sehr blöd vor. »Ich muss Mr Johnson Bericht erstatten. Wie's aussieht, gibt's immer noch viele ehemalige Anhänger, die auf

Andrew Milling warten. Wenn er es tatsächlich schafft auszubrechen … dann ist er wieder mächtig und kann damit weitermachen, Menschen anzugreifen, wenn er das noch vorhat!« Und – aber das sprach ich nicht aus – er würde dann garantiert damit anfangen, sich an den Leuten, die ihn besiegt hatten, zu rächen. An mir zum Beispiel.

Tikaani betrachtete eine blutige Strieme, die quer über ihren Arm lief. »Und was ist mit den Milling-Leuten, die nicht gefasst worden sind? Dieser riesige schwarzfellige Bären-Wandler zum Beispiel, der damals auch mitgekämpft hat, als wir Melody befreit haben. Thor hieß der, ich weiß es noch genau.«

Wir konnten es im Moment nicht ändern, dass dieser Thor auf freier Pfote war. Also versuchte ich, meine Freunde aufzuheitern: »Wir müssen mal ausprobieren, ob Brandon nun auch als Bison schwarzfellig ist. Da er ja nur noch ein Horn hat, ist er dann das ungewöhnlichste Huftier der Gegend und wird bestimmt berühmt!«

Mein bester Freund schluckte. »Wäre mir auch egal«, behauptete er. Immerhin hatte er sein eines Horn verloren, als er mir und Holly das Leben gerettet hatte – darauf konnte er stolz sein.

Während die Maschine sich bemühte, unsere Sachen sauber zu kriegen, stieg ich wieder hoch in den ersten Stock, um mein Handy zu holen. Doch bevor ich Johnson anrufen konnte, klingelte es von selbst. Der Tierpfleger Nick aus Sunny Meadows war dran.

»Hi, Carag«, sagte er. »Es gibt Neuigkeiten! David Johnson war hier. Er hat den Tierpark unter die Lupe genommen und mit unserem Direktor gesprochen. Blöderweise haben unsere Wächter irgendwie Wind davon bekommen, dass er auftauchen würde, und haben einen auf supereifrig gemacht.«

»Oje«, meinte ich. »Sag mir nicht, dass es deinen Kollegen gelungen ist, ihn zu täuschen!«

»Nein, Johnson ist ja nicht blöd, er hat trotzdem gemerkt, dass bei uns alles ziemlich runtergekommen ist. Unser alter Direktor muss deshalb zum Jahresende gehen.«

Zum Jahresende. Das war noch über drei Monate hin!

»Aber das ist noch nicht alles.« Jetzt klang Nick wirklich bedrückt. »Ich habe Gerüchte gehört. Eine Woodwalkerin – sie heißt Young-irgendwas – hat sich angeblich vorgenommen, Milling aus dem Gefängnis zu holen. Sie hat schon mehrere Unterstützer, darunter eine Seawalker-Anwältin namens Lydia Lennox, deren Spezialität es ist, Schurken aus dem Knast rauszupauken.«

Rebecca Youngblood. Es überlief mich kalt. Lange her war es nicht, dass diese Löwen-Wandlerin meine Schulleiterin und mich in eine beinahe tödliche Falle gelockt hatte. Diese Frau, die behauptete, sie würde von den ägyptischen Göttern und der legendären Sphinx abstammen, war *Bad News,* wie Brandon es ausgedrückt hätte. Sie wollte berühmt werden, und das um fast jeden Preis. Vielleicht war sie scharf darauf, Millings Anhänger hinter sich zu scharen und so für sich selbst mehr Macht und Einfluss zu bekommen? Konnte sie das schaffen – Milling irgendwie zu befreien? Er hatte eine lebenslange Haftstrafe, daran konnte man nichts ändern, oder?

»Ist ja seltsam, das mit der Seawalker-Anwältin«, meinte ich. Die kannte ich bisher nicht. »Was *will* sie von Milling? Er hat kein Geld mehr, bezahlen kann er sie nicht.«

Nicks Stimme klang beklommen. »Keine Ahnung. Aber das Ganze ist mir unheimlich. Mr Milling scheint irgendwas zu planen, in letzter Zeit tritt er total großkotzig auf.«

So oder so, der Rat wird verhindern, dass Milling rauskommt, versicherte ich mir, bedankte mich bei Nick und rief erst mal Johnson an, um Bericht zu erstatten. »Die Youngblood? Na wunderbar. Aber glaub mir, mit dem neuen Direktor wird Sunny Meadows deutlich sicherer sein als zuvor. Milling kann nicht ausbrechen.«

»Und selbst wenn er rauskommt, was kann er in seiner Tiergestalt schon bewirken?«, meinte ich, hauptsächlich um mich selbst zu beruhigen.

»Hm ja. Aber uns ist ein Hinweis auf ein altes Buch über Wandler zugespielt worden, in dem angeblich Verwandlungsformeln stehen. Zum Beispiel die, wie man jemandem seine Menschengestalt zurückgeben kann. Der anonyme Besitzer will viel Geld dafür. Neulich habe ich eurem Mr Bridger davon erzählt.«

Ich spürte, wie die jämmerlichen Härchen auf meinen Menschenarmen sich aufstellten. »Wenn das Buch echt ist, dann dürfen es auf keinen Fall die Leute in die Hände bekommen, die Milling befreien wollen!«

»Keine Sorge. Noch wissen wir nicht, ob dieses Buch echt ist. Es kann auch sein, dass es ein Spinner oder Wichtigtuer ist, der uns die Mail geschrieben hat«, beruhigte mich Johnson. »Wir werden die Person, die das Buch verkaufen will, um eine Musterseite bitten. Dann wissen wir vielleicht bald mehr. Halte das alles bitte geheim, ja?«

»Okay«, sagte ich besorgt. Ich beschloss, möglichst bald mit Mr Bridger zu reden (der war ja schon eingeweiht) und ihn zu fragen, was er von dieser Sache hielt.

Die ganze Zeit über erwartete ich, dass Lissa Clearwater reinkommen und mich am Nackenfell packen würde, weil wir das mit der Selbsthilfegruppe ohne Unterstützung durchgezogen hatten. Doch oh Wunder, nichts passierte, wir hatten eine ruhige Nacht und auch beim Frühstück sprach uns niemand auf die Sache an. Konnte es sein, dass unsere Schulleiterin nichts davon mitbekommen hatte? Ich war sehr erleichtert. Wir waren gleich zweimal knapp davongekommen.

Als wir am nächsten Morgen zum Unterricht gingen, fiel auch den anderen in meiner Klasse auf, dass sich Brandon verändert hatte. »Das hat nicht zufällig etwas mit einer gewissen Fledermaus-Wandlerin zu tun?«, fragte Dorian und schaffte es, keine Miene zu verziehen.

»Wie kommst du darauf?«, grummelte Brandon und beobachtete Tabitha, die mit den anderen Erstis zu deren Klassenzimmer ging. »Ich finde, Schwarz ist einfach eine coole Farbe, okay?«

»Absolut richtig!«, sagte unser Rabenjunge Shadow.

»Ja, aber was soll der Totenkopf aussagen?«, fragte Cookie ratlos. »Dass du tote Menschen lieber magst als lebendige?«

»Na ja, äh, nein, nicht wirklich.« Brandon hatte die Hände tief in die Taschen seiner neuen Jeans gerammt. »Es ist ein Symbol und so schön düster, versteht ihr?«

»Nee«, sagte Leroy.

»Ach egal«, meinte Brandon und stapfte ins Klassenzimmer. »Übrigens ist mein Fell immer noch braun, falls es euch interessiert!«

Tikaani und ich tauschten einen besorgten Blick. Er hatte

sich in Tabitha verguckt, so viel war klar – aber würde ihm das guttun?

Auch andere in unserer Klasse waren verliebt. Gerade küssten sich Frankie und Shadow. Die beiden waren seit Juni zusammen und anscheinend immer noch glücklich miteinander. Ich fand, sie passten wirklich gut zusammen.

Aber das schienen nicht alle so zu sehen. Paolo, der Ameisenlöwe, warf ihnen einen seltsamen Seitenblick zu. »Hey, das finde ich echt eklig, könnt ihr das bitte irgendwo machen, wo ich euch nicht dabei zuschauen muss?«

Was beim großen Gipfel sollte das denn? Alle, die es gehört hatten, starrten Paolo an. Dem schien das nicht peinlich zu sein, er legte gleich mal nach. »Das ist doch unnatürlich, findet ihr das etwa nicht? Zwei Jungs zusammen, bäh, nee.«

Einen Moment lang schienen alle um uns herum zu erstarren.

Papierduell

Ich war geschockt – das war eine echt miese Bemerkung von Paolo gewesen. Auch die beiden, die sie abbekommen hatten, schienen das zu finden.

»Ach, halt doch deine blöde Klappe«, sagte unser sonst so fröhlicher Otter-Wandler Frankie gereizt.

Shadow legte ihm beruhigend eine Hand auf den Arm und wandte sich an Paolo. »Solche Sprüche kannst du dir sonst wohin stecken, klar? Du bist noch nicht lange hier, vielleicht weißt du's noch nicht besser, aber es ist an der Clearwater High nicht üblich, dass wir einander beleidigen.«

»Genau – und das Privatleben anderer Leute geht dich sowieso nichts an, Paolo«, mischte ich mich ein.

Der Ersti schnaubte genervt. »Ich habe ein Recht auf meine Meinung!«

»Nicht, wenn du mit dieser Meinung andere verletzt«, rief unser Grizzly-Girl Berta von der anderen Seite des Klassenzimmers. »Bei uns an der Schule kann jeder lieben, wen er will, oder habe ich da etwas verpasst?«

»Hast du nicht«, zischte Wing, die ihrem Zwillingsbruder Shadow mit ihren langen schwarzen Haaren sehr ähnlich sah. Beide Rabengeschwister waren mittelgroß, schlank und trugen oft schwarze Sachen, da Schwarz ihre Lieblingsfarbe war. Wing saß schon an ihrem Platz neben Lou, hatte aber anscheinend alles gehört und sah aus, als wolle sie sich gleich verwandeln und mit ihrem spitzen Schnabel auf Paolo einhacken. Dann schaute sie zu Jeffrey rüber.

Wir warteten alle darauf, dass er etwas sagen würde – er stand mit seinem etwas geschrumpften Rudel in der Nähe und er war mit den Rabengeschwistern schon seit einer Ewigkeit befreundet. Doch er tat, als ginge ihn das alles nichts an, und checkte irgendwas auf seinem Handy.

Wing ging zu ihm rüber und riss es ihm einfach aus der Hand. »Du hattest schon noch vor, etwas zu sagen, oder? Wir sind Freunde, solange der Wind weht und die Wolken ziehen, und das heißt, dass man sich gegenseitig verteidigt!«

»Wovor?«, fragte Jeffrey und hob die Augenbrauen.

»Vor Kotzbrocken, wie du mal einer warst!«

»Ach komm, das waren doch nur blöde Sprüche. Die schaden nicht weiter.«

»Doch! Worte können wahnsinnig verletzend sein!«

Wing und Jeffrey funkelten sich an, ließen sich nicht aus den Augen. Einen Moment lang sagte niemand etwas, dann meinte Jeffrey amüsiert: »Tja, die Kotzbrocken-Rolle hat jetzt wohl ein anderer«, und schnappte sich sein Handy zurück – er hatte richtig gute Reflexe. »Soll ich Paolo bei Gelegenheit mal so richtig fertigmachen? Kein Problem.«

Da musste Wing trotz allem lachen. »Wölfe … manchmal bin ich nicht sicher, ob ihr die tollsten Wesen im Universum seid oder die größte Zumutung.«

Jeffrey und sie grinsten sich an.

»Das mit dem Fertigmachen war nicht ganz das, was meine Schwester meinte, glaube ich«, sagte Shadow kühl. Er und Frankie nahmen sich an der Hand und gingen ins Klassenzimmer; Paolo war bereits weg und hatte zum Glück seine Deppen-Sprüche mitgenommen, die niemand hier hören wollte.

Dann traf Miss Calloway ein und mühsam wandte ich meine Gedanken dem Unterricht zu. »Heute ist unser Thema ›Wahlen‹ und wir probieren das gleich mal aus, indem wir einen Klassensprecher wählen … oder eine Klassensprecherin. Das haben wir im letzten Jahr glatt vergessen – meine Schuld.« Und nachdem sie erklärt hatte, wie so eine Wahl ablief, fragte sie: »Wer mag sich aufstellen lassen?«

Mürrisches Schweigen. Natürlich merkte unsere Menschenkunde-Lehrerin, dass irgendetwas nicht stimmte, es fühlte sich an, als läge über unserer Klasse eine Regenwolkendecke.

»Eins ist klar, wir brauchen dringend einen Klassensprecher zum Problemelösen«, sagte Nell und warf einen scharfen Blick in Jeffreys Richtung. »Na gut, ich habe zwar nicht sooo viel Lust darauf, aber wenn keiner es machen will, dann melde ich mich freiwillig.«

»Ich auch.« Lou hob ebenfalls den Arm.

»Jetzt noch ein paar Jungs, bitte«, meinte Miss Calloway und schenkte uns ihr charmantestes Lächeln. »Na los, kommt schon.«

Ich zumindest war nicht überrascht, als Jeffrey sich durch die zurückgegelten Haare strich und dann lässig einen Finger hob. In seinem Rudel war er der Alpha, wahrscheinlich wäre es unerträglich für ihn, wenn jemand anders offiziell Klassenchef wurde!

»Habt ihr irgendein Wahlprogramm oder zumindest Ideen, was für Konflikte ihr ansprechen wollt?«

»Diskriminierung von Mäusen und anderen kleinen Nagetieren«, sagte Nell sehr entschieden.

Cliff verzog den Mund. »Und was soll das für eine Diskriminierung sein? Wenn man Mäuse in Käsesoße tunkt?«

»Nicht wirklich.« Miss Calloways Stimme klang scharfkantig. »Eher, wenn man behauptet, dass Mäuse oder Kaninchen nur Beutetiere sind und deswegen minderwertig.«

»Genau!«, quiekte Nimble.

»Das haben wir doch schon ganz lange nicht mehr behauptet«, knurrte Jeffrey.

Aber Miss Calloway zog die Augenbrauen hoch. »Was hast du zu bieten als Klassensprecher, Jeffrey?«, fragte sie.

»Wer mich wählt, bekommt eine Tafel Schoko«, sagte Jeffrey, holte eine Zartbittertafel aus seiner Tasche, auf der *Für meinen Nimble-Schatz* stand, und legte sie auf sein Pult. Oh Mann! Die Wölfe beschlagnahmten zwar keine Fresspakete von anderen mehr, aber anscheinend hatten sie noch reichlich Vorräte.

Mehr Kandidaten als diese drei gab es nicht. Jetzt wurde es spannend. Wir sollten auf einen Zettel schreiben, wen wir wählen wollten. Wenn man sich nicht entscheiden konnte oder nicht mitwählen wollte, konnte man sich »enthalten«.

Juanita – eine kleine schwarze Spinne an der Decke – diktierte unserer Lehrerin ihren Wunsch. Ich kritzelte natürlich Lous Namen; ich mochte sie immer noch sehr und wusste, dass sie mutig genug war, auch ihrem Vater die Stirn zu bieten. Auch Nell war ein tolles Mädchen. Aber wenn sie hauptsächlich vorhatte, sich für Nagetiere einzusetzen, dann würde sie vielleicht nicht entschieden genug dafür kämpfen, dass Mr Ellwood meiner Pumaschwester eine faire Chance gab.

Ich schielte zur Seite, um zu erkennen, wen Tikaani wählen

wollte, doch sie deckte ihren Zettel schnell mit der Hand ab. »Hey, solche Wahlen sind geheim!«

Moment mal, wollte sie womöglich Jeffrey wählen, nur weil er ihr Alpha war? Ich wusste inzwischen, dass sie eifersüchtig auf Lou gewesen war, weil ich lange für sie geschwärmt hatte, aber das war doch inzwischen vergessen und vergeben, oder?

Berta bekam den Job, die Zettel einzusammeln und dann zu entfalten. »Jeffrey!«, verkündete sie und Miss Calloway zeichnete einen Strich an die Tafel. »Lou! Lou! Nell!«

Immer länger wurde die Strichliste. Nell und Lou lieferten sich ein Kopf-an-Kopf-Rennen, sie hatten bisher gleich viele Stimmen. Jeffrey dagegen hatte bisher nur zwei – ganz sicher von Cliff und ihm selbst, haha – und seine Miene wurde immer finsterer. Nur noch eine Stimme war übrig.

Feierlich faltete Berta den Zettel auseinander. »Lou!«, verkündete sie.

Eine Stimme Vorsprung – damit war unser Wapitimädchen gewählt! Vielleicht war es sogar meine Stimme, die das entschieden hatte? Zufrieden nickte ich Lou Ellwood zu. Dieses Wahl-Ding gefiel mir. Es machte wirklich einen Unterschied, ob man seine Stimme abgab oder nicht.

»Das ist Wahlbetrug, eigentlich habe ich gewonnen!«, motzte Jeffrey, doch niemand beachtete ihn.

Stolz lächelnd, kam Lou nach vorne, wo ihr Miss Calloway gratulierte. »Ich schwöre, mich gegen alle Ungerechtigkeiten hier an der Schule einzusetzen!«, verkündete unsere neue Klassensprecherin. »Jeder, wirklich jeder, kann mit seinen Problemen zu mir kommen und ich werde Übeltätern einen kräftigen Huftritt verpassen!«

Die Wölfe jaulten vor Lachen, sogar Tikaani.

»Ihr werdet schon sehen«, sagte Lou grimmig – und tatsächlich, noch am gleichen Nachmittag sahen wir sie losgehen zum Apartment ihres Vaters im ersten Stock, ein Klemmbrett mit Notizen unter dem Arm.

»Bin gespannt«, sagte ich und Holly grinste breit. »Wenn Mr Ellwood morgen Hufabdrücke auf dem Hintern hat, wissen wir Bescheid.«

Es war schön, nach den langen Ferien wieder in der Clearwater High zu sein. Noch hatte ich das Gefühl, hier sicher zu sein. Aber was war, wenn Andrew Milling es tatsächlich schaffte auszubrechen?

Ich bekam die miesen Gedanken nicht aus dem Kopf, und während mir Brandon in einer Freistunde Physiknachhilfe gab, rief David Johnson – der Ratsvorsitzende – an. »Wir haben eine Testseite aus dem mysteriösen Buch geschickt bekommen. Aber es wird noch ein bisschen dauern, sie übersetzen zu lassen, fürchte ich. Noch wissen wir nicht mal, in welcher Sprache es geschrieben worden ist. Irgendetwas sehr Seltenes.«

»Meinen Sie, es könnten wirklich Verwandlungsformeln in dem Buch stehen?«, fragte ich.

»Wenn ja, wäre das eine Sensation.« Johnson klang grimmig. Auch ihm war klar, dass Andrew Millings Anhänger lügen, stehlen und töten würden, um ein solches Buch in die Hände zu bekommen. Sie wollten alle, dass ihr Boss sich wieder verwandeln konnte. »Aber mach dir noch keine Sorgen, vielleicht ist es auch alles nur das Werk eines geldgierigen Fälschers.«

»Können wir weitermachen?«, fragte Brandon, doch gerade dann machte mein Handy *bing!*. Es war eine Nachricht vom Tierpfleger Nick aus Sunny Meadows.

Hi, Carag, heute hat Milling Besuch von dieser Youngblood bekommen. Die ist mir total unheimlich. Eigentlich hätte sie nicht mit ihm reden dürfen, aber anscheinend hat sie es doch geschafft. Ich und ein Kollege haben versucht, sie rauswerfen zu lassen, aber sie hat gesagt, wir würden das später mal sehr bereuen ... wenn eine neue Zeit für Wood- und Seawalker anbrechen würde. Was soll ich tun?

Keine Ahnung, schrieb ich nur hilflos zurück und beugte mich wieder zusammen mit meinem besten Freund über mein Heft.

Ich war froh, dass ich an diesem Vormittag mal wieder Verhalten in besonderen Fällen bei Mr Bridger hatte, das lenkte mich von den düsteren Gedanken ab. Wie so oft erzählte er auch heute eine Geschichte.

»Hattet ihr schon mal mit der Polizei zu tun?«, fragte er. »Ich schon.«

Gespannt lehnten wir uns auf unseren Sitzen nach vorne.

»Meine Adoptiveltern hatten eine Tankstelle, ich habe es dort gehasst, weil ich durch meine feine Nase den Benzingestank kaum ertragen konnte«, begann Bridger zu erzählen. »Als ich so etwa fünfzehn war und mal wieder keine Lust hatte, nach der Highschool dort auszuhelfen, zog ich ab und schaute nach, ob ich irgendwo irgendwas anrichten konnte.« Fasziniert blickten wir ihn an; das klang ja, als hätte unser Lehrer eine ganz schön wilde Jugend gehabt!

»Ah«, sagte Jeffrey interessiert. »Sie haben was angestellt und sind von den Cops geschnappt worden? Cool.«

»Nicht cool und außerdem falsch.« James Bridger zog die Augenbrauen hoch. »Ich hing nur herum, blieb aber aus purem Trotz so lange wie möglich weg – bis tief in die Nacht.«

»Ah, ich weiß es!«, rief Nimble, der in den Ferien anscheinend daheim rebelliert hatte, denn seine brave Seitenscheitel-Frisur war Geschichte. Jetzt trug er einen Mittelscheitel. »Ihre Eltern haben Sie als vermisst gemeldet und die Polizei hat Sie nach Hause zurückgebracht, stimmt's?«

»Nein«, informierte ihn unser Lehrer. »Mir wurde schließlich langweilig und ich kam von selbst zurück. Doch bei der Tankstelle schien irgendwas nicht zu stimmen: Ein fremdes Auto stand mit offenen Türen und laufendem Motor an der Zapfsäule, meine Eltern waren nicht in Sicht. Sonst war niemand da, es war ja spät in der Nacht und es kamen nur noch selten Kunden.«

»Oje«, sagte Tikaani besorgt.

»Genau. Als Kojote bin ich näher rangeschlichen und habe gesehen, dass zwei Typen, einer davon mit einer Pistole, gerade dabei waren, die Tankstelle zu überfallen. Meine Eltern standen mit Todesangst hinter der Kasse. Ich hatte ein extrem schlechtes Gewissen, weil ich nicht da gewesen war, um ihnen zu helfen.«

»Aber dann wären Sie auch mit der Waffe bedroht worden«, wandte ich ein. »So was macht das Helfen irgendwie schwierig.«

»Jetzt lass ihn schon weitererzählen!«, fuhr mich die sonst so sonnige Cookie an. »Was haben Sie gemacht?«

Bridger lehnte sich gegen den Lehrerschreibtisch und verschränkte die Arme »Jetzt will ich erst mal von euch hören, was *ihr* getan hättet. Ihr beobachtet ein Verbrechen – wie reagiert ihr?«

»Polizei rufen«, sagte Nell natürlich sofort.

Unser Lehrer nickte. »Sehr gut. Das kann wirklich jeder tun, der ein Handy hat, und man muss sich dabei nicht mal in Gefahr bringen.«

»Aber warum machen manche Leute es trotzdem nicht? Die Polizei rufen, meine ich«, fragte Brandon. »Ich hab mal mein eigenes Fahrrad knacken müssen, weil ich den Schlüssel verloren hatte, und niemand hat darauf geachtet, was ich tue!«

»Es sind halt Menschen, was erwartest du?«, meinte Holly und schnitt eine grauenhafte Grimasse. »Die haben nicht immer alle Nüsschen im Schränkchen.«

Endlich erlöste uns Bridger und erzählte weiter. »Ich habe mich also verwandelt, bin durch die Hintertür ins Haus gelaufen und habe die Polizei angerufen. Aber ich wusste, die würden mindestens zwanzig Minuten bis zu unserer abgelegenen Tankstelle im Nirgendwo brauchen. Natürlich hatte ich Angst, dass die Typen meinen Eltern etwas antun würden.« Sein Gesicht war verkniffen. »Das bringt uns zum Punkt zwei – wenn sofort etwas passieren muss, dann verbündet euch mit anderen. Sprecht einzelne Leute an, macht sie auf das aufmerksam, was geschieht, bittet sie darum mitzuhelfen.«

Aber ich dachte, damals bei Ihnen war sonst keiner da?, fragte Juanita von der Zimmerdecke aus.

»Noch nicht«, sagte Bridger und grinste. »Aber als ich einen Hunde-Aufkleber an dem Auto sah, brachte mich das auf eine Idee und ich jaulte als Kojote einen Hilferuf. Ich hatte mich vor einigen Monaten mit zwei streunenden Vierbeinern angefreundet: einem ehemaligen Polizeihund, der durch einen Unfall seinen Geruchssinn verloren hatte, und einer Pudeldame, die von ihrer Familie vor der Urlaubsreise ausgesetzt worden war. Die beiden hatten mir im Tausch gegen Essensreste Unterricht in Hundesprache erteilt.«

Gespannt wartete ich mit den anderen auf die Fortsetzung.

»Ich sagte den beiden, sie sollten mir alles nachmachen, stellte mich vor die Glastür der Tanke und wedelte. Die anderen machten mit und die Pudeldame kannte außerdem einen tollen Trick, sie schielte und ließ die Zunge seitlich raushängen. Die Räuber, die uns natürlich gesehen hatten, amüsierten sich prächtig. Als ich sicher war, dass sie nicht auf uns schießen würden, schubste ich mit der Nase die Tür auf und wir drei liefen ins Innere.«

»Wild!«, sagte Jeffrey anerkennend.

Cookie schaffte es irgendwie, trotz der Aufregung nicht vom Stuhl zu fallen. Wir hatten alle Fortschritte gemacht im letzten Jahr.

»Als wir drin waren, wurde mir klar, dass wir ein Problem hatten – die Kerle hatten Chipspackungen aufgerissen, aber nur die Hälfte gegessen und den Rest auf den Boden gekippt«, berichtete unser Lehrer. »Manchmal denken Hunde nur mit dem Magen. Leider.«

Wir stöhnten auf, auch unsere drei Schul-Wölfe.

»Zum Glück merkten meine Freunde schnell, dass die Chips viel zu salzig waren, und ich konnte sie wieder zum Mitmachen bewegen«, erzählte Bridger. »Wir mussten nur den einen Kerl noch ein bisschen näher heranlocken, er stand ungünstig für einen Angriff. Deshalb haben zwei von uns sich auf den Rücken geworfen, als wollten wir uns den Bauch streicheln lassen.«

»Ganz schön berechnend«, meinte Wing.

»Na ja, es war immerhin ein Notfall. Jedenfalls funktionierte der Trick und wir konnten endlich loslegen. Der Polizeihund biss dem Typen in den Arm, sodass er die Pistole fallen lassen musste, und ich grub ihm gleichzeitig die Zähne in den Hosenboden. Die Pudeldame hing dem zweiten Mann an der Wade. Dadurch hatte mein Vater die Chance, seine eigene Schrotflinte unter der Theke hervorzuholen.« Bridger grinste. »Natürlich versuchten die Typen, sich mit ihrer Karre aus dem Staub zu machen. Pech für sie, dass ich ihren Zündschlüssel hatte. Die Cops mussten die beiden nur noch einsammeln.«

»Was ist aus den beiden Hunden geworden?«, fragte Shadow besorgt.

»Meine Eltern haben sich entschieden, den Polizeihund zu adoptieren. Er hatte noch ein langes, schönes Leben bei uns und die Pudeldame durfte hin und wieder zum Essen vorbeikommen.«

Dafür und für die Geschichte gab es einen großen Applaus. Ich dachte mal wieder darüber nach, ob wir irgendwie die Polizei um Hilfe bitten konnten, falls Andrew Milling es schaffte zu fliehen. Aber wenn sie einen gefährlichen Puma jagen sollten, war ihre Lösung wahrscheinlich, ihn zu erschießen. Trotz allem, was Milling getan hatte, wollte ich nicht, dass er starb. Was für eine Person musste man sein, um jemand anderem den Tod zu wünschen?

Weil Tikaani mal wieder Zeit mit ihrem Rudel und der neuen Wölfin verbringen wollte, hatte ich vorgehabt, am Nachmittag mit Brandon noch eine Runde in den Wald zu gehen. Doch er war nirgendwo zu finden. Nur die mal wieder schwarz gekleidete Tabitha entdeckte ich, mit gerunzelter Stirn studierte sie den Stundenplan und stritt sich dabei mit Holly. »Wieso habt ihr Kunst und wir nicht? Kunst ist wichtig für die seelische Entwicklung!«

»Na, dann entwickelt sich eure Seele in nächster Zeit eben

nicht, weil ihr so wie wir im Wechsel Kunst und Musik habt«, gab Holly achselzuckend zurück und überreichte ihr einen Zettel. »Hier sind ein paar Tipps in Verwandlung, schließlich bin ich deine Mentorin!«

»Oh, ich wusste gar nicht, dass sich Verwandlung mit zwei ›v‹ schreibt«, meinte Tabitha. »Oder Kribbeln mit nur einem ›b‹.«

»Finde ich toll, dass du bereit bist dazuzulernen«, sagte Holly großmütig.

Schnell nahm ich Tabitha den Zettel aus der Hand, sagte: »Falls du Unterstützung in Mathe oder Physik brauchst, kannst du dich an Brandon wenden, er ist super in so was«, und zog Holly hastig nach draußen.

»He, was soll das?«, protestierte sie. »Ich war gerade voll beim Mentorieren! Man muss sich doch kümmern um seinen Schützling!«

»Stimmt«, meinte ich und dachte mit schlechtem Gewissen daran, dass ich mich dringend ausführlicher mit Terry unterhalten musste. Ihn fragen musste, wie es ihm ging. Ein richtig toller Mentor war ich bisher nicht und es war keine wirkliche Entschuldigung, dass ich so was noch nie gemacht hatte. »Vielleicht tust du das besser später. Wenn klar ist, in welchem Bereich Tabitha Probleme hat.« Ich blickte mich um. »Hast du unseren Bison irgendwo gesehen?«

»Nee – du? Schau mal, was ich gerade lerne!« Sie hob drei Kiefernzapfen auf und begann, damit zu jonglieren, nahm dann einen vierten dazu. Vor Konzentration biss sich Holly auf die Lippe. »Ist das nicht nussig? Vier habe ich noch nie geschafft!«

Unser Kaninchen-Wandler Nimble kam vorbei, ebenfalls gerade ein Mensch, und schaute einen Moment lang zu. Er hatte seine Flöte dabei; manchmal zog er sich irgendwohin zurück, um ganz allein Musik zu machen. »Falls ihr Brandon sucht – der ist gerade im Keller«, meinte er.

»Im Keller? Was macht er denn da?«

»Schaut's euch an«, sagte Nimble nur.

Neugierig machten meine Hörnchenfreundin und ich uns auf den Weg und kamen dabei an Terry vorbei, der in zweiter Gestalt mit Felix im Kiefernwäldchen bei der Schule Verstecken spielte. Anscheinend schien es ihm gut zu gehen, na also. Auch die beiden Polarfuchsgeschwister wirkten munter und gut gelaunt, jedenfalls jagten sie sich gerade (noch in ihrem braungrauen Sommerfell) durch den Wald. Das Kanadagansmädchen übte unter der Aufsicht ihrer Mentorin Lou sehr konzentriert Teilverwandlungen. Gerade hatte sie einen Menschenkopf auf ihrem geflügelten Körper und fluchte in Gedanken leise vor sich hin, weil das anscheinend nicht das war, was sie wollte.

Ein Stück weiter stritt Nell mit ihrem Schützling Joe Bridger, einem großen, schlanken Jungen mit schwarzem Haar. Er trug sein *Metallica*-T-Shirt. »Ich glaub's echt nicht, du trägst immer noch diesen Mäuseschädel-Anhänger!«, beschwerte sich Nell. »Dabei weißt du schon seit Tagen, dass ich deine Mentorin bin!«

»Heißt das, ich muss dir alles recht machen?«, fragte Joe und lehnte sich an einen Baum.

»Nein, aber das ist echt respektlos! Es ist ungefähr genauso daneben, als würde ich Zielschießen auf ein Kojotenbild veranstalten.«

Joe grinste. »In spätestens zwei Wochen hab ich dich so weit, dass du das machst.«

»Ach, du tust das absichtlich?« Nell stemmte die Fäuste gegen die Hüften und funkelte ihn an. »Mich provozieren?«

»Das hab ich nicht gesagt.«

Wir überließen die beiden ihrem Kleinkrieg und hielten neugierig Ausschau nach Salomé, Mias Zimmergenossin, die Privatunterricht in Verwandlung bekam. Vielleicht konnten wir sie doch mal in zweiter Gestalt ertappen und bekamen heraus, was sie war? Aber sie saß nur als Mädchen in der Sonne, die ihre blonde Haarpracht zum Leuchten brachte, und las in einem Wälzer. Aha, die Bücherfresser Brandon, Lou und Dorian hatten Gesellschaft bekommen! Nur lasen die drei eher Romane – und sie ein Buch über das Immunsystem, in dem viele Formeln und Zeichnungen waren. Wow, anscheinend interessierte sie sich für Medizin.

Unauffällig sog ich die Luft ein.

»Vergiss es«, flüsterte Holly mir zu. »Nach dem Privatunterricht geht sie immer sofort duschen und schrubbt sich ab. Keine Witterung.«

Tatsächlich, Salomé roch nur nach Apfelschampoo. War sie ein Tier, das Äpfel mochte – eine Pflanzenfresserin? In der Cafeteria verputzte sie enorme Portionen, schien aber Fleisch zu meiden.

Schon als wir uns dem Schulhaus der Clearwater High näherten, hörten wir ein eigenartiges Pochen. Irgendjemand machte dort Krach. Vielleicht Theo, der irgendwas reparierte? Nein, Theo hatte vorhin gesagt, er wollte noch zum Fluss laufen und an ein paar Weidenzweigen knabbern.

Wir gingen durch einen der Seiteneingänge rein und leichtfüßig hüpfte Holly die Treppe zum Kellergeschoss hinunter, in dem die Chemie- und Physiklabore waren, Werkstätten, der Musikraum und verschiedene Lager. Das Pochen war lauter geworden. Jemand schlug ganz in der Nähe auf irgendwas ein ... oder jemanden. »Sag mal, hast du ihn gegen dieses

Luchsmädchen aufgehetzt, diese Juniper Ash?«, fragte ich Holly.

»Nein, hab ich nicht, aber gute Idee!«

Ich ächzte.

Wir fanden Brandon in der Werkstatt, wo er mit Schutzbrille und Handschuhen auf einen Steinklotz einhämmerte. Er schlug mit dem Hammer auf eine angespitzte Metallstange in seiner Hand, mit der er Stück um Stück vom Stein abschlug.

»Wozu ist das gut?«, fragte ich verblüfft.

»Das ist Bildhauerei«, erwiderte Brandon würdevoll. Er trug wieder mal Schwarz, was keine optimale Farbe war, wenn man vorhatte, sich über und über mit Steinstaub vollzukatzen. »Im Moment arbeite ich an der Darstellung eines Gesichts. Ein Mädchen, das zum Himmel hochblickt.«

Fasziniert betrachtete Holly den Klotz. »Das da sieht aber eher aus wie ein großes Brötchen aus Stein. Eins, das jemand zu essen versucht hat, doch er hat es nicht richtig geschafft.«

»He, ich hab gerade erst angefangen«, beschwerte sich Brandon. »Für die Bildhauerei braucht man Geduld!«

Aber vielleicht auch Talent? Leider erinnerte ich mich daran, dass er in Kunst nie besonders gut gewesen war. Ganz unschuldig hatte unser Wolfswelpe Miro neulich gefragt, ob das auf seinem Bild ein brauner Kackhaufen auf einer Wiese sein sollte. Er hatte Brandons Selbstporträt gemeint, das im Nordflur der Schule hing neben unseren ebenso zweifelhaften Werken.

»Na, dann noch viel Spaß«, sagte ich zu Brandon und lächelte ihn an. Es war ja wichtig, dass man seine Freunde aufmunterte und bestärkte in dem, was sie gerne tun und sein wollten.

Als wir Tikaani davon erzählten, wirkte sie besorgt. »Oh Mann. Kann das sein, dass er versucht, Tabitha zu beeindrucken?«

»Das ist nicht nussig, dass er sich dabei völlig umkrempelt!«, beschwerte sich Holly. »Er ist in letzter Zeit gar nicht mehr er selbst!«

»Na ja, er entwickelt sich halt weiter«, verteidigte ich meinen besten Freund. »Von mir hätte auch keiner gedacht, dass ich mal in die Menschenwelt gehen würde … eigentlich war ich als Puma ja glücklich in den Bergen.«

»Das ist was anderes«, sagten meine Freunde beide gleichzeitig.

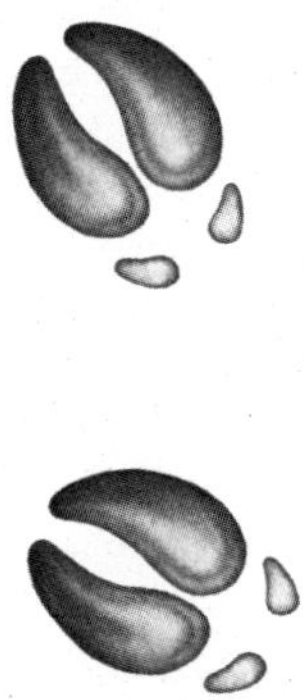

Ein geheimnisvolles Buch

Andrew Milling

Das Kanadagans-Mädchen Kimberley erwies sich als genauso nützlich, wie er gehofft hatte. Bei ihrem letzten Besuch, der nun auch schon wieder zwei Wochen zurücklag, hatte er sie angewiesen: »Nimm Kontakt mit diesen Leuten auf und gib ihnen eine Botschaft von mir.« Aus dem Gedächtnis hatte er ihr die Namen und Kontaktdaten einiger Getreuer diktiert.

»Was soll ich ihnen sagen?«, hatte Kimberley eifrig gefragt.

»Sag ihnen, ihr Herr ist bereit. Mit genug Geld können sie viel bewirken bei einem bestimmten Wächter.« Auch diesen Namen teilte er ihr mit.

»Okay, hab ich«, murmelte das Mädchen und kritzelte eine Notiz. »Nächste Woche fange ich an der Clearwater High an, ist das nicht toll? Was soll ich dort tun?«

»Behalt einen Wandler namens Carag und seine Freunde im Auge. Stelle fest, was er weiß und was er über Dinge, die mich betreffen, herausfindet«, wies er sie an. »Aber sei dabei unbedingt diskret.« Das Mädchen durfte auf keinen Fall als seine Spionin auffliegen, solange sie ihm in dieser Funktion nützlich sein konnte. Und wer weiß, vielleicht würde man sie eines Tages auch für einen Anschlag einsetzen können.

»Mach ich!« Kimberley strahlte. »Bald kannst du wieder durch die Wildnis streifen, versprochen. Wir kriegen dich hier raus.«

Den Wächter zu bestechen, hatte wunderbar geklappt. Der Kerl hatte eine makellose Akte, aber durch eine belauschte Unterhaltung hatte Milling herausgefunden, dass er eine Mutter mit Krebs, aber ohne Krankenversicherung hatte und für die Behandlung dringend Geld brauchte. So kam es, dass der kaputte Gedankendämpfer nicht repariert oder ausgetauscht wurde und Milling verbotenerweise weiterhin mit Besuchern sprechen konnte.

Auf diesem Weg hatte er mit Rebecca Youngblood verhandeln können. Nur einmal hatte er es über sich gebracht, sich ihre scheußlich reißerische Show in Las Vegas anzusehen, an die sie ihre Raubkatzentalente verschwendete. Jetzt war sie seine größte Hoffnung und er hatte ihr sein Versprechen gegeben. *Wenn ich erst mal hier raus bin, mache ich Sie zur bekanntesten und einflussreichsten Wandlerin, die dieses Land je gesehen hat.*

Darauf war sie natürlich angesprungen. Sie liebte Aufmerksamkeit und war bereit, fast alles dafür zu tun. Wie jämmerlich, dass ihr Berühmtheit so wichtig war.

Sehr gut, hatte sie mit einem Lächeln erwidert. *Ich brauche nur noch das Buch mit den geheimen Formeln, um Ihnen Ihre erste Gestalt wiederzugeben. Dann haben wir Sie raus, bevor die sich zweimal umgeschaut haben.*

Genau, es gibt nämlich eine Schwachstelle, von der bisher niemand außer uns weiß, hatte die zweite Frau gesagt, die mit dem weißen Kostüm. Lydia Lennox. Noch fiel es ihm schwer, sie einzuschätzen. Was wollte sie, warum beteiligte sie sich an den Versuchen, ihn zu befreien? Ihre Ziele waren ihm noch völlig unklar.

Andrew horchte auf. *Welche Schwachstelle?!*

Die Antwort, die er erhielt, war vage und knapp. *Das erfahren Sie, wenn alles so weit geplant ist.*

Jetzt hieß es warten und planen. Besser, er verließ sich nicht nur auf diese beiden Frauen. Er brauchte eigene Pläne ...

»So, hier ist Ihr Futter, Mr Milling«, sagte der junge Tierpfleger Nick von jenseits der Barriere. Er war ein großer Bursche mit dünnen blonden Haaren und Pickeln. Ein Iltis in zweiter Gestalt. Scheu, aber manchmal auch dreister, als gut für ihn war.

Gib mir das Fleisch und scher dich weg, fuhr Andrew Milling ihn an, wartete, bis der Kerl sich zurückgezogen hatte, und machte sich dann über die blutigen Brocken her. Dabei versuchte er auszublenden, wie viele Besucher ihn jenseits der Glaswand neugierig beobachteten. Es war nicht gerade angenehm, vor so vielen Leuten zu fressen und sich dabei anglotzen zu lassen. Aber was sollte er tun? Die Raubkatzenfütterung war immer eins der Highlights hier in Sunny Meadows.

Carag

Ah, wieder mal war eine dieser fiesen Nachrichten eingetroffen.

> man sollte dich ausstopfen für das, was du uns tapferen woodwalkern angetan hast! du wirst kriegen, was du verdient hast, wenn Andrew wieder frei ist!

»Einen Orden?«, brummte ich trotzig und löschte die Nachricht. Leider hatte Brandon mir gesagt, dass es ein paar Wochen dauern würde, meine Handynummer zu ändern.

Die Nachricht klang irgendwie ... selbstsicher. Sie hatten nicht geschrieben »falls er irgendwann freikommt«, sondern es so formuliert, als wäre es schon sicher, dass er demnächst ausbrechen würde. Gruselig.

Ich musste unbedingt mit Mr Bridger über die ganze Sache reden, also machte ich mich auf den Weg zu seinem Apartment im ersten Stock. Doch unterwegs lief mir ausgerechnet Juniper Ash über den Weg, die Tochter des Verräters, der im Rat heimlich Andrew Milling unterstützt hatte. Sie hatte einen federnden Gang, der verriet, dass sie in zweiter Gestalt eine Raubkatze war.

Vielleicht blickte ich irgendwie komisch drein, denn Juniper fuhr mich an: »Was? Mein Vater büßt dafür, was er getan hat, *sieben Jahre* muss er im Gefängnis bleiben! Bis er rauskommt, bin ich längst erwachsen!«

»Ich weiß«, sagte ich und rang mich dazu durch hinzuzufügen: »Das tut mir leid – für euch beide.«

»Frag mich«, forderte sie mich heraus. »Frag mich, ob ich Andrew Milling gut finde!«

»Findest du ihn gut?«

»Nein! Wenn er nicht gewesen wäre, hätte ich nicht im Juni den schrecklichsten Geburtstag meines Lebens gehabt! Und mein Vater hätte mich zu dieser Schule hier fahren und mir viel Glück wünschen können!«

Oje, das klang nicht gut. »Aber mich magst du auch nicht sonderlich, schätze ich? Weil ich Milling und seine Leute habe auffliegen lassen?«

»Wenn du es genau wissen willst ...«, begann sie zornig.

Plötzlich war mir nicht mehr danach zumute, mir die Antwort anzuhören. Ich haute ab. Glückwunsch zu dieser Erstjahresklasse, in der waren einige echt schwierige Persönlichkeiten! Am wenigsten mochte ich bisher diesen Ameisenlöwen Paolo, nein, nicht nur, weil er Tikaani und mich besiegt hatte. Ich hatte ihn noch nie lächeln sehen und Frankie, sein Pate, war ohne Ende abgenervt von Paolos übertriebenem Selbstbewusstsein. Und was er zu Frankie und Shadow gesagt hatte, war wirklich widerlich gewesen.

Ich fand Bridger in seiner mit Technikkrempel vollgestellten Bude. Das Licht zweier Bildschirme erhellte den Raum; einer zeigte in weißer Schrift auf einem hübschen blauen Hintergrund die geheimnisvollen Worte *Drive C: not found.* Ein leere Tüte Tortillachips und ein fast leeres Schälchen Salsa dekorierten den Schreibtisch, der ansonsten mit Ausdrucken und Notizen bedeckt war.

»Ich dachte, Katzen brauchen viel Schlaf«, meinte Bridger zur Begrüßung und warf dem blauen Bildschirm einen Todesblick zu.

»Nicht, wenn sie sich Sorgen machen«, gab ich zurück.

»Johnson hat dir von dem alten Buch erzählt, stimmt's?«

»Ja«, sagte ich und schaute auf den zweiten Bildschirm. Das Foto darauf zeigte ein braunes, in fleckiges Leder gebundenes Buch; jemand hielt es so, dass es aufgeschlagen war und nur die Außenseite zu sehen war. »Das ist es, stimmt's?«

Mein Lieblingslehrer nickte. »Vielleicht. Wir haben die Aufnahme gerade erst bekommen und wissen nicht mal, ob es das richtige Buch ist, über das gerade so viele Gerüchte im Umlauf sind. Und ob die Probeseite, die der Rat bekommen hat, wirklich daraus stammt. Bisher haben wir noch keinen Weg gefunden, sie zu übersetzen.«

Seine Finger glitten über die Tastatur und das Bild veränderte sich, wurde schärfer.

»Da ist Schrift drauf ... auf dem Buchrücken«, stellte ich fest.

»Ja. Ich habe schon mehrere Bilderkennungssoftwares drüberlaufen lassen, um rauszubekommen, was für Zeichen das sein könnten. Sie sind leider ziemlich verblasst und irgendwann ist das Leder auch mal angesengt worden.«

»Was schätzen Sie, wie alt ist das Ding?«, fragte ich fasziniert.

Mit einem leisen Ton verkündete die Software, dass sie ein Ergebnis erzielt hatte.

»Ah«, sagte James Bridger zufrieden und las sich die Meldung durch. »Es sind Schriftzeichen, die ein Cherokee namens Sequoia Anfang des neunzehnten Jahrhunderts für seinen Stamm entwickelt hat. Also könnte das Ding zweihundert Jahre alt sein.« Wieder tippte er etwas, schon hatte er ein Cherokee-Alphabet auf seinem Bildschirm.

Ich war beeindruckt. »Das heißt also, das Buch ist wahrscheinlich von Cherokees in ihrer Sprache geschrieben worden. Woher haben Sie das Foto, hat es Ihnen einer aus diesem Stamm geschickt?«

»Wir wissen nicht, von wem es ist. Ursprünglich hat es jemand anonym an die Frau gemailt, die *Walkers United* leitet. So 'ne Art Interessenverband von Wandlern. Sie vermutet, dass das Foto von jemandem stammt, den sie mal kennengelernt hat, sodass derjenige das Gefühl hatte, er könnte ihr das Geheimnis anvertrauen.«

Fast gleichzeitig beugten wir uns vor, um das Foto genauer zu betrachten, und vor allem auch die Hände, die es hielten. Sie wirkten nicht besonders jung, aber auch nicht völlig runzelig.

»Ältere Frau«, meinte ich und Bridger nickte.

Die Fingernägel wirkten gepflegt – wenn die Besitzerin des Buchs eine Katzen-Wandlerin war, achtete sie auf ihre Krallen.

Und sie hatte darauf verzichtet, bunte Lack-Pampe draufzuschmieren.

»Aber vielleicht besitzt sie das Buch gar nicht«, sagte mein Lehrer und deutete auf einen nur schwach sichtbaren Schatten im Hintergrund, den Schatten eines Menschen oder Woodwalkers. Es war kein Selfie.

Sein Handy klingelte und Bridger unterhielt sich kurz mit jemandem, wahrscheinlich einem Mitglied des Rates. »Ah, *Kearo-tash* steht da ... aber was heißt das?«, meinte er und lauschte kurz. »Vielleicht ein Name. Ah, jetzt fällt mir was ein. Wir haben zwei Kids hier an der Schule, die eine Cherokee-Abstammung haben. Wäre es okay, wenn ich sie einweihe? Prima. Wer ein Ergebnis hat, meldet sich.«

Mir war sofort klar, wen er meinte – Shadow und Wing sahen ziemlich indianisch aus. Doch da sie in einer Raben-Wandler-Kolonie aufgewachsen waren, hatten wir sie nie darüber ausgefragt, welchem Stamm ihre Vorfahren angehört hatten.

»Ich gehe sie holen«, sagte ich, sprang auf und wollte losrennen, doch James Bridger hielt mich lächelnd am Ärmel fest. »Mein Fernruf war schneller. Sie sind gleich da und Lissa kommt auch.«

»Prima.« Ich blickte ihn an und fühlte mich plötzlich unsicher. »Das alles ist geheim, oder? Ist es überhaupt in Ordnung, dass ich hier bin?«

»Es ist mehr als okay«, sagte er. »Wie du wahrscheinlich weißt, hast du als der Junge, der Andrew Milling besiegt hat, beim Rat einen Stein im Brett.«

»Einen Stein ... im Brett? Wozu soll das gut sein?«, fragte ich verwirrt und Bridger lachte. »Sorry. Du bist inzwischen so gut angepasst, dass ich manchmal vergesse, dass du als Puma in den Rocky Mountains aufgewachsen bist. Ich meinte, Johnson und die anderen, die dich kennen, haben eine hohe Meinung von dir. Das gilt auch für mich, obwohl du in Mathe und Physik gerade nicht so gut mitkommst.«

»Ich kriege das schon noch hin«, erwiderte ich und freute mich über das mit der hohen Meinung (das immerhin kapierte ich). Es gab ja leider genug andere, die mich für den letzten Wapitidung hielten. »Brandon gibt sich total Mühe, mir alles noch mal zu erklären.«

Kurz darauf war es ganz schön voll in Bridgers Zimmer: Lissa Clearwater, ausnahmsweise in bequemen Hosen und einem Langarmhemd, informierte sich rasch über den Stand der Dinge. Wing und Shadow standen ein bisschen linkisch herum, schienen sich aber geschmeichelt zu fühlen, weil sie als Experten gefragt waren.

»Ja, wir können die Sprache«, verkündete Shadow. Sein Gesicht wirkte ernst und stolz, als er uns anblickte. »Meine Großmutter hat sie uns beigebracht, als wir noch als Raben gelebt haben. Sie hat als Einzige von uns als Mensch in einer Hütte gewohnt und uns die Zeichen gezeigt. Als wir hier in der Schule ankamen, konnten wir Cherokee lesen, aber nicht Englisch.«

Wing betrachtete währenddessen mit gerunzelter Stirn das Foto. *»Kearo-tash,* das heißt so viel wie ›etwas, das bewahrt wird‹«, erklärte sie. »Stimmt doch, Shadow, oder?« Ihr Bruder nickte.

»Das würde passen«, sagte James Bridger, seine Augen funkelten. »Es ist ein Buch, in dem uraltes Wissen der Wandler aufgezeichnet ist.«

»Verbotenes Wissen«, sagte Lissa Clearwater scharf. »Es war immer strengstens verboten, Anleitungen aufzuschreiben, zum Beispiel, wie man bei jemandem die Verwandlungsfähigkeit blockiert oder das rückgängig macht!«

Ich zuckte die Achseln. »Aber anscheinend hat es jemand getan. Jetzt sollten wir das Buch finden, bevor es die falschen Leute in die Pfoten oder Krallen bekommen.«

»Ganz genau«, sagte Lissa Clearwater. »Was jetzt? Der Rat hält den Kontakt zum anonymen Briefeschreiber und versucht, mehr herauszukriegen, oder?«

»Das ist der Plan.« James Bridger wirkte beunruhigt. »Vielleicht können wir ihn oder sie überreden, das Buch dem Rat zu verkaufen. Falls es echt ist. Ich sage Johnson, er soll uns die Probeseite weiterleiten, dann könnt ihr euch an die Übersetzung machen, falls das okay wäre.«

»Na klar, fedrig. Alles sehr geheim, oder? Wir halten den Schnabel«, versprach Shadow. »Wir sagen gleich Bescheid, wenn wir fertig sind!« Er zögerte noch zu gehen, sah Mr Bridger an. Wollte er mit ihm über Paolos hässliche Bemerkung und Jeffreys Schweigen sprechen?

»Was ist?«, fragte ihn Bridger.

Shadow zögerte, zuckte dann die Achseln und meinte: »Ach nichts.«

Als wir uns verabschiedeten und gingen, tappte im Gang gerade eine der Erstjahresschülerinnen vorbei. Ein unscheinbares Mädchen mit schulterlangen braunen Haaren. Diese Kanadagans, wie hieß sie noch?

»Wolltest du gerade zu Mr Bridger?«, fragte ich sie und sie lächelte verlegen. »Nein, ich hab mich – äh, verirrt. Weißt du, wo der Mädchenwaschraum ist?«

»Genau in der Gegenrichtung«, sagte Wing und deutete mit dem Finger.

Irgendwann würde ich wirklich anfangen müssen, mir die Namen der neuen Erstis zu merken!

Faire Chance

Rastlos streifte ich weiter durch die nächtliche Schule, in der noch einiges los war, schließlich hatten wir inzwischen mehrere nachtaktive Woodwalker, zum Beispiel Leroy und Tabitha. Im Gang traf ich Felix; er hatte Selbstlernmaterial unter dem Arm.

»Das ist sooo genial hier – weil Igel erst in der Nacht richtig munter werden, darf ich um Mitternacht Prüfungen schreiben, die die anderen tagsüber haben«, erzählte er mit verklärtem Gesicht. »Projekte und Lernexpeditionen darf ich nachts machen, sodass ich tagsüber mehr Zeit fürs Schlafen habe!«

Das wusste ich natürlich. »Du hast es nicht leicht gehabt in deiner deutschen Schule, was?«

»Genau! Am schlimmsten war es im Winter, weil Igel da eigentlich Winterschlaf halten. Ich war ständig müde und habe Ärger bekommen, weil ich während der Stunde eingepennt bin.«

Der Arme. Zum Glück hatte ich gute Nachrichten für ihn. »Bei uns bekommen Woodwalker, die Winterruhe halten, in der kalten Jahreszeit keine Noten und werden dafür im Sommer häufiger geprüft.«

»Oh, ist das cool!«, sagte Felix und freute sich, als Brandon uns Gesellschaft leistete. Anscheinend war er für heute fertig damit, Bilder zu hauen. »Äh, Brandon, du solltest mir als mein Mentor doch helfen, wenn ich Probleme habe, oder?«

»Klar, was gibt's?«, sagte mein von oben bis unten mit Steinstaub bepuderter Freund.

Felix druckste ein bisschen herum. »Dieser Oscar, ihr wisst schon, der Lemming ... mit dem wohne ich zusammen.«

»Ja und? Er ist doch harmlos, oder?«

»Schon, aber ... er stinkt.«

»Stimmt«, fiel es mir ein. »Der Mundgeruch ist ziemlich übel.«

»Oscar selber merkt das nicht, glaube ich«, meinte Felix unglücklich.

Brandon und ich blickten uns an.

»Wir hatten mal so ein Mädchen in unserer Menschen-Highschool«, sagte mein bester Freund. »Hat sich wohl nicht so wie wir jeden Tag geduscht. Sie, äh, roch ziemlich streng.«

»Was habt ihr gemacht?«, fragte ich neugierig.

»Nichts. Wir haben uns nicht getraut, es ihr zu sagen.«

»Aber wir können nicht einfach nichts machen. Er verpestet die Luft in unserem Zimmer!« Felix wirkte ein bisschen verzweifelt.

Tikaani hätte garantiert etwas Herzloses wie »Schlaf doch einfach draußen« gesagt, doch Brandon versprach ihm nur: »Wir überlegen uns was«, und gähnte. »Morgen. Jetzt muss ich erst mal ins Bett.«

»Und ich zum Sonderunterricht zu Mrs Parker.« Felix winkte uns zu und zog ab.

Als ich allein durchs zweite Stockwerk wanderte, kam ich in der dunklen Cafeteria vorbei; durch die große Glaskuppel schien ein wenig Sternenlicht herein. Auf der Schiefertafel, auf der jeder eine Zeichnung oder eine Bemerkung hinterlassen konnte, stand in Lous makelloser, geschwungener Handschrift ein neuer Spruch.

Wenn du einmal vom Respekt
gekostet hast, merkst du,
dass er besser schmeckt als Aufmerksamkeit.

Ich musste lächeln. Wetten, es hatte Lou gefallen, dass sie gewählt worden war?

Dann fingen meine feinen Ohren ein Atemgeräusch auf und ich merkte, dass jemand ganz allein und bewegungslos in der Dunkelheit saß. Meine Nachtaugen erkannten sofort, wer dieses zierliche Mädchen war. »Alles in Ordnung, äh …«

»Gib es zu, du hast meinen Namen vergessen«, kam es ein bisschen verbittert zurück. »Für alle hier bin ich nur Trudys Schwester.«

Beim großen Gewitter, wie hieß sie noch mal? Das hatte ich doch neulich noch gewusst! Ich quetschte mein Gedächtnis aus, als würde mein Leben davon abhängen, dass ich diesen Namen daraus hervorpresste. Berta betreute sie und ich hatte mir gemerkt, dass der Name ihres Schützlings noch vor ihr im Alphabet kam. Aya? Ada? Ama? Nein. Als das Schweigen schon peinlich wurde, fiel es mir ein. Uff.

»Ich weiß, wie du heißt: Ava«, sagte ich und das Mädchen vor mir entspannte sich etwas.

»Und du bist Carag. Der Pumajunge.«

»Stimmt.« Vorsichtig setzte ich mich auf einen Stuhl in der Nähe und betrachtete sie genauer. Wie jung sie wirkte, wahrscheinlich war sie erst elf oder so. Nein, ich würde sie jetzt nicht mit Trudy vergleichen!

Das Eulenmädchen beobachtete mich genau. »Du nimmst dir gerade vor, mich nicht mit Trudy zu vergleichen.«

Oje, war sie so gut im Gedankenlesen? Dabei war ich doch inzwischen erfahren darin, mich abzuschirmen!

Vielleicht hatte Ava gemerkt, dass mir plötzlich mulmig zumute war, denn sie lachte. »Keine Sorge. Ich bin nur gut im Raten.«

»Dann rat mal, was ich jetzt denke«, sagte ich und rief mir ein Bild von Berta, unserem gutmütigen Grizzly-Girl – Avas Mentorin –, vor das innere Auge.

»Was du gerade denkst? Ich hab keinen Schimmer.« Ein zaghaftes Lächeln bog ihre Mundwinkel nach oben. »Du, Carag?«

»Ja?«

»War echt toll von dir, dass du auf der Beerdigung so nette Sachen über Trudy gesagt hast. Obwohl sie dich und deine Freunde mal verpetzt hat.«

»Ach, das hatte ich schon völlig vergessen«, behauptete ich. Es war immerhin fast ein Jahr her, dass Trudy uns als Eule beobachtet hatte, als wir Brandon beigebracht hatten, wie man stark und selbstbewusst ist. Was leider nicht nur mit zerlegten Baumstämmen, sondern auch einem demolierten Auto geendet hatte.

»Das sind ganz schön viele Eindrücke in den ersten Tagen, was?«, fuhr ich fort. »Das kenne ich aus der Zeit, in der ich aus den Bergen in die Stadt gekommen bin. Ich wollte mich nur noch verkriechen, aber sie haben mich einfach nicht in Ruhe gelassen.«

Ava seufzte und nickte. »Ja, es ist gerade alles ... zu viel. Ich glaub, es würde helfen, wenn ich meinen Geschwistern alles erzählen könnte. Aber die sind nachts als Eulen unterwegs und nehmen ihr Handy natürlich nicht mit.«

»Dann flieg doch auch raus«, schlug ich vor. »Erkunde die Rocky Mountains von oben, fang dir eine Maus und so weiter.«

»Stimmt, ich könnte jagen – wie das geht, weiß ich nämlich schon.« Sie klang stolz.

»Sehr cool«, sagte ich. »Und das mit dem Vergleichen mit deiner Schwester, äh ... das wird bestimmt besser, wenn die anderen dich nach und nach kennenlernen, wetten?«

»Bestimmt«, sagte Ava tapfer ... und zog sich den Pullover aus. Bevor ich michs versah, hockte sie als kleiner grauer Federball da und krampfte die Krallen in die Stuhllehne. *Möge der Mond für dich leuchten!*

Ich machte ihr das Fenster auf und ein kleiner Steinkauz flog hinaus in die Nacht.

Meine Schwester lebte zum Glück noch und ich musste unbedingt dafür sorgen, dass es ihr gut ging. »Und irgendwas erreicht bei deinem Vater?«, fragte ich Lou am nächsten Tag. »Hat er eingesehen, dass meine Schwester eine faire Chance verdient hat?«

Lou blickte verlegen drein. »Äh, nein, er hat nur gesagt, er hat sie behandelt wie alle anderen und sie solle sich gefälligst mehr anstrengen. Und ob ich jetzt etwa vorhätte, ihm als Klassensprecherin das Leben schwer zu machen. Ob das seit Neustem der Job einer Tochter wäre.«

»Na toll«, seufzte ich und fragte mich ein bisschen schuldbewusst, ob es ein Fehler gewesen war, Lou meine Stimme zu geben. Hätte ich es nicht getan, hätte Nell gewonnen. Bestimmt hätte Mr Ellwood unsere taffe Maus-Wandlerin ernster genommen – sie konnte sich richtig gut durchsetzen.

Zu spät! Wir mussten irgendwie anders mit diesem Kerl fertigwerden.

Einmal Zähmen bitte

Zum Glück war Mr Ellwood der einzige Lehrer, mit dem meine Schwester Probleme hatte. Richtig begeistert war sie von Miss Calloway. »Die ist so nett und erklärt mir alles, ohne dass ich mir dumm vorkomme«, schwärmte Mia, als wir am Donnerstag gemeinsam zum Mittagessen gingen. »Habe ich dir schon erzählt, dass wir in Menschenkunde den Körper durchgenommen haben? Den Zweibeinerkörper natürlich. Kannst du dir vorstellen, dass jeder einzelne Finger einen eigenen Namen hat?«

Ich musste mir ein Lachen verbeißen. »Ja, das ist eigentlich komisch, oder?«

»Sehr seltsam finde ich auch, dass einem als Mensch die Haare immer weiterwachsen, ohne je aufzuhören«, meinte Mia. »Stell dir vor, als Puma hätte ich das Problem auch ... da würde mir das Fell ja irgendwann bis zum Boden reichen!«

Kurz sah ich vor meinem inneren Auge einen Puma, der nur aus hellbraunen Haaren zu bestehen schien und nichts mehr sehen konnte, weil ihm das Fell über die Augen wucherte. »Oje. Und kein Wildtier-Friseur weit und breit. Apropos Friseur ...«

»Was ist das noch mal?«

»Jemand, der Menschen das Kopffell zähmt«, sagte ich und beäugte Mias wilden hellbraunen Haarschopf. »Heute Nachmittag nehme ich dich mit in die Stadt und dann erledigen wir das, ja?«

Mia fauchte leise, obwohl sie gerade in Menschengestalt war. »Ich will nicht, dass jemand etwas an mir zähmt!«

»Keine Sorge, das kann doch eh keiner«, beruhigte ich sie und zählte im Geist meine gesparten Dollars, die reichten fürs Haarestutzen. Nach dem Tag der Rache hatten die dankbaren Ralstons mein Taschengeld verdoppelt. Sie waren enttäuscht gewesen, dass sie Mia (und meine Puma-Eltern) noch nicht hatten kennenlernen können, aber vielleicht war es sowieso besser, wenn das Ganze mit frischer Frisur stattfand.

»Ihr hattet ja auch noch Sei dein Tier«, fiel es mir ein. »Hat Salomé da irgendwas gesagt über ihre zweite Gestalt?«

»Kein Wort!« Mia blickte verdrossen drein. »Und diese Mops-Lehrerin – wie heißt sie noch mal? – hat Salomé nicht aufgerufen und damit auch nicht über ihre Tierart gesprochen. Ich glaube, das war Absicht.«

Allmählich wurde das richtig interessant – es wirkte wie eine Verschwörung. Ich wechselte das Thema. »Ist es in Ordnung, wenn Terry mitkommt zum Haareschneiden?«, fragte ich sie, und als Mia nickte, ging ich meinen Schützling suchen. Ich folgte seiner Witterung und fand ihn als Hund unter einem Tisch in der Cafeteria. »Was machst du denn da?«

Chillen, behauptete er. *Hunde müssen mindestens genauso viel chillen wie Katzen!*

Hm, ja, aber wir machten das am weichsten, wärmsten Ort der Gegend, also nur sehr selten unter Tischen. Hoffentlich ging es ihm gut, ich fand, dass er irgendwie die Ohren hängen ließ. Na gut, die sahen immer so aus, aber das konnte nicht gesund sein.

»Magst du heute Nachmittag mitkommen in die Stadt?«, fragte ich ihn. »Eigentlich dürft ihr Erstis ja noch nicht hin, aber wenn jemand aus den höheren Jahrgängen euch begleitet, dann schon.«

Begeistert sprang Terry auf. *Klar komme ich mit!* Das war mir so dermaßen klar gewesen; er mochte alles, was eigentlich verboten war.

Weil Theo keine Zeit hatte, uns zu fahren, gingen wir einfach zu Fuß. Weder Mia noch ich fanden etwas dabei, lange Strecken zu wandern, und weil regelmäßig Schüler nach Jackson gingen, mussten wir nur dem Trampelpfad folgen. Deutlich besser gelaunt als zuvor, zischte Terry neben uns her und hielt ständig an, um irgendwo zu schnuppern. *Toll, das ist ja fast wie Gassigehen, nur ohne die nervige Leine,* meinte er.

Mia und ich blickten uns an und schüttelten den Kopf.

»Terry … du bist kein Hund, sondern ein *Woodwalker«,* sagte ich. »Niemand geht mit dir Gassi und wir erst recht nicht.«

Stimmt, Katzen können nicht mit einem Hund spazieren gehen, sagte Terry sofort, doch als wir die Augen verdrehten, fügte er schnell hinzu: *Jaja, schon gut, ich kann eben noch nicht so recht glauben, dass ich auch eine Menschengestalt habe.*

»Wie auch, wenn du dich nicht verwandeln willst«, sagte Mia. »Selbst Mondauge, die neue Wölfin, hat gesagt, dass sie es mal probieren will, nachdem ihre Mentorin Wing ihr davon vorgeschwärmt hat!«

»Sehr cool«, meinte ich erfreut und nahm mir vor, meinem Schützling gegenüber deutlich mehr zu schwärmen. Doch weil wir uns langsam den ersten Häusern näherten, sagte ich zu Terry: »Während wir in der Stadt sind, darfst du auf keinen Fall über deine Menschengestalt nachdenken, das wäre viel zu riskant, klar?«

Als ich sein hechelndes Grinsemaul sah, wurde mir klar, dass ich einen Fehler gemacht hatte. *Ach echt?,* fragte Terry ein bisschen zu unschuldig.

Diesmal war es keine Absicht gewesen, dass ich ihm das verboten hatte – es war wirklich wichtig! Verwandlungen zur falschen Zeit konnten das Geheimnis der Woodwalker in Gefahr bringen.

Aber wir sind noch gar nicht in der Stadt, meinte Terry und dann sah ich, wie er sich konzentrierte. Alarmiert schaute ich mich um und murmelte einen Fluch, den ich von meinem Pflegebruder Marlon gelernt hatte und der etwas mit Religion und Ausscheidungen zu tun hatte. Wir standen gerade auf einem kleinen Hügel, und was wir hier machten, war meilenweit zu sehen. Und nur ein paar Baumlängen entfernt, begann schon das Wohngebiet von Jackson!

Mia und ich bemerkten beide, dass Terrys Körper sich veränderte, streckte, sein Fell verlor. Gleichzeitig warfen wir uns von zwei Seiten auf den Hunde-Wandler und rissen ihn zu Boden, damit niemand sah, was mit ihm vorging.

»He!«, protestierte etwas Zappelndes unter unseren Menschenkörpern. »Ich ersticke gleich!«

»Würde dir recht geschehen, *Flauschi«,* zischte Mia. »Hast du schon vergessen, was wir in der allerersten Stunde zu hören bekommen haben? Das mit der Geheimhaltung und so?«

»Das wollte ich dich auch gerade fragen!« Ich stand auf und blickte auf den nackten Jungen hinab, der auf dem Hügel im Gras saß und begeistert seine noch nie benutzten Hände untersuchte. Er war höchstens zwölf und hatte ein keckes, freundliches Gesicht. Von seinen rauchgrauen Augen sah man nicht gerade viel, weil sein langes blondes Haar ihm darüberfiel und auch weit über den Rücken wucherte. Natürlich hatte er keine Lust, sich wieder zurückzuverwandeln, das hatte ich mir schon gedacht.

»Hier, zieh das an und warte hier«, sagte ich, warf ihm meine Jacke zu und machte mich auf den Weg zum nächstbesten Klamottengeschäft.

Mit einer Jogginghose – bei der war die Größe nicht so wichtig –, weichen Stoffschuhen und einem Pullover kam ich zurück. »Muss ich das anziehen?«, fragte Terry mit einem skeptischen Blick.

»Nein – geh halt nackt zurück zur Clearwater High!«, sagte ich ärgerlich, weil mein Geldbeutel sich schon viel leichter anfühlte als vorher, und das *vor* dem Friseurbesuch. Bedeutete dieses Mentorendings auch, dass wir für unsere Schützlinge bezahlen mussten? Andrew Milling hatte mich immer eingeladen, wenn wir zusammen essen gegangen waren, aber ich war nicht sicher, ob das ein passender Vergleich war.

Mia betrachtete den fertig angezogenen Terry von oben bis unten. »Geht er als Mensch durch mit *dem* Kopffell?«

»Nee«, sagte ich. »Wenn wir ihn so mitnehmen, gibt's morgen Bigfoot- oder Yeti-Sichtungen in der Zeitung.« Über die hatte ich mit den Ralstons mal einen Fernsehbericht gesehen.

Wir beschlossen, dass wir Terry gleich mitnehmen würden zum Haarezähmen, doch unser neuer Freund blickte alarmiert drein. »Das geht nicht, ich hab furchtbar Angst vor Friseuren!«

»Aber nur vor welchen, die dich packen, auf einen Tisch stellen und anfangen, dich mit einer Schermaschine zu bearbeiten, oder?«, fragte ich; das hatte ich mal im Schaufenster eines Hundesalons beobachtet. Nachdem ich ihm versichert hatte, dass es bei einem Menschenfriseur anders zuging, konnten wir endlich weiter.

Der Friseur, zu dem die Ralstons immer gingen, war in der Nähe der Hauptstraße, wir mussten nur einmal abbiegen. Terry staunte nicht so sehr über die Menschen und Geschäfte damals wie ich bei meinem allerersten Stadtbesuch, dafür sang er vor sich hin, hüpfte und zählte immer wieder fasziniert seine Finger, was ihm ein paar merkwürdige Blicke einbrachte.

Die Friseurin hatte ihre Augen schwarz umrandet und sich glitschig aussehenden rosa Lippenstift aufgeschmiert. Kaugummi kauend, schenkte sie uns ein routiniertes Lächeln, während sie Mia anwies, sich auf einen bestimmten Stuhl zu setzen. Dort verwandelte sich Mia in etwas, das eher an ein Kaninchen im Scheinwerferlicht erinnerte als an ein ausgewachsenes Pumaweibchen.

»Waschen, Schneiden, Föhnen?« Die Friseurin griff ihr prüfend in die Haare.

Mia zuckte zusammen und hob die Oberlippe, doch dann holte sie das Elend wieder ein. »Waschen?! Muss das sein?« Sie schwamm zwar recht gerne, mochte Wasser aber nicht besonders, wenn es von oben kam.

»Schätzchen, ich hab schon Stroh in der Hand gehabt, das sich besser anfühlte als das Gestrüpp da auf deinem Kopf«, meinte die Friseurin, die nicht ahnte, wie knapp sie eben einer Bisswunde entgangen war.

»Unbedingt waschen«, sagte ich und schwenkte einen Zehn-Dollar-Schein.

Als aus dem Brausekopf Wasser über ihre Haare strömte, sah Mia aus, als wäre sie am liebsten geflohen. Doch vielleicht weil Terry lachte und meinte: »Müssen wir sie gleich einfangen?«, blieb sie mit zusammengebissenen Zähnen sitzen. Sogar dann, als sie mit dem Schaum in ihren Haaren aussah, als hätte sie eine Wolke auf dem Kopf. Ich sah, wie Mias Nasenflügel sich angewidert bewegten.

Dann blitzte die Schere auf. Weiter ihren Kaugummi kauend,

machte sich die Friseurin ans Werk. Schnipp-schnipp, Mias Kopf wurde immer leerer und der Boden dafür immer voller.

»Na, passt's so?«, fragte die junge Frau, als sie schließlich fertig war und von hellbraunen Haarresten umgeben hinter Mias Stuhl stand.

»Das da bin ich nicht«, beklagte sich meine große Schwester und deutete auf den Spiegel, in dem sie eigentlich ihre neue Kurzhaarfrisur hätte bewundern sollen. Diesmal mussten Terry *und* ich lachen.

Doch die Heiterkeit verging Terry schnell, denn nun war er dran. Kurz darauf saß er auf dem Stuhl des Grauens und duldete leise winselnd, dass er eingeschäumt wurde. Es klang nicht sehr menschlich, aber ich brachte es nicht übers Herz, ihm zu sagen, er solle doch bitte mal die Klappe halten.

»Wirklich zwei komische Vögel, deine Freunde«, sagte die Friseurin zu mir.

Vögel? Wir schüttelten alle drei gleichzeitig den Kopf.

Ein weißer Schatten

Ich spendierte meiner tapferen Schwester und meinem Schützling ein Eis, dann machten wir uns wieder auf den Weg, um rechtzeitig zum Abendessen zurück zu sein. »Dieses Zeug ist unglaublich! Schade, dass es so kalt an der Zunge ist«, schwärmte Terry, als wir wieder draußen waren und durchs Grasland wanderten, auf dem hier und da Drehkiefern wuchsen. Er hatte sich für die Sorte Erdbeer entschieden, obwohl er als Hund nicht im Entferntesten daran gedacht hätte, eine Erdbeere zu fressen.

»Das mit dem Kalten ist irgendwie Sinn der Sache«, sagte ich und sah verblüfft, dass unser neuer Erstjahresschüler stehen blieb und die Lippen zusammenpresste. Schweiß stand auf seiner Stirn.

»Was ist?«, fragte Mia alarmiert.

»Ich versuche, mich zurückzuverwandeln, so wie euer Lehrer das erklärt hat. Aber ich weiß gar nicht richtig, wie meine zweite Gestalt aussieht«, beklagte sich Terry. »Die meisten Spiegel hängen ja zu hoch für mich …«

»Moment«, sagte ich und schickte ihm ein Bild in den Kopf – das hatten wir ausgiebig geübt im ersten Jahr. Mit dieser Vision seines wuscheligen Hunde-Ichs würde es vielleicht klappen. Und tatsächlich, schon begann Terry zusammenzuschrumpfen, als hätte ich ihn versehentlich verzaubert (wir hatten neulich in Menschenkunde den Glauben an Hexen, Magier und anderen übernatürlichen Kram durchgenommen). Als grau-weißer Mischling blickte er zu mir hoch und wedelte. *Thanks, Alter,* sagte er.

»Alter? Geht's noch? Ich bin vierzehn!«, schimpfte ich und Mia musste grinsen. »Warum bist du nicht einfach in deiner Menschengestalt geblieben?«, fragte sie ihn und klemmte sich seine Klamotten unter den Arm. »Die Leute in der Schule sind bestimmt neugierig auf deine erste Gestalt.«

Warum sollte die jeder sehen dürfen? Ich mag die noch ein bisschen geheim halten. Mit einem Satz warf sich Terry auf einen Grashüpfer.

»Schade«, sagte ich nur.

Das würde Probleme geben in Verwandlung und Kampf und Überleben! Aber die hatte er ja sowieso schon, seit er sich mit Mr Ellwood angelegt hatte.

Es war Zufall, dass ich hochschaute zu den Bergen, die sich rund um das Tal von Jackson Hole erhoben. Sehr hoch waren sie nicht, eher bessere Hügel, nicht zu vergleichen mit den etwas weiter entfernten, rauen Gipfeln der Grand Tetons. Moment mal, da war eine Bewegung gewesen – und zwar nicht die eines Wanderers! Eher die gleitenden Bewegungen einer Katze und es konnte keine besonders kleine sein, wenn ich sie auf diese Entfernung sehen konnte.

»Was ist?«, fragte Mia und ich deutete mit meinem Menschenfinger.

Meine große Schwester hatte noch schärfere Augen als ich. »Soso«, meinte sie. »Kein Puma. Falsche Farbe.«

»Stimmt«, sagte ich fasziniert. Diese Raubkatze dort oben

war weiß mit grauen Flecken. Ein solches Tier hatte ich noch nie gesehen. Da, jetzt schaute es zu uns herüber.

Was? Wie? Wo? Hektisch sah sich Terry um, doch das Tier war schon hinter einer Baumgruppe verschwunden wie ein Schatten … oder ein Geist.

Wir wanderten noch schneller, weil wir kaum erwarten konnten, unseren Freunden von der fremden Raubkatze zu erzählen. Weil es schon Abendessenszeit war, rannten Mia, Terry und ich direkt hoch in den zweiten Stock. An unserem üblichen Tisch saßen schon Tikaani – das wunderbarste Mädchen der Welt –, Brandon, Holly und Dorian, es war gerade noch Platz für uns. Tikaani lächelte mich an und wir küssten uns rasch.

Holly war damit beschäftigt, dem Luchsmädchen – das mit ein paar Erstis an einem Tisch saß – finstere Blicke zuzuwerfen. Deshalb war es Dorian, der uns zuerst bemerkte. »Wow, schick«, sagte er und betrachtete Mia anerkennend. »Jetzt kannst du's wieder wachsen lassen.«

Sofort drehten sich auch Nell, die Rabenzwillinge und ein paar andere Schüler um. »Sieht gut aus!«, rief Wing und Mia wirkte, als sei sie allmählich versöhnt mit ihrem neuen Kurzhaarstil.

»Aber du hast auch was mit deinem Fell gemacht, oder?«, fragte Salomé meinen Hundeschützling.

Sieht man das? Scheinbar gleichgültig blickte Terry an sich herab. *Na ja, Adel verpflichtet, meine Mutter hat mal die New Yorker Hundeshow gewonnen!*

Und sein Vater war angeblich ein Kampfhund gewesen. Jaja, ganz sicher!

Wir gingen uns alle Burritos holen, dann erzählte ich meinen Freunden von der fremden Raubkatze.

»Ernsthaft?« Brandon staunte. »Das kann nur ein Schneeleopard gewesen sein. Aber hier? Die leben eigentlich im Himalaja oder so. Asien jedenfalls.«

»Vielleicht ist er aus einem Zoo entwischt«, sagte Holly.

Dorian lehnte sich bequem in seinem Stuhl zurück. »Nur gibt's hier im weiten Umkreis keinen Zoo. Du solltest das den Lehrern melden, Carag.«

»Meinst du wirklich?« Ich schaute rüber zum Lehrertisch, wo gerade intensiv diskutiert wurde. Ob die überhaupt Zeit hatten, sich so was anzuhören? »Die sehen so beschäftigt ist. Mache ich morgen.«

Holly interessierte das alles nicht sonderlich. »Ich könnte ihr nachher, wenn sie ihr Tablett wegbringt, einen Stoß geben, sodass Geschirr und Besteck rumfliegen«, flüsterte sie mit einem weiteren Todesblick zum Ersti-Tisch.

»Mach das nicht«, schimpfte Brandon. »Juniper Ash hat dir *nichts* getan, was kann sie denn dafür, dass sie ein Luchs ist?«

»Oder dass ihr Vater ein Verräter ist?«, fügte Tikaani hinzu. Das hatte das Luchsmädchen anscheinend gehört, denn sie schickte einen halb wütenden, halb hilflosen Blick in unsere Richtung.

Ich hätte sie gerne verteidigt, aber ich brachte kein Wort

raus – es war zu schlimm gewesen, was Andrew Milling angerichtet hatte. Jedes Mal, wenn ich daran dachte, wurde mir eiskalt und ich war eine Zeit lang zu nichts zu gebrauchen. Also mampfte ich einfach meinen mit Hackfleisch und Bohnenmus gefüllten Maismehlfladen und hörte zu, wie die anderen sich über ihre Schützlinge unterhielten. Dabei wartete ich ab, ob die Lehrer irgendwann Zeit hatten. Sah nicht so aus.

Stattdessen flüsterte ich den Rabenzwillingen zu: »Und habt ihr die Probeseite aus dem alten Buch bekommen? Geht's voran mit der Übersetzung?«

Wing verzog das Gesicht. »Die Schrift ist sehr altertümlich«, sagte sie und Shadow fügte hinzu: »Und außerdem ausgeblichen!«

Das sollte wohl heißen, dass es nicht gut voranging. »Aber ihr gebt nicht auf, oder?«, fragte ich sie besorgt. »Wenn das Ding echt ist, muss der Rat es so schnell wie möglich kaufen, damit es nicht Millings Verbündete bekommen.«

»Und der Rat kauft es erst, wenn er weiß, dass es echt ist, ich weiß.« Wing seufzte.

Einen Tag später, am Freitagmittag, gab ich mir einen Ruck und ging rüber zum Lehrertisch. Mr Ellwood und Mrs Parker beachteten mich nicht, weil sie gerade in ein hitziges Gespräch vertieft waren; ich fing das Wort *Selbsthilfegruppen* auf. Doch die anderen Lehrer blickten mir freundlich entgegen. Mr Bridger sah nachdenklich aus, so als würde er in letzter Zeit zu viel grübeln. Ob er etwas Neues über das geheimnisvolle Buch erfahren hatte?

»Was gibt's, Carag?«, fragte unser Kampflehrer Bill Brighteye, der neben Sarah Calloway saß und den Arm um sie gelegt hatte.

»Ich, äh ... wir waren gestern Nachmittag in Jackson und haben in den Bergen hinter dem Elk Refuge etwas gesehen ...«

Als ich mit meinem Bericht fertig war, blickten sich die Lehrer an und ich hatte den Eindruck, dass sie nicht so überrascht waren wie ich.

»Kann das wirklich ein Schneeleopard gewesen sein?«, hakte ich nach.

»Ja«, sagte Bill Brighteye kurz und Lissa Clearwater fügte hinzu: »Kommst du nachher mal in mein Büro, Carag? Es ist wegen was anderem.«

Ein Kribbeln durchlief mich. Weswegen wollte sie mich sprechen? Wegen der Probleme mit Terry? Vielleicht hatte sie das Gefühl, dass ich ihn nicht gut genug betreute, und wahrscheinlich stimmte das sogar. Oder hatte sie nun doch rausgekriegt, dass Tikaani und ich heimlich diese Selbsthilfegruppe besucht hatten?

Ich ging zu meinen Freunden zurück, beugte mich über den Tisch und senkte die Stimme. »Mir scheint, die Lehrer wissen, wer dieser Schneeleopard ist«, sagte ich.

Holly bekam ganz große Augen. »Vielleicht ist er ein Woodwalker? Carag, hast du was gespürt?«

»Dafür war er zu weit weg«, sagte ich. »Kommt, wir müssen los, gleich haben wir Chemie.« Noch eins dieser Fächer, mit denen ich mich nicht wirklich anfreunden konnte. Ich fand es komisch, um was für Stoffe es da ging – Stickstoff atmete man ein, statt daran zu ersticken, und Sauerstoff war gar nicht sauer. Nur so als Beispiel.

Aber als Tikaani verkündete: »Ich habe gehört, wir machen heute Elefantenzahnpasta«, war auch ich gespannt.

»Wir machen *was?«* Shadow sah aus, als würde ihm gleich eine Feder ausfallen.

»Komm, finden wir's raus«, sagte Frankie und die beiden folgten uns.

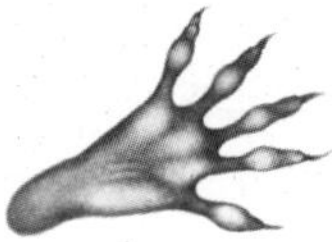

Rosa Schaum und Lemming-Power

Obwohl wir gerade erst mit Chemie angefangen hatten, durften wir schon richtige Experimente machen. Und zwar in den Kellerlaboren der Clearwater High, an gefliesten Tischen. Ja tatsächlich, dort stand der Titel des Versuchs schon an der Tafel: *Elefantenzahnpasta,* Tikaani hatte es nicht etwa falsch verstanden.

»Wir nehmen heute chemische Reaktionen durch, bei denen Wärme oder Kälte entsteht«, erklärte Miss Clearwater und haute uns gleich die Fachbegriffe dazu um die Ohren. »Holt euch bitte jeder einen weißen Kittel, Schutzbrille und Handschuhe.«

Beeindruckt blickten meine Freunde und ich uns an. »Die volle Ausrüstung – vielleicht wird's ja gefährlich«, sagte Holly hingerissen.

»Hast du noch nicht genug Aufregung in deinem Leben?«, fragte Brandon kopfschüttelnd, zog sich seinen Kittel über und wollte mit mir und Tikaani zu einem Arbeitstisch gehen. Doch Miss Clearwater schnitt ihnen den Weg ab. »Carag, du machst den Versuch bitte mit Frankie und Nell.« Meine Freunde wurden kurzerhand in andere Teams gesteckt.

Tikaani und ich warfen uns einen bedauernden Abschiedsblick zu. »Immer schön die Nase feucht halten«, sagte ich zu ihr.

»Immer schön das Fell schlecken«, gab sie grinsend zurück.

»Wo bleibt eigentlich der Elefant, für den wir die Zahnpasta machen?«, witzelte Frankie.

»Der wartet draußen.« Nell verzog keine Miene, während wir die Ausrüstung zusammensuchten, die wir für diesen Versuch brauchten: eine große Kunststoffflasche, Spülmittel, irgendeinen Stoff, dessen Name mit Kalium anfing, ein Blech als Unterlage und ein Glas mit warmem Wasser. Auf der Tafel skizzierte Miss Clearwater, wie wir das Ganze aufbauen sollten, und gab Anweisungen für den Ablauf.

Voller Konzentration rührten wir das Kaliumzeug mit warmem Wasser an, dann kam Miss Clearwater vorbei und füllte ein anderes Zeug namens Wasserstoffperoxid in die Flasche. Ich kippte blaue Lebensmittelfarbe hinein, Nell gab einen Schuss Spüli dazu und Frankie das Hefewasser. Schon ging es ab! Dicke blaue Schaumschlangen quollen aus der Flasche. Ich staunte. Konnte man sich damit wirklich die Zähne putzen?

Anscheinend nicht.

»Fasst den Schaum bitte nicht an – wenn das Wasserstoffperoxid ganz plötzlich in Wasser und Sauerstoff zerfällt, entsteht Hitze!«, warnte unsere Lehrerin.

In Brandons Gruppe neben uns war irgendwas schiefgegangen. Gelber Schaum schoss in einer Fontäne hoch und klatschte an die Decke. Nur mit einem schnellen Sprung zur Seite konnten die Teilnehmer verhindern, dass das Zeug auf sie heruntertropfte. Wir johlten und klatschten.

»Ich glaube, ich hab versehentlich die doppelte Menge der Chemikalien reingefüllt – sorry, Leute«, stöhnte Brandon, während er, Holly und Berta betroffen zur Decke glotzten.

Doppelte Menge? Oje, Brandon war wirklich abgelenkt im Moment!

Berta seufzte und betrachtete den dicken gelben Fleck über unseren Köpfen. »Besser, ich gehe schon mal eine Leiter holen. Wir müssen die Decke sauber machen, richtig?«

»Vollkommen richtig – kann sogar sein, dass ihr das Gelb überstreichen müsst«, sagte Lissa Clearwater und trug allen dreien eine miese Note ein.

»Viel Erfolg«, wünschte ich meinen Freunden mitleidig. Während die drei noch schrubbten, gingen Tikaani, ich und der Rest der Klasse weiter zum großen Sportraum, in dem wir Kampf und Überleben hatten. Diesmal wieder zusammen mit den Erstis. Ich winkte meiner Schwester, Miro und Terry zu, Tikaani schenkte den Polarfuchsgeschwistern ein breites Lächeln.

Diesmal sollten wir in zweiter Gestalt miteinander kämpfen. Als Erstes rief Bill Brighteye den Lemmingjungen Oscar auf – den mit dem Mundgeruch.

»Bist du bereit?«, fragte ihn unser Kampflehrer.

»Yeah – aber gebt mir einen starken Gegner, klar?«, sagte Oscar, fletschte kurz die Menschenzähne ... und verwandelte sich dann in ein hellbraun-schwarz gemustertes, äußerst putziges Nagetier, das in meine Handfläche gepasst hätte.

Ein paar Leute kicherten und ziemlich viele andere hatten diesen Oh-ist-das-niedlich-Ausdruck, den sie sonst immer bei Miro bekamen.

»So, jetzt zu deinem Kampfpartner ...« Bill Brighteye kratzte sich am Kinn. »Wie wäre es mit Juniper Ash?«

Wir starrten ihn an.

Aber, Mr Brighteye, ein Luchs frisst fünf von denen zum Frühstück, piepste Ava, unser Steinkäuzchen.

Doch Oscar tat so, als wäre alles bestens. Er lockerte sich mit ein paar schnellen Hüpfern auf dem *Motörhead*-T-Shirt, das eben noch seinen Oberkörper geziert hatte.

»Ja und? Ist doch nur ’ne Übung.« Juniper blickte auf Oscar hinunter, zuckte die Achseln und verwandelte sich, was sie sehr rasch und reibungslos hinbekam.

Pack ihn einfach am Genick, rief ihr Mentor Dorian, gerade ein gepflegter Russisch-Blau-Kater. *Und lass dich nicht einschüchtern!*

Wieso einschüchtern?, fragte Juniper – sie hatte ja nicht wie wir erlebt, wie Dorian mal von einer Maus besiegt worden war.

Gespannt beobachteten wir, wie sich die ungleichen Gegner einander gegenüberstellten. »Los!«, kommandierte Mr Brighteye.

Von einem Moment zum nächsten drehte Oscar komplett durch. Mit aufgerissenem Mäulchen, sodass man seine gefletschten Zähne sah, rannte Oscar auf Juniper zu und versuchte, ihr ins Gesicht zu springen. Keinen Moment lang ließ er in seiner wilden Attacke nach. Juniper war völlig verdutzt. Halbherzig versuchte sie, ihn mit der Pfote wegzuhauen, doch als Oscar weiterhin wie rasend auf sie losging, machte sie einen Sprung zurück, um außer Reichweite zu kommen. *Hilfe! Ich will einen anderen Kampfpartner!*

»Punkt für Oscar, würde ich sagen«, meinte Bill Brighteye und trug etwas in sein Notenbuch ein.

Eingeschnappt und etwas über gemeingefährliche Nagetiere murmelnd, setzte sich Juniper wieder zu den anderen und musste sich von Dorian anhören: *Was hab ich gesagt? Du hättest einfach nur zuhören müssen!*

Holly grinste schadenfroh. Sie grinste so lange, bis unser Lehrer sagte: »Ach, kämpf doch gleich mit Holly weiter, Juniper.«

Wir zuckten alle zusammen.

Voll auf die Nuss

Moment mal – ich soll gegen Juniper kämpfen, einen Luchs?« Meine beste Freundin sprang auf »Das geht nicht! Das … das ist eine Zumutung! Ich …«

»Auf geht's«, sagte Bill Brighteye ungerührt. »Verwandeln bitte!«

Und so kam es, dass unsere Rothörnchen-Wandlerin auf einmal ihrem schlimmsten Albtraum gegenübersaß. Es war ein jämmerlicher Anblick. Holly bebte vor Wut und Angst, während Juniper einfach nur vor ihr saß und verwirrt auf sie herabschaute.

»Wenn sie Holly jetzt mit der Pfote anschubst, fällt die einfach um«, flüsterte mir Brandon mitleidig zu.

Doch wir hatten uns getäuscht. Ganz plötzlich riss sich Holly zusammen und legte los. Ihr Kampfschrei hallte in meinem Kopf, als sie über Juniper hinwegsprang, sich in ihren Nacken krallte und ihr ins Ohr biss (oder nur so tat, das war von hier aus schwer zu sehen). Juniper versuchte, den Kopf zu schütteln, um sie loszuwerden, doch das kannte Holly schon von mir und klammerte sich mit aller Kraft in Junipers silbrig braunes Fell.

Nager sind eine Zumutung!, motzte Juniper und wälzte sich. Dadurch war Holly gezwungen abzuspringen, wenn sie nicht zerquetscht werden wollte. Eine rasante Jagd durch den gesamten Kampfraum begann – Holly flitzte ein Klettergerüst an der Wand hoch, Juniper schoss hinterher. Dann sah es irgendwie so aus, als würde Holly Juniper quer durch den Raum jagen.

Die beiden pflügten mitten durch die Reihe der wartenden Schüler hindurch. Sie trampelten auf einem Dachs herum, ließen zwei Polarfüchse in verschiedene Richtungen davonrennen und sprangen über die Igelstacheln von Felix hinweg. Dann zischten sie zwischen Cliffs Beinen hindurch, umgingen die knurrende Mondauge und stießen voll mit Terry zusammen. Der kegelte winselnd durch den Raum und streckte alle vier Pfoten in die Höhe.

»Hab ich gesagt ›mit Zuschauerbeteiligung‹?«, rief Bill Brighteye.

Ein fauchendes, quiekendes Knäuel, in dem man kaum noch erkennen konnte, aus welchen Tieren es bestand, wälzte sich vor seinen Füßen. Ich rechnete jeden Moment damit, dass Mr Brighteye – ein Wolf in zweiter Gestalt – einen der Beteiligten am Nackenfell packen würde, um diesem wilden Duell ein Ende zu bereiten. Doch er tat es nicht, warum auch immer. Er beobachtete nur genau, was geschah.

»Los, Juniper, pack sie, los!«, schrie

Paolo, der Ameisenlöwe (gerade in Menschengestalt). »Du hast sie doch gleich, worauf wartest du?« Dafür bekam er von Brandon, Tikaani und mir einen finsteren Blick.

Aufgeregt schlug Tabitha mit den Flügeln. *Das kann nicht gut gehen, hier spielt sich eine Tragödie ab und ich brauche meine Mentorin noch!*

Schließlich lagen die beiden Gegnerinnen völlig ausgepowert nebeneinander auf dem Boden und streckten alle viere von sich.

»Ähm ... was ist jetzt?«, fragte Bill Brighteye.

Unentschieden, verkündete Juniper Ash keuchend.

Denkst DU vielleicht!, sagte Holly und haute dem Luchsmädchen mit ihrer winzigen Hörnchenfaust auf die Schnauze.

Na gut, du gewinnst, meinte Juniper und konnte das sein, zuckten ihre Tasthaare amüsiert?

»Alles klar.« Unser Kampflehrer verzog keine Miene und kritzelte etwas in sein Notenbuch. »Gut gemacht, ihr beiden.«

Ja, das fand ich auch. Jetzt kapierte ich, weshalb Bill Brighteye die beiden hatte gegeneinander antreten lassen. Es war überfällig gewesen, dass diese beiden es miteinander ausfochten! Vielleicht konnten sie jetzt neu anfangen.

Holly und Juniper rafften sich mühsam auf und hinkten in ihre Reihe zurück.

Die spannenden Kämpfe gingen weiter, denn nun rief Mr Brighteye Paolo auf, den nervigen Ameisenlöwen, der Tikaani im Kampf und mich im Basketball geschlagen hatte. Tikaani und ich tauschten einen erwartungsvollen Blick. Hoffentlich bekam dieser Blödmann jetzt eins drauf!

Doch wir waren ein bisschen enttäuscht, als Aidan als sein Gegner bestimmt wurde. War unser Assel-Wandler stark genug, um gegen Paolo gewinnen zu können?

Unser Kampflehrer baute einen kniehohen Tisch als Kampfplatz auf. Wir drängten uns alle um den Tisch, um einen möglichst guten Blick auf die winzigen Gegner zu bekommen. Es wurde ein heroischer Kampf. Paolo war stark und hatte Greifzangen am Kopf, doch Aidan war gepanzert und entschlossen, sich nicht unterkriegen zu lassen. Er gewann, indem er Paolo mit großem Kraftaufwand über die Tischkante schubste.

Das war nicht fair!, beschwerte sich Paolo, der seinen Absturz unbeschadet überstanden hatte. Sein Mentor Frankie seufzte.

Bill Brighteye ließ sich nicht aus der Ruhe bringen. »Warum? Keiner hat gesagt, dass das nicht gilt.«

Tikaani und ich klatschten uns ab.

Endlich war der Unterricht vorbei. Ich war schon ganz kribbelig, weil ich nicht wusste, was Miss Clearwater von mir wollte. Bring's hinter dich, dachte ich, als ich vor ihrem Büro stand und klopfte.

Miss Clearwater saß hinter ihrem Schreibtisch aus poliertem hellem Holz, auf dem aufgeschlagene Akten aus dem Regal dahinter lagen. Ich betrachtete die Andenken, die hier und dort standen, darunter eine unscheinbare braune Feder, die gerahmt an der Wand hing.

»Das war die allererste Feder meines Sohnes Jack«, meinte unsere Schulleiterin, die meinen Blick bemerkt hatte. »Durch sie wusste ich, dass er sich verwandeln

konnte. Tja, und heute leitet er die Blue Reef Highschool, du weißt schon, diese Schule für Wassertier-Wandler – also Seawalker – in Florida. Wegen der wollte ich mit dir sprechen.«

Verblüfft blickte ich sie an. Natürlich erinnerte ich mich an Jack Clearwater, er war ein großer, gelassener junger Mann mit freundlichen Augen. Seine hellblonden Haare verrieten, dass auch er ein Weißkopf-Seeadler war. Er wirkte manchmal ein bisschen verträumt – als wir ihn im Wald entdeckt hatten, hatte er gerade zu den Sternen hochgeschaut. Aber dieser Eindruck änderte sich, wenn es etwas zu regeln oder zu organisieren gab.

»Er hat dich mal gefragt, ob du ihm in Florida helfen könntest«, meinte meine Schulleiterin. »Jetzt hat er mich noch mal deswegen angerufen. Am liebsten wäre ihm, du könntest gleich nächstes Wochenende kommen. Der Rat hat schon versprochen, deinen Flug zu finanzieren.«

»Äh …«, begann ich.

»Ja, ich weiß. Das passt nicht besonders gut am Schuljahresanfang. Aber es ist ein Notfall.«

Ich nickte. Der Sohn von Miss Clearwater hatte seine Seawalker-Schule in Florida gegründet, weil dort das Meer nie weit weg war und es viele Seen und Sümpfe gab. Mir graute ein bisschen vor all diesem Wasser, aber Nein sagen konnte ich jetzt nicht mehr, oder? »Okay«, sagte ich.

»Allerdings würde es bedeuten, dass du ein paar schulische Dinge vor- und nacharbeiten müsstest, zum Beispiel werde ich euch für Biologie ein Referat über Bakterien machen lassen. Das müsstest du heute und am Wochenende vorbereiten.«

Oh toll. »Kriege ich hin«, meinte ich. »Aber was ist mit Terry?«

»Terry ist auf einem guten Weg«, sagte Lissa Clearwater. »Kann es sein, dass er sich neulich zum ersten Mal verwandelt hat?«

Mit gemischten Gefühlen blickte ich sie an. »Woher wissen Sie das? Haben Sie uns als Adlerin beobachtet?«

Miss Clearwater lächelte. »Nein. Als ihr heimgekommen seid, waren er und Mia frisch frisiert und ihr hattet brandneue Jungenkleidung unter dem Arm. Wie viel hast du ausgegeben?«

Ich stammelte eine Zahl, Miss Clearwater holte eine Metallschachtel hervor und überreichte mir die entsprechende Anzahl Dollars. »Bitte sehr. Wir erwarten nicht von euch, dass ihr für eure Schützlinge zahlt.«

»Das, äh, freut mich«, meinte ich, blickte sie an und zögerte. »Miss Clearwater ... ist irgendwas passiert? Mit den Selbsthilfegruppen? Ich habe gehört, wie Mr Ellwood etwas über sie gesagt hat.«

Der Gesichtsausdruck meiner Schulleiterin wurde grimmig. »Ja allerdings. Eigentlich sollten aus diesen Gruppen ja geläuterte Friedensstifter hervorgehen ... aber nun auf einmal wandeln sie sich zu begeisterten Helfern von Rebecca Youngblood. Da entsteht gerade eine neue Armee und ich fürchte, diese Löwen-Wandlerin hat damit nichts Gutes vor.«

»Eulendreck!«, sagte ich. Aber ich wunderte mich nicht besonders über diese Entwicklung, schließlich hatte ich ein paar dieser Leute selbst kennengelernt. Die wollten ihren geliebten Andrew Milling zurück – und die Youngblood hatte versprochen, ihn zu befreien. Und die eigenartige Seawalker-Anwältin würde mithelfen. »Gehört dieser Schneeleopard auch zu denen?«

»Das wissen wir nicht genau. Früher arbeitete er für unsere Gegner, aber wir wissen nicht, in wessen Diensten er nun steht oder was er vorhat.«

Also stimmte es, er war ein Woodwalker. Miss Clearwater hatte mir mehr verraten, als sie vielleicht vorgehabt hatte.

Das nächste Mal, wenn ich diesen Kerl traf, würde ich versuchen, ihn einzuholen und zur Rede zu stellen. Die Clearwater High war mein Revier und er hatte besser eine verdammt gute Erklärung dafür, warum er hier war.

Auf dem Rückweg zu meinem Zimmer lief ich Shadow und Wing über den Weg. »Wie weit seid ihr mit der Übersetzung dieser Probeseite?«, fragte ich sie gespannt.

»Ziemlich weit«, antwortete Shadow und blickte sich nervös um. »Dieses Buch ist echt … und gefährlich, das kann ich dir sagen.«

»Hab ich mir fast gedacht.« War es wirklich okay, dass ich ausgerechnet jetzt nach Florida reiste? Mir war es nicht ganz geheuer, was hier geschah. Mr Johnson war ein bisschen zu sicher, dass die neuen Maßnahmen reichten, um Andrew Millings Ausbruch zu verhindern. Und dieses Buch konnte alles Mögliche auslösen. Ich musste darauf vertrauen, dass meine Freunde und der Rat alles im Griff hatten.

Der-Puma-der-alles-darf

»Was soll das heißen, du fliegst zur Blue Reef Highschool? Düst du tatsächlich nach Florida ab?« Nicht nur Tikaani machte große Augen, als ich meinen Freunden die neusten Neuigkeiten erzählte.

»Sieht fast so aus«, sagte ich und war auf einmal sehr stolz darauf, dass die Clearwaters mich für diesen Einsatz ausgewählt hatten. Obwohl ich ihn streng genommen ja nur der Tatsache verdankte, dass ich ein Puma war und es bei dem Notruf, den sie aufgefangen hatten, irgendwie um Pumas ging.

»Florida? Ist das hinter diesen hohen Bergen im Westen?«, fragte meine Schwester. »Hab mich schon immer gefragt, was da ist!«

Schon rief Brandon auf seinem Handy eine Karte der USA auf und zeigte uns das südöstliche Ende. »Ein bisschen weiter weg ist es schon. Und, schon aufgeregt, Carag?«

»Na klar!« Gut gelaunt, bestrich ich einen Pfannkuchen mit Nuss-Nugat-Creme – he, war das Glas nicht eben noch voll gewesen?! Und wieso hatte Holly braune Spuren am Mundwinkel? »Ich weiß ja noch gar nicht, was mich da unten erwartet. Ob die Leute nett sein werden. Ob ich überhaupt helfen kann.« Ich beugte mich zu Terry hinunter, der unter dem Tisch an einem Knochen herumkaute. »Ist das auch wirklich okay für dich?«

Jaja, fahr ruhig, brummte Terry. Doch ich hatte trotzdem kein gutes Gefühl dabei. Schließlich hatte ich ihm versprochen, ihm hier an der Schule zu helfen und mich um ihn zu kümmern.

»Keine Sorge, wir springen für dich ein«, versprach Brandon.

»Wieso dürfen *wir* eigentlich nicht dorthin?« Nell, die alles mitbekommen hatte, wirkte nicht begeistert. »In Florida ist es schön warm, während hier bald der erste Schnee fällt.«

»Wir können doch nicht alle am Schuljahresanfang irgendwohin – und sie brauchen speziell einen Puma«, verteidigte mich Lou. Henry saß neben ihr, nahm aber nicht ihre Hand. Ich hatte den Eindruck, dass diese Romanze schon wieder vorbei war.

»Nichts gegen dich, Carag, aber ich finde es auch unfair«, beschwerte sich Jeffrey. »Ich bin ein viel besserer Fährtenleser als du ...«

»... aber keine Katze«, wandte Holly ein.

»Wie wäre es mit mir?« schlug Dorian vor. »Ich könnte nach Florida fliegen, bei mir wird das viel billiger, weil ich ins Handgepäck passe!«

»Ja, aber du würdest nur am Strand liegen und entspannen«, sagte Shadow.

Wie schön, dass meine Freunde mich verteidigten. »Wahrscheinlich wird es sowieso scheußlich«, sagte ich. »Dort unten ist alles voller *Wasser!*«

Meine Schwester knuffte mich. »Stell dich nicht so an, Schwimmen macht mehr Spaß, als du denkst.«

»Apropos Wasser – Henry, könntest du deinen Ersti nicht mal drauf ansprechen, dass er stinkt?«, fragte Tikaani.

Henry verzog das Gesicht. »Oh Gott. Lou, könntest du das nicht machen? Du bist doch Klassensprecherin.«

»Aber du bist sein Mentor, das ist dein Job«, bekam er zurück.

»Na gut. Ich mach's.« Henry seufzte tief. »Übrigens ist er echt nett! Ihr unterschätzt ihn alle!«

»Nicht mehr nach dieser Kampfstunde«, versicherte Dorian. »Ich hab's mal nachgelesen. Norwegische Lemminge werden total aggressiv, wenn sie zum Beispiel das Gefühl haben, sie müssen ihr Revier verteidigen.«

»Und das mit dem Über-die-Klippe-Springen hat er mir genau erklärt«, fuhr Henry fort. »Es läuft nach dem Motto ›Wie, das traue ich mich nicht? Vergiss es!‹ und schon hüpft derjenige.«

Wir nickten alle verständnisvoll. Mit bescheuerten Mutproben hatten ein paar von uns schon Erfahrungen gesammelt, natürlich auch ich. Mia hatte mich mal dazu herausgefordert, ein Elchkalb mit den Zähnen in den Hintern zu zwicken. Großer Fehler! Die Mutter war nicht weit entfernt gewesen und sofort herangeprescht. Es hatte eine Woche gedauert, bis der Hufabdruck auf meinem Fell verblasst war.

»Prima, dann wird er bestimmt einsehen, dass er sich öfter mal die Zähne putzen sollte, und mein Schützling hat ein stinkfreies Zimmer«, sagte Brandon und stand auf.

»Wohin gehst du?« Holly blickte erstaunt drein. »Wollen wir nicht noch ein bisschen ins Baumhaus? Wir könnten 'ne Runde Karten spielen, schließlich haben wir so 'nen Kram neulich in Menschenkunde durchgenommen.«

»Ach nein, macht ihr nur.« Brandon blickte auf eine Art, die wohl edel und erwachsen wirken sollte, in die Ferne. Oder eher zu Tabitha hinüber. »Mich ruft die Kunst!«

Weil er gleich darauf ging, bekam er nicht mit, dass wir hinter seinem Rücken furchtbare Grimassen schnitten.

Kurz darauf hörten wir das übliche Hämmern aus dem Keller

und verzogen uns in die freie Natur. Dort konnten Tikaani und ich ein paar Minuten allein miteinander reden, während Holly und Dorian um das Baumhaus herumkletterten.

»Eins ist klar, das wird ganz schön komisch sein, dich eine Woche lang nicht zu sehen, Tiki«, sagte ich zu meiner Lieblingswölfin.

Die blickte so finster drein wie in meinen ersten Wochen an dieser Schule, als wir noch Feinde gewesen waren. »Ich werde dich auch vermissen, du mieser Kater«, sagte sie und dann hellte sich ihr Ausdruck plötzlich auf. »Moment mal, ich habe eine Idee ... wie wäre es, wenn wir jeden Tag ungefähr zur selben Zeit zum Mond hochschauen und gleichzeitig aneinander denken?«

»Sehr katzige Idee«, sagte ich und berührte den silbernen Anhänger mit dem Wolfspfotenabdruck, den ich an einer Lederschnur um den Hals trug. »Dann bin ich irgendwie bei dir und du bei mir.«

Das besiegelten wir gleich mal mit einem Kuss, bis Holly mit vollem Schwung in Tikaanis Haaren landete. *Schluss jetzt mit dem Speichelaustausch – wann geht das Kartenspielen endlich los?*

»Na jetzt, wann sonst?«, sagte ich und schenkte Tikaani einen liebevollen Blick. Der aber völlig verschwendet war – sie war noch damit beschäftigt, sich ein Kampfhörnchen vom Kopf zu pflücken.

Dann lieferten wir uns ein gnadenloses Poker-Duell.

Am Sonntag sollte mein Flug gehen, aber am Samstag war ich noch mal bei den Ralstons, meiner Menschenfamilie. Kaum kam ich zur Tür rein, rannte Melody mir entgegen und warf sich mir an den Hals. »Ich hab dich vermisst!«

»Ich dich auch«, sagte ich und drückte sie zurück. Was für ein komisches Gefühl, dass ich zwei Schwestern hatte, die sich nicht kannten.

»Wie macht sich deine Schwester in der Schule?«, fragte mich Anna. Ich erzählte ihr, dass es ganz gut lief bis auf Mr Ellwood. »Hoffentlich traut sie sich beim nächsten Versuch, hier vorbeizukommen.«

Zum Glück erlaubte meine Pflegefamilie den Austausch mit der Schule in Florida. Doch wie mich Lissa Clearwater schon gewarnt hatte, musste ich am Samstag richtig schuften, um den Stoff vorzuarbeiten. Ich hatte mir für mein Referat den Tuberkulose-Bazillus rausgesucht, weil er das Erste war, was mir die Suchmaschine beim Thema »Bakterien« angezeigt hatte.

Ich war echt beeindruckt von mir – vor nicht allzu langer Zeit hatte ich nicht mal gewusst, dass es so fiese unsichtbare Biester überhaupt gab. Und jetzt schrieb ich schon kluges Zeug über sie! Hoffentlich jedenfalls.

»Du Armer, du musst ja wirklich viel für die Schule machen«, meinte meine Pflegemutter Anna und legte mir den Arm um die Schultern. Ich sog ihren Duft nach Vanille und frisch gebackenem Brot ein.

»Ach, das geht schon, dafür darf ich schließlich eine Woche in den Süden«, meinte ich und lächelte zu ihr hoch. Normalerweise mochte ich es nicht, wenn sich mir jemand von hinten näherte, aber Anna durfte das und noch viel mehr.

»Wird es dir da nicht zu warm? Ich meine, du, äh, hast ja manchmal ein Fell …« Ganz langsam und allmählich gewöhnten sich die Ralstons an den Gedanken, dass ich in zweiter Gestalt ein Puma war – das hatten sie am Tag der Rache mitbekommen. Trotzdem verwandelte ich mich nie, wenn sie zuschauten. Angestarrt zu werden, war nicht so mein Fall.

»Keine Sorge, Berglöwen leben auch in Südamerika, die vertragen Hitze«, sagte ich.

Ich fand es gut, dass die Ralstons nun wussten, wer ich wirklich war. Praktischerweise zwangen sie mich nicht mehr dazu, Gemüse zu essen. Aber manchmal war das auch irgendwie komisch.

»Vorsicht! Lass den Brokkoli und die Kartoffeln liegen«, mahnte mein Pflegevater Donald. »Wahrscheinlich ist dein Verdauungstrakt nicht in der Lage, mit so was umzugehen!«

Da konnte ich nicht anders. Ich nahm mir aus purem Trotz eine halbe Kartoffel und aß sie direkt von der Gabel, während Marlon (mein Stiefbruder) und Melody fasziniert zuschauten.

»Alles okay mit meinem Verdauungstrakt«, meinte ich. »Es gibt sogar Raubtier-Wandler, die in erster Gestalt *vegetarisch* leben. Als Menschen können wir frei entscheiden, was wir futtern, weil wir in dieser Gestalt Allesfresser sind.«

»Yeah! Ein Allesfresser, genau das bin ich!«, sagte Marlon. Er harpunierte mit zwei Gabeln gleichzeitig ein Steak und eine Kartoffel und beförderte beides auf seinen Teller.

»Marlon«, protestierte Anna. »Was sind denn das für Tischsitten?«

»Wilde«, gab Marlon nur zurück und ich musste grinsen. Es war schön, dass Marlon mich nicht mehr tyrannisierte, ich mochte ihn schon richtig. Dann fügte er hinzu: »Wieso darf der da eigentlich nach Florida und wir nicht?«

Na ja, okay, *manchmal* mochte ich ihn.

»Er hat da einen ...« Ratlos blickte mich Anna an.

»... Spezialauftrag«, half ich aus.

»Ja genau, einen Spezialauftrag in einer Schule am Meer.«

»Am Meer? Aber du bist doch wasserscheu, Jay«, meinte Melody erstaunt.

Oh ja, das war ich. Und doch stand ich am Sonntag mit gepackter Reisetasche auf dem kleinen Flughafen von Jackson Hole und war auf dem Weg zu der bisher ungewöhnlichsten Lernexpedition meines Lebens.

»Ach ja, Carag, könntest du uns noch einen Gefallen tun?«, fragte Lissa Clearwater, die mich persönlich hingefahren hatte. »Du wirst diesen Auftrag zusammen mit verschiedenen Schülern erledigen ... einer davon ist ein Junge namens Tiago. Er hat gerade ein bisschen Ärger an der Blue Reef. Könntest du ihn dir bitte genau ansehen? Jack und ich, wir würden uns sehr für deine Meinung über ihn interessieren.«

»Ja ... okay«, sagte ich, winkte ihr zu und ging durch die Sicherheitskontrolle. Oder jedenfalls hatte ich das vor.

»Die ist ja noch voll, das geht nicht«, informierte mich der Kontrolltyp und zeigte auf meine Trinkflasche.

»Na gut, wenn ihr unbedingt wollt, dass ich unterwegs verdurste«, sagte ich und gluckerte das ganze Wasser aus. Dann winkte ich Miss Clearwater noch mal zu und versuchte zum zweiten Mal, durch die Kontrolle zu gehen. Diesmal stieß der Bogen, durch den man durchgehen sollte, ein Geräusch aus wie ein wütender Pfeifhase.

»Du hast noch Metall irgendwo am Körper«, mahnte eine Kontrollfrau und überprüfte mich mit einem Handgerät. Als sie zu der Gegend um meinen Hals kam, piepste das Ding.

»Das ist der Anhänger, den meine Freundin mir geschenkt hat, der ist nicht gefährlich, wieso soll ich den ausziehen?«, protestierte ich.

»Carag, *bitte*«, sagte Miss Clearwater, sie klang schon leicht genervt. Ich gab nach. Direkt nach der Landung würde ich meinen Anhänger wieder anziehen.

Kurz darauf war ich wirklich unterwegs.

Auf zum Sumpf

Das war also Florida! Palmen überall, riesige Highways … und das Meer. Staunend ließ ich die Scheibe runtersurren und starrte nach draußen. Eine türkisblaue Wasserfläche, die bestimmt bis zum anderen Ende der Welt reichte, wow. »Wo finde ich Jack Clearwater?«, fragte ich, als wir die Blue Reef Highschool erreicht hatten.

Die nicht sehr freundliche Lippenstiftfrau, die mich abgeholt hatte, zeigte in irgendeine Richtung, die Norden, Süden oder vielleicht auch Westen hätte sein können.

Also legte ich mein Zeug in der Eingangshalle in eine Ecke und ging erst mal erkunden. Keiner da, aber ich hörte Stimmen aus den Klassenräumen. Leider stand in dieser Richtung und in dem, was anscheinend die Cafeteria war, alles knietief unter Wasser! Ich sah jede Menge Boote mit Tischen darin, von daher war das mit dem Wasser wohl Absicht. Schließlich verwandelte ich mich und sprang von Boot zu Boot, um den Essbereich abzuchecken. Es dauerte noch eine Weile, bis ich im ersten Stock das Büro von Jack Clearwater gefunden hatte. Höflich klopfte ich mit der Pfote an, was ein bisschen dumpf klang.

»Hallo, Carag«, sagte Jack Clearwater erfreut, als ich ihn begrüßte und auch den Delfin-Wandler Farryn García, den ich schon aus dem Rat kannte und mochte. »Da vorne sitzt übrigens einer deiner Begleiter für die Mission, wegen der ich dich hergeholt habe.«

Er deutete auf einen schlanken, großen Jungen mit hellbrauner Haut, schwarzen Haaren und erstaunlicherweise azurblauen Augen. Schief grinste er mich an und winkte. Das musste Tiago sein. Neugierig beäugte ich ihn und sog seine Witterung ein; nun würde ich ihn jederzeit wiedererkennen, auch in völliger Dunkelheit.

Als er mein Gepäck holen ging, nutzte ich die Gelegenheit, mich zu verwandeln und anzuziehen. Puh, war das heiß, das war ich aus Yellowstone nicht gewohnt – unsere ganze Gegend lag in mehr als zweitausend Metern Höhe, sodass wir manchmal selbst im Sommer Schnee hatten. Und hier in Florida gab es, wenn ich richtig gehört hatte, nicht mal im Winter welchen.

»Hi – du bist also Tiago«, meinte ich. »Was ist deine zweite Gestalt?«

»Tigerhai«, sagte der fremde Junge und wartete auf meine Reaktion – befürchtete er, ich könnte Angst vor ihm haben? Oder *hoffte* er, ich würde Angst haben? Wenn das stimmte, dann hatte er Pech – nach Duellen mit Wölfen, Grizzlys und Löwen graute mir nicht sonderlich vor einem großen Fisch.

»Ah, also auch ein Raubtier«, meinte ich nur und nahm mir vor, Tigerhaie mal im Internet nachzuschauen.

Kurz darauf traf ein blondes Mädchen mit fröhlichen nussbraunen Augen ein – ihr Lächeln war so herzlich, dass ich gar nicht anders konnte, als zurückzulächeln. »Ups, ich hab mich gar nicht vorgestellt. Ich bin Shari – Delfin«, meinte sie, wir fingen gleich an zu plaudern. Als sie mir erzählte, dass sie erst seit etwas mehr als zwei Monaten als Mensch lebte, war ich fasziniert. Es musste ihr noch schwerer gefallen sein als mir, sich an die Menschenwelt zu gewöhnen, weil sie sich ja auch noch vom Wasser aufs Land umstellen musste.

Dafür wirkte das zweite blonde Mädchen, das hereinkam, misstrauisch. Sie machte sich nicht die Mühe, mich zu begrüßen, und ich fand nur durch ein Heft, das sie trug, heraus, dass sie Ella Lennox hieß. Ihr Gesicht mit der ziemlich großen Nase und den eng zusammenstehenden Augen war so mit Schminke verkleistert, dass man die Haut darunter nicht mehr erkennen konnte. Moment mal, war das die Tochter dieser Anwältin Lydia Lennox, die angeblich dabei mithelfen wollte, Andrew Milling aus dem Gefängnis zu holen? In diesem Moment wusste ich, warum es wichtig war, dass ich nach Florida gekommen war. Hier konnte ich mehr über die Leute herausfinden, die meinen Erzfeind befreien wollten ... und vielleicht einen Weg finden, wie ich sie daran hindern konnte!

Aber bis dahin war es noch ein weiter Weg. Wenig später fand ich mich in einem Kanu in einem scheußlichen Sumpf wieder, der »Everglades« genannt wurde. Dort stritt ich mich mit Tiago, dem Haijungen, der eben eine blöde Bemerkung über mich gemacht hatte.

»Du magst keine Landtiere, richtig?«, fragte ich ihn ärgerlich. »Und du fühlst dich ganz toll, nur weil du ein gefährlicher Hai bist ... kann es sein, dass dir das ein bisschen zu Kopf gestiegen ist?«

»Blödsinn – was verstehst du denn davon?« Tiago drehte sich halb im Kanu um und funkelte mich an. »Du hast doch keine Ahnung von uns oder dem, was hier abgeht!«

Doch dann blickte er nach unten und zuckte zusammen. Ich folgte seinem Blick und sah erschrocken, dass unter uns ein etwa drei Menschenlängen langer Alligator schwamm! Und um uns herum waren noch weitere dieser Panzerviecher, die uns nicht aus den Augen ließen und irgendwie gierig dreinschauten.

»Zur Insel!«, schrie Shari und paddelte, so kräftig sie konnte.

Es waren wirklich viele Alligatoren in der Nähe. Für meinen Geschmack interessierten sie sich etwas zu sehr für uns (und ja, wahrscheinlich für *unseren* Geschmack).

Bevor ich dazu kam, mit aller Kraft mitzupaddeln, rammte einer der Alligatoren unser Boot von der Seite. Der andere tauchte halb unter unserem Kanu auf und brachte es dadurch zum Wanken. Als Shari versuchte, dem Reptil ihr Paddel auf den Kopf zu donnern und gleichzeitig seinen Zähnen auszuweichen, kamen wir aus dem Gleichgewicht.

Das Kanu kippte um und spuckte uns in die Everglades. Schon zum zweiten Mal an diesem Tag lag ich in dieser lauwarmen braunen Brühe, umgeben von einer unbekannten Anzahl gefährlicher Reptilien!

Doch Tiago war schon dabei, eins davon unschädlich zu machen. Fasziniert sah ich, wie er einem angreifenden Alligator einen Stock ins Maul rammte, sodass das Tier nicht mehr zubeißen konnte. Auf die Idee wäre ich nie gekommen – vielleicht war sein Hobby Alligatorringen?

»Los, wir müssen an Land!«, brüllte ich Shari zu, und da das Wasser zum Glück nur hüfttief war, wateten wir hastig aufs Ufer der nächstbesten Insel zu. Geschockt sah ich, dass die Alligatoren, die uns verfolgten, Gesellschaft bekommen hatten – eine Rückenflosse durchschnitt das Wasser. So was hatte ich zuletzt in einem echt heftigen Film gesehen, den ich seither zu vergessen versuchte. Der Hai, dessen Umrisse ich im braunen Wasser erkennen konnte, war zwar nicht ganz so groß wie der im Film, aber immerhin so lang wie unser Kanu!

Ich unterdrückte einen Fluchtreflex. »Das bist hoffentlich du, Tiago? Äh, könntest du vielleicht …?«

Aber gerne, erwiderte Tiago, öffnete das Maul und packte einen Alligator, der uns auf den Fersen war, um den gepanzerten Bauch. Das Vieh schnappte wütend und strampelte, sein Schwanz peitschte das Wasser auf. *Macht schnell,* ächzte Tiago. *Ich weiß nicht, wie lange ich den noch festhalten kann!*

So rasch wir konnten, stapften Shari und ich durch das schlammige, mit toten Blättern garnierte Wasser, stolperten über irgendeine Wurzel und fielen mehr oder weniger an Land. Doch dadurch waren wir die Reptilien noch nicht los – eins davon schoss aus dem Wasser und versuchte, Shari am Fuß zu packen.

Vergiss es, Kleiner!, teilte Tiago dem Tier mit und beförderte es mit einem Schnauzenstoß in das Gewirr der Mangrovenwurzeln. Ich war wirklich beeindruckt. Als das Reptil sich aus dem Dickicht freigekämpft hatte und noch mal angreifen wollte, packte Tiago-der-Hai seinen gepanzerten Schwanz mit den Zähnen und schleuderte es davon. Ich hörte ein gewaltiges *Platsch!,* als das Tier im Wasser landete, schaute aber nicht hin, weil ich mich gerade auf meine Verwandlung konzentrierte. Unsere einzige Chance waren die Bäume, die auf der Insel wuchsen, auf die würden uns die Alligatoren nicht folgen können.

Hier rauf!, rief ich Shari zu, grub meine Krallen in die Rinde und raste als Puma den Stamm hoch. *Schnell!*

Wahrscheinlich war Shari noch nie geklettert, aber sie machte es ziemlich gut. Zum Glück, denn ich sah, dass der riesige Alligator im Wasser noch immer auf seine Chance lauerte und sich nun auch andere gefährliche Tiere für uns interessierten. Eine riesige Schlange – war das eine Python wie Ella? – glitt ins Wasser und nahm Kurs auf Tiago. Vom Baum aus sah ich noch zwei weitere von ihnen.

Das sieht aus, als würde Tiago gleich Hilfe brauchen, ächzte ich.

»Nee, nee, das schafft der schon«, sagte Shari und spähte interessiert nach unten.

Für alle Fälle brüllte ich Tiago ein *Achtung!* zu, aber er hatte die neuen Gegner schon gesehen. Wasser spritzte auf, als Tiago mit der Schwanzflosse um sich schlug. Momente später hing eine der Pythons im Geäst des Baums nebenan.

Shari grinste. »Die könntest du jetzt aufsaugen wie eine dieser langen Nudeln, Tiago.«

Schade, dass wir keine Tomatensoße dazu haben, gab Tiago zurück und schon sauste die zweite Schlange durch die Luft … leider genau in den Baum, in dem Shari und ich hockten. Eulendreck!

Mit einem wütenden Zischen schlängelte sich das Tier den Ast entlang und riss das Maul auf, drohte uns. Ich duckte mich, fauchte zurück und schlug mit der Pranke nach ihrem eckigen Kopf. Mindestens so mies gelaunt wie die Schulsekretärin, versuchte sie, mich zu beißen, aber meine Reflexe waren nicht schlechter als ihre. Na also, Treffer! Die Python schien mich als Snack abzuhaken und wandte sich Shari zu, deren Ast übers Wasser hinausreichte.

Vergiss es!, informierte ich unsere Gegnerin, obwohl sie als Tier keine Gedanken hören konnte, und verpasste ihr noch zwei Prankenschläge. Einer davon knockte sie aus. Die riesige Schlange rutschte schlaff wie ein Schnürsenkel ab und stürzte auf den Boden.

Der Kampf hatte Shari durcheinandergebracht, zu spät fiel mir ein, dass sie ihre Verwandlungen nicht richtig im Griff hatte. *Mist, ich … oh nein!,* keuchte sie und ich sah, wie ihr Körper sich veränderte. Noch bevor ich ihr gut zureden konnte, verwandelte sie sich auf dem Ast neben mir in ein Delfinweibchen mit glänzend grauer Haut. Einen Wimpernschlag lang balancierte sie so auf ihrem Ast, dann stürzte sie in den Sumpf und das schlammige Wasser spritzte bis zu mir hoch. Uäh.

Plötzlich meldete sich die Python im anderen Baum zu Wort. *Eigentlich wollte ich euch zu Hilfe kommen, ihr dämlichen Viecher,* behauptete sie mürrisch. *Nudel! Ich! Diesen Vergleich will ich nie, nie wieder hören, ist das klar?*

Oh, unter unseren Feinden war auch ein Wandler gewesen! Anscheinend hatten wir versehentlich Ellas Onkel angegriffen. Ella wirkte nicht gerade glücklich darüber. Aber das ließ sich nicht ändern und wir hatten sowieso gerade ein anderes Problem. Alarmiert starrte ich nach unten. Der riesige Alligator, der unser Kanu umgekippt und danach erst mal abgewartet hatte, setzte sich in Bewegung und schwamm auf die schrill pfeifende Shari zu. Tiago war zu weit weg, er konnte sie nicht verteidigen! Konnte *ich* irgendwas tun?

Shari tauchte ab, verschwand unter der Oberfläche. Vielleicht um zu fliehen? Nein, durch das klare braune Wasser konnte ich sehen, dass sie wendete und mit raschen Schwanzschlägen beschleunigte ... genau auf den Alligator zu! Bevor das Tier auf die Idee kommen konnte auszuweichen, rammte sie ihn schon mit der Delfinschnauze in den Bauch. Das verblüffte Reptil wurde zurückgeworfen und machte sich im Zickzack schwimmend davon.

So, alles klar, ich glaube, wir haben gewonnen. Shari klang etwas zittrig, als sie auf Tiago und Ella zuschwamm.

Noch ahnte ich da nicht, dass ich sehr bald Ellas Mutter kennenlernen würde – und sie mir nicht weniger Angst einjagen würde als diese Alligatoren.

Stress im Rudel

Tikaani

Es war unglaublich, aber schon jetzt vermisste sie diesen Pumajungen. Es war scheußlich, dass sein Platz neben ihr leer blieb.

»Und? Hast du was von dem treulosen Pelzhaufen gehört?«, fragte Holly in der ersten Pause und Tikaani schüttelte den Kopf. »Hab ich nicht, Horrorhörnchen, aber das hat nichts zu bedeuten. Du kennst ihn doch.«

»Wetten, sein Handy-Akku ist leer?« Brandon grinste.

»Auf so was wette ich nicht«, meinte Tikaani und grinste zurück. Manchmal war ihr Freund ein ziemlicher Chaot. Die Geschichte, wie Carag mal eine Ladung Wäsche vier Tage lang in der Maschine vergessen und sie völlig verschimmelt herausgeholt hatte, gehörte schon zur Schullegende. Oder wie der Hausmeister Theo in Carags Zimmer ein ungefähr sechs Monate altes, angebissenes Brötchen entdeckt und dann in einem Plexiglaskasten öffentlich ausgestellt hatte.

»Schau mal, da vorne trifft sich die Fliegerstaffel«, meinte Dorian. »Die sind bestimmt froh, dass sie neue Mitglieder haben, ihnen fehlen ja welche.« Das stimmte – Trudy war ja im Kampf gegen Andrew Milling getötet worden und eine Drittjahresschülerin, Steinadler in zweiter Gestalt, war auf die normale Schule übergewechselt.

Neugierig schlenderten sie hinüber. Ava war dabei, Trudys Schwester, ein Steinkauz in zweiter Gestalt. Sie blinzelte ein bisschen eingeschüchtert ins helle Licht. Außerdem erkannte Tikaani das braunhaarige, unscheinbare Mädchen, das in zweiter Gestalt eine Kanadagans war. Kimberley. Sie wirkte stolz und aufgeregt. »Nein, schnell bin ich nicht, aber ich kann richtig gut Langstrecke! In letzter Zeit bin ich ein paarmal bis nach Colorado geflogen – ohne Zwischenlandung.«

»Wow«, sagte Zoey, eine Elster, die jetzt im dritten Schuljahr war. »So was könnte ich im Leben nicht! Colorado, ist da nicht irgendwo Sunny Meadows? Ich muss jetzt jedes Mal an Andrew Milling denken, wenn ich das höre ...«

»Andrew Milling? Wer ist das denn?«, fragte Tabitha, die sich ebenfalls hinzugesellt hatte – als Spezialistin für lautlose Nachtflüge.

Tikaani stutzte, allerdings nicht wegen der Frage. Sondern weil gerade ein seltsamer Ausdruck über Kimberleys Gesicht gehuscht war. Tikaani hätte schwören können, dass ihr Gesicht sich genau in dem Moment erhellt hatte, in dem Millings Name gefallen war.

»Ein ziemlich übler Puma-Wandler, der es beinahe geschafft hätte, diese Schule zu erobern«, meinte Ava bitter und Shadow fuhr fort: »Im Juni wollte er sich in einer großen Aktion an den Menschen rächen, weil Jäger seine Frau und seine Tochter getötet haben. Aber wir haben ihn aufhalten können, fedrig, oder?«

»Jäger haben seine Familie getötet?« Kimberley schien geschockt. »Dann kann ich irgendwie verstehen, dass er etwas gegen Menschen hat!« Ihr Ausdruck wurde nachdenklich.

»Aber das ist natürlich kein Grund, Menschen zu schaden. Was hat er denn genau getan?«

Tikaani erklärte es ihr und Kimberley blickte in die Ferne. »Hm. Darüber muss ich mal nachdenken«, meinte sie.

Noch wurde Tikaani nicht schlau daraus, dass die Neue eben einen Moment lang so begeistert dreingeschaut hatte. »Holly, hast du das gesehen?«, fragte sie, als der Gong ertönte und sie sich wieder auf den Weg ins Klassenzimmer machten.

»Was gesehen?«, brummte Holly und beobachtete mal wieder Juniper, das Luchsmädchen. Immerhin, seit der Kampfstunde versuchte sie nicht mehr bei jeder Gelegenheit, ihr das Gesicht zu zerkratzen oder ihr Hörnchenkötel ins Müsli zu schmuggeln.

»Ach nichts«, sagte Tikaani. »Ist nicht wichtig.«

Wahrscheinlich hatte sie einfach nicht richtig hingeschaut.

Tikaani vermisste Carag, sah aber auch einen Vorteil darin, dass ihr Freund gerade weg war – so konnte sie mehr Zeit mit ihrem Rudel verbringen. Es war eine klare Nacht, in der Wind zwischen den Kiefernzweigen brauste, und es war herrlich, mit Jeffrey, Cliff und dem kleinen Miro durchs Grasland zu laufen. Die neue Wölfin hielt sich am Rand des Rudels und meistens war sie es, die interessante Spuren fand. Ob wir es wahrhaben wollen oder nicht, ihr Geruchssinn ist besser als unserer, dachte Tikaani, während Miro sich wedelnd an sie drängte. *Hast du gehört, dass Bill Brighteye mich aduptiert hat?*, fragte er stolz. *Wenn sein Baby geboren wird, ist es sein zweites Kind, nicht sein erstes!*

Das ist ganz toll, ich freue mich so für dich. Tikaani stupste ihn zärtlich mit der Schnauze an. *Übrigens heißt es richtig »adoptiert«.*

Währenddessen beschäftigte sich Jeffrey mal wieder mit

Mondauge. *Welche Rolle könntest du in meinem Rudel spielen?*, überlegte er laut, während er sie beschnupperte. *Hm, vielleicht könntest du …*

Ich habe schon ein Rudel, meinte Mondauge und zog ganz leicht die Lefzen hoch. Jeffrey sprang zurück, er war es nicht mehr gewohnt, dass jemand ihm drohte. Sofort waren Cliff und Tikaani an seiner Seite, doch Mondauge griff nicht an, es war nicht nötig, dass sie ihren Alpha verteidigten.

Jaja, ich weiß, aber du läufst mit uns durch die Nacht, oder etwa nicht? Jeffrey dachte nicht daran aufzugeben. *Wir haben alle unsere Aufgabe, wenn wir zusammen sind. Übrigens, habe ich dir schon gesagt, dass du wirklich schönes Fell hast? Und deine Ohren, ein Traum.*

Tikaani verdrehte die Augen. Manchmal war ihr Rudelchef wirklich peinlich.

Ach ja? Mondauge wirkte nicht sehr beeindruckt. *Übrigens als Mensch könnte dein Fell schöner aussehen, wenn du nicht immer dieses Fettzeug reinschmieren würdest. Es riecht auch komisch.*

Cliff jaulte vor Lachen. Jeffrey dagegen schien es weniger lustig zu finden, dass sie sein Styling-Gel disste. *Das ist eben meine Witterung – was kümmert es dich, wenn du sowieso nicht Teil meines Rudels sein willst?*

Du hast übrigens noch ein neues Rudelmitglied, sagte Mondauge. *Und da vorne ist es.*

Erstaunt und neugierig blickten Tikaani und die anderen in die Richtung, in die Mondauges Schnauze wies. Sie stellten fest, dass dort ein Puma im hohen Gras lag; der Wind hatte seine Witterung von ihnen fortgetragen. Ein plötzlicher Schwall Freude überschwemmte Tikaani, doch es war natürlich nicht Carag, sondern Mia. Ihr Fell war etwas dunkler.

Die große Katze erhob sich, als sie die Wölfe sah. Mias Schwanzspitze pendelte nervös. *Hallo, Leute,* meinte sie vorsichtig.

Nur weil ich sie betreuen soll, gehört sie doch nicht zu meinem Rudel, beschwerte sich Jeffrey, doch Mondauge hörte nicht zu. Wedelnd näherte sie sich Mia und berührte ihre Nase mit ihrer eigenen. *Wie fandest du Kampf und Überleben heute, es war witzig, wie Ava und Shadow miteinander gekämpft haben, oder?*

Ja, und du hast dich auch gut geschlagen, Cliff wusste kaum, wie ihm geschieht, sagte Mia, schickte Tikaani warme Gedanken und Jeffrey einen kühlen Blick aus ihren goldenen Katzenaugen. *Also, was ist, Mentor? Werde ich noch betreut oder nicht?*

Brennst du schon darauf, mir deine Probleme zu erzählen?, spottete Jeffrey.

Dafür bekam er einen Prankenschlag auf die Nase … und Tikaani und Cliff schauten ganz zufällig in eine andere Richtung. *Au verdammt,* beschwerte sich ihr Alpha. *Soll ich morgen mit zerkratztem Gesicht im Unterricht sitzen oder was?*

Mondauge meinte: *Wieso nicht? Dann kann jeder sehen, dass du deine Aufgabe nicht erfüllst und damit ein schlechter Alpha bist.*

Du wagst es!, fuhr Jeffrey auf und sprang mit gefletschten Zähnen auf sie zu. Gespannt wartete Tikaani darauf, was passieren würde. Wäre Mondauge Teil des Rudels gewesen, hätte sie jetzt geduckt und wedelnd beschwichtigen müssen. Doch sie änderte ihre Haltung nicht, blickte ihm unbeeindruckt entgegen.

Na gut, sagte Jeffrey schlecht gelaunt zu Mia. *Ich hatte halt bisher keine Zeit, dich zu betreuen, okay? Kannst du nicht verstehen, dass jemand in meiner Position viel zu tun hat?*

Mias Tasthaare zuckten. *Ja klar, das verstehe ich. Ich freue mich schon darauf, dass du mir ab jetzt mehr helfen kannst. Kannst du morgen mal mit mir schreiben üben? Das klappt noch nicht so gut.*

Mach ich, brummte Jeffrey und signalisierte Tikaani und den anderen, mit ihm nach Westen zu laufen. *So, jetzt aber los, neulich habe ich am Fluss einen fremden Biber gewittert, schauen wir mal, ob wir den entdecken.*

Bevor Tikaani loslief, nahm sie sich die Zeit, zum Mond hochzublicken – es war ungefähr die richtige Zeit. Ob Carag das jetzt gerade auch tat? Bestimmt. Wann kam er endlich zurück? Jemand hatte ein Stück aus ihrem Herzen gerissen.

Achtung, Python!

Carag

Nach dem Kampf mit den Alligatoren schlenderten Tiago und ich – beide in Menschengestalt – am Ufer entlang.

Komisch, nach dem Kampf vorhin kam mir unser Streit gar nicht mehr so wichtig vor. Auch Tiago schien nicht mehr wütend zu sein, nur ein bisschen nervös. Er hatte Schluckauf. Hatte Miss Calloway nicht mal gesagt, dass dagegen Erschrecken half? Also pikte ich ihn mit einer teilverwandelten Kralle in die Seite und Tiago sprang hoch, als wäre er auf eine Schlange getreten. »Was sollte denn *das* jetzt?«

Ich lauschte. »Ah. Prima. Dein Schluckauf ist weg.«

Da musste Tiago lachen und endlich entspannte er sich ein bisschen. Während ich hin und wieder zum Mond hochblickte und an Tikaani dachte, redeten wir noch lange über unsere Erfahrungen als Wandler.

»Wie war es für dich in der normalen Highschool? Du bist als Mensch aufgewachsen, oder?«, fragte ich Tiago.

Er seufzte tief. »Es war ziemlich scheußlich. Kennst du das Gefühl, dass keiner dich wirklich sieht? Dass du nur gesehen wirst, wenn du gegen irgendwelche bescheuerten Regeln verstößt?«

»Klar kenne ich das«, versicherte ich ihm. »Obwohl bei mir war es eher so, dass ich mich wahnsinnig angestrengt habe, alles richtig zu machen. Aber das war genau das Falsche, ich glaube, die anderen haben mich genau deswegen nicht akzeptiert.«

»Meinst du?«, sagte Tiago nachdenklich. »Das heißt, wenn du dein Ding durchgezogen hättest, hätten sie dich respektiert?«

»Vielleicht.« Ich zuckte die Schultern. »Ich bin nicht lange genug geblieben, um es auszuprobieren. Und in der Clearwater High musste ich erst mal lernen, was es heißt, ich selbst zu sein.«

Tiago blickte mich von der Seite an. »Ein gefährliches Tier ... so wie ich.«

»Das war für manche ein großes Problem, besonders für ein Wapitimädchen.«

»Hat sie sich irgendwann an dich gewöhnt?«

»Irgendwann schon – aber nicht ganz und gar«, meinte ich. »Lange Geschichte.« Schon lustig, dass wir uns so ähnlich waren oder jedenfalls ähnliche Probleme gehabt hatten.

»Ich glaube, wenn ich wählen könnte, wäre ich lieber ein Puma, der hat einen höheren Kuschelfaktor als ein Hai«, sagte Tiago und ich musste lachen. »In der Natur will ein Wapiti nicht mit einem Puma kuscheln, das kannst du mir glauben. Du wärst gerne ein Delfin, stimmt's?« Tiago wirkte verlegen, das hieß, ich hatte vermutlich recht. Bevor er etwas sagen konnte, fuhr ich schnell fort: »Aber du bist überhaupt nicht der Typ. Das wärst dann nicht mehr du, sondern jemand anders.«

»Vielleicht«, gab er zu und wirkte nachdenklich. Dieser Kerl war doch gar nicht so übel.

Plötzlich hatte ich kein gutes Gewissen mehr dabei, dass ich ihn sozusagen ausspionieren sollte. Wäre es besser, ich sagte ihm, was ich mit den Clearwaters vereinbart hatte? Nein ... aber ich würde versuchen, ihm zu helfen, so gut ich konnte!

»Wir haben ganz schön heftige Sachen erlebt – willst du das aufschreiben oder soll ich?«, fragte ich Tiago, als wir von unserer Expedition zurück waren (bei der wir jemanden aus den Everglades gerettet und beinahe Umweltgangster geschnappt hätten, die giftige Abfälle in die Sümpfe kippten. Leider hatten die Drecksäcke uns entkommen können). Ich hatte inzwischen rausbekommen, dass Tiago nicht nur gern zeichnete, sondern auch hin und wieder heimlich in den Computer tippte, was er und seine Seawalker-Freunde so alles erlebten.

»Ist es okay, wenn ich das mache?«, fragte Tiago und auf einmal zuckte sein Mundwinkel ganz seltsam. »Ich bin sowieso nicht mehr lange an der Blue Reef High, weil ich wegen Lydia Lennox – Ellas Mutter – kein Stipendium mehr habe und wir uns das Schulgeld nicht leisten können.«

Das war so was von übel! Wir an der Clearwater High mussten kein Schulgeld bezahlen, weil die Schule komplett vom Rat finanziert wurde. Aber die Blue Reef High war noch ziemlich neu und noch nicht vom Rat anerkannt, deshalb kostete sie wie jede andere Privatschule Schulgeld. Außer man bekam ein Stipendium. Und ausgerechnet diese Lydia Lennox, die Tiago seines verpatzt hatte, lief mir über den Weg, als ich neugierig den Parkplatz der Blue Reef High abcheckte, auf dem gerade jede Menge Wandler-Eltern zu einer Schulbesprechung eintrafen.

Da ich die Lady nie zuvor gesehen hatte, kapierte ich nur, wer sie war, weil Ella neben ihr herging und so vertraut mit ihr wirkte.

Unwillkürlich blieb ich stehen und beobachtete die Frau, die laut Mr Johnson vorhatte, zusammen mit der Löwen-Wandlerin Andrew Milling aus dem Gefängnis zu holen. In ihrem weißen Kostüm mit der smaragdgrünen Seidenbluse wirkte sie wie eine Topmanagerin, kühl und erfolgsgewohnt. Ihr blondes Haar war in perfekten Wellen frisiert, ihre hochhackigen Schuhe eindrucksvoll – ich hatte nie kapiert, wie man sich solche Dinger freiwillig antun konnte.

Leider bemerkte Lydia Lennox, dass ich sie beobachtete. Ein durchdringender Blick traf mich, und obwohl ich sicher war, dass diese Frau mich noch nie gesehen hatte, schien sie mich zu erkennen.

»Na, ist das denn zu glauben ... könnte das Carag von der Clearwater High sein?«, fragte sie mich in einem Ton, der nur an der Oberfläche freundlich klang. »Der Junge, der geholfen hat, den guten alten Andrew hinter zentimeterdicke Glaswände zu bringen?« Ihre eisblauen Augen wirkten kalt wie Gletscherwasser. Ein Hauch von Python-Witterung stieg mir in die Nase, anscheinend hatte sie die gleiche zweite Gestalt wie Ella.

»Ja«, sagte ich ruhig. »Das bin ich. Darf ich fragen, was es Ihnen persönlich bringen würde, wenn Sie Andrew Milling befreien helfen?«

Lydia Lennox lachte. »Das darfst du gerne fragen, doch meine Antwort wird dich enttäuschen. Du bist nämlich falsch informiert. Ich persönlich habe nichts dergleichen vor. Allerdings gibt es viele Leute, die an diesen außergewöhnlichen Mann glauben.«

»Er ist kein Mann mehr, sondern nur noch ein Puma«, erwiderte ich. Mein Mund war so trocken, dass ich kaum sprechen konnte.

»Eine ziemlich grausame Strafe, findest du nicht? Außerdem

muss es ja nicht ewig so bleiben.« Ihr Lächeln wirkte irgendwie scharfkantig.

Flohbiss! Mir fiel das mysteriöse alte Buch ein, das sie und ihre Kumpanin Miss Youngblood brauchten, um Milling seine Menschengestalt zurückzugeben. Hoffentlich hatte der Rat es inzwischen gekauft, sodass niemand mehr drankam, der damit nur Unheil anrichten würde!

Diese Frau war noch bösartiger als Milling, das spürte ich. Was genau hatte sie vor? Ich musste unbedingt mehr über sie herausfinden.

»Ich kann mir nicht vorstellen, dass Sie und Milling gemeinsame Ziele haben. Oder doch?«, fragte ich die Lennox.

»Seine und meine Ziele passen vielleicht gut zusammen. Ich rufe dich gerne mal an und erzähle dir mehr darüber. Vielleicht kann ich dich davon überzeugen, dass *unsere* Seite die richtige ist.«

»Was würde mir das bringen?« Ich zwang mich zu einem Lächeln. Das hier war vielleicht meine einzige Gelegenheit, sie auszuhorchen!

»Wolltest du nie reich sein?« Jetzt lächelte Lydia Lennox und ihre Augen glitzerten auf eine Art, die mir unheimlich war. »Richtig viel Geld haben, so viel, dass du dir alles leisten kannst, was du jemals wolltest? Und Geld bedeutet auch Macht, damit könntest du …«

»Nein danke«, sagte ich und sah ihr direkt ins Gesicht. »Ich wollte nie reich sein. Viel zu besitzen, finde ich sinnlos.«

»Du bist noch jung. Was weißt du schon vom Leben?« Verächtlich blickte die Frau im weißen Kostüm mich an. »Außerdem bist du ein Wildling. Ahnungslos aufgewachsen als Katze. Entschuldige, dass ich darauf verzichte, dich ernst zu nehmen.«

Wildling. Diesen Ausdruck für Woodwalker, die als Tier aufgewachsen waren, hatte ich noch nicht oft gehört. An der Clearwater High wurde er mit Absicht nicht verwendet. Ella schaute unbeteiligt drein und protestierte nicht dagegen, dass ihre Mutter mich so genannt hatte.

»Vielleicht rufe ich dich trotzdem mal an«, sagte Lydia Lennox, noch immer mit diesem unheimlichen Lächeln auf dem Gesicht.

»Und wenn ich Ihnen meine Nummer nicht gebe?«, wandte ich trotzig ein.

Lydia Lennox lächelte einfach weiter, dann kramte sie ihr Handy hervor, tippte darauf herum ... und in meiner Tasche klingelte es.

»Mit Geld, mein Junge, kann man alles herausfinden«, sagte sie leichthin – und plötzlich ahnte ich, wer meine Nummer an Millings Unterstützer gegeben hatte, sodass die mir fiese Nachrichten schicken konnten.

»Haben Sie ...«, begann ich hitzig, doch Mrs Lennox ging schon weiter. Sie gab den beiden schönen jungen Frauen, die sie begleiteten, ein Signal. Eine der beiden knurrte mich mit einem teilverwandelten Raubtiergebiss an, die andere ging drohend ein paar Schritte auf mich zu.

Eulendreck, was für eine zweite Gestalt hatten die?! Irgendwie schaffte ich es, nicht zurückzuweichen. Und nach einem Moment mussten die beiden Bodyguards weitergehen, wenn sie ihre Chefin nicht aus dem Blick verlieren wollten.

Ich atmete tief durch. War die Lennox so gefährlich wie Rebecca Youngblood? Hoffentlich nicht! Zum Glück hatte ich schon eine Idee, was ich tun könnte, um Tiago gegen sie zu unterstützen. Mitten in den Everglades waren dieser Haijunge und ich Freunde geworden, ich wollte ihm helfen – und auch

Shari, die es bestimmt hart treffen würde, wenn er die Schule wirklich verlassen musste.

Während die Schüler und ihre Eltern abstimmten, ob aus der Blue Reef Highschool eine Art Freizeitpark werden sollte – anscheinend eine weitere bescheuerte Idee von Ellas Mutter –, schnappte ich mir mein mittlerweile aufgeladenes Handy. Zum Glück erreichte ich Mr Johnson, den Vorsitzenden des nordamerikanischen Woodwalker-Rates, sofort. »Hallo, Carag, was gibt's?«, fragte er freundlich.

»Ich hätte eine etwas ungewöhnliche Frage«, druckste ich herum. »Das Vermögen von Andrew Milling ist ja beschlagnahmt worden. Das sollte doch vom Rat unter anderem dafür verwendet werden, um junge Wandler zu fördern, oder?«

Johnson lachte. »Brauchst du etwa Geld? Wir haben doch schon deinen Flug bezahlt, um den Austausch zwischen den Schulen in Gang zu bringen.«

Wie peinlich! »Nein, nein, ich brauch keins, aber dafür ein Seawalker, den ich hier in Florida kennengelernt habe ...« Ich erzählte ihm von Tiago und dass er wirklich ein toller Typ war, wenn man ihn erst mal ein bisschen kennengelernt hatte und er gerade nicht dabei war, sich aufzuregen. »Es wäre sehr räudig, wenn er nicht mehr auf die Blue Reef gehen könnte!«

Nachdenkliches Schweigen am anderen Ende der Leitung. Dann sagte Johnson: »Find ich gut, dass du dich für ihn einsetzt. Aber ich bräuchte noch jemanden – einen Erwachsenen –, der Tiago kennt und sich für ihn verbürgt. Das verstehst du, oder?«

»Kann ich Sie gleich zurückrufen?«, fragte ich, ließ das Handy in meine Tasche gleiten und lief los.

Im Eingangsbereich war die Abstimmung noch voll im Gange und es war klar, dass Jack Clearwater keine Zeit haben würde, mit mir zu reden. Dafür konnte ich den Delfin-Wandler

Mr García abfangen, als er gerade auf einem gewissen Örtchen war. Er war Verwandlungslehrer an der Blue Reef High, aber auch Ratsmitglied, also eine ziemlich wichtige Persönlichkeit.

Es war schon ein bisschen seltsam, ihm meinen Plan durch die Klotür zu erklären. Aber ich hatte zu lange als Puma gelebt, um wirklich logisch zu finden, warum die Menschen so einen Aufstand wegen ihrer Ausscheidungen machten. »Ich sollte den Clearwaters meine Meinung über Tiago sagen ... und das tue ich jetzt schon mal Ihnen gegenüber, ja?«, begann ich. »Er ist schwer in Ordnung und er sollte dieses Stipendium vom Rat bekommen. Aber dafür müsste sich jemand für ihn verbürgen. Sie wären am besten dafür geeignet, weil Sie auch Ratsmitglied sind!«

»Bei der großen Strömung«, murmelte Farryn García und ich hörte das Geräusch der Spülung, was thematisch sehr gut passte. »Hat das nicht Zeit? Wir entscheiden drüben in der Aula gerade über die Zukunft der Schule!«

»Nein, es hat keine Zeit und Tiagos Zukunft ist auch wichtig – sehr wichtig sogar!«

»Das stimmt«, erklang es hinter der Tür, dann erschien ein großer, schlanker Mann mit ähnlich brauner Haut wie Tiago aus der Toilettenkabine und marschierte zum Waschbecken. Ich ließ Mr García nicht aus den Augen, während er sich die Hände schrubbte.

Er hatte sich eigentlich schon entschieden, das sah ich ihm an. Und tatsächlich, er sagte: »Geht klar, ich bürge für ihn. Das hat Tiago sich verdient nach dem, was er in den Everglades geleistet hat. Außerdem mag ich ihn, mit all seinen Ecken und Kanten.«

Wo genau hatte ein Tigerhai Ecken und Kanten? Egal, ich zückte sofort mein Handy.

»Muss das alles hier auf dem Klo sein?«, stöhnte Mr García, aber schon hatte ich David Johnson am Apparat und reichte das Gerät weiter. Die beiden klärten die wichtigen Dinge schnell, dann ging Tiagos Lehrer wieder und ich besprach mit dem Rat noch eine Ewigkeit lang die Details und Bedingungen und Beträge. Deshalb konnte ich Tiago erst im letzten Moment die guten Nachrichten überbringen.

Er hatte sich schon von allen verabschiedet und schlurfte zum Parkplatz, als hätte ihn jemand zu zwanzig Jahren im Aquariumsteil von Sunny Meadows verurteilt. Ich keuchte ihm hinterher und erklärte Tiago, warum er zu seiner Hütte zurückgehen und all seine Sachen wieder auspacken konnte. Dann wartete ich gespannt auf seine Reaktion, die sehr befriedigend ausfiel. Ihm sackte erst der Unterkiefer runter und dann murmelte er mit wildem Blick: »Was?«

Erst nachdem ich ihm das Ganze noch mal erklärt hatte, glaubte er es endlich. Prompt fiel ihm die Reisetasche aus der Hand. Lachend und johlend, packten wir uns an den Schultern und hüpften herum, sodass wir um Tasthaaresbreite in den Springbrunnen gefallen wären. Weil die anderen Schüler natürlich wissen wollten, was los war, scharten sie sich neugierig um uns.

»Ich kann bleiben«, verkündete Tiago. Und Shari strahlte mit ihm um die Wette, als sie ihn umarmte. Kein Zweifel, sie mochte ihn richtig gern! Ich drückte den beiden die Daumen, dass sie es bald schafften, sich das zu sagen.

In erstklassiger Laune machte ich mich wieder auf den Rückweg in die Rocky Mountains … wo sich in der Zwischenzeit auch so einiges getan hatte.

Das Rocky-Mountain-Bakterien-Desaster

Ganz fest nahmen Tikaani und ich uns in die Arme, als sie, Brandon und Holly mich am Flughafen abholten. »Und hast du das auch wirklich gemacht, das mit dem Mond?«, fragte mich meine Lieblingswölfin, während meine Hand über ihr schwarzes, seidenglattes Haar strich.

»Fast immer vollkommen pünktlich um zwanzig Uhr«, sagte ich feierlich. »Und du?«

»Jeden Tag um die gleiche Zeit«, versicherte mir Tikaani.

»Tut mir leid, wenn das jetzt unromantisch ist, aber habt ihr an die zwei Stunden Zeitverschiebung zwischen Wyoming und Florida gedacht?«, mischte sich Brandon ein, immer noch ganz in Künstler-Schwarz und mit Steinstaub gepudert.

Verdutzt schauten Tikaani und ich uns an und mussten ganz furchtbar lachen. Nein, hatten wir nicht. »Macht nichts«, sagten wir gleichzeitig.

»Erzähl, los, sofort«, forderte Holly, während Theo uns voranging zum alten Kombi der Clearwater High.

»Einer der Jungen dort ist in zweiter Gestalt ein riesiger Hai und es gibt sogar mehrere Leute, die Delfine sind – alle sehr nett«, berichtete ich und meine Freunde staunten.

»Ich habe noch nie das Meer gesehen«, sagte Holly sehnsüchtig, während Theo uns nach Hause kutschierte. »Meinst du, wir dürfen auch mal dorthin?«

Verlegen zuckte ich die Schultern und erzählte, was uns in den Everglades alles passiert war und wie wir beinahe eine Gruppe von fiesen Umweltschurken geschnappt hätten. Auch von meiner Begegnung mit Lydia Lennox und der Sache mit meiner Handynummer berichtete ich.

»Nicht so schlimm«, sagte Brandon fest. »Ich habe erst gestern mit der Telefongesellschaft gesprochen und schon alles geregelt. Gib mir einfach dein Handy, ich stelle heute noch alles auf deine neue Nummer um.«

»Danke«, sagte ich aus ganzem Herzen. Jetzt würden mir endlich diese Beleidigungen erspart bleiben. Sollten Millings Leute doch bei sich daheim über mich schimpfen, wo ich sie nicht hören konnte.

Auch meine Freunde hatten Neuigkeiten: »Mia und ich haben versucht rauszukriegen, was Salomé für ein Tier ist«, erzählte Holly. »Wir haben uns in den Kampfraum-Umkleiden versteckt, bevor sie ihren Privatunterricht bekommen hat.«

»Und?« Ich war sehr gespannt.

Holly seufzte. »Noch bevor Salomé sich verwandelt hat, hat Mr Brighteye uns gewittert, aus unseren Verstecken gezogen und rausgeworfen!«

»Unterschätze nie einen Wolf«, riet ihr Tikaani und Holly verdrehte die Augen.

»Mit meiner Skulptur komme ich prima voran«, berichtete Brandon. »Vielleicht kann ich sie euch noch vor Weihnachten zeigen. Ich hätte gar nicht gedacht, dass ich Talent für gestalterische Dinge habe!«

Tikaani und ich tauschten einen Blick, der so viel bedeutete wie »oje«.

Holly verkündete: »Und ich habe Tabitha Nachhilfe gegeben – so was macht man schließlich als Mentorin, oder?«

Erstaunt schauten wir sie an, denn Tabitha war in der Schule sehr viel besser als unsere Hörnchenfreundin. Meine Freunde und ich öffneten gleichzeitig den Mund, aber Theo kam uns zuvor. »In welchem Fach denn?«, fragte er und kratzte sich an einer seiner Arm-Tätowierungen, die den von Bäumen eingerahmten Kopf eines Elchweibchens mit großen Augen und Schmollmaul zeigte.

»Sei dein Tier«, berichtete Holly, ohne eine Miene zu verziehen.

»Aber du bist doch keine Fledermaus?«, wandte ich ein.

»Ja und?« Holly zuckte die Achseln. »Wir haben einfach zusammen einen Youtube-Film über Fledermäuse geschaut.«

Tikaani und ich waren ein bisschen beschämt. Unsere Hörnchenfreundin kümmerte sich sehr viel ausgiebiger um ihre Erstjahresschülerin als wir!

Am Eingang der Schule warf Mia als Pumaweibchen die Vorderpranken um mich und schleckte mir zärtlich über das Gesicht. *Stell dir vor, Jeffrey betreut mich jetzt viel besser, er hat ganz oft Schreiben geübt mit mir!*

»Das ist cool!« Verblüfft umarmte ich meine Schwester zurück und schaute dann zu meinen Freunden hinüber. »Was ist passiert?«

Tikaani grinste. »Ach, das war so ein Rudel-Ding. Alles gut.«

Mein Schützling Terry begrüßte mich schwanzwedelnd und versicherte mir: *Toll, dass du wieder da bist! Sonst wäre ich dich suchen gegangen – habe ich schon erzählt, dass mein Vater ein Spürhund war?*

»Ich dachte, ein Kampfhund?«, meinte ich trocken.

Das auch. Man kann doch mehreres sein, hast du das nicht ge-

wusst?, versicherte mir Terry gut gelaunt und wollte mir den Stock schenken, den er im Maul getragen hatte.

»Hast du schon gewusst, dass Katzen nicht mit Stöcken spielen?«, fragte ich ihn, doch dann schaute Terry so enttäuscht drein, dass ich schnell hinzufügte: »Aber manchmal schon, danke, das ist ein toller Stock!«

Zum Glück vergaß er das Ding schnell und ich konnte es nach einer Weile heimlich ins Gebüsch werfen.

Aber am gespanntesten war ich auf Neuigkeiten von diesem mysteriösen alten Buch, das vielleicht so wichtig sein könnte. Also zog ich bei erster Gelegenheit die Rabenzwillinge beiseite. »Habt ihr diese Probeseite fertig übersetzt und an den Rat geschickt?«

»Ja!«, flüsterte Wing zurück. »Es stand ein Stück von einer Verwandlungsformel darauf, von der ich noch nie gehört habe. Durch die man seine Tierart ändern kann, wenn man sich noch nie verwandelt hat.«

Mir blieb der Mund offen stehen. Das war unglaublich! Falls es stimmte. »Vielleicht funktioniert das gar nicht.«

»Wer weiß. Na ja, jedenfalls haben wir dem Rat schon vor ein paar Tagen Bescheid gegeben, dass die Seite und damit das Buch anscheinend echt sind«, mischte sich Shadow ein. »Sie wollen das Buch kaufen. Nun verhandeln sie gerade, für wie viel Geld.«

Mir dämmerte, dass in diesem Fall Geld tatsächlich nützlich sein konnte. Der Rat musste dieses Buch kaufen – egal zu welchem Preis – und in Sicherheit bringen, bevor es den falschen Leuten in die Hände fiel! Doch diese falschen Leute wussten hoffentlich nichts davon, dass es das mysteriöse Buch gab.

Noch ganz durcheinander, traf ich mich wieder mit meinen Freunden, um zusammen zum Abendessen zu gehen.

Auf dem Weg zur Cafeteria schauten wir aufs Schwarze Brett, an dem Lissa Clearwater neue Listen aufgehängt hatte. Mia stemmte beide Vorderpfoten dagegen und las sich durch, was darauf geschrieben stand, aber Brandon war schneller. »Ah, du bist am Dienstag als Erster dran mit deinem Bakterien-Referat, Carag – diese Adlerin kennt keine Gnade«, sagte Brandon. »Ich soll meins direkt nach dir halten.«

»Oje, dafür übe ich besser noch.« Ich verzog das Gesicht. »Schließlich habe ich die ganze Woche über mit riesigen, gefährlichen Tieren zu tun gehabt und keine Zeit gehabt für die kleinen, hinterlistigen.«

Stundenlang musste ich noch davon erzählen, was ich in Florida erlebt hatte, doch zum Glück hatte sich meine Stimme am Dienstag wieder erholt. Ich hatte mir für das Referat etwas Besonderes einfallen lassen und Henry und Nell – die ziemlich kleine zweite Gestalten hatten – zum Helfen angeheuert. Feierlich legte ich eine aus Pappe ausgeschnittene Lunge auf den Boden. »Heute erzähle ich euch etwas über Tuberkel-Bakterien – ihr werdet gleich verstehen, warum die einen zum Husten bringen«, begann ich. Sofort begannen meine als Tuberkel-Bakterien verkleideten Freunde zu zeigen, wie die kleinen Biester in die Lunge gelangten und sich darin tummelten.

»Sehr anschaulich, Carag«, lobte mich Lissa Clearwater, als ich fertig war, und trug mir eine Topnote ein. »Brandon, du bist dran.«

Mein Bisonfreund stand auf, räusperte sich und sortierte seine Notizen. Er hatte mir heute Morgen erzählt, dass er sein schickstes T-Shirt anziehen wollte. Aber es war schwer zu sagen, ob es wirklich das schickste war – die Dinger waren ja alle schwarz. »In meinem Referat geht es um die Grippe«, begann er. »Frühe Aufzeichnungen verraten uns …«

»Moment mal«, unterbrach ihn Miss Clearwater mit einem strengen Blick aus ihren Adleraugen. »Grippe ist eine *Virus*erkrankung, aber ihr solltet Referate über *Bakterien* halten. Ich dachte, das hättet ihr alle verstanden?«

Der arme Brandon. Er stand da wie ein Baum, der schon die Axt des Holzfällers an der Rinde spürt. Ganz langsam färbten sich seine Wangen erdbeerfarben. »Oh ... äh ... das habe ich nicht so richtig mitbekommen ... darf ich mein Referat trotzdem halten?«

»Sorry, Brandon, leider nein. Du hast das Thema verfehlt und dafür muss ich dir eine Note sechs eintragen.«

»Oh. Mist.« Mit hängendem Kopf schlurfte Brandon auf seinen Platz zurück.

Der Arme. Verliebtsein war nicht gut für die Noten. Ich warf ihm einen tröstenden Blick zu und beschloss, mit unserer Köchin und Krankenschwester Sherri Rivergirl zu reden – vielleicht konnten ein paar geröstete Maiskolben zum Abendessen meinen besten Freund aufheitern.

Lou, Shadow und Dorian hielten interessante Referate über Bakterien, die in Blumenvasenwasser, in unserem Mund und in unserem Darm lebten. Beim großen Gewitter, waren diese winzigen Dinger denn wirklich *überall?*

»Gibt es eigentlich Bakterien-Wandler?«, wollte Cliff zum Ende der Stunde wissen, während ihn Jeffrey mit gerunzelter Stirn anblickte.

»Meines Wissens nicht«, erklärte unsere Schulleiterin. »Woodwalker sind ja bei einem magischen Ritual erschaffen worden, von Schamanen, also indianischen Zauberern, die in die Gestalt eines Tieres wechseln wollten. Aber erstens wussten die Leute damals noch nicht, dass es Bakterien gibt – sie sind so klein, dass man sie nur unter einem Mikroskop sehen kann –, und außerdem, wer hätte denn gerne so etwas als zweite Gestalt gehabt?«

Indianische Zauberer ... Sehr wahrscheinlich stammte von ihnen das in Cherokee geschriebene Buch, das der Rat gerade zu kaufen versuchte. Er musste es einfach schaffen!

Nach der Stunde wollten die anderen und ich Brandon trösten, doch er zog sofort ab in den Keller. »Muss noch meine Statue fertig kriegen«, murmelte er und blieb die ganze Pause über weg.

»Hoffentlich wird diese Statue gut«, flüsterte mir Holly beunruhigt zu, und das war genau das, was auch mir gerade durch den Kopf ging.

Am Donnerstag waren wir wieder mal in unserem Baumhaus, um dort zu chillen. Auch meine Schwester war in Pumagestalt dabei – sie machte sich auf der Plattform so breit, dass Dorian sich in einer Ecke zusammenrollen musste.

Was meint ihr, kommen Tabitha und Brandon noch zusammen?, meinte Holly, hüpfte auf Mias Bauch und von dort aus zum Geländer. *Ich will mich auch endlich mal verlieben!*

Mia zuckte mit den Tasthaaren. *Carag, weißt du eigentlich, dass dein Handy gerade* Ping! *gemacht hat? Was bedeutet das?*

Ich zuckte zusammen und schaffte es nur ganz langsam, mich wieder zu entspannen. Nein, es waren keine Beschimpfungen und Drohungen, ich hatte ja eine neue Nummer. Alle Leute, für die ich ein Schurke war, durften das gerne für sich behalten.

»Es bedeutet, dass jemand gerade an mich gedacht hat«, behauptete ich und Mia staunte. Es war eine Nachricht von meinem neuen Freund aus Florida, dem ich natürlich meine neue Handynummer gegeben hatte. Aber als ich sie las, blieb mir glatt die Spucke weg. »Tiago fragt, ob ich noch mal in Florida helfen könnte, sie sind den Umweltvergiftern, die wir in den Everglades beobachtet haben, auf der Spur und könnten Unterstützung brauchen!«

Na, wenn Miss Clearwater das genehmigt, fress ich 'ne Spinatbombe, meinte Dorian.

Was beim großen Wald ist eine Spinatbombe? Vor Aufregung wand sich Holly immer wieder ums Geländer wie eine Pelzrolle. *Dürfen wir diesmal mit zur Blue Reef High? Oh bitte, bitte, bitte!*

»Oh ja, bitte – dich zu vermissen, ist scheußlich«, mischte sich Tikaani ein und fletschte ihr teilverwandeltes Gebiss. Dann wurde ihr Ausdruck wieder heiterer. »Wisst ihr, was perfekt ist? Am Freitag wollte mein Vater mich besuchen ... mit seinem Kleinflugzeug! Und ich hab noch einen Flug gut von meinem Geburts-

tag, vielleicht könnte Papa uns am Wochenende nach Florida bringen.«

»Das wäre superpraktisch!« Ich strahlte meine Freundin an und machte mich daran, Tiago zu antworten. Dann hangelte ich mich an der Strickleiter nach unten und raste förmlich zu Miss Clearwaters Büro, um unsere Schulleiterin um Erlaubnis zu fragen.

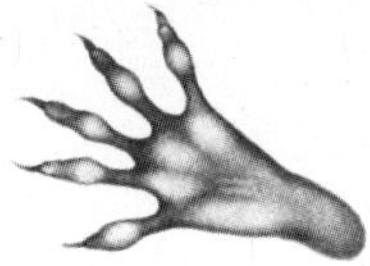

Spinat und Stress

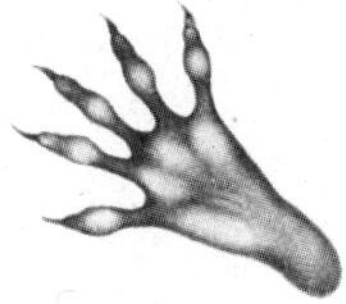

Unsere Schulleiterin wusste schon Bescheid über Tiagos Bitte um Hilfe und war nicht so entsetzt, wie ich befürchtet hatte.

»Ich war sowieso dafür, den Austausch zwischen unseren Schulen in Gang zu bringen. Außerdem braucht Jack euch Landtiere wirklich dringend, um die Wasservergifter zu schnappen.«

Voller Hoffnung blickte ich sie an. »Sehr cool – das heißt, Tikaani kann mit? Brandon auch? Und Holly? Und Mia? Und …«

»Brandon?« Ihre Augenbrauen gingen in die Höhe. »Der hat sich in letzter Zeit schulisch leider nicht mit Ruhm bedeckt. Aber Tikaani und Holly können dich begleiten – wenn ihr alles aufholt, was wir in dieser Woche durchnehmen.«

Ich versprach ihr, dass wir schuften würden bis zum Umfallen. Dann marschierte ich los, um meinen Freunden im Baumhaus die gute und die schlechte Nachricht zu bringen.

Inzwischen war auch Brandon eingetroffen. Er vergrub die Hände in den Hosentaschen, als er die Neuigkeiten hörte, und versuchte, sich nichts anmerken zu lassen. »Na ja«, sagte er. »Ihr braucht sowieso jemanden, der hier die Stellung hält. Außerdem kann ich so intensiv meinen künstlerischen Durchbruch vorbereiten.«

Wieso habe ich nur gesagt, ich würde eine Spinatbombe fressen? Dorian ließ die Tasthaare hängen. *Dabei weiß ich gar nicht, was das ist, ich hab's mir nur schnell ausgedacht.*

Holly machte Handstand auf Mias Kopf. *Ach, kein Problem, wir denken uns was aus, ja?*

Und das taten wir. Meine Hörnchenfreundin organisierte Luftballons, Brandon Tiefkühlspinat, dann mixten wir in der Küche der Clearwater High ein Gemisch aus Spinat und Wasser. Als wir es mit einem Trichter in den Ballon füllten, roch Mia in Menschengestalt daran und verzog das Gesicht. »Seid ihr sicher, dass ihn das nicht umbringt?«

»Unglaublich, aber wahr – das Zeug soll sogar gesund sein«, erklärte ich ihr.

Im Jungenwaschraum setzte sich Dorian in einer Duschkabine auf einen Hocker, dann reichte ihm Tikaani feierlich die große grüne Spinat-Wasserbombe. Natürlich hatten manche aus unserer Klasse Wind von der Aktion bekommen und drängten sich nun im Waschraum. Jeffrey und die anderen Wölfe standen sensationsgierig um Dorian herum und feixten.

Beeindruckt wog Dorian die Bombe in der Hand und ich hoffte, sie würde nicht zu früh platzen.

»Prost«, sagte Holly.

»Guten Appetit«, wünschten Mia, Tikaani und ich. Wedelnd schaute Terry zu und machte schon jetzt große Augen.

»Hey, wie wär's mit *Viel Glück,* das brauche ich dringender!« Dorian hob den Ballon zum Mund.

Die gute Nachricht war: Das Zeug brachte ihn wirklich nicht um. Aber es war gut, dass er eine Badehose angezogen hatte, denn ein großer Teil der grünen Pampe pladderte auf sein Gesicht und dann wasserfallartig über den Rest seines Körpers. Wir lachten uns kaputt.

»Haha, du siehst aus, als hättest du in geschredderten Fröschen gebadet«, sagte Jeffrey, worauf Henry natürlich eingeschnappt war.

»Iiiih!« Tikaani rempelte ihren Alpha an. »Jetzt hab ich dieses eklige Bild im Kopf, vielen Dank!«

»Also ich finde, es sieht eher aus wie Durchfall eines Außerirdischen«, fand Frankie und Dorian spuckte Spinatbrühe in seine Richtung.

»Ja, lasst uns von was anderem reden – wie schmeckt's denn?«, fragte ich.

»Magst du probieren, lieber Carag?«, blubberte Dorian, aber zum Glück war die Spinatbombe in diesem Moment leer und nur noch eine labbrige Gummihülle.

»Schade, zu spät«, sagte ich scheinheilig.

»Was für eine Wette hat Dorian eigentlich verloren?«, fragte Frankie und legte den Arm um Shadow.

Natürlich sprudelte Holly sofort alles heraus wie ein Geysir – und ich konnte zusehen, wie Jeffreys Ausdruck immer finsterer wurde. »Was soll das heißen?«, knurrte er und betrachtete mich mit seinem besten Killer-Blick. »Eigentlich wäre diesmal jemand anders dran gewesen, immerhin war Carag schon mal in Florida!«

»Sie haben extra nach Carag gefragt, weil sie ihn kennen und er schon Erfahrung gesammelt hat beim Kampf mit Umweltschurken«, sagte Holly und tätschelte mir stolz die Schulter.

»Und habe ich das richtig verstanden, Tikaani fährt auch mit?«, motzte unser Wolfs-Wandler und wandte sich meiner Freundin zu. »Habe ich das überhört, dass du mich gefragt hast, ob du das überhaupt darfst? Du gehörst zu meinem Rudel, ich als dein Alpha hätte Vorrang gehabt!«

Tikaani tat das (wie ich fand) einzig Richtige, sie versuchte, ihn niederzuschlagen. »Bist du jetzt völlig gaga? Das Rudel bedeutet mir echt viel. Aber mir ist neu, dass ihr mir vorschreiben dürft, was ich machen darf und was nicht!«

Zwar war Jeffrey dem Schlag blitzschnell ausgewichen, doch begeistert wirkte der Wolfsjunge nicht. Und sowohl Miro als auch Mondauge, die bisher als wilde Wölfe gelebt hatten, machten einen verwirrten Eindruck. *Ist es bei Menschen üblich, seinem Alpha zu widersprechen?,* fragte Mondauge, die sich im Hintergrund gehalten hatte. Ihr rötlich graues Nackenfell war gesträubt, und das, obwohl meine Freundin Jeffrey nicht mal getroffen hatte.

»Ja!«, sagte Tikaani. »Ich werde mich dafür einsetzen, dass nächstes Mal du dabei sein darfst, Jeffrey, aber mehr kann ich leider nicht tun.«

»Wart mal ab«, gab ihr Rudelgefährte wütend zurück und Terry stieß ein besorgtes Winseln aus.

Nachdem auch der letzte Rest Grün im Abfluss verschwunden war, schlichen wir zurück

zu unseren Zimmern, damit die Lehrer keinen Wind von der Aktion bekamen. »Meinst du, er wird versuchen, meinen Abflug zu verhindern?«, fragte ich.

»Kann gut sein«, flüsterte Tikaani und legte mir eine Hand auf die Wange. »Sei vorsichtig. Am Samstag fliegen wir schon, bis dahin darf nichts schiefgehen …«

Als wir am nächsten Morgen, dem Freitag, aufwachten, hatte es mal wieder geschneit und eine frische weiße Schicht überzog den Boden.

»Sieht gut aus!«, rief ich, riss unser Zimmerfenster auf, sodass kalte Luft hereinflutete, verwandelte mich und sprang direkt hinaus in die weiße Pracht. Schließlich hatte ich als Berglöwe schon mein Winterfell.

»Spinnst du? Das ist *eisig«,* beschwerte sich Brandon und zog die Decke bis zur Nase.

Also zog ich das Fenster mit den Zähnen wieder zu und rannte mit langen Sprüngen zur Wiese, wo Tikaani schon auf mich wartete – schließlich war sie eine Polarwölfin. Eine wilde Balgerei begann. Auch Jonne und Lotta stürzten sich wie fast jeden Tag genüsslich ins Weiß … und hätten beinahe einen nicht sehr großen, stämmig gebauten Mann mit Basecap angerempelt, der am Rand der Lichtung aufgetaucht war.

Papa!, rief Tikaani, rannte ihm entgegen und begrüßte ihn wedelnd.

»Hallo, ihr vier«, sagte Edwin Blue Cloud, winkte mir freund-

lich zu und lachte, als die Polarfüchse neugierig um seine Beine herumtänzelten. »Soll ich euch nachher mal zeigen, wie man ein Iglu baut?«

Als Inuit kannte er sich damit bestens aus. Natürlich waren alle dafür und so stapelten wir schon in der Mittagspause (alle wieder in Menschengestalt, damit wir unsere Hände zur Verfügung hatten) auf der Wiese Schneeziegel aufeinander. Höher und höher wuchsen die Mauern. »Haha, wir könnten es das Weiße Haus nennen«, witzelte Jonne.

Verständnislos schaute meine Schwester ihn an. »Ja, es ist weiß … und?«

»Pass gut in Menschenkunde auf, dann kapierst du den Witz in einem Monat oder auch zwei«, informierte sie Joe.

»Hey, das war echt herablassend, kannst du mal ein bisschen netter zu den anderen Erstis sein?«, schimpfte Nell und schon waren Mentorin und Schützling wieder mit Streiten beschäftigt. Soweit ich mitgekriegt hatte, machten sie das ständig, aber komischerweise hatte keiner von ihnen darum gebeten, zu einem anderen Mentor oder Schützling zu wechseln.

Als Aidan mit einem Zettel zu mir kam, war ich erstaunt, lächelte ihm aber freundlich entgegen. Ich mochte diesen Assel-Wandler, er war schüchtern, jedoch immer hilfsbereit.

»Nachricht für dich«, sagte er, und tatsächlich, auf dem Zettel stand ausgedruckt:

Hallo Carag! das hier ist die erste Übung für den Kampfunterricht heute: Such mich jetzt gleich und schleich dich so an, dass ich es nicht merke. Dann greif an und versuche, mich zu beißen. Wenn du es schaffst, mich mit den Zänen zu berühren, trage ich dir eine Note eins ein. Bill Brighteye

Ich sah, dass noch andere von uns ähnliche Zettel bekamen, jeweils überbracht von einem Erstjahresschüler. Eine witzige Übung, fand ich, und eine gute Note konnte ich gut gebrauchen, damit Miss Clearwater sah, dass sie mich unbesorgt nach Florida schicken konnte. Noch einmal las ich mir die Nachricht durch. Mr Brighteye hatte es wohl sehr eilig gehabt, als er das geschrieben hatte, denn da waren ziemlich viele Tippfehler drin.

Unauffällig pirschte ich los, zog mich hinter ein paar Bäumen aus und glitt in meine zweite Gestalt. Dann senkte ich die Schnauze auf den Boden und versuchte, die Spur unseres Kampflehrers zu finden, der sicher auch irgendwo draußen war – Wölfe mochten Schnee.

Auf einer kleinen Lichtung im Wald wurde ich fündig ... und hielt inne. Moment mal, was war denn hier los? Hier lief eine Schneeballschlacht ab! Obwohl sie dick vermummt war, erkannte ich Amelia Parker, die Seite an Seite mit Sarah Calloway kichernd versuchte, einen schwarzen Timberwolf mit einem Schneeball zu erwischen. Doch der flitzte vergnügt hechelnd so schnell hin und her, dass sie kaum eine Chance hatten. Aber er hatte nicht mit Lissa Clearwater gerechnet. Kaltblütig wartete sie mit einem Geschoss in der Hand auf genau den richtigen Moment, dann erst warf sie. *Headshot!* Hinter den Frauen schlich sich James Bridger mit einer Handvoll Schnee bewaffnet an. Ein paar Meter weiter schüttelte ein Elch mit seinem Geweih Schnee von den Bäumen und versuchte, damit einen Biber zu verschütten, der sich eifrig immer wieder herausbuddelte.

Ich hätte beinahe losgeprustet. Soso, die Lehrer und Angestellten wollten auch ihren Spaß haben! Nur Mr Ellwood sah ich nirgendwo. Der war sich für so ein Getümmel bestimmt zu fein.

Perfekt, dass Bill Brighteye gerade so abgelenkt war, ich würde es bestimmt schaffen, ihn zu beißen. Nach Katzenart schlich ich mich geduckt näher und fühlte, wie meine Schwanzspitze vor Aufregung pendelte. In zwei weiten Sprüngen konnte ich den schwarzen Wolf dort vorne erreichen, allerdings war es ungünstig, dass er so schnell rannte und dabei ständig die Richtung wechselte. Eins war klar, Mr Brighteye hatte nicht vor, es mir leicht zu machen, eine Note eins wollte verdient sein!

Kraftvoll stieß ich mich ab, sprang und sauste durch die eisige Luft.

Nein!, hörte ich jemanden schreien, war das nicht Tikaanis Stimme? Wie blöd, dass Tiki mich gerade jetzt störte, gleich war mein Überraschungseffekt hinüber. Ich kam auf allen vier Pfoten auf und wollte mich gerade weiterkatapultieren, da rammte mich ein weißes Pelzgeschoss von der Seite und kugelte mich durch den Schnee.

Als ich mich aufrappelte, sah ich, dass alle Lehrer neugierig in meine Richtung spähten.

Mist, du hast mir die Note verpatzt, fauchte ich Tikaani an.

»Alles klar?«, rief James Bridger zu uns herüber.

Alles prima, gab meine Freundin zurück, wedelte kurz und drängte mich dann zurück in den Wald.

Ich habe dir keine Note verdorben, sondern wahrscheinlich deine Florida-Reise gerettet, informierte sie mich ein bisschen kühl. *Die Nachricht war in Wirklichkeit von Jeffrey! Wir haben alle nur einen witzigen Spruch bekommen, aber du nicht, oder? Was solltest du tun?*

Als Mensch wäre ich garantiert blass geworden. *Ich ... beim großen Wald ... ich sollte Bill Brighteye aus dem Hinterhalt angreifen und ihn beißen.*

Etwa zu diesem Zeitpunkt stieg mir ein anderer Wolfsgeruch in die Nase, der des Rudels. Natürlich hatten sie zuschauen wollen, was passierte, sie waren keine fünf Baumlängen entfernt. Jeffrey, gerade ein dunkelgrauer Timberwolf, blickte hechelnd zu mir herüber. *Na, doch kein Kämpfchen heute? Ist mit Lehrern noch lustiger!*

Ich dachte, über so einen Scheiß wie den gerade wären wir hinaus, sagte ich und war enttäuscht von ihm. Immerhin hatte ich ihm am Tag der Rache das Leben gerettet! Dachte er, er hätte seine Schuld abgetragen, weil er mir geholfen hatte, das wilde Wolfsrudel zu impfen?

War doch nur Spaß, stell dich nicht so an, Carag, knurrte Jeffrey mit gesträubtem Nackenfell. Cliff dagegen, sein starker Beta, sah verlegen aus und Mondauge hatte sich sogar abgewandt und schnüffelte irgendwo anders herum.

Die Mittagspause war vorbei. Während Tikaani noch einen Moment lang beim Rudel blieb, lief ich mit zusammengekniffenen Lippen zurück zu meinen Klamotten, verwandelte mich in einen Jungen, der leider kein Winterfell hatte, und zog mich bibbernd wieder an.

Keine Ahnung, warum ich hochschaute und die Gegend nach dem fremden Schneeleoparden absuchte. Er war nicht da. Warum hätte er sich auch bei der Schule herumtreiben sollen?

Den Rest des Tages war ich noch vorsichtiger, aber nichts weiter passierte, das meine Freunde und mich hätte aufhalten können. Am nächsten Tag, dem Samstag, quetschten Tikaani, Holly und ich uns, unser Gepäck und Proviant für die Zwischenübernachtung in Edwins *Beaver,* wie die Maschine hieß. Ein paar Minuten später starteten wir zu unserer Reise ins ferne, sonnige Florida.

Vermisst!

Brandon

Bald würde die blöde Statue fertig sein. Das Ding nervte ihn inzwischen selbst, es sah überhaupt nicht so aus, wie er es vor seinem inneren Auge gesehen hatte. Aber wenn er noch mal die Konturen nacharbeitete …

Mit hängendem Kopf tappte ein wuscheliger Mischling herein. *Ach, hier bist du, hab dich schon gesucht,* meinte er. Glatt geschwindelt – in letzter Zeit war es ziemlich gut zu hören gewesen, wo er war. Ob Tabitha die Statue gefallen würde? Neulich hatte sie ihm einen anerkennenden Blick zugeworfen oder hatte er sich das nur eingebildet?

Seufzend ließ sich Terry zu seinen Füßen auf den Boden fallen, obwohl der mit Staub und Steinsplittern übersät war. *Vermisst du Carag, Tikaani und Holly auch so?*

»Na klar«, sagte Brandon und ein kalter Schauer durchrieselte ihn. Oh nein, er hatte zu viel abgeschlagen, jetzt hatte die Nase der Figur ein Loch!

Eine Weile lag Terry schweigend zu seinen Füßen, dann stand er auf und sagte: *Ich geh dann mal wieder.*

Erst als er weg war, fiel Brandon ein, dass er vielleicht ein bisschen unsensibel gewesen war. Vielleicht hatte der Kleine Probleme im Unterricht? »Terry! Wolltest du mich wegen irgendwas sprechen?«, rief er ihm hinterher. Doch Carags Schützling war schon weg und nur das kurzsichtige Maulwurfsmädchen Bobbie schaute fragend um die Ecke, ein Tablet in der Hand. Wahrscheinlich schaute sie gerade Youtube-Videos, das war neben Buddeln und mit anderen Erd-Wandlern zu chatten ihre Lieblingsbeschäftigung.

Erschöpft fiel Brandon am Abend ins Bett und hatte nur noch die Energie, über Kopfhörer ein bisschen *Linkin Park* zu hören. Doch am nächsten Tag fühlte er sich wieder fit und war gespannt, was Henry zu erzählen hatte – der hatte doch Oscar gestern endlich auf seinen Mundgeruch ansprechen wollen.

Doch beim Frühstück zuckte der Frosch-Wandler nur hilflos die Schultern. »Ich hab's gemacht, ich hab mich getraut! War gar nicht so schlimm wie gedacht. Oscar hat gesagt, dass es ihm echt leidtut und er sich wirklich zweimal am Tag die Zähne putzt. Das müsste doch eigentlich reichen, findet er. Oder meint ihr, er schwindelt?«

Schon hatte Frankie sein Smartphone gezückt, wahrscheinlich tippte er »Mundgeruch Ursachen« ein. »Hier steht, die Ursache können auch schlechte Zähne sein oder irgendwelche Bakterien auf der Zunge.«

»Frag mal Miss Clearwater, ob sie einen Zahnarzttermin für Oscar ...«, begann Brandon, doch ein Aufruhr lenkte ihn und die anderen ab. Neugierig drehten Shadow, Wing und die anderen sich um. Jonne – der blonde Polarfuchsjunge, Klassensprecher der Erstis –, Carags Schwester und ein paar andere Erstjahresschüler diskutierten aufgeregt miteinander.

Schließlich fragte Klassensprecherin Lou: »He, ihr, was ist los?«

»Terry ist weg!«, berichtete Jonne atemlos. »Gestern Abend

war er nicht in unserem Zimmer und ich dachte, er ist halt draußen unterwegs. Aber heute Morgen war er immer noch nicht da. Ich glaube, er ist abgehauen.«

Oh nein. Vor Schreck blieb Brandon beinahe ein Snack-Maiskorn im Hals stecken. Gestern hatte Terry wahrscheinlich mit ihm reden wollen, weil Carag, Tikaani und Holly gerade nicht da waren. Doch er war nur mit seiner Skulptur beschäftigt gewesen! »Ist denn irgendwas passiert gestern?«, fragte er die Erstis.

»Ja schon.« Juniper Ash, das Luchsmädchen, blickte beunruhigt drein. »Mr Bridger hat ihn gerügt, weil er in Verhalten in besonderen Fällen den Klassenclown gespielt hat, mit Mr Ellwood hatte er sowieso Ärger. Und in Kampf und Überleben hat er gegen Felix verloren, weil ihm der zu stachelig war.«

Shit! Wieso hatte er nicht gemerkt, dass der Kleine Kummer hatte und sich an der Schule gerade nicht wohlfühlte? Vielleicht wusste Tabitha, mit der er befreundet war, mehr? Das war ein prima Anlass, mit ihr zu reden – schon beim Gedanken daran klopfte sein Herz schneller.

Natürlich wusste Brandon längst, wo Tabitha saß, nämlich bei den Rabenzwillingen; er beobachtete sie schon das ganze Frühstück über aus den Augenwinkeln. »Tabitha, du bist doch eine gute Freundin von Terry, hat er nicht mit dir gesprochen?«

»Ich bin heute Nacht ziemlich weit rausgeflogen.« Tabitha sah zerknirscht aus. »Es ist so schrecklich … ich hätte für ihn da sein müssen. Bestimmt wird ihm in der Wildnis etwas passieren!«

Auch die Lehrer hatten inzwischen mitbekommen, dass etwas nicht stimmte. Miss Clearwater runzelte die Stirn. »Ich habe gestern einen Grizzly und einen Schwarzbären in der Gegend gesehen, hoffentlich kommt er denen nicht in die Quere. Genauso schlecht wäre es, wenn er nach Jackson läuft. Sarah, habt ihr schon den Straßenverkehr durchgenommen?«

»Nein, der ist erst in zwei Wochen dran.« Auch Miss Calloway klang beunruhigt. »Terry ist clever, aber auch clevere Woodwalker werden überfahren, wenn sie unerfahren oder abgelenkt sind.«

Oh nein, nein, bitte nicht. Was würde Carag sagen, wenn er zurückkam und feststellte, was seinem Schützling passiert war? Dass sein bester Freund versagt hatte? »Ich melde mich freiwillig für die Suche«, sagte Brandon, so laut er konnte, und sofort stimmten andere Klassenkameraden ein.

»Die Fliegerstaffel ist bereit, Miss Clearwater.« Shadow war lautlos herangetreten und hinter ihm sammelten sich schon Wing, Zoey, Ava und Kimberley, die Kanadagans. Tabitha gähnte zwar einmal, doch dann ging sie mit schnellen Schritten zu den anderen.

»Die Fährtenleser können auch gleich los. Allerdings hat's heute Nacht wieder geschneit, das macht es nicht leichter«, sagte Bill Brighteye und vergewisserte sich schnell, dass Jeffrey, Cliff und Mondauge nickten.

»Wir laufen so schnell, wie unsere Hufe uns tragen«, verkündete Lou ein bisschen hochtrabend.

Carags Schwester Mia krümmte die Hände, als hätten ihre Menschenfinger gerade Krallen. »Ich checke die Bergregionen, schließlich bin ich ein Berglöwe. Der Schnee macht mir nichts aus.«

Gleich. Gleich würde Miss Clearwater nachfragen, ob sich Terry denn nicht an einen von ihnen gewandt hatte, ob er versucht hatte, mit jemandem über seine Probleme zu sprechen.

Brandons Herz klopfte ganz langsam, es fühlte sich an wie ein nasser Waschlappen, kalt und schwer. Sie mussten diesen Hunde-Wandler finden, bevor es zu spät war!

Besser, ich sage Carag Bescheid, dachte Brandon, doch es dauerte eine Weile, bis seine Finger bereit waren, Carags Nummer zu wählen.

Carag

Als mein Handy klingelte, zuckte ich zusammen. Wenn das Ding aufgeladen war, nervte es. Schließlich versuchten wir gerade sehr angestrengt, uns unauffällig zu verhalten.

»Ja, was ist?«, zischte ich hinein, während ich an der warmen Steinwand des Gebäudes lehnte. Die Floridasonne knallte auf mich herab, als hätte sie vor, mich zu schmelzen.

»Äh … hier ist Brandon. Störe ich?«

»Ja, wir sind gerade mitten in einer – äh, wie nennt man das noch mal? – Observierung und warten auf den richtigen Moment, um einem der Verdächtigen etwas Wichtiges zu klauen.«

»Oh, das tut mir leid.«

»Was ist denn? Irgendwas los bei euch?«, fragte ich und versuchte zu erkennen, ob der Typ im verdächtigen Süßwarenladen gerade ins Lager gegangen war oder nicht. »Holly, halt dich bereit!«

»Ach … äh …«

»Also, was ist?«, fragte ich ungeduldig.

»Ist besser, ich melde mich später – viel Glück!«, sagte Brandon und legte hastig auf. Ich hatte seinen Anruf im gleichen Moment vergessen, in dem ich mein Handy wieder in die Tasche gleiten ließ.

Brandon

Noch immer keine Spur von Terry! Wo konnte dieser Hund bloß sein?

Ich bin gerade am Snake River und ich glaub, ich seh ihn, meldete sich Wing aufgeregt. *Ups, nein, ist nur ein Stück weißgraue Plastikplane ... sorry, Leute ...*

Brandons Atem ging schwer und keuchend, während er durch den Schnee pflügte. Er hatte die Aufgabe übernommen, das Gebiet des *Elk Refuge* – des Wapitischutzgebiets direkt beim Ort Jackson – abzusuchen. Die traditionelle Winterweide der Huftiere. Bisonbullen waren oft einzeln unterwegs, er würde nicht auffallen oder höchstens deswegen, weil er peinlicherweise nur noch ein Horn hatte. Hoffentlich fand Tabitha das nicht blöd! Dass sein Fell durchs Haarefärben dunkler geworden war, würde ihr sicher weniger ausmachen; höchstens die Ranger würden sich darüber wundern.

Weil sie sich in der Gegend noch nicht so gut auskannten, hatte Miss Clearwater Tikaanis Schützling Lotta und ihren Bruder Jonne mit ihm geschickt. *Oh, der arme Terry, die Nacht war kalt, ich fand das ja angenehm, aber er hat bestimmt gefroren,* gruselte sich Lotta und geriet beinahe zwischen seine Hufe, als sie vor ihm hin und her wuselte. *Sagt mal, sind wir hier eigentlich sicher oder gibt's Jäger?*

Jonne blickte sich um. *Keine Sorge, ich hab's vorher nachgeschaut – jetzt ist September und die Jagdsaison geht von Mitte Oktober bis Mitte Dezember.*

Ich hasse Jäger, brummte Brandon. Als Bison konnte er nicht raus aus dem Yellowstone-Gebiet – sobald er sich einer Farm näherte, durfte der Besitzer ihn ganz legal abknallen. In düsterer Stimmung schaute er sich ebenfalls um, suchte nach einer

kleinen grau-weißen Gestalt und stieß den stärksten Fernruf aus, den er schaffte: *Terry, wo bist du? Terry, melde dich!*

Nachdenklich hob Lotta die spitze Schnauze. Noch immer stutzte Brandon jedes Mal, wenn er ihre verschiedenfarbigen Augen sah. *Ich glaube nicht, dass er hier ist. Meilenweit offenes Grasland ... was sollte daran für einen Hund, der die Menschenwelt gewohnt ist, interessant sein?*

Genau, ich wette, er ist nach Jackson gelaufen, fügte ihr älterer Bruder hinzu.

Hm. Stimmt. Brandon senkte den Kopf, rupfte ein bisschen Gras und zerkaute es. Das half ihm immer beim Nachdenken; Maiskörner zum Snacken hatte er leider keine dabei. *Ja, ich glaube, ihr habt recht. Wir suchen in Jackson weiter!*

Er schwenkte seinen massigen Körper in Richtung der Stadt und galoppierte los – fast wie in dem Traum, den er immer mal wieder hatte. Wenn man die Augen zusammenkniff, ging das hier fast als Prärie durch. Die Polarfüchse flitzten hinter ihm her.

Praktischerweise kannte er eine Stelle, an der Carag mal Klamotten versteckt hatte, wahrscheinlich hatte der das längst vergessen. Zum Glück fand Brandon die Stelle gleich wieder. Während er seine Füße in die Schuhe seines Freundes rammte – verdammt, die waren eine Nummer zu klein, sie würden seine Zehen foltern ohne Ende –, schnüffelte Lotta an ihm. Verwirrt kratzte sie sich mit der Hinterpfote am Ohr. *Wieso riechst du jetzt nach Puma?*

Tarnung, sagte Brandon würdevoll. *Ich gehe inkognito in die Stadt.*

Ach so, meinte Jonne, der Ältere der beiden. *Und was ist mit uns?*

»Bleibt einfach so – die Leute werden euch furchtbar niedlich finden«, sagte Brandon und marschierte los, durch ein Gebiet mit schlichten einstöckigen Holzhäusern. Sofort begannen Lotta und Jonne mit der Terry-Suche, lugten unter jedem Busch und hinter jede Garage.

Dann hallte plötzlich eine aufgeregte Mädchenstimme in Brandons Kopf. *Hab ihn! Er ist in Jackson, er ist gerade direkt unter mir!*

Was? Wo?, quietschte Lotta und Jonne sagte schon: *Gut gemacht, Kimberley!,* bevor Brandon auch nur einen Ton rausgebracht hatte.

Er ist auf dem Town Square in der Stadtmitte, meldete die Kanadagans.

Sehr gut – wir übernehmen, sagte Brandon unendlich erleichtert und spähte Richtung Berge, um zu sehen, ob er Mia irgendwo entdecken konnte. *Fliegst du bitte zur Schule und sagst ihnen, sie sollen Verstärkung schicken? Verstärkung mit Auto!*

Zwei Polarfüchse rasten an ihm vorbei.

»Falsche Richtung!«, brüllte Brandon ihnen nach und marschierte ihnen voran zur Stadtmitte. Diese beiden waren geradezu unangenehm flink im Vergleich zu ihm!

In Jackson war jede Menge los, weil die ersten Skitouristen eingetroffen waren. Mit ihren dicken bunten Jacken und Stiefeln stapften sie über die Bürgersteige. Auf der Straße neben ihnen verwandelten Autos das Zeug, auf das alle so viel Wert legten, in einen graubraunen Matsch.

Gleich da. Gleich waren sie bei Terry. Doch dann, auf der Höhe eines Ladens in der Center Street, stutzte Brandon, seine Nasenflügel bewegten sich. Moment mal ... was war das denn für eine Witterung hier? Das war nicht möglich, nein, genauer gesagt, absolut unmöglich.

Hier roch es nach einer Löwin!

Ein Löwe im Revier

Rebecca Youngblood

Bald war es so weit, bald würde sie wieder im Mittelpunkt stehen, vielleicht sogar die wichtigste Wandlerin der USA sein. Jeder Woodwalker würde ihren Namen kennen, jeder würde sie bewundern und sich wünschen, so zu sein wie sie. Rebecca Youngblood spürte, dass ein leichtes Lächeln auf ihren Lippen schwebte. Sie dachte noch einmal an das Treffen mit Andrews junger Spionin zurück. Es hatte sich gelohnt, dafür herzukommen.

Wie sieht es mit dem alten Buch aus? Konntest du irgendwas Neues dazu belauschen?, hatte sie Kimberley zugeflüstert, die als Kanadagans vor ihr auf dem Gras hockte.

Ja, das gibt's, berichtete Kimberley. *Inzwischen hat Mr Bridger die Verhandlungen übernommen, weil die Frau, die das Buch hat, ihm am meisten vertraut. Ich habe gehört, wie er mit anderen Lehrern darüber gesprochen hat.*

Schön und gut, aber wo und wann gibt sie ihm das Buch?, fragte Rebecca ungeduldig. *Wir brauchen es, um Andrew helfen zu können!*

Wieso eigentlich? Die Gans wirkte zögerlich. Sie wirkte nicht mehr ganz so begeistert davon, Andrew zu helfen, wie zuvor.

Hatte sie erfahren, wie viele Leute am Tag der Rache verletzt worden waren? Das war unvermeidlich gewesen, deshalb hatte Rebecca vorsichtshalber etwas herausgefunden, mit dem sie Kimberley unter Druck setzen konnte. Mal schauen, wann sie die Information einsetzen musste.

Wozu wir das Buch brauchen, ist leider geheim, erwiderte Rebecca. *Es ist ganz wichtig, dass du rauskriegst, wo die Übergabe stattfinden soll! Also halt die Ohren offen.*

Dieses Mädchen war Gold wert. Also lieber noch mal kräftig die Botschaft reinreiben.

Denk dran, er leidet in diesem engen Käfig, kein Puma sollte hinter Panzerglas leben müssen. Durch die Elektrodrähte kann er nicht mal richtig den Himmel sehen! Und du bist die Auserwählte, die ihm helfen kann.

Es funktionierte, die Kanadagans strahlte nun wieder Mitleid und Stolz in alle Richtungen ab. Irgendwann würde sie in dieser verdammten Schule sicher noch lernen, ihre Gedanken und Gefühle abzuschirmen.

Ich tue mein Bestes, damit Sie ihn möglichst bald rausholen können – aber er muss schwören, dass er nie wieder versucht, Menschen zu schaden, sagte Kimberley und Rebecca gönnte ihr ihr schönstes Lächeln.

Natürlich wird er das schwören, er hat sich wirklich gewandelt. Und du bist eine echte Tierfreundin!

Klar, bin ich auf jeden Fall – und seit ich weiß, dass ich selbst ein Tier bin, noch viel mehr, meinte Kimberley und breitete die Schwingen aus. *Ich muss jetzt los. Bis demnächst!*

Seither hatte die Gans sich nicht zurückgemeldet, das war ärgerlich. Es bedeutete, Rebecca würde noch ein paar Tage lang in der Stadt bleiben müssen. Wo konnte dieses verdammte Buch sein? Leider war die Frau, die es besaß, extrem vorsichtig. Weder Rebeccas noch Andrews Getreue wussten bisher, ob sie eine Woodwalkerin war oder wo sie sich befand. Sie würde einen Hacker beauftragen, Johnsons Mail-Konto zu knacken – dann hatte sie die Mailadresse dieser Frau und konnte selbst mit ihr verhandeln.

»Mist, anscheinend hat dieser verdammte Puma seine Nummer geändert!«, brummte die Bären-Wandlerin, die neben ihr herging. »Gerade wollte ich ihm mal wieder schreiben, was wir von ihm halten, aber das hat nicht geklappt.«

Niemand achtete auf sie. Ihr Begleiter – Sergej, ein Luchs-Wandler aus der Selbsthilfegruppe und ehemaliger Army-Soldat – blickte Rebecca an und nur sie. »Das wird eine große Sache, stimmt's? So groß wie der Tag der Rache?« Er klang ehrfürchtig.

»Mindestens«, sagte Rebecca und lächelte ihn an.

Brandon

Ungeduldig trippelten die Polarfüchse um ihn herum. *Worauf wartest du, Brandon? Komm schon! Wir sind bestimmt gleich bei ihm!*

Doch Brandon nahm sich die Zeit, sich umzuschauen, sein Nacken kribbelte. Er war doch hier nicht in Afrika, was hatte Löwengeruch in einer Kleinstadt mitten in den Rocky Mountains zu suchen? Es gab in den USA ziemlich viele Zoos mit Löwen. Nur nicht hier und im Umkreis von ungefähr fünfhundert Meilen.

He, Moment mal, sagte Jonne plötzlich, sein Fell hatte sich gesträubt. *Hier war ein Löwe, richtig? Habt ihr schon gewusst, dass der wissenschaftliche Name von Löwen* Panthera leo *lautet?*

Ja und? Neugierig blickte Lotta sich um. *Wie krass, ein Löwe – bist du deswegen so nervös, Brandon?*

»Ja«, sagte Brandon kurz – und zuckte zusammen, als sein Blick eine Frau streifte, die ihm bekannt vorkam. Es dauerte einen Moment, bis er sich sicher war, weil sie ihre Haare fuchsrot gefärbt hatte. Aber dann wusste er Bescheid.

Wer ist das? Jonne und Lotta hielten sich eng neben ihm; zum Glück taten sie ihr Bestes, um in Gedanken zu flüstern.

Rebecca Youngblood, eine Löwen-Wandlerin, würgte Brandon hervor. *Angeblich Nachfahrin ägyptischer Götter und der Sphinx. Sie hat versucht, im Fernsehen das Geheimnis der Woodwalker zu lüften.*

Auch Lottas Fell hatte sich gesträubt. *Davon hat Mama mal erzählt, weißt du nicht mehr, Jonne? Zum Glück dachten alle, es sei ein Trick.*

Eins war klar, diese Frau war gefährlich. Carag hatte ihm erzählt, wie knapp er und Miss Clearwater überlebt hatten, als sie der Youngblood einmal in die Falle gegangen waren.

Sie jetzt so nah vor sich zu sehen, war unheimlich. Drei Begleiter – ein durchtrainierter blonder Typ, ein muskelbepackter Bodyguard im Business-Anzug und eine füllige Frau – waren bei ihr.

Kennst du die Leute, die bei ihr sind?, fragte Jonne. *Der eine riecht nach Luchs.*

Fast unmerklich schüttelte Brandon den Kopf. Oh nein, jetzt wandte sich die Youngblood um, scannte die Umgebung. Hatte sie gespürt, dass fremde Wandler in der Nähe waren, oder hatte er seine Gedanken schlecht abgeschirmt? Zum Glück kannte sie zwar Carag, hatte aber seine Freunde nie gesehen.

Sie schaut in unsere Richtung, zischte Brandon und versuchte völlig verkrampft, so zu tun, als sei alles in bester Ordnung. Er war ziemlich sicher, dass das Ergebnis alles andere als brillant war. *Tut so, als wärt ihr Hunde, klar?*

Klar, flüsterte Lotta ein bisschen eingeschüchtert, lief neben ihm und versuchte zu wedeln. Jonne hob sogar das Bein an einem Baum; er hatte ein bisschen Mühe, dabei das Gleichgewicht zu halten.

Brandon verkrampfte sich noch mehr. Großer Gott, da war Terry! Eindeutig zur falschen Zeit am falschen Ort. Er lief vor der Löwen-Wandlerin über den Bürgersteig und schnupperte an einem Mülleimer. Da, jetzt hatte er anscheinend gemerkt, dass etwas nicht stimmte. Terry hob den Kopf, sog die Luft ein und begann zu knurren.

Terry? Ich bin's, Brandon. Tu bitte so, als sei alles in Ordnung, flüsterte Brandon verzweifelt. *Bitte, es ist wichtig!*

Immerhin war Terry jetzt aufmerksam geworden. *He, Brandon, bist du hier, hast du mich gerufen?* Der Hunde-Wandler schaute sich um.

Geh dieser rothaarigen Frau aus dem Weg und tu dabei so, als hättest du sie gar nicht bemerkt! Brandon flüsterte ihm in den Kopf, so intensiv er konnte. *Beeil dich!*

Was war, wenn das zu sehr als Befehl rübergekommen war? Wenn Terry aus purem Trotz das Gegenteil tat?

Na gut, kann ich machen, kam es zurück und Brandon fühlte sich ganz schwach vor Erleichterung. Der wuschelige Mischling trottete über den Bürgersteig und tat dabei so, als würde er zu einem älteren Ehepaar gehören. Es steuerte mit gezückter Kamera gerade auf den aus Wapitigeweihen gebauten Bogen zu, unter dem sich hundert Prozent aller Touristen in Jackson fotografieren ließen.

Brandons Herzschlag beruhigte sich wieder etwas. Nein, in aller Öffentlichkeit hätte die Youngblood dem Kleinen sicher nichts angetan. Aber er war trotzdem froh, dass sie Terry, die Fuchsgeschwister und ihn anscheinend nicht bemerkt hatte. Gerade entschwand die Löwenfrau mit ihren Begleitern um eine Straßenecke. Uff.

Lotta, Jonne und er stürzten sich auf Terry und umarmten ihn. »Es tut mir so leid, dass ich keine Zeit für dich hatte, als du mit mir reden wolltest«, sagte Brandon. »Wieso bist du abgehauen? Es geht dir nicht gut, oder?«

Nein, nicht so sehr, sagte Terry und wedelte schwach. *Schule kann ganz schön blöd sein, wenn man so ist wie ich, weißt du?*

Das war auch die letzte Gelegenheit, mit ihm unter acht Augen, also wenigstens halbwegs privat, ein paar Worte zu tauschen. Schon stürzte das für die Stadt zuständige Suchteam – Nimble und Leroy – auf sie zu. Außerdem kam Kimberley, die stolze Entdeckerin, aus dem Himmel herabgerauscht. Alle redeten aufgeregt durcheinander und dann fuhr auch schon das Schul-Auto mit Miss Clearwater am Steuer vor.

Was ihre Schulleiterin wohl dazu sagen würde, dass die Youngblood hier war – eine Frau, die mit ihrem Rudel von Löwen-Wandlern versucht hatte, sie zu töten? Ich erzähle es ihr, sobald ich mit ihr allein sprechen kann, entschied Brandon instinktiv. Außerdem muss Carag es wissen, am besten jetzt gleich!

Carag

Schon wieder rief Brandon an. Dabei lauerten wir immer noch vor dem Laden auf unsere Gelegenheit. Palmen, Sonnenschein, vorbeischlendernde Leute in bunten Shorts – Florida war eine andere Welt als die verschneiten Rocky Mountains. »Ja, was ist?«, fragte ich meinen besten Freund.

»Tut mir leid, dass ich störe.« Brandons Stimme klang fester als vorher. »Aber es ist wichtig. Letzte Nacht ist Terry abgehauen, aber das ist kein Problem, wir haben ihn gerade hier in Jackson gefunden ...«

Oh nein, das klang schrecklich! »Was? Terry ist ...?«

»Ja, aber alles gut, wir haben ihn. Ich rufe an, weil Rebecca Youngblood hier ist, hier in Jackson! Gerade habe ich sie gesehen, sie ist es. Eindeutig.«

Es fühlte sich an, als hätte jemand versucht, mir mehrere Tasthaare gleichzeitig auszureißen. Im ersten Moment brachte ich kein Wort heraus. Schon fragten Tikaani und Holly neugierig: »He, Carag, stell doch laut ... was gibt's?«

Ich entschied mich spontan. Besser, ich erzählte das den anderen erst später. Vielleicht würden wir heute Nacht zusammen mit Tiago, Shari und Finny den Umweltvergiftern auflauern. Unsere Nerven waren sowieso schon gespannt wie Zaundraht.

Also sagte ich zu Brandon nur: »Sag es Miss Clearwater und Mr Bridger – sie werden wissen, was zu tun ist. Was war los mit Terry, erzähl! Und kann ich kurz mit ihm sprechen?« Terry klang noch ein bisschen bedrückt. Ich musste unbedingt richtig mit ihm reden, wenn wir wieder daheim waren.

Nachdem wir uns verabschiedet hatten, berichtete ich den anderen, was unser Lieblings-Ersti diesmal angestellt hatte.

»Gut, dass unsere Leute ihn so schnell gefunden haben, das ist genial – wir müssen uns ein ganz großes Dankeschön für Kimberley überlegen«, sagte Tikaani.

Ich nickte und zwang mich zu einem Lächeln, um die anderen nicht zu beunruhigen. Selbst wenn das heute Nacht klappte mit dem Gangsterfang – Holly hatte ja auch Geburtstag, sie wollte zusammen mit Finny feiern. Ich konnte ihr unmöglich die Party verderben. Aber ich selbst fühlte mich, als hätte ich Fichtennadeln im Blut. Total zappelig und unruhig.

Rebecca Youngblood war in meinem Revier!

Was hatte sie vor? Und hatte das irgendwas mit diesem geheimnisvollen Schneeleoparden zu tun, den wir neulich gesichtet hatten? Oder mit dem mysteriösen Buch, das der Rat anscheinend noch immer nicht hatte kaufen können?

Kojote, Hund und Co.

Als Tikaanis Vater uns aus Florida heimgeflogen und wir uns von ihm verabschiedet hatten, gab es noch mehr zu erzählen als vorher.

»Wir haben es hingekriegt! Zusammen mit den Blue-Reef-Leuten haben wir die Typen erwischt, die in Florida Giftmüll in die Landschaft gekippt haben«, berichtete ich Brandon und Mia, die uns zusammen mit Theo vom Flughafen abgeholt hatten.

»Und noch besser, ich hab mich verliebt!«, verkündete Holly strahlend. Sie umklammerte den Topf mit ihrem kleinen Nussbaum, ihr wichtigstes Geburtstagsgeschenk.

»In wen? Einen Fisch?«, fragte Mia neugierig. Sie roch ein bisschen nach Katze, ich musste sie daran erinnern, mal wieder zu duschen.

»Nein, in einen sehr, sehr wunderbaren Delfin«, informierte sie Holly. Was meiner Schwester auch nicht wirklich weiterhalf, weil die Gelegenheiten, einen Delfin zu sehen, in den Rocky Mountains doch etwas knapp sind. Kein Problem, schon zückte meine Hörnchenfreundin ihr Handy und wischte durch ungefähr zehntausend Noah-Fotos. Noah war ein Schwarzdelfin in zweiter Gestalt und ging so wie Tiago und Shari auf die Blue Reef High; er war ein Maori aus Neuseeland und ein wirklich interessanter Kerl, wie ich fand.

Mia staunte. »Sieht immerhin ein *bisschen* aus wie ein Fisch«, meinte sie und fügte schnell hinzu: »Natürlich nur in zweiter Gestalt«, bevor Holly sich aufregen konnte.

»Außerdem hatten wir eine großartige Party, bei der Carag als Tiger rumgelaufen ist«, erzählte Tikaani. »Eine nicht *ganz* überzeugende Verkleidung ...«

Holly quiekte bei der Erinnerung. »Haha, ja, er sah aus wie ein Puma mit Grillstreifen!«

Tiger ... das erinnerte mich leider an die Löwen-Wandlerin, die sich noch vor Kurzem hier herumgetrieben hatte. Brandons und meine Augen trafen sich und ich wusste, dass wir so bald wie möglich eine Krisensitzung abhalten mussten.

An der großen Eingangstür lungerten zwei Schüler herum, Shadow hockte als Rabe auf dem Clearwater-High-Schriftzug und Berta hatte es sich auf einem Stuhl neben dem Eingang bequem gemacht. »Ihr seid aber kein Empfangskomitee, oder?«, fragte ich verblüfft.

»Oder muss man seit Neustem Eintritt zahlen, wenn man hier reinwill?« Holly grinste.

»Nee, nee, wir halten Wache, sieht man das nicht?«, antwortete Berta gut gelaunt.

Keine schlechte Idee.

Wir hatten längst erfahren, dass es Kimberley gewesen war, die meinen Schützling wiedergefunden hatte. Als wir sie in der Eingangshalle trafen, umringten wir sie begeistert. »Die Fliegerstaffel kann froh sein, dass sie dich hat«, sagte ich, Tikaani klopfte ihr anerkennend auf die Schulter und Holly lobte: »Nussige Arbeit!«

Obwohl Kimberley etwas verlegen wirkte, schien sie sich sehr zu freuen. »Ach, das hätte doch jeder getan ... ich hab mir solche Sorgen gemacht, Terry ist ein wirklich toller Kerl.«

Bisher hatte ich sie kaum wahrgenommen, weil sie eher ruhig war, aber nun fand ich sie wirklich nett. »Wenn du Lust hast, schau gerne mal in unserem Baumhaus vorbei«, meinte ich und Kimberleys Augen leuchteten auf.

Brandon und ich gingen hoch zu unserem Zimmer, wo ich mein Gepäck in eine Ecke warf. »Tut mir echt leid, dass mein Schützling Probleme gemacht hat. War's sehr schlimm für dich?«

»Nein, nein, alles bestens«, sagte Brandon, er wirkte ein bisschen verlegen. »Wäre gut, wenn du bald mit Terry quatschen würdest.«

»Mache ich so bald wie möglich«, erwiderte ich, versprach, ihm bald alles über unsere neusten Florida-Abenteuer zu erzählen, und ging erst mal James Bridger suchen. Mein Lieblingslehrer trug seine schickste Jeans und sein bestes kariertes Hemd, seine Cowboystiefel rochen nach Lederpolitur. Was hatte er an diesem Sonntag noch vor?

»Carag!«, rief er, als er mich sah, und wir umarmten uns spontan. »Wie gut, dass euch nicht passiert ist dort in Miami. Ich hoffe, du machst kein neues Hobby aus dem Gangsterfangen ...«

»Nein, nein, dafür sind eher Tiago und die anderen Seawalker zuständig«, meinte ich. »Was sagen Sie dazu, dass die Youngblood in der Stadt ist? Und gibt's was Neues von dem alten Buch, durch das Milling seine erste Gestalt zurückbekommen könnte?«

»Psst, leise.« Bridger sah sich im Flur um und schloss dann erst die Tür. Er senkte die Stimme. »Als Brandon uns davon erzählt hat, ist Lissa sofort in die Stadt aufgebrochen, um die Youngblood zur Rede zu stellen. Doch dort war sie nicht mehr aufzufinden. Alles höchst verdächtig. Lissa hat alle Sicherheitsmaßnahmen verschärft. Das gilt so lange, bis wir sicher sind, dass sie abgereist ist.«

Ah, deshalb also die Wachen. »Und das Buch?«, fragte ich nervös.

Wortlos zeigte er mir den Ausdruck einer Mail, die er in einem Stapel Mathematikarbeitsblätter versteckt hatte.

Sehr geehrte Mr Bridger und Mr Johnson, danke, dass Sie zweihunderttausend Dollar für das Buch zahlen wollen. Deshalb bin ich auch ganz ehrlich und sage Ihnen, dass mir gerade erst jemand eine halbe Million dafür geboten hat. Eine Dame, die behauptet, eine Löwen-Wandlerin zu sein. Sie werden sicher verstehen, dass ich lieber auf dieses deutlich höhere Angebot eingehe. Ich verkaufe es keineswegs aus Gier, ich brauche das Geld wirklich.
Eine Frau, die anonym bleiben möchte

»Beim großen Gewitter!«, sagte ich. »Woher weiß die Youngblood überhaupt, dass es dieses Buch gibt?«

»Es muss eine undichte Stelle geben – im Rat oder hier an der Schule.« Mr Bridger wirkte verkniffen. »Das ist eine Katastrophe! Ah, Moment, da kommt eine neue Mail von Johnson an die Unbekannte – er hat sie in Kopie an mich geschickt.«

Bitte tun Sie das nicht! Es sind Leute mit krimineller Energie, die Ihnen dieses Angebot gemacht haben! Eben habe ich mir die Genehmigung von unserem Schatzmeister geholt – der Rat bietet Ihnen ebenfalls eine halbe Million Dollar für das Werk. Lassen Sie uns bitte einen Ort und eine Zeit für die Übergabe ausmachen.
David Johnson, Vorsitzender des Woodwalker-Rates USA

Völlig verkrampft warteten wir darauf, dass die Unbekannte antwortete. Aber es kam nichts.

Wenn ich auf Jagd bin, kann ich geduldig warten, doch zu allen anderen Zeiten fällt mir das schwer. Ich wollte etwas tun, irgendetwas – aber mir fiel nichts ein. Die Unbekannte musste das Buch einfach an den Rat verkaufen, sie *musste!*

»Wieso könnte die Youngblood bei uns in der Gegend gewesen sein?«, fragte ich.

»Alle Möglichkeiten, die mir einfallen, sind leider unangenehm. Vielleicht will sie Rache an Lissa?« Bridger knetete einen Baseball, mit dem er und sein Sohn Joe hin und wieder in Kojotengestalt spielten. Man sah dem Ding an, dass es schon viele Zähne zu spüren bekommen hatte. »Unsere Leute halten weiterhin Ausschau nach ihr und überprüfen die Gegend auf ihre Witterung, Bill Brighteye war gestern die ganze Nacht unterwegs.«

»Gut«, sagte ich und seufzte. Zum Glück hatte sich Mr Brighteye völlig von seiner Verletzung erholt, die er am Tag der Rache abbekommen hatte – er war von Mr Goodfellow, unserem kriminellen ehemaligen Sprachenlehrer, in seiner Grizzlygestalt zu Boden geschmettert worden, was ihm mehrere Rippen gebrochen hatte. Doch inzwischen ging es ihm wieder gut und Wölfe konnten in einer Nacht große Entfernungen zurücklegen. Ihm würde kaum etwas entgehen, was sich in der Gegend tat.

Noch immer keine Antwort auf die Mail mit dem Gegenangebot. Eulendreck, ich hielt das nicht aus!

»Das ist ein schlechtes Zeichen, oder?«, fragte ich verzweifelt.

»Die Unbekannte wird sicher noch antworten ... wahrscheinlich muss sie noch drüber nachdenken.« James Bridger griff zum Telefon, um mit dem Ratsvorsitzenden zu reden. Der klang stinkwütend. »Wie es aussieht, ist mein Mailaccount gehackt worden. Ganz üble Sache!«

Erschrocken blickten James Bridger und ich uns an.

»Unsere Computerleute sind dabei, alles wieder neu einzurichten und abzusichern, doch wir wissen nicht, wie viele Informationen nach draußen gelangt sind«, fuhr Mr Johnson fort. »Aber für den Fall, dass die Youngblood es schafft, das Buch in ihre Hände zu bekommen, lasse ich Andrew Milling an einen geheimen Ort verlegen. Wenn sie ihn nicht rausbekommt, nützen ihr die Verwandlungsformeln nämlich wenig.«

Mir war ein bisschen leichter ums Herz. »Gut«, flüsterte ich meinem Lieblingslehrer zu. »Und vielleicht antwortet die Unbekannte ja noch.«

Er nickte und holte tief Luft. »Bestimmt.«

Noch einmal beäugte ich Mr Bridger. »Schickes Hemd übrigens. Gehen Sie noch aus?«

»Äh, ja«, kam es zurück. »Wenn es hier keine neuen Entwicklungen gibt, gehe ich in der Stadt was essen.«

»Mit wem denn?« Katzen sind furchtbar neugierig.

»James, bist du so weit? Können wir los?« Es war die Stimme von Lissa Clearwater. Soso!

»Du redest jetzt wahrscheinlich mit Terry?«, fragte mich James Bridger. »Ich mag ihn wirklich, aber er macht es uns nicht leicht. Lissa überlegt, ob sie ihn nicht besser von der Schule nehmen soll. Vielleicht hat er es bei einem Privatlehrer leichter.«

Obwohl ich vor Kurzem noch das Gleiche gedacht hatte, war ich bestürzt. Terry gehörte hierher, zu den Leuten, die ihn mochten! Außerdem waren Tabitha und er wirklich gut befreundet. Wahrscheinlich machte auch sie die Flatter, wenn er gehen musste, und das würde Brandon das Herz brechen.

Ich fand Terry auf dem Bett in seinem Zimmer, das er sich mit Jonne teilte. Der Polarfuchs war nirgendwo in Sicht – vielleicht testete er, ob man auf den zugefrorenen Seen schon Eishockey spielen konnte.

»Hey«, begrüßte ich Terry und immerhin wedelte er, als er mich sah. »Wie geht's dir? Du überlegst aber nicht, wann du wieder abhauen könntest, oder?«

Nein, behauptete er.

Pech für ihn, dass man von Kopf zu Kopf leichter wahrnehmen kann, wenn jemand lügt. »Terry! Bitte nicht! Was ist los?«

Die Lehrer mögen mich nicht, weil ich nicht richtig gehorche. Er klang trotzig. *Aber ich hasse es nun mal, wenn man mich herumkommandiert!*

Das wüsste ich aber, wenn die Lehrer etwas gegen dich hätten – eben hat Mr Bridger zu mir gesagt, dass er dich mag, versicherte ich ihm.

Terry hob den Kopf. *Oh echt?*

Instinktiv hatte auch ich in die Gedankensprache gewechselt. *Ja. Bill Brighteye gibt uns Befehle, manchmal sogar ganz schön lautstark, aber beim Kampf muss es schnell gehen, da darf man nicht diskutieren. Das weißt du noch von unserer Beißerei mit dem wilden Wolfsrudel, oder?*

Mit schief gelegtem Kopf blickte der grau-weiße Mischling mich an. Es sah urkomisch aus, doch mir war gerade nicht nach Lachen zumute. *Hm, vielleicht hast du recht. Aber Mr Ellwood, der …*

… der ist für alle ein Problem, sagte ich schnell. *Auch für meine Schwester, mich und andere.*

Da Lous Gespräch mit ihm offenbar nichts gebracht hatte,

hatten Holly, Tikaani und ich auf dem langen Flug versucht, Ideen fürs »Zurücktyrannisieren« zu finden. Doch über so was wie Schleim auf seinem braunen Lieblingsjackett und ähnliche Nettigkeiten waren wir nicht hinausgekommen. Wir brauchten eine Zwischenlösung für Terry, und das schnell.

Dann hatte ich etwas, was die Menschen einen »Geistesblitz« nennen.

»Du könntest ihn so richtig heftig überraschen«, sagte ich. »Sodass er sich kaum noch einkriegt! Vielleicht setzt er sogar eine Ladung Dung in seine Hose!«

Terry sprang auf und saß auf einmal gerade wie ein Streifenhörnchen, das Ausschau hält. Ein Kichern hallte durch meinen Kopf. *Wie? Wie? Sag mir schnell, wie?!*

Du könntest dich zum allerersten Mal verwandeln, und zwar direkt vor seiner Nase!

Meinst du wirklich? Terrys Schlappohren sanken wieder ein Stück tiefer.

Ich atmete einmal tief durch. Dann sagte ich laut: »Lass uns wetten. Wenn ich die Wette verliere, dann esse ich eine Spinatbombe!«

Das war eine sehr riskante Wette, aber verdammt noch mal, er war mein Schützling und ich hatte ihn zweimal für einen Florida-Abstecher zurückgelassen.

Da Terry bei Dorians Aktion dabei gewesen war, wusste er genau, was eine Spinatbombe war. Begeistert jaulend, versuchte er, die Matratze des Betts als Trampolin zu benutzen. *Ja gut! Das machen wir! Sehr wolfig! Am Montag haben wir eine Doppelstunde Verwandlung mit euch zusammen, da werd ich's tun.*

Wir übten noch ein paarmal im Zimmer, wie man sich verwandelt, damit er bereit war, wenn es morgen ernst wurde. Noch lief seine Verwandlung ziemlich stockend ab, aber nachdem ich ein Foto seiner Menschengestalt aufgenommen hatte und er es sich anschauen konnte, ging es besser.

Als Brandon von meinem Plan hörte, sagte er: »Hast du in Florida einen Sonnenstich abbekommen?«

»Ach, lass ihn doch«, meinte Tikaani. »Spinatgrün steht ihm bestimmt gut.«

Ich verzog das Gesicht und machte mich auf den Weg zu Lou, um sie um einen kleinen Gefallen zu bitten. Als es dunkel war, entdeckte ich sie mit Wing und Viola draußen auf der Wiese. Lou gönnte sich als Wapiti ein paar Grashalme und Wing hockte als Rabe auf ihrem Rücken. Viola – gerade eine weiß-braune Ziege – starrte fasziniert nach oben. *Schaut mal, wie toll der Mond heute aussieht. Ich kann das Mare Imbrium erkennen!*

Mir fiel ein, dass sie sich für Astronomie interessierte. »Was soll das denn sein?«

Ein Meer, informierte mich Viola, ohne mich anzusehen. *Aber ohne Wasser, nur mit viel alter Lava darin.*

Beeindruckt sah ich sie an. Ihre zweite Gestalt täuschte manchmal darüber hinweg, wie klug sie war. »Lou, kann ich dich kurz sprechen?«, sagte ich zu unserem Wapitimädchen und wir zogen uns ein paar Schritte zurück, damit ich ihr etwas ins lange, pelzige Ohr flüstern konnte. Um Lous Maul spielte ein Lächeln. *Kein Problem,* sagte sie. *Krieg ich hin.*

Noch immer keine Antwort von der Unbekannten, der das mysteriöse Buch gehörte. Nachdem Mr Johnson sein Angebot erhöht hatte, war sie völlig verstummt. Was war da los? War ihr etwas passiert? Hatte die Youngblood irgendwie rausbekommen, wer sie war, und sie überfallen? Ungeduldig warteten wir weiter auf ein Lebenszeichen.

Erst der Schreck, dann der Neid

Am Montag war es so weit, Terrys Auftritt stand bevor. Wir hatten gemeinsam mit den Erstis eine Doppelstunde Verwandlung. Brandon winkte Felix zu, seinem Schützling, ich schenkte Terry ein nettes Lächeln und Holly klatschte sich mit Tabitha ab. Verstohlen nickte ich Lou zu, die sich in der Nähe ihres Vaters niedergelassen hatte. Wir quatschten kurz, verstummten aber sofort und setzten uns brav ins Gras, als Mr Ellwood in den Innenhof kam, seine Aktentasche gegen einen Baum lehnte und sich hinter seinen Tisch setzte.

»Heute nehmen wir Fernrufe durch – ihr werdet schnell merken, wie oft man die braucht«, kündigte Mr Ellwood an … und stockte, denn neben seinem Tisch, kaum eine Armlänge von seinen Füßen entfernt, saß plötzlich ein kniehoher Mischlingshund. »Terry, würdest du dich bitte …«

Aus dem Hund wurde in rasender Geschwindigkeit ein nackter, etwa zwölfjähriger Junge, der aus voller Kehle »Überraschung!« brüllte, die Arme nach oben warf und in einem Riesensatz in die Höhe hüpfte.

Mr Ellwood sprang vor Schreck ebenfalls ziemlich hoch und wich so heftig zurück, dass sein Stuhl umkippte. Ich wartete gespannt, und ja, jetzt waberte auch der Duft nach Wapitidung durch den Innenhof! Terry grinste noch breiter und ich war erleichtert. Kein Spinat für mich, den sieben Gipfeln sei Dank.

»Was für eine ... schöne Überraschung ... Terry«, sagte Mr Ellwood freundlich, als er sich etwas erholt hatte. Er stellte seinen Stuhl hin und setzte sich wieder. Eigentlich war er ja zu Anfängern sehr nett und ich war froh, dass er Terrys Leistung zu würdigen wusste. »Das lief ja schon richtig gut. Felix, bringst du ihm bitte ein Handtuch? Vielleicht kannst du uns die Verwandlung nachher noch mal zeigen, Terry, wenn wir den Fernruf durchgenommen haben.«

»Klar, mach ich. Freut mich, dass es Ihnen gefallen hat.« Nach einem neugierigen Blick auf Mr Ellwoods Hose marschierte Terry in bester Laune zu seinem Platz neben mir zurück.

Leider hatte er nicht nur eine gute Nase, sondern auch gute Ohren. Nicht nur ich, auch Terry hörte das Geräusch, als Lou die Tupperdose mit ihrem Wapitidung wieder zumachte. Schon schoss mein Schützling quer durch den Innenhof, zerrte ihr die Dose aus der Hand und schaute hinein. Dann warf er mir einen anklagenden Blick zu. »Alles Beschiss!«

»Lou, warum um alles in der Welt trägst du eine Dose mit Dung mit dir herum?«, donnerte Isidore Ellwood. »Terry, setz dich bitte, ich würde jetzt wirklich gerne mit dem Unterricht beginnen!«

Immerhin, er setzte sich tatsächlich und verwandelte sich brav ein zweites Mal, als Mr Ellwood ihn darum bat. Ein Wunder. Wir jubelten und klatschten und Terry sah ausnahmsweise so aus, als würde er sich bei uns so richtig wohlfühlen. Felix hatte ihm aus der Kleiderkammer der Schule ein etwas ausgeleiertes Jogging-Outfit besorgt und Terry wirkte sehr zufrieden, als er zum ersten Mal richtig mit uns am Tisch sitzen und Würstchen mit Kartoffelbrei mitessen konnte.

Aber die Vorwürfe bekam ich trotzdem. »Du hast mich angeschwindelt, er hat sich gar nicht in die Hose gemacht!«

»Ja, tut mir leid, ich dachte, das wäre witzig. Aber er war richtig heftig überrascht, oder?«, fragte ich zurück.

»Stimmt – na gut, ich verzeihe dir«, sagte Terry und grapschte sich zwei Würstchen von meinem Teller. »Aber Strafe muss sein! Du musst eine ganze Schale Spinat essen, und zwar zum Nachtisch.«

Ich überlebte es. Aber es war knapp.

Jeden Tag hoffte ich auf Nachricht, ob es dem Rat gelungen war, das alte Buch, das auf Cherokee geschrieben war, zu erwerben. Auch die Rabenzwillinge, die ja ebenfalls darüber Bescheid wussten, waren so nervös deswegen wie Mr Bridger und ich. »Wieso meldet die Unbekannte sich nicht, was kann passiert sein?«, fragte ich.

»Vielleicht hat die Youngblood sie umgebracht und sich das Buch ›kostenlos‹ geholt«, meinte Shadow.

Wing verzog das Gesicht. »Wir werden es merken, wenn sie es hat – an den schlechten Nachrichten.«

»Selbst wenn sie es hat ... sie wird Andrew Milling nicht finden, der Rat hat ihn an einem sicheren Ort untergebracht«, flüsterte ich ihnen zu. Doch das beruhigte uns alle nur ein bisschen.

Anfang Oktober, als es bei uns allmählich richtig kalt wurde, bekam ich durch Tiagos Mails mit, dass er, Shari, Jasper und die anderen Blue-Reef-Leute es gerade mit einem Hurrikan zu tun bekamen. Wir saßen vor dem Fernseher, machten uns Sorgen und gruselten uns, als wir die Fernsehbilder von umgestürzten Palmen und weggefetzten Hausdächern sahen. Zwei Tage später kam die nächste Bitte um Hilfe der Blue Reef High – mit der schlechten Nachricht, dass Noah noch vermisst wurde.

»Oh nein, ich muss sofort los!«, jammerte Holly, die in keiner Gestalt mehr still sitzen konnte. »Jetzt sofort! Los, kommt! Nein, es kann nicht sein, dass er tot ist, das hätte ich gespürt.«

Diesmal kam Lissa Clearwater persönlich in unsere Klasse. »Mein Sohn Jack und seine Blue Reef Highschool könnten unsere Unterstützung gebrauchen. Wer mag diesmal hinfliegen? Tikaanis Vater kann euch gerade nicht transportieren, aber mein Onkel ist mit seinem Kleinflugzeug da, er würde euch hinbringen.«

Sofort schossen ein paar Arme hoch, darunter der von Frankie (der war als Otter schließlich ein Wassertier) und der von Jeffrey. Und natürlich die von Tikaani, Holly und mir.

»Aber ich sag euch gleich, es wird diesmal harte Arbeit. Die Schule ist vom Hurrikan beschädigt worden und es muss hauptsächlich repariert, aufgeräumt und geputzt werden«, warnte unsere Schulleiterin. »Außerdem müssen unsere Abgesandten diesmal am normalen Unterricht teilnehmen, damit sie nicht zu viel versäumen.«

Schon sanken die meisten Arme wieder nach unten, auch Jeffrey hatte schlagartig das Interesse verloren. Miss Clearwater lächelte, als sie sah, dass Holly den Arm noch immer kaum hoch genug recken konnte und schnipste, als hinge ihr Leben davon ab. Auch Tikaani und ich hatten mit keiner Wimper gezuckt, unsere Finger stachen Löcher in die Luft. Inzwischen waren Terry und Mia gut »angekommen« in der Clearwater High, ich konnte riskieren, noch mal wegzufahren.

»Sieht aus, als wärt ihr drei wieder an Bord«, sagte unsere Schulleiterin und lächelte uns an. Doch das ging einigen Leuten quer runter, das konnte ich sehen.

»Schon wieder«, murrte Leroy, obwohl er sich nicht mal freiwillig gemeldet hatte.

»Urlaubskater«, hörte ich jemanden sagen.

Noch einmal ergriff Lissa Clearwater das Wort. »Ich weiß, das erscheint manchen von euch nicht fair. Vor allem, weil ein Ratsmitglied persönlich Carag eingeladen hat, im Dezember an der neuen Wandler-Highschool in Kalifornien vorbeizuschauen. Und ich das auch genehmigen werde.«

Das Murmeln und Murren wurde lauter. Allmählich kam ich mir vor wie der letzte Bettvorleger. War es klug von Miss Clearwater, mir so viel zu erlauben? Auf keinen Fall wollte ich, dass meine Klassenkameraden gegen mich waren! Ich würde zumindest auf diese Sache in Kalifornien verzichten und hierbleiben.

Doch so schnell ich auch den Mund öffnete, unsere Schulleiterin war schneller. »Keine Sorge, ich habe eine schöne Ankündigung, die euch alle betrifft. Im Frühjahr machen die Drittjahresschüler einen Austausch nach Südfrankreich und eure ganze Zweitjahresklasse darf zur Narawandu School in Namibia fahren! Dort werden junge Woodwalker aus ganz Afrika unterrichtet.«

Überall in der Klasse sah ich staunende und begeisterte Gesichter. Wie katzig war das denn! Das würde bestimmt genauso gut werden wie unser erster Austausch nach Costa Rica. Heimlich hatte ich schon gehofft, dass unsere Klasse nach Afrika reisen würde, weil auch der Jahrgang vor uns mit Miss

Clearwater und Begleitlehrer James Bridger in dieser Schule gewesen war und es allen super gefallen hatte.

»Einer der Lehrer, ein Wandler namens Kiano Magoro, hat uns schon einen Stapel Briefe der Schüler für euch geschickt«, erzählte Lissa Clearwater und las vor: *»Vieles bei uns wird ungewohnt für euch sein, so wie meine nicht gerade kleine zweite Gestalt und manche Fächer, die es bei euch nicht gibt. Aber wenn ihr ohne Angst und mit offenem Herzen zu uns kommt, wird es eine schöne Zeit für alle werden.«*

Anschließend teilte sie uns aus, was die Schüler uns geschrieben hatten. »Ich gebe euch zehn Minuten, um euren Brief in Ruhe zu lesen.«

Neugierig riss ich meinen auf und las:

Hi, allerseits! Wir freuen uns unheimlich auf euch. Hab schon mal sämtliche Skorpione in der Gegend erledigt, damit keiner von euch reintritt. Ich bin eine Zebramanguste – falls du nicht weißt, was das ist, ist Wikipedia dein Freund! Aufgewachsen bin ich als Mensch in Angola, und weil ich bisher nur Privatlehrer*innen hatte, finde ich es sehr cool, auf eine richtige Schule gehen zu können. Könntest du mir eine Minzsorte aus deiner Gegend mitbringen? Viele Grüße, Fee (eigentlich Felicitas)

»Sie kann Skorpione erledigen«, sagte ich beeindruckt zu Holly, doch die wirkte überhaupt nicht beeindruckt und schwenkte ihren Brief wie eine Fahne. »Meiner kann noch viel mehr – er heißt Ben, ist schon in der ganzen Welt herumgekommen, macht viel Sport und ist ein echter Löwe!«, prahlte sie. »Wahrscheinlich könnte er sogar Brandon reißen, wenn er wollte.«

»Wie, und ich bin kein echter Löwe?«, fragte ich beleidigt.

»Wenn er versucht, mich zu reißen, bekommt er die Einhorn-Spezial-Behandlung«, kündigte Brandon an und öffnete gespannt seinen eigenen, mit Glitzer verzierten Austauschschüler-Brief, auf dem sogar *Für Brandon* stand.

»Echter Löwe heißt: mit Mähne und ungefähr dreimal so groß wie du«, informierte mich Holly. Ich lächelte ein bisschen verkrampft. Seit ich mich mit Rebecca Youngbloods Leuten angelegt hatte, wusste ich nur zu gut, wie ein Löwe aussah. Mehrere davon hatten schon versucht, mich zu töten.

»Jetzt zeig mal deinen Brief«, drängte Tikaani meinen besten Freund. Doch Brandon schüttelte den Kopf und versuchte, sich den Brief in die Tasche zu quetschen. Dafür war das Ding allerdings ein bisschen zu groß.

»Ach komm, gib schon her.« Ich rammte ihn freundschaftlich mit der Schulter.

»Vergiss es«, sagte Brandon und stopfte ohne Erfolg weiter.

»Wieso? Hey, zeig doch mal her!« Holly sprang von ihrem Stuhl auf, packte zu und faltete den Brief neugierig auseinander. Brandon gab auf und ächzte nur leise.

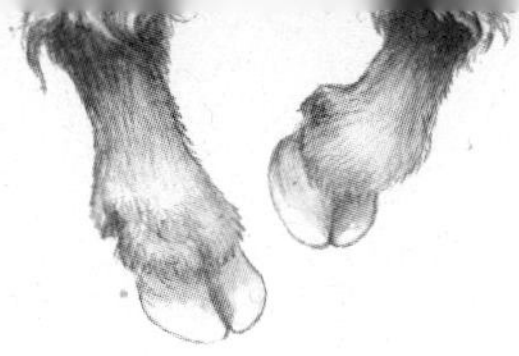

Einhörner und Prüfungen

Natürlich waren wir nun extrem neugierig, was für einen Brief aus Afrika Brandon bekommen hatte. Wir beugten die Köpfe über das hellgrüne, mit Glitzerornamenten bemalte Papier und lasen:

> Peace! Ich habe gehört, du bist ein Einhorn, das ist sooo cool! Einhörner sind meine Lieblingstiere, ich lese einfach alle Romane, in denen sie vorkommen. Hoffentlich ist es bald Frühling, damit ich dich endlich kennenlernen kann, ich wette, wir werden uns super verstehen. Vielleicht darf ich sogar auf dir reiten? Von der Größe würde das passen, meine zweite Gestalt ist Erdferkel. Fantastische Grüße, Paula

»Wow«, sagte Tikaani und grinste. »Du wirst einen Empfang bekommen wie ein Staatspräsident.«

»Ich werde glatt neidisch«, meinte Dorian, der ebenfalls einen Blick riskiert hatte.

»Bestimmt werdet ihr tolle Reitausflüge machen«, fügte ich hinzu. Mit rotem Kopf riss Brandon uns den Brief wieder aus der Hand.

Miss Clearwater erhob die Stimme. »So, ich hoffe, eure Vorfreude ist schon ein bisschen gestiegen! Und ich habe tatsächlich noch eine zweite gute Nachricht. Ich habe meinem Sohn angeboten, dass drei Leute aus seiner Blue Reef High herkommen und mit uns ein bisschen vorfeiern dürfen, bevor ihr euch alle in die Winterferien verabschiedet und Weihnachten bei euren Familien verbringt.«

Damit war die Stimmung endgültig gerettet. Die anderen waren durch das, was wir erzählt hatten, sehr neugierig auf Tiago, Shari und Co.

Doch jetzt war es erst Oktober und unsere Freunde in der Blue Reef High brauchten unsere Unterstützung. Kurz darauf waren wir zur Nach-dem-Hurrikan-Hilfe unterwegs nach Florida. Holly war völlig fertig und hatte nur eins im Sinn, ihren Freund zu suchen. Zum Glück kam Noah von selbst wieder zurück, unter ziemlich schrägen Umständen, aber das zu erzählen, überlasse ich Tiago. Der hat das in seinen *Seawalkers*-Berichten ziemlich gut beschrieben, finde ich.

Wir in den Rocky Mountains hatten in der Zwischenzeit anderes im Kopf. Am 9. November hatte Brandon seinen fünfzehnten Geburtstag und natürlich wollten wir das mit ihm feiern. Wir hatten abends ein bisschen was für ihn vorbereitet, aber das Problem war ... wir konnten ihn nirgends finden.

»Habt ihr schon im Kellergeschoss geschaut? Vielleicht bildhauert er mal wieder«, meinte unser Kater-Wandler Dorian.

»Bei der großen Nussheit, natürlich haben wir das, wir sind nicht blöd!«, fuhr ihn Holly an und Dorian verschränkte die Arme.

»He, chill mal, kann ich was dafür, wenn er nicht feiern will?«

»Er will bestimmt feiern, er weiß es nur noch nicht«, sagte ich fest und wir machten uns auf die Suche. Tikaani verwandelte sich in eine Polarwölfin und senkte die Nase auf den Boden. Ich verkniff mir jeden Vergleich mit einem Spürhund, damit sie nicht beleidigt war. *Hab die Fährte,* verkündete meine Freundin und wir folgten ihr ins zweite Stockwerk.

Brandon saß komplett schwarz angezogen in der dunklen Cafeteria und blickte nachdenklich durch die Glaskuppel in den Nachthimmel. Sogar sein Handyhintergrund war seit Neustem schwarz. »Niemand versteht mich«, sagte er bedeutungsschwer, als wir ihn fanden.

»Kann sein«, sagte ich. »Aber willst du wirklich die weltbesten Karotten-Mais-Parmesan-Muffins verpassen? Die haben wir für dich gebacken.«

Ich schwenkte ihm einen der Muffins vor der Nase, dann tat ich, als wollte ich hineinbeißen (was natürlich nicht infrage kam bei so einer Pflanzenfresserkost).

»Wir haben auch Livemusik, Nimble will ein paar *Imagine-Dragons*-Songs für dich spielen«, sagte Holly.

»Außerdem sind wir beleidigt, wenn du nicht kommst, ich habe ewig an deinem Geschenk herumgebastelt«, sagte ich. »Nein, ewig und drei Tage!«

Da grinste Brandon endlich und ließ sich von uns in den Keller führen. Dort wurde es noch sehr lustig und es war kein Thema mehr, wer ihn wie gut verstand. Eher, wer wie wild tanzen konnte (Holly gewann), ob Tabitha noch auftauchen würde (ja) und ob ihm mein Geschenk gefiel (es war ein Schlüsselanhänger, den ich aus einer alten Fahrradkette gebastelt und bunt angesprüht hatte).

Direkt nach seinem Geburtstag mussten wir anfangen, für die Zwischenprüfungen zu lernen. »Ich schaffe das nie in Mathe und Physik«, ächzte ich. »Und wenn Terry weiterhin so wenig übt, wird er in Verwandlung durchfallen.«

»Red dir bitte nichts ein.« Tikaani verdrehte die Augen. »Ihr werdet das *beide* schaffen, ist das klar? Hier ist dein Mathebuch, leg los. Ich geh jetzt zu Terry und sage ihm, dass ich ihm Löcher ins Fell zwicke, wenn er sich nicht öfter verwandelt.«

Manchmal war sie immer noch ganz schön bissig.

Auch viele der anderen lernten und übten, so viel sie konnten. »Wieso heißt lernen eigentlich auch *büffeln?«,* fragte Felix, als wir gerade Pause hatten und draußen auf der Lichtung herumlungerten.

»Moment, zeig ich dir«, brummte Brandon, drückte ihm sein Chemiebuch in die Hand, verwandelte sich, galoppierte los und nagelte das Buch mit seinem übrig gebliebenen Horn an den nächstbesten Baum. Nach dem Zwischenfall mit dem Schaum war Chemie ein Fach, das *er* besonders hasste.

Interessiert blätterte Felix das Buch durch. »Jetzt fehlen dir leider die Elemente von B bis M.«

Hör nicht auf ihn, Felix, das Geheimnis ist, ganz locker zu bleiben, meinte Dorian. Er hatte sich in Katzengestalt gemütlich auf seinem Biologiebuch zusammengerollt. Vielleicht wartete er darauf, dass das Wissen zu ihm hochsickerte.

»Carag, du brauchst einen Trick«, sagte Brandon, als er sich zurückverwandelt hatte und wir zur nächsten Stunde gingen.

»Ja?« Hoffnungsvoll blickte ich ihn an.

»Du schreibst dir jetzt zwei Spickzettel – einen für Mathe und einen für Physik«, raunte mein bester Freund. »Es sollten alle wichtigen Tipps und Formeln drauf sein. Aber jeder darf nur so groß sein wie deine Handfläche.«

Erstaunt schaute ich ihn an. Er war eigentlich nicht so der Typ, der schummelte. »Na gut, wenn du meinst, das wäre waldig ...« Am selben Nachmittag machte ich mich dran. Es dauerte eine Weile, bis ich entschieden hatte, welche Infos auf die beiden Zettel mussten, und bis ich sie in winziger Schrift draufgeschrieben hatte. Ich war richtig stolz darauf.

Schneller als gedacht, war es so weit. Im Dezember, als die Austauschreisen vorbei waren – auch die nach Kalifornien, wo so viel passiert war! –, schrieben wir die ersten Arbeiten. Die Überraschung des Tages war Holly. Strahlend kam sie aus der Englischprüfung. »Miss Calloway sagt, meine Rechtschreibung ist schon viiiiel besser geworden!«

Wir staunten. Aber ich bemerkte Tabithas heimliches zufriedenes Lächeln. Anscheinend hatte sie ihrer Mentorin hin und wieder auch ein paar Tipps geben dürfen.

Chemie stellte sich als erstaunlich leicht heraus, auch Brandon sah zufrieden aus, nachdem er abgegeben hatte. Er hatte wirklich viel gelernt in letzter Zeit.

Dann war Mathe dran. Eulenkacke. Drücken ging leider nicht, aber immerhin hatte ich meine Geheimwaffe. Doch bevor wir in den Klassenraum gingen, sagte Brandon: »Gib mir deinen Spickzettel.«

»Äh ... aber ...«, protestierte ich, händigte ihm das Ding aber reflexartig aus. Während ich ungläubig zuschaute, zerriss er meinen wunderschönen, lebensrettenden Spickzettel in winzige Fetzen.

»Glaub mir einfach, du schaffst das«, beruhigte mich Brandon.

Mir brach der Schweiß aus, als ich das Klassenzimmer betrat, in dem wir die Prüfung schreiben würden. Ich durfte nicht noch mal durchfallen wie letztes Jahr – diesmal würde ich keine zweite Chance bekommen!

James Bridger wirkte irgendwie seltsam. Fast beunruhigt. Wegen mir?

»Irgendwas los?«, fragte ich ihn, aber er meinte nur: »Konzentrier dich jetzt auf die Prüfung, Carag.« Schnell las ich mir die Aufgaben durch … und war erstaunt. He, Moment mal, das konnte ich ja alles. Mein Bisonfreund lächelte mir verschmitzt zu und auf einmal kapierte ich seinen Trick. Dadurch dass ich mir diesen Spickzettel geschrieben hatte, hatte ich das gelernt, was ich darauf geschrieben hatte! Ich brauchte das Ding gar nicht mehr.

Als ich die Arbeit abgab, hatte ich immerhin ein mittelgutes Gefühl, in Physik das Gleiche. Sofort machte sich James Bridger ans Korrigieren und schon kurz darauf sagte er mir: »Glückwunsch, Carag – du hast in beiden Fächern bestanden!«

Das Lernen hatte sich gelohnt, in meiner Klasse war diesmal kein Einziger durchgefallen. Aber noch konnten wir nicht entspannen, denn als Nächstes waren unsere Schützlinge dran. Mia hatte noch immer Probleme mit Mr Ellwood, würde er ihr eine Aufgabe stellen, die zu schwer für sie war? Und was war mit Terry? Seine schwächsten Fächer waren Kampf und Verwandlung. Ich hatte ihn betreut, so gut ich konnte … jetzt musste er sich bewähren.

Bewährungsprobe

Im Innenhof, wo die Verwandlungsprüfung stattfand, war es schon richtig voll – obwohl es nieselte. Aber Regen macht uns Woodwalkern weniger aus als den Menschen, weil wir öfter draußen unterwegs sind. Ich achtete nicht darauf, suchte mir einen Platz bei Tikaani und setzte mich im Schneidersitz neben sie, Holly und Brandon. Mia kam als Zweite dran. Leider war es verboten, seine Schützlinge anzufeuern und ihnen Tipps zu geben. Aber ich lächelte ihr ermutigend zu, als sie in Menschengestalt in die Mitte des Innenhofs schritt. Mia war so nervös, dass sie als Antwort nur eine Grimasse schaffte. Oje.

Mr Ellwood stand mit verschränkten Armen da und verzog keine Miene. »Bist du bereit? Dann mach bitte eine Teilverwandlung unter Stressbedingungen. Verwandle bitte deine rechte Hand zur Pfote.«

Bevor wir noch einmal blinzeln konnten, sahen wir schon, wo der Stress herkam. Von der einen Seite stürmte in zweiter Gestalt die neue Wölfin – Mondauge – auf Mia zu und von der anderen Seite Terry, er kläffte aus vollem Hals. Keiner von uns Woodwalkern konnte Lärm leiden!

Ich hörte auf zu atmen, meine Hände verkrampften sich und ich musste mich konzentrieren, damit keine Krallen aus meinen Fingern wuchsen. Im letzten Schuljahr hätte ich eine so schwierige Aufgabe nicht geschafft … würde Mia das hinkriegen? Vielleicht war es Zufall, dass sie gerade jetzt in meine Richtung schaute und unsere Blicke sich trafen. Bleib ruhig, denk ans Atmen, versuchte ich, ihr nur mit den Augen zu sagen – und ich sah, dass sie meine Botschaft verstand.

Aber es half auch, dass Jeffrey – ihr Mentor – hinter Mr Ellwoods Rücken Terry fixierte, die Oberlippe hob und ihm die teilverwandelten Eckzähne zeigte. Terry verschluckte sich vor Schreck und einen Moment lang war nur Mondauges Knurren zu hören. In diesem kurzen Moment, in dem es etwas leiser war, verwandelte sich Mias linke Hand in eine Pumapranke. Triumphierend lächelte Mia, doch ich stöhnte auf. Oh nein – Mr Ellwood hatte doch »rechte Hand« gesagt! Mit »rechts« und »links« hatte meine Schwester schon seit jeher Probleme.

Verdutzt blickte Mia mich an, fragte sich wohl, wo das Problem lag. Und ich durfte ihr keinen Tipp geben, das war schrecklich, ich hielt es kaum aus! Doch blöd war Mia nicht, Momente später leuchtete ihr Gesicht auf, sie hatte es kapiert. Blitzschnell verwandelte sie die andere Hand, während Mondauge und Terry noch immer so taten, als wollten sie sie angreifen.

»Na, das war gerade noch rechtzeitig«, sagte Mr Ellwood gnädig. »Bestanden.«

Glücklich reckte Mia die Pranke. Abklatschen war zum Glück erlaubt und Umarmen auch, also machten meine Freunde und ich beides.

Terry war als Nächstes dran, er bekam zum Glück eine einfache Aufgabe, eine schnelle Verwandlung in seine Menschengestalt. Obwohl die Verwandlung arg ruckartig ablief, klappte sie gut und ich warf meinem Schützling ein Handtuch zu, damit er nicht nackt vor uns herumhüpfen musste.

Die Schützlinge meiner Freunde machten ihre Sache ebenfalls gut. Jetzt musste ich Terry nur noch die Daumen drücken für die Kampfprüfung, die direkt danach in unserem großen Innenraum stattfand. »Wen hast du als Partner?«, fragte ich Terry.

»Felix und Miro«, berichtete mein Schützling.

»Gleich zwei?« Ich war erstaunt und ein bisschen besorgt. Wie kämpfte man eigentlich gegen einen Igel? Am besten gar nicht, wenn man keine Stacheln in der Nase wollte. »Wenn Felix sich zusammenrollt, dann brauchst du einen ...«

»Es geht los«, verkündete Bill Brighteye und ich musste den Mund halten, weil auch hier verboten war, dass die Mentoren Anweisungen gaben.

Gespannt beobachteten wir, wie Mondauge gegen Joe Bridger kämpfte (Mondauge hatte mehr Übung in so was und gewann, aber Joe bekam immerhin eine Drei). Danach sollten Ava und das Maulwurfsmädchen Bobbie sich im Armdrücken messen (beide hatten starke Flug- beziehungsweise Grabmuskeln, es ging unentschieden aus). Noch spannender war es zu sehen, wie die beiden Polarfüchse Jonne und Lotta Luchsmädchen Juniper mit blitzschnellen Manövern verwirrten. So schafften sie es, den Kampf mit ihr zu überstehen, obwohl Juniper viel größer und stärker war.

Dann war endlich Terry dran. Leider trat genau das ein, was ich befürchtet hatte. Aufgeregt flitzte er in seiner Hundegestalt hin und her, während sich Felix einrollte und auf seine Stacheln verließ. *Was soll ich tun? Was soll ich tun?*, fragte Terry und ich biss die Zähne zusammen, weil ich nicht antworten durfte.

Zum Glück übernahm Miro das Kommando – er war immerhin in einem Wolfsrudel aufgewachsen und wusste wenigstens ungefähr, wie man jagte. *Komm, wir versuchen, ihn mit der*

Pfote rumzudrehen, meinte er. Wir mussten uns alle das Lachen verbeißen, als Terry und Miro an Felix herumdrückten, bis der entnervt zum Angriff überging und *Ihr werdet schon sehen, ich stech euch!* rief.

Unser Jungwolf und der Terrier entschieden, sich lieber miteinander zu duellieren, jagten sich um Felix herum und sprangen über ihn hinweg, bis ihnen die Zunge aus dem Hals hing. Ab und zu taten sie ziemlich planlos so, als wollten sie sich beißen.

Bill Brighteye schüttelte nur den Kopf und seufzte. »Das reicht, Jungs. Note vier für euch beide und Note zwei für Felix, der seine Möglichkeiten gut genutzt hat.«

Wedelnd rannte Miro zum Rudel zurück und auch Terry wirkte hochzufrieden. *Oh, ich hab bestanden, das ist toll, hab ich das nicht gut gemacht?*

Ich kam nicht dazu zu antworten, denn nun nahm mich James Bridger beiseite. »Es gibt neue Entwicklungen, was das alte Buch angeht – die Besitzerin hat sich endlich wieder gemeldet«, meinte er leise und die restlichen Kämpfe verpasste ich. Hatte ich also doch richtig erkannt, dass Mr Bridger etwas im Kopf herumging.

»Irgendetwas ist los, oder?«, fragte ich beunruhigt. »Sie wussten es schon vorher, wollten mich aber nicht von meiner Prüfung ablenken, richtig?«

Er nickte wortlos und schob mir seinen Laptop zu, damit ich mir die darauf geöffnete Mail durchlesen konnte.

Tut mir leid, dass ich mich erst jetzt melde. Als ich der Löwen-Wandlerin gesagt habe, dass ich das Buch nun doch an den Rat verkaufen will, hat sie mir gedroht. Wirklich heftig gedroht. Daraufhin bin ich eine Weile untergetaucht. Doch nun habe ich mich entschieden – solche Leute sollen das Buch nicht bekommen. Wenn Sie so schnell wie möglich herkommen und das Geld in bar mitbringen, können Sie das Werk haben. Aber beeilen Sie sich. Die Löwen-Wandlerin hat mir gerade geschrieben, wenn ich ihr das Buch nicht sehr bald verkaufe, werde sie es sich einfach holen, und ob ich das überlebe, könne niemand wissen.

James Bridger und ich blickten uns an. Ich musste seine Gedanken nicht lesen, um zu merken, dass mein Lieblingslehrer genauso besorgt war wie ich. Konnte die Youngblood wirklich wissen, wo die Frau sich befand? Oder bluffte diese Löwin nur? »Was jetzt?«, fragte ich Bridger.

»Wir müssen schnell handeln – ich telefoniere gleich mit Mr Johnson«, sagte James Bridger. »Halte dich bereit, Carag. Es kann sein, dass wir uns noch heute Nacht auf den Weg machen müssen. Um das Buch zu holen und zu verhindern, dass die Youngblood die Besitzerin umbringt.«

Ich nickte schweigend.

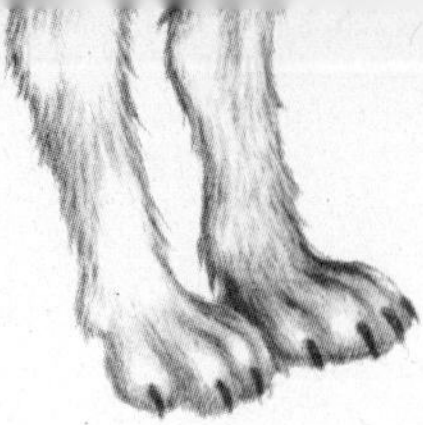

In geheimer Mission

Würden Rebecca Youngblood und unsere anderen Feinde das alte Buch in die Hände bekommen? Irgendwie schaffte ich es, mir nichts anmerken zu lassen, als ich in der Schule mit meinen Freunden zusammenhockte und wir die bestandenen Prüfungen und den Advent feierten.

»Wir machen ein Weihnachtswichteln«, berichtete Brandon. Weil er als Mensch aufgewachsen war, musste er uns erklären, um was es dabei ging. »Jeder schreibt seinen Namen auf einen Zettel und dann wird ausgelost, wer wem was schenkt. Auf unserer Weihnachtsfeier wird dann alles überreicht.«

»Oh, ich freue mich schon so auf Noah! Ich halte es nicht mehr aus ohne diesen Delfin!«, verkündete Holly. Aber sie würde es wohl oder übel aushalten müssen. Immerhin hatte sie zwei Verweise dafür kassiert, dass sie sich neulich als Hörnchen in ein Flugzeug nach Florida geschmuggelt und ihn besucht hatte.

Das Weihnachtswichteln ging los. Trotz allem war auch ich gespannt, als Sherri Rivergirl mit einem großen Kochtopf herumging, der schon voller Zettel war. Nachdem wir auch unsere Namen hineingeworfen hatten, rührte unsere Köchin und Krankenschwester ein paarmal kräftig um. »So, ihr dürft ziehen«, verkündete sie und Holly tauchte gleich beide Hände in die Papiersuppe.

»Du musst nicht *allen* Leuten was schenken«, sagte Mia.

Holly zog mit ihren flinken Fingern etwas heraus, faltete den Zettel auseinander und machte große Augen. »Oooh, ich hab Noah gezogen, ist das nicht waldig?«

»Na, so was, das ist aber ein Zufall«, meinte Tikaani sarkastisch, wir anderen grinsten nur. Ich hatte keine Ahnung, wie Holly das angestellt hatte, aber ihr überraschter Ausdruck war purer Fake gewesen.

Als Nächstes hielt Sherri mir den Kochtopf hin. Ich zog Jeffrey und das war keine Absicht! Zum Glück verstanden wir uns ja halbwegs und schon begann ich zu überlegen, womit ich ihm eine Freude machen könnte. Mit Fellschampoo ganz sicher nicht. Aber vielleicht mit einem Besuch in einem echten Fernsehstudio? Ab und zu mailte ich noch mit einem dieser TV-Journalisten, die mich als *Mystery Boy* interviewt hatten (als ich aus den Rocky Mountains zu den Menschen gegangen war, hatte ich so getan, als hätte ich mein Gedächtnis verloren und wüsste nicht, wer ich bin). Den konnte ich fragen, ob Jeffrey und ich mal vorbeikommen konnten.

Tikaani zog Eric, einen Fuchs aus dem dritten Schuljahr, den wir beide sehr mochten, seit er mir mit Fuchssprache-Lektionen und dem Tollwut-Impfstoff geholfen hatte. Brandon zog Matti, den Dachs-Wandler, und blickte ratlos drein. »Was in aller Welt schenkt man einem Dachs?«

»Eine Dose Regenwürmer?«, schlug Mia vor. »Krallenpolitur?«

»Ich muss ihn erst mal als Mensch kennenlernen, dann fällt mir bestimmt was ein«, meinte Brandon.

Wir steckten die Köpfe zusammen und überlegten uns, was wir unseren Gästen von der Blue Reef Highschool überreichen konnten. »Ich hab neulich ein altes Geweih draußen gefunden, daraus könnte ich für Tiago was schnitzen«, schlug Tikaani vor und für die anderen sammelten wir noch Ideen.

Natürlich waren wir auch sehr gespannt, wer uns gezogen hatte, doch viele hielten dicht und wollten es nicht verraten. Nur ein bisschen was sickerte durch. »Weißt du, wer Holly etwas schenken soll – Juniper, das Luchsmädchen!«, flüsterte ich Tikaani zu.

»Oh toll«, meinte meine Freundin. »Wir müssen unbedingt verhindern, dass Holly ihr gegenüber ausrastet, wenn es irgendwas Beleidigendes ist. Sie hat schließlich schon zwei Verweise – noch einer und es wird ernst!«

Die Lage war tatsächlich ernst, doch davon durften meine Freunde leider nichts ahnen. Als James Bridger mich ansprach, schlug mein Herz so schnell wie bei einer Jagd.

»Ich soll das Cherokee-Buch holen – wir haben per Mail eine Adresse bekommen«, raunte Mr Bridger mir zu. »Komm in einer halben Stunde in mein Büro, dann besprechen wir alle Details.«

Ich war so aufgeregt, dass ich erst kein Wort rausbekam. Dann würgte ich ein »Bis gleich« heraus und ging kurz zurück zu den anderen. Felix wirkte schon sehr neugierig und ich merkte, dass er mich am liebsten ausgefragt hätte. Kimberley dagegen schaute weg und wirkte völlig gleichgültig, das kam mir ein bisschen komisch vor. Ich redete noch ein bisschen weiter mit den beiden und versuchte, mich so zu verhalten, als wäre alles ganz normal.

Aber das war es nicht. Die Jagd hatte begonnen!

Als ich in Mr Bridgers Büro platzte, war dort schon einiges los. Miss Clearwater saß dort, außerdem standen die Rabenzwillinge herum, ihre langen schwarzen Haare glänzten im Licht der Deckenlampe. Wing lächelte mich aufgeregt an, ihre dunklen Augen blickten erwartungsvoll. Erstaunt sah ich, dass auch Jeffrey da war, warum hatten sie ihn eingeweiht? Je weniger Leute Bescheid wussten, desto besser!

»Wir fliegen heute Nacht los«, kündigte James Bridger an. »Drei Plätze haben wir in der Maschine zur Verfügung – einer ist für mich, der andere für Shadow oder Wing, die wir als Cherokee-Übersetzer brauchen.«

»Wir haben geübt, so viel wir konnten«, berichtete Shadow.

»Sehr gut. Der letzte Platz ist für einen kampferprobten Woodwalker, der als Bodyguard mitkommt. Jetzt ist Jeffrey dran, würde ich sagen.« Bridger schaute mich entschuldigend an.

»Vergesst es!« Fast gleichzeitig hatten Wing und Shadow gesprochen, nun verschränkten sie die Arme. »Mit dem fliegen wir nicht.«

»Wie bitte? Was geht hier vor?«, fragte Lissa Clearwater scharf.

Ich wusste es, die Raben wussten es und Jeffrey wusste es natürlich auch. Noch hatten die Rabengeschwister ihm nicht verziehen, dass unser Wolfs-Wandler geschwiegen hatte, als Paolo diese blöden Bemerkungen über Shadows Beziehung mit Frankie gemacht hatte.

»Hab ich gesagt, dass ich überhaupt mitkommen will?«, fragte Jeffrey und schlenderte raus.

»Sieht so aus, als hättest du einen neuen Job«, sagte James Bridger zu mir.

Schnell entschieden die Raben durch eine Runde Stein-Schere-Papier, dass Wing mitfliegen würde.

Vor Aufregung brachte ich beim Abendessen kaum etwas herunter, obwohl es Chicken Nuggets gab.

»Was ist denn mit dir los?«, fragte Tikaani. »Ist das die Vorfreude auf Tiago und seine Freunde, die uns vor Weihnachten besuchen kommen?«

»Schon auch – und alles andere ist geheim, Lieblingswölfin«, sagte ich schweren Herzens, legte ihr den Arm um die Schultern und küsste sie, obwohl sie noch an einem Nugget kaute.

»Schon bald sehe ich Noah wieder, das ist sooo nussig«, schwärmte Holly.

»Glaubt ihr wirklich, die bringen zwei Delfin-Wandler mit?« Dorian wirkte skeptisch. »Das ist ein großes Risiko ... hoffentlich haben sie ihre Verwandlungen im Griff.«

Ich ließ meine Freunde diskutieren und hatte gerade ganz andere Sorgen.

Gegen zehn Uhr abends kam das vereinbarte Signal, ich schlich mich nach draußen und zum Treffpunkt am Müllhäuschen. Dort wartete schon ein schwarzes Auto, das dem Rat gehörte, und bevor wir es uns versahen, waren wir schon am Flughafen von Jackson. Dort standen schon alle möglichen anderen Leute auf dem Flugfeld herum und zwei Kleinflugzeuge, nicht nur eins.

Lissas Onkel Albert nickte uns zu. Er war ein schlanker Mann mit sandfarbenem Haar, einer leicht gebogenen Nase und einem ironischen Lächeln. »Wir fliegen mit meiner *Cessna Centurion,* sie hat einen Turbolader und kommt mit der dünnen Bergluft gut zurecht ... die Ratsleute nehmen ihre eigene Maschine«, erklärte er uns.

Auf unserem letzten Flug nach Florida hatte er uns erzählt, dass er sich nicht verwandeln konnte, ihm das Fliegen aber im Blut lag. »Wozu soll das eigentlich gut sein, dass wir mit so vielen Leuten anrücken?«, fragte er meinen Lehrer. »Rechnet ihr mit einem Angriff?«

»Vorsicht kann nie schaden«, sagte Bridger. Einen der drei

Agenten des Rates – eine dunkelhäutige Frau mit rundem Gesicht und hellblond gefärbten, sehr kurzen Haaren – erkannte ich und winkte ihr zu. Es war Jessie Parks, eine Nashorn-Wandlerin. Die war schwer in Ordnung, noch vor wenigen Wochen hatte sie in Florida Pistolenkugeln, die für uns bestimmt gewesen waren, mit dem eigenen gepanzerten Körper abgefangen.

Erst stutzte sie, doch dann erkannte sie mich und winkte zurück.

Ihre Kollegen waren ein Mann, der sich als »Steve Aboyo« vorstellte und eisenharte Ruhe ausstrahlte, und ein sehniger Typ namens Abrahams, der eine leise Stimme und einen etwas unangenehmen starren Blick hatte. Garantiert waren sie Woodwalker, doch ich hatte keine Ahnung, was für welche. Und niemand sagte mir oder Wing, in welche Stadt oder Gegend wir überhaupt unterwegs waren. Wahrscheinlich ultrageheim, so wie die Tatsache, dass wir überhaupt losflogen ... das hätte jemandem, der über das Buch Bescheid wusste, verraten können, was wir vorhatten.

Es war Vollmond, und obwohl immer wieder Wolken den Mond verdeckten, konnte ich nicht nur die mit bunten Lichtern dekorierte andere Maschine gut erkennen, sondern auch die bergige Landschaft, die unter uns vorbeizog.

Ich saß neben Wing auf einem der hinteren Sitze und war froh, dass ich dieses ganze Herumfliegen inzwischen gewohnt war. Noch war ich zu aufgeregt für ein Schläfchen, deshalb schaute ich nach draußen und versuchte, die Adlergestalt von Miss Clearwater zu erkennen. *Und keine Verfolger bisher, die rausfinden wollen, wohin wir fliegen?*, hörte ich James Bridger nachfragen.

Ich habe jedenfalls keine bemerkt – seid weiterhin auf der Hut,

ja?, versicherte unsere Schulleiterin. Leider blieb sie schon wenige Minuten später hinter uns zurück, die *Cessna* war zu schnell für sie. Mit einem *Viel Glück! Ihr schafft das!* drehte sie ab und flog zurück.

Dass wir sehr wohl Verfolger hatten, merkten wir, als wir noch mitten in den Bergen waren und Albert einen Kreis flog, um sich umzusehen. »Mist, da ist jemand ... ein Flugzeug schräg hinter und über uns«, sagte er und spähte durch die Cockpitscheiben nach oben. »Es hat seine Positionslichter und seinen Transponder ausgeschaltet, das ist sehr, sehr eigenartig! Das bedeutet, er wollte nicht, dass wir ihn bemerken. *Hawk,* wir wechseln den Kurs. Falls derjenige es auch macht, dann ist er uns auf den Fersen.«

»Geht klar, *Eagle«,* antworteten die Ratsleute und zogen nach links weg.

Albert dagegen drehte nach rechts ab und flog in diese Richtung weiter. Das Flugzeug über uns auch. Unser Pilot fluchte noch ein bisschen ausgiebiger. »Wie können die davon erfahren haben, dass wir heute losfliegen? James, habt ihr etwa einen Spion in eurer Schule?«

»Möglich – oder sie haben unsere Schule von außen überwacht und auf ungewöhnliche Aktivitäten geachtet«, sagte James Bridger verkniffen. »Wollen wir die Mission, das alte Buch zu holen, abbrechen? Wir dürfen den Kerlen keinen Hinweis geben, wo wir hinfliegen!«

»Noch brechen wir nicht ab«, sagte Albert. »Wir versuchen erst mal, sie abzuschütteln.«

Wessen Leute waren das? Leute von Rebecca Youngblood, die von Lydia Lennox – die ich in Florida kennen und fürchten gelernt hatte – oder irgendwelche Anhänger von Andrew, die ihm noch immer die Treue hielten? Nicht alle hatten sich ja von ihm losgesagt oder waren geschnappt worden, ein paar, wie der Bären-Wandler Thor, waren noch immer in Freiheit. Und da waren ja auch noch diese seltsamen Selbsthilfegruppen, die sich auf einmal so für die Youngblood und ihre Pläne begeisterten ...

»Seht ihr noch ein anderes Flugzeug oder ist es nur das eine, *Hawk?«*, fragte Albert unsere Begleitmaschine.

»Eagle, wir sind sicher, dass es nur das eine ist. Eine zweimotorige Maschine, weiß mit blauen Streifen. Könnt ihr die abschütteln, falls sie bei euch bleibt?«

»Wir tun, was wir können. Wir treffen uns dort, wo wir die Zwischenlandung vereinbart haben. *Festhalten!«* Albert drückte die Maschine in einen Sturzflug.

Ich klammerte mich an meinem Sitz fest, Wing schrie auf. Der fremde Pilot schien zu ahnen, dass Albert fliehen wollte, denn er ging ebenfalls tiefer und kam näher. Der wollte eindeutig an uns dranbleiben. Doch das ließ sich Lissas Onkel nicht bieten, er zog die Nase seines Flugzeugs hoch und bremste es dadurch so stark ab, dass die schnellere Maschine uns überholte, ob sie wollte oder nicht. Jetzt waren *wir* hinter ihr, sodass der andere uns nicht mehr sehen konnte.

»Haha, das hast du davon, Großer«, knurrte Albert und krümmte den Zeigefinger »Wenn wir 'ne Bordkanone hätten, könnte ich dich jetzt vom Himmel holen.« Egal, wohin die Zweimotorige sich auch wandte, wir hingen an ihrem Heck.

Aber nicht lange.

»So, jetzt verstecken wir uns – Achtung!« Bevor die schnellere Maschine davonziehen und uns loswerden konnte, wendete Albert die *Cessna,* steuerte sie hinter einen Berggipfel und begann, enge Kreise zu ziehen. Ah, er versuchte, uns in Deckung zu halten! Würde das funktionieren? Wing und ich klebten mit den Nasen am Seitenfenster. Tatsächlich, noch war die Zweimotorige nicht in Sicht, was hoffentlich bedeutete, dass sie uns auch nicht mehr sehen konnte.

»Wann können wir nachschauen, ob sie weg ist?«, stöhnte ich. Mir war schlecht, diese ganze Luftakrobatik war nichts für mich.

Auch Wing wirkte nicht begeistert. »Kann mich bitte jemand hier rauslassen? Ich fliege lieber mit eigenen Flügeln!«

»Kommt gar nicht infrage«, sagte James Bridger. »Bis zu unserem Ziel sind es noch tausendzweihundert Meilen, du würdest lange vorher vom Himmel fallen.«

»Moment noch. Wir probieren gleich, uns abzusetzen, schließlich haben wir heute Nacht noch was vor.« Nach einer Weile wagte es Albert, unsere Maschine hinter dem Berg hervorzusteuern. Großer Fehler!

Two Feathers und der Pfad der Tränen

Kaum war unser Flugzeug aus der Deckung des Berggipfels heraus, schrie Wing auf. Wir zuckten alle zurück, als die fremde Zweimotorige wie aus dem Nichts heranschoss und haarscharf vor der Schnauze unserer *Cessna* vorbeikreuzte.

Albert brüllte etwas und riss unsere Maschine zur Seite weg. Der andere Pilot tat das Gleiche. Mit höchstens einer Flügellänge Abstand schrammten wir an dem anderen Flugzeug vorbei. »Diese verdammte Federzecke! Will der Kerl uns umbringen oder was?«

Ich tippte eher darauf, dass der andere Pilot genauso erschrocken war wie wir, als wir plötzlich ganz in seiner Nähe aus der Deckung hervorgekommen waren.

»Können wir den überhaupt noch loswerden?«, brachte ich hervor. Meine Nachtaugen hatten das Abbild einer Löwin auf dem Rumpf bemerkt, als die fremde Maschine gerade so nah gewesen war. Das sprach dafür, dass es Leute der Youngblood waren, die uns verfolgten.

»Abwarten«, sagte James Bridger und deutete seltsamerweise nach oben. Albert nickte grimmig. »Genau das wollte ich eben tun. Keine Sorge, Leute, einen Trick habe ich noch auf Lager. Er ist allerdings riskant wegen der Berge.«

Er gab Gas und zog die *Cessna* nach oben – bis wir die Wolken erreicht hatten, die sich inzwischen immer dichter ballten. Nun war es nur noch schwarz um uns herum, selbst mit meinen Nachtaugen konnte ich nichts mehr erkennen. Wie sollte Albert so weiterfliegen können?!

Doch unser Pilot versuchte gar nicht erst, weiterhin hinauszuschauen, er konzentrierte sich ganz auf die vielen Instrumente im Cockpit. Die reichten ihm anscheinend. Das war eindeutig Menschenmagie!

In der Wolke schien es unserem Flugzeug nicht zu gefallen –, immer wieder bockte es wie eins der Pferde beim Rodeo, zu dem mich die Ralstons mal mitgenommen hatten. Mir brach der kalte Schweiß aus und es fühlte sich an, als wollten die Chicken Nuggets aus meinem Magen ausbrechen.

»Sind wir hier sicher?«, fragte ich meinen Lieblingslehrer.

»Theoretisch schon, normalerweise haben Flugzeuge dieser Größe kein Radar oder andere Instrumente, mit denen sie uns orten können«, sagte Bridger. »Aber wenn wir Pech haben, folgt es uns hier in die Wolke und stößt versehentlich mit uns zusammen. Oder wir rammen einen Berg.«

Wing hatte sich wieder etwas beruhigt, sie war dabei, ihre langen Haare zu einem Zopf zu flechten. »Wann können wir wieder auf Kurs gehen, Albert? Wir müssen dieses Cherokee-Buch endlich holen und in Sicherheit bringen!«

»Ich weiß«, sagte unser Pilot. »Aber wenn ich oder die anderen auch nur den geringsten Zweifel haben, dass jemand uns folgt, dann müssen wir zurück.«

Als wir wieder aus den Wolken auftauchten, war weit und breit kein Verfolger in Sicht. Beruhigt machten wir uns wieder auf den Weg, tankten bei einer Zwischenlandung auf und trafen uns wieder mit den Ratsleuten in der zweiten Maschine.

»Nichts wie weiter, wir sollten da sein, bevor die Sonne aufgeht«, wies uns Jessie Parks an und schon mussten wir wieder in die *Cessna* klettern.

Wir flogen die ganze Nacht. Am Morgen, als es noch dunkel war, überquerten wir eine grüne Landschaft, durch die sich ein Fluss schlängelte, und landeten in der Nähe eines Ortes. Jetzt erst erfuhr ich, wo wir waren: im Staat Oklahoma, in einem Ort namens Talequah.

»Viel Glück und bis gleich«, sagte Albert und tätschelte seine Maschine. »Ich warte hier auf euch.«

Die Leute des Rates hatten ein unauffälliges Auto organisiert, und während wir fuhren, betrachtete ich neugierig die Gebäude aus hellbraunem Stein, die sich rechts und links der Hauptstraße erhoben, die Tankstellen und Fast-Food-Shops, das Leuchtschild eines Casinos. Manche Straßenschilder waren doppelt beschriftet, in Englisch und einer verschnörkelten Schrift, die ich nicht entziffern konnte.

»Das ist Cherokee ... wir sind in der Hauptstadt der Cherokee-Nation«, flüsterte mir Wing zu. »Meine Großmutter hat mir und Shadow was drüber erzählt. Eigentlich kommt unser Stamm ganz woandersher, aber vor ungefähr zweihundert Jahren hat die Regierung uns wie viele andere Stämme im Südosten Amerikas gezwungen, hierher umzuziehen.«

Eben noch hatte ich mir fast den Hals verrenkt, um mitzukriegen, ob uns jemand folgte. Doch jetzt stutzte ich. »Wieso das?«

»Sie wollten unser Land.« Wing seufzte tief. »Und was dann kam, ging als *Trail of Tears* in die Geschichte ein. Nachdem wir uns erst gewehrt haben, hat das Militär uns Cherokee in Straflager gesteckt und dann gezwungen, zum neuen Reservat aufzubrechen. Zum Teil mussten die Leute zu Fuß gehen. Das war echt weit, über tausend Kilometer. Kein Wunder, dass ein Drittel das nicht überlebt hat. Wir haben es den ›Weg der Tränen‹ getauft, den *Trail of Tears.*«

Erschüttert blickte ich Wing an. Wieso taten Menschen anderen so etwas an? »Hatten sie kein Mitleid? Die Leute, die eure Leute dazu gezwungen haben?«

»Anscheinend nicht.« Das Rabenmädchen klang bitter. »Jedenfalls hat es nichts genutzt, zu protestieren oder um Gnade zu bitten. Die Soldaten, die unsere Leute verschleppt haben, haben bestimmt gesagt, dass sie ja nur Befehle ausführen. So ist es meistens, wenn irgendwo Unrecht geschieht.«

Ich kam nicht dazu, weiter darüber nachzudenken, denn schon hielten wir vor einem flachen, weiß gestrichenen Haus, dem ein paar Bäume Schatten spendeten. Ein *Zu verkaufen*-Schild steckte im Rasen davor.

Eine junge Frau mit kurzen Haaren in einem unnatürlichen Rot kam uns entgegen.

»Sind Sie Kayka?«, fragte James Bridger.

»Ja. Kommt rein, schnell. Besser, euch sieht niemand. Könnt ihr die Karre hinter dem Haus parken?«

Drinnen im Haus roch es seltsam, stickig, nach Leder und Medizin. Die Jalousien waren hinuntergelassen, aber ein paar Strahlen der Morgensonne kamen trotzdem hindurch. Staubkörnchen tanzten im Licht. Einer der Ratsleute postierte sich am Fenster und behielt die Umgebung im Auge.

»Habt ihr das Geld?«, fragte die Frau, kaum dass wir die Tür hinter uns geschlossen hatten.

Wow, das war eine herbe Begrüßung. Vielleicht sah mir die Frau an, was ich dachte, denn sie erwiderte meinen Blick trotzig. »Ohne die Kohle verlieren wir das Haus.« Sie warf einen kurzen Blick in Richtung eines Hinterzimmers. »Meine Mutter ist Musikerin, aber sie kann nicht arbeiten, weil sie krank ist. Bei mir ist nicht mehr als ein Halbtagsjob in der Bibliothek drin, weil ich mich um sie kümmern muss.«

»Oh«, sagte Wing betroffen, während Jessie Parks schon den Aktenkoffer aufklappte, den sie trug. Drinnen waren dicke Packen Dollarnoten. »Fünfhunderttausend in bar, wie vereinbart.«

Ganz langsam ließ sich die junge Frau, die anscheinend Kayka hieß, auf das abgewetzte Stoffsofa sinken. »Euch schickt der Himmel!«

»Nein, der Woodwalker-Rat Nordamerika«, sagte Jessie Parks trocken. »Was ist eigentlich Ihre zweite Gestalt?«

»Wir sind beide Specht.« Ein Lächeln huschte über ihr Gesicht. »Ich und meine Mum, wir spielen beide Schlagzeug. Moment, ich gehe das Buch holen. Deswegen seid ihr schließlich hier. In der Zwischenzeit könnt ihr meinen Tee aus selbst gesammelten Kräutern probieren, wenn ihr wollt.«

Sie schenkte uns ein und höflich nippten wir an dem würzig riechenden Gebräu. Dicht nebeneinander saßen Wing, Bridger und ich auf dem Sofa und wagten kaum zu atmen. Nicht nur, weil es hier nach altem Stoff und ein kleines bisschen nach Mäuseköteln roch. Sondern weil wir fast am Ziel waren und wahrscheinlich alle Angst hatten, dass noch etwas dazwischenkommen würde.

Kayka kam mit einem schmalen, in braunes Leder eingeschlagenen Werk zurück und legte noch einen Stapel ausgedruckte Blätter hinzu. »Das ist die Übersetzung, die mein Großvater gemacht hat … ihr könnt bestimmt kein Cherokee lesen, oder?«

»Doch«, trumpfte Wing auf und Kayka lächelte sie überrascht an. Sie hatte eine Lücke zwischen den Vorderzähnen, die sie irgendwie niedlich aussehen ließ. Wing fuhr fort: »Ich kann's ein bisschen, es ist ganz schön kompliziert. Wir haben ziemlich geschwitzt und eine Weile gebraucht, bis wir die Probeseite übersetzt hatten.«

Fasziniert nahm James Bridger Buch und Übersetzung entgegen, strich über den Ledereinband mit dem verblassten Wort *Kearo-tash* und begann sofort, die Seiten durchzublättern. »Woher haben Sie es, Kayka? Kommt es aus Ihrer Familie?«

»Na ja, nicht wirklich. Es ist auf dem Ramsch-Stapel gelandet, als der Besitzer des kleinen Heimatmuseums an der Parker Street gestorben ist. Mein Großvater hat es sich geschnappt, weil er gesehen hat, dass es in unserer Sprache geschrieben war.«

»Gute Entscheidung!«, sagte Jessie Parks.

»Na ja, ich hab dann versucht rauszukriegen, wer es geschrieben hat«, erzählte Kayka stolz.

»Das würde mich sehr interessieren.« James Bridger schaute kurz hoch, bevor er weiterlas. »Schließlich ist es streng verboten, Woodwalker-Wissen aufzuzeichnen.«

Kayka nickte. »Anscheinend war es vor fast zweihundert Jahren jemand namens Two Feathers. Sein Großvater war ein mächtiger Medizinmann und hat sich mit einem Raben verschmolzen, sodass er den als zweite Gestalt bekommen hat. Seine Tochter und ein Enkel – ebendieser Two Feathers – haben es geerbt und konnten sich auch verwandeln.«

»Was?«, entfuhr es mir. Bisher kannte ich nur Leute, die schon eine zweite Gestalt hatten. Darüber, wie die Woodwalker entstanden waren, gab es nur Legenden über magische indianische Rituale. Und dieser Two Feathers kannte tatsächlich jemanden, der das Ritual selbst durchgeführt hatte!

Auch die anderen staunten. Kayka schien sehr zufrieden,

dass sie uns hatte überraschen können, und fuhr fort: »Na ja, dieser Two Feathers musste den Weg der Tränen gehen und hat dadurch anscheinend Angst bekommen, dass die wenigen eingeweihten Medizinleute sterben könnten und ihr Wissen verloren gehen würde. Als er das Ganze überlebt hatte und Lehrer hier in Talequah war, hat er heimlich aufgeschrieben, was er und die anderen Medizinleute über solche Verwandlungen wussten.«

Während James Bridger weiter in der Übersetzung las, streckte Wing ehrfürchtig die Hand nach dem Original aus und ließ die Fingerspitzen über das uralte Leder und Papier gleiten, über die verschnörkelten Buchstaben.

»Was dann?«, fragte ich. »Wie ist das Buch ins Heimatmuseum gekommen?«

»Es wurde in der Familie von Two Feathers weitergegeben, aber von denen waren viele keine Woodwalker und wussten nichts damit anzufangen. Wahrscheinlich dachten sie, es ist alles Spinnerei – so wie euer Rat ursprünglich. Als irgendein Enkel in den 1930ern Geld brauchte, hat er es ans Museum verkauft.« Kayka zuckte die Schultern. »Den Rest der Geschichte kennt ihr.«

»Danke, dass Sie sich damit an uns gewandt haben«, sagte James Bridger. »Tut mir wirklich leid, dass jemand das mitbekommen hat und Sie die Drohungen aushalten mussten. Das hätte jedem Angst gemacht.«

»Und ihr habt auch wirklich aufgepasst, dass euch niemand hierher gefolgt ist?« Nervös spähte Kayka aus dem Fenster.

»Diese anderen Leute klangen so, als wären sie zu allem bereit …«

»Wir waren sehr vorsichtig«, sagte James Bridger und feierlich überreichte Jessie Parks der jungen Frau den Aktenkoffer mit dem Geld. »Aber wenn Sie etwas Verdächtiges bemerken, rufen Sie sofort die Polizei und den Rat an. Wenn Sie als Specht wegfliegen, kriegt Sie so leicht niemand.«

Kayka nickte. »Nach diesen ekligen Drohungen haben wir eine Weile als Spechte gelebt. Zur Sicherheit. Deshalb haben wir auch nicht mehr auf Ihre Mails geantwortet.«

Während sich die beiden unterhielten, verstaute mein Lehrer das Buch und die Übersetzung – die nur aus losen Blättern bestand – sorgfältig in einer Metallbox, die feuersicher aussah, und steckte das Ganze dann in seinen Rucksack. Den hängte er sich über die Schulter. »Darf ich noch kurz auf Toilette?«

Er durfte und blieb eine ganze Weile weg, was mir seltsam vorkam. Hatte er den selbst gemachten Tee nicht vertragen?

Dann konnten wir endlich los.

»Passen Sie auf sich auf«, sagte mein Lieblingslehrer und Kayka nickte. Während wir zur Hintertür hinausschlichen, marschierte sie vorne raus. Wir sahen, wie sie mit einem Ruck das *Zu verkaufen*-Schild aus dem Rasen rupfte und davonschleuderte.

Endlich hatten wir das geheime Buch – jetzt kam es nur noch darauf an, es in Sicherheit zu bringen!

Asphalt und Blut

Auf dem Weg zum Flugplatz bat James Bridger die Ratsleute, kurz anzuhalten, damit er für uns ein paar Flaschen Wasser für den langen Flug und, wie er sagte, »noch eine Kleinigkeit« kaufen konnte. Nach kurzem Stopp kam er mit prall gefülltem Rucksack zurück und es ging weiter. Albert und der Pilot des Rates waren schon dabei, die beiden Maschinen bereit zu machen, und wenige Minuten später waren wir und die Ratsleute in der Luft.

Natürlich bestürmten wir unseren Lehrer mit Fragen. »Was passiert jetzt mit dem Buch?« »Wer darf es behalten?« »Was für Sachen haben Sie schon darin gefunden?«

»Das ist richtig gutes Zeug. Eben habe ich mir die Anleitung für ›Verschmelzungen‹ – also wie man jemandem, der keine zweite Gestalt hat, eine gibt – durchgelesen. Und es scheint gar nicht mal so kompliziert ...« Bridger hatte die Nase schon wieder tief in den Seiten der Übersetzung, es sah fast aus, als wolle er sie auffressen. Allmählich konnte ich mir vorstellen, was die Menschen mit dem Wort »Bücherwurm« meinten, obwohl Mr Bridger ja eigentlich ein Kojote war.

»Fedrig«, sagte Wing hingerissen. »Dürfen ich und Shadow auch mal darin lesen?«

»Demnächst«, murmelte mein Lieblingslehrer. »Aber ihr seid auch die einzigen Schüler, die das dürfen, weil es eurem Volk gehört hat.«

Das hieß, ich durfte nicht. Halb so wild. Klar war ich neugierig, aber ich konnte auch irgendwie einsehen, dass solch geheimes Wissen nicht unbedingt in den Kopf eines beliebigen Pelztiers gehörte.

Würde irgendjemand versuchen, uns auf dem Rückweg abzufangen? Wenn ja, dann konnte ich nichts daran ändern und außerdem war ich todmüde. Der Rückflug dauerte noch länger, weil wir anscheinend Gegenwind hatten, und wir mussten wieder zum Tanken zwischenlanden. Doch alles klappte reibungslos. In Jackson Hole war es deutlich kälter als im Süden, eine frische, dicke Schicht Schnee dekorierte die Landschaft und auf dem Flughafen waren schon Räumfahrzeuge unterwegs.

Nach der Landung erklärte Jessie Parks: »Wir eskortieren euch noch zurück zur Schule, dann machen wir uns mit dem Buch auf den Weg zurück zum Rat.« Sie blickte sich wachsam um.

Unser tätowierter Hausmeister Theo und Joe Bridger waren direkt aufs Flugfeld gekommen, um uns abzuholen. Joe, eine große, schlacksige Gestalt mit strubbeligen schwarzen Haaren, zerrissenen Jeans und *Metallica*-T-Shirt, schien sich über unseren Anblick wirklich zu freuen. »Hi, Dad. Ihr hattet 'nen spannenden Hinflug, hab ich gehört – gibt das wieder eine Geschichte für deinen Unterricht?«

James Bridger lächelte zurück. »Nee, lieber nicht … die Leute dürfen ja nicht mal wissen, weswegen wir losgeflogen sind. Wehe, du verrätst was.«

»Never ever.« Joe tat so, als wäre er gekränkt. »Es gibt Geheimnisse, die nimmt man mit ins Grab!«

»Was für ein Grab? Hab ich da was verpasst?«, fragte Jessie Parks. »Theo, könntest du vorausfahren? Ich war ja noch nie bei euch.« Theo nickte.

Und da endete für uns das, was Menschen komischerweise eine »Glückssträhne« nennen, obwohl keinerlei Haare im Spiel sind. Kaum waren wir auf der Landstraße, die zur Schule führte, war die Straße blockiert. Anscheinend hatte es dort einen Unfall gegeben, ich sah drei Autos, zerbrochenes Glas und eine Frau, die blutüberströmt auf dem Asphalt lag.

Erschrocken spähte ich nach draußen und mir fiel Mr Bridgers Lerngeschichte von neulich ein. Wahrscheinlich galt für ein Verbrechen oder einen Unfall, den man beobachtete, das Gleiche: erst mal die Polizei oder Feuerwehr anrufen und melden, was los war.

»Sieht übel aus – halt an, Theo«, meinte James Bridger, zückte sein Handy und wählte anscheinend den Notruf. »Hm, seltsam, kein Empfang.«

Theo bremste scharf und lenkte den Schul-Kombi an den Rand der Straße. Auch unsere Begleiter hielten an, sie wären sowieso nicht durchgekommen.

»Gott sei Dank, schnell, helfen Sie uns, im Auto ist noch jemand eingeklemmt!«, rief uns einer der Männer zu, der sich gemeinsam mit einer Begleiterin um jemanden auf dem Fahrersitz kümmerte. Ein anderer Mann kniete neben der verletzten Frau und ein weiterer saß noch hinter dem Steuer des dritten Autos, dessen Motor lief.

Die beiden Bridgers, Theo und ich rissen ungefähr gleichzeitig die Türen auf und sprangen raus, während Wing sitzen blieb. Aber mein Lieblingslehrer merkte ein paar Momente vor mir, dass hier etwas nicht stimmte. Es war die Witterung, die nicht passte. Dieses Blut war nicht echt, sondern stank nach Farbstoff, und die Menschen rochen nicht nach Angstschweiß, wie es nach einem Unfall normal gewesen wäre. Das war eine Falle!

»Weg hier!«, brüllte James Bridger und wich zurück zu unserem Wagen. »Theo, schnell!«

Von der Rückbank des einen Autos kam ein weiterer Gegner zum Vorschein, jetzt waren es vier Männer und eine Frau, die auf uns zurannten. Auch das weibliche Unfallopfer sprang auf ... und riss sich die Perücke vom Kopf. »Schnappt sie euch!«, kreischte eine Frauenstimme und ich blickte in die triumphierenden Augen von Rebecca Youngblood persönlich.

Carag, pass auf!, schrie Wing, die sich blitzschnell verwandelt hatte. *Versucht durchzuhalten, ich fliege zur Schule und hole Hilfe!*

Die Ratsleute stürzten sich in den Kampf und hielten mehrere unserer Feinde auf, bevor sie an uns herankommen konnten. Ich sah Aboyo mit einem unglaublich gelenkigen Woodwalker kämpfen, der versuchte, ihm den Arm um den Hals zu schlingen und die Luft abzudrücken. Abrahams lieferte sich ein Messer-Duell mit einem Mann, in dem ich Bären-Wandler Thor erkannte, einen von Millings Getreuen. Beide umkreisten sich lauernd, sprangen dann plötzlich vor und stießen mit der Klinge zu. Bisher hatte Abrahams ausweichen können. Aber nun zückte die Youngblood eine silberne Pistole!

»Runter!«, schrie Jessie Parks uns zu und wir drückten uns auf den rauen Asphalt. Fasziniert beobachtete ich, wie Jessie Parks erst irgendein zackiges Ding aus Metall auf die Youngblood warf, sodass sie ausweichen musste, und sich dann auf sie stürzte. Es knallte, unsere Feindin hatte geschossen, aber

Jessie Parks war noch immer auf den Beinen und anscheinend unverletzt. Ein Fußtritt, und die Youngblood schrie auf; in hohem Bogen flog ihr die Waffe aus der Hand und verschwand im Straßengraben.

Leider waren noch ziemlich viele Gegner übrig und so sprang ich sofort wieder auf, um meine Freunde zu verteidigen.

»Carag – hilf Bridger!«, rief Jessie und fing im letzten Moment einen Schlag ab, den ihr die wütende, von Kunstblut durchtränkte Youngblood verpassen wollte.

Bevor ich meinen Lehrer ins Auto schieben konnte, packte mich einer der Männer – Sergej, der blonde Luchs-Wandler aus dieser Pseudo-Selbsthilfegruppe! Ein anderer, ein schwer gebauter, stiernackiger Typ, versuchte, mir den Arm auf den Rücken zu drehen. »Gib auf, Junge!«

»Wieso?«, fragte ich, teilverwandelte mein Gebiss und grub dem Blonden die Zähne tief in den Arm. Aufbrüllend ließ er mich los. Mit einem harten Ruck warf ich mich nach hinten und riss Mr Stiernacken mit mir. Ich rollte rückwärts über ihn ab, sodass ich kurz auf seinem Gesicht hockte, und war frei. Abrahams, der seinen ersten Gegner inzwischen erledigt hatte, hielt den Blonden davon ab, mich noch einmal anzugreifen.

Höchste Zeit! James Bridger war tatsächlich in Schwierigkeiten. Eine kräftig gebaute Frau mit einem blonden Pagenschnitt bedrohte ihn mit einer Pistole und knurrte ihn an: »Geben Sie mir diesen Rucksack, sofort! Ist das Buch dadrin?«

Ich erkannte auch sie, es war Mina, die Bärin, mit der Tikaani und ich einen unangenehmen Abend im *Mountain Inn* verbracht hatten.

James Bridger, der direkt neben dem Auto stand, hob die Hände, der Rucksack stand zu seinen Füßen. »Ganz ruhig. Ich bücke mich jetzt und werfe Ihnen den Rucksack rüber, ja? Das

Buch ist in einem Metallbehälter, wie man ihn für Flugschreiber benutzt. Feuer- und explosionssicher.«

»Gut.« Mina beobachtete ihn misstrauisch, während sich Mr Bridger herunterbeugte. Das gab Joe und mir die Chance, sie von hinten anzugreifen. Mit einem Tritt in die Kniekehle brachte Joe sie ins Stolpern, sodass Theo und ich sie packen, ihr die Pistole abnehmen und ihr den Arm auf den Rücken drehen konnten.

Mit einem unglaublich lauten Knall ging ihre Waffe los, die Kugel prallte neben uns von der Straße ab und sauste himmelwärts. Ich erschrak so sehr, dass Mina es beinahe geschafft hätte, uns drei zur Seite zu schleudern und sich zu befreien. Sie war mindestens so stark wie Theo, unser Elch-Wandler. Doch im letzten Moment kam uns einer der Ratsleute zu Hilfe.

»Hab sie«, keuchte Aboyo und presste sein Knie gegen ihren Rücken, damit sie unten blieb. »Los, nehmt das Auto und haut ab, wir halten sie auf!«

Aber wie sollten wir abhauen? Noch war die zweispurige Landstraße zur Schule von den Autos unserer Gegner blockiert! Doch Theo schubste mich trotzdem in den Schul-Kombi und warf sich auf den Fahrersitz. James Bridger rannte mitsamt Rucksack zur Beifahrerseite. Joe, der es ebenfalls ins Auto geschafft hatte, konnte nicht mal die hintere Tür zuzerren, bevor Theo den Motor aufbrüllen ließ.

»Und los«, grollte er, latschte aufs Gas ... und rammte die beiden Fahrzeuge, die vor uns quer auf der Straße standen. Schob sie mit brutaler Gewalt zur Seite. Ich hörte Metall knirschen, Glas splittern und Reifengummi über den von Schnee glitschigen Asphalt radieren.

Wenn es nur *ein* Auto gewesen wäre, hätten wir es vielleicht geschafft, aber die beiden blöden Blechbüchsen verkeilten sich ineinander. James und Theo kapierten das schnell.

»Zurück zum Flughafen«, kommandierte mein Lehrer, Theo knallte den Rückwärtsgang rein und ich wurde nach vorne gerissen, als der Kombi nach hinten schoss. Zum Anschnallen war keine Zeit gewesen, deshalb duckte ich mich und schützte den Kopf mit den Armen, als Theo den Wagen zur Seite riss und in Rekordzeit auf der schmalen Straße wendete. Unsere Angreifer verloren keine Zeit und rannten ebenfalls zu ihren Autos.

Wir rasten zurück zum Flughafen – und James hatte seinen Rucksack mit dem kostbaren Inhalt noch! Hoffentlich hatte das Cherokee-Buch nicht zu sehr gelitten, immerhin war es älter als wir alle zusammen.

»Haben wir eine Chance?«, keuchte ich.

»Bin ich 'n Wahrsager oder was?« Joe klammerte sich an dem Vordersitz fest, der scharfe Geruch der Angst ging von ihm aus. »Aber ich sag dir was – wenn einer uns hier rausbringen kann, dann mein Dad.«

»Ich weiß«, sagte ich. Auch ich vertraute James Bridger – Kojoten-Wandler waren schlauer als andere Leute und Bridger war der klügste Mensch, den ich kannte.

Im Abwind

Zum Glück war Albert, der Onkel von Lissa Clearwater, noch bei seiner Maschine auf dem Flughafen von Jackson Hole. Gerade band er die Tragflächen an Metallringen im Boden fest. Als er uns heranrasen sah, kapierte er schnell, was geschehen war. Theo stellte das Auto irgendwie ab, wir stürzten zum Zaun und Albert öffnete uns die kleine, mit einem Zahlenschloss gesicherte Gittertür, die zum Flugfeld führte. »Wie viele sind hinter euch her?«

»Sechs Leute«, berichtete James Bridger, der bemerkenswert beherrscht wirkte. »Wie schnell können wir starten?« Er blickte hinüber zu den Räumfahrzeugen, die gerade auf den Rollbahnen beschäftigt waren. Zum Glück war die Startbahn schon frei von Eis und Schnee.

»Gib mir fünf Minuten – wohin soll's gehen?«, fragte Albert, während Joe zu den Ringen im Boden rannte und die daran befestigten Tragflächen losband.

»Irgendwohin – Hauptsache, weg!«

Meine Augen irrten immer wieder zur Straße, völlig verkrampft wartete ich auf das Motorengeräusch. Wenn die Typen gleich nach unserer Flucht losgefahren waren, dann würden sie sehr bald hier sein.

»Geht das nicht schneller?«, fragte ich, während Albert irgendwas an der Außenseite der Maschine überprüfte und die

Bremsklötze vor den Reifen der Maschine wegkickte. »Wann können wir einsteigen?«

Ach du großer Berggipfel, da kamen die Kerle, ich erkannte die beiden Autos! Hastig machte sich Theo mit dem Schulauto aus dem Staub.

Unsere Feinde bremsten so hart, dass Kies und dreckiger Schnee zur Seite spritzten, sprangen aus ihren Autos, rannten zum Zaun und rüttelten am Gitter. Rebecca Youngblood schrie uns irgendwas zu, was im Geräusch eines startenden Flugzeugs unterging. Ihre roten Haare leuchteten in der Sonne.

»Los, rein!«, kommandierte James Bridger. Joe und ich sprinteten zur *Cessna Centurion* und kletterten auf die hinteren Sitze, nervös fummelten meine Finger mit dem Anschnallgurt. Wir hatten beide gesehen, dass Rebecca Youngblood ihre Waffe zurückhatte und damit auf das Schloss der Gittertür zielte ... und auf unser Flugzeug. Konnte das noch fliegen, wenn es zwei oder drei Löcher hatte?

Unser Propeller lief schon und hastig löste Albert die Bremsen, sprach gleichzeitig mit dem Kontrollturm. Ich spähte aus dem Seitenfenster und sah noch, wie unsere Gegner aufs Flugfeld rannten ... doch da waren wir schon auf der Startbahn und die *Cessna* schwang sich in die Luft. Uff. Anscheinend hatten wir keinen Treffer kassiert.

Am Sonnenstand sah ich, dass wir nach Norden flogen. Die Schneedecke über der Landschaft leuchtete und in der Ferne sah ich das Sonnenlicht auf dem vereisten Yellowstone Lake glänzen. Der begann immer schon im November zuzufrieren.

»Alles in Ordnung mit dem Buch?«, fragte ich meinen Lieblingslehrer. »Wollen Sie nicht mal nachschauen, ob es okay ist?«

»Geht nicht«, sagte James Bridger seelenruhig. »Ich habe es nicht mehr.«

Ich kapierte gar nichts mehr. »Aber ...«

»Als ich bei Kayla auf Toilette war, habe ich es verpackt und frankiert. Im Laden, in dem ich das Wasser und noch ein paar Kleinigkeiten gekauft habe, war auch eine Poststelle, wo ich es aufgeben konnte. Das habe ich natürlich vorher nachgeschaut.«

Joe grinste anerkennend. »Wohin hast du das Teil geschickt?«

»Ganz weit weg. Dorthin, wo es hoffentlich sicher ist. Nach Namibia im südlichen Afrika.«

»Nach ... Afrika?« Jetzt wirkte auch Bridgers Sohn nicht mehr cool und beherrscht.

Darauf würde die Youngblood nie im Leben kommen, und selbst wenn – sie kam nicht mehr heran an unseren Schatz. In meinem Kopf lieferten sich meine Gedanken ein Wettrennen. »Aber die Übersetzung haben Sie noch, oder?«

»Oh ja.« Bridger fischte den Stapel Papier aus seinem Rucksack und begann, wieder darin zu lesen. Was machte er, lernte er das Ganze auswendig?

Doch leider waren nicht nur wir in der Luft, sondern auch unsere Feinde.

Der schwarze Hubschrauber, der unseren Kurs kreuzte, kam mir schrecklich bekannt vor – ein solches Ding hatte Andrew Milling benutzt und anscheinend hatte der Rat es nicht beschlagnahmen können. Oder es gehörte einem seiner verbliebenen Fans.

»Das sind Irre, das können die nicht ernst meinen!«, hörte ich Alberts Stimme in meinen Kopfhörern schimpfen.

Bevor ich richtig kapiert hatte, was geschah, wurde das pulsierende Flappen immer lauter und der Hubschrauber setzte sich neben uns. Er war so nah, dass ich mehrere Menschen in seinem Inneren erkennen konnte. Jemand hielt ein Schild gegen die Fensterscheibe mit der Aufschrift *CALL 124,5* hoch.

»Ah, sie wollen mit uns reden«, sagte Albert und stellte etwas auf seinem Funkgerät ein. Dann herrschte er den anderen Piloten an: »Was soll das? Bleibt uns vom Hals!«

»Geben Sie auf und landen Sie!«, befahl eine nüchterne Stimme über Funk. »Befehl von Miss Youngblood.«

»Das könnt ihr vergessen«, gab Albert wütend zurück.

Der Hubschrauber hing noch immer neben uns ... und jetzt versuchte er, uns abzudrängen. Immer wieder bewegte er sich in unsere Richtung, wie um uns zu rammen, sodass Albert ausweichen musste.

»Fresst Dung!«, erwiderte Albert heftig. »Mal schauen, ob wir schneller sind als er. Meine *Cessna* hat ein bisschen was drauf.«

Der Motor dröhnte noch lauter, anscheinend hatte Albert Gas gegeben. Doch der Hubschrauber schaffte es mitzuhalten – anscheinend war es ein schnelles Modell. Ich sah einen Gewehrlauf, der aus einem Fenster ragte und auf uns zielte. »Achtung, die wollen schießen!«, schrie ich auf und im selben Moment knallte es auch schon.

Albert zog unsere Maschine scharf zur Seite. »Ich setze einen Notruf ab und fliege nach Jackson zurück!«

Er drehte am Funkgerät herum, änderte die Einstellung und sprach gehetzt mit jemandem – gab es eine Art Luftpolizei? Hoffentlich! Vielleicht konnten die Nationalpark-Ranger uns helfen, mit denen ich seit meinem Praktikum dort befreundet war? Die besaßen auch einen Hubschrauber.

»Gehen Sie runter. Jetzt. Das ist Ihre letzte Chance!«

Wieder drängte die fremde Maschine uns ab und kam diesmal so nah, dass es aussah, als würden die Rotorblätter uns gleich streifen. Aus der Entfernung konnte uns der Schütze an Bord kaum verfehlen! Als Albert unsere *Cessna* erschrocken ausweichen ließ, ging irgendetwas schief ... unser Flugzeug verlor an Geschwindigkeit, hing plötzlich wie leblos in der Luft. Albert zischte einen Fluch, dann sackte die Maschine ab. Auf einmal schien mein Magen irgendwo in der Gegend meiner Kehle zu hängen. Die Schnauze des Flugzeugs zeigte in die Tiefe, dann begann sich die Maschine zu drehen.

Wiesen und Bäume wirbelten in meinem Blickfeld, als wir völlig außer Kontrolle dem Boden entgegenkreiselten wie ein Herbstblatt und in der Kabine hin und her geworfen wurden. Ohne den Gurt, der in meinen Bauch schnitt, wäre ich herumgeworfen worden wie eine Erbse in einer Picknickdose. Beim großen Gewitter, war es aus? Würde ich Mia, meine Eltern und Tikaani nie wiedersehen?

Albert trat heftig in die Steuerpedale, um unsere Drehung zu stoppen, fing die Maschine dann vorsichtig ab. Schon waren unsere Tragflächen wieder parallel zum Boden, er hatte die *Cessna* rechtzeitig unter Kontrolle bekommen. Aber nun waren wir deutlich tiefer als vorhin, höchstens noch drei Baumlängen über dem verschneiten Boden ... und noch immer saß uns dieser Hubschrauber im Nacken! »Noch keine Antwort auf der Notfrequenz«, sagte Albert wieder. »Wir müssen ...«

»Er macht es wieder!«, schrie Joe.

So war es. Obwohl Albert unser Flugzeug im Zickzack flog, schaffte er es nicht, den Heli abzuschütteln. Nun setzte sich das Ding auch noch über uns, hinderte uns daran, wieder Höhe zu gewinnen. Als ich den Kopf in den Nacken legte, konnte ich durch die Cockpitscheiben den dunklen Bauch des Hubschraubers sehen und sein Fahrgestell, das aussah, als würde es aus riesigen Skiern bestehen. Noch ein Knall und noch einer. Sie schossen weiterhin auf uns. Plötzlich stotterte unser Motor, anscheinend hatten sie den getroffen.

»Oh verdammt … hilft nichts, wir müssen runter«, rief Albert.

»Kannst du hier irgendwo landen, Albert?«, fragte James Bridger erschrocken.

Joe und ich blickten uns entsetzt an, denn hier war weit und breit kein Flugplatz in Sicht.

Unser Pilot verschwendete keine Zeit mit Flüchen. »Die Wiese da vorne in der Nähe des Sees sieht gut aus, bestimmt kriege ich die *Cessna* da runter.« Über Funk sagte er: »Ihr habt gewonnen, wir landen hier. Aber für diese Aktion wandert ihr in den Knast, das verspreche ich euch!«

Ich fragte mich, was diese Leute mit uns machen würden, wenn sie uns hatten. Aber das würden wir vermutlich bald erfahren. Erst mal musste Albert die Maschine in einem Stück auf den Boden bringen!

Es fühlte sich an, als würden meine inneren Organe losgaloppieren wie eine fliehende Herde Wapitis. Die Spitzen der schneebedeckten Kiefern kamen immer näher, gleich würden sie uns aufspießen. Ich musste mir auf die Zunge beißen, um nicht aufzuschreien. Zweige peitschten unsere Räder, Baumspitzen streiften mit einem dumpfen Laut die Unterseite unseres Flugzeugs.

James Bridger hatte Handyempfang, ich hörte ihn unsere Position durchgeben und in sein Gerät rufen: »Schickt uns möglichst viele Kämpfer! Und vor allem Salomé! Wir brauchen Salomé, wie schnell kann sie bei uns sein?«

Moment mal, wieso ausgerechnet diese Erstjahresschülerin, mit der Mia zusammenwohnte? Was in aller Welt konnte ihre erste Gestalt sein?

Der Boden war nicht mehr weit entfernt, gleich war es so weit! Albert hatte das Fahrwerk nicht ausgefahren. Es gab einen Ruck, als die *Cessna* den Schnee berührte und auf dem Bauch darüber hinwegrutschte. Ich duckte mich und schützte den Kopf mit den Armen, während wir holpernd und ruckend über die Lichtung schlitterten. Dann kam unsere Maschine endlich zum Stillstand.

Ganz langsam hob ich den Kopf wieder und spähte nach draußen. Die Spitzen unseres Propellers waren völlig verbogen, aber ansonsten war das Flugzeug noch in einem Stück. Wir hatten unfassbares Glück gehabt! Das zugefrorene Ufer des Yellowstone Lake war nur drei Baumlängen entfernt.

Diese Landung hatten wir schon mal überlebt, nur leider waren wir jetzt unseren Feinden ausgeliefert. Der Hubschrauber war gerade dabei, eine Baumlänge entfernt zu landen. Schnee wirbelte auf und einen Moment lang sahen wir nur Weiß. Der Hubschrauber schwebte eine Weile auf der Stelle, anscheinend wartete der Pilot ab, bis er wieder etwas sehen konnte. Dann setzte die Maschine auf ihrem Fahrwerk auf, das wie Skier aussah.

»Sobald ihr draußen seid, tut erst mal so, als ergebt ihr euch. Aber wenn sich eine Chance ergibt, teilt euch auf und rennt zum Waldrand«, empfahl uns James Bridger grimmig, dann stiegen wir aus und atmeten die klare, schneidend klare Luft der Berge.

Schon marschierten unsere Feinde durch den Schnee auf uns zu, mit Rebecca Youngblood an der Spitze. Sie trug einen pinken Schal, der sich um ihren

Hals wand wie eine Nacktschnecke. Zwei ihrer Leute – ein Luchs und eine Schlange – hatten sich schon verwandelt, wahrscheinlich damit sie noch in den Heli passten.

Mein Herz klopfte mir bis zum Hals und meine Haut kribbelte. Waren schon Waffen auf uns gerichtet? Sollten wir die Hände heben?

James Bridger blickte ihnen entgegen, sagte: »Verdammt schade«, und holte ein Fläschchen mit der Aufschrift *Spiritus* aus seinem Rucksack. Anscheinend eine der »Kleinigkeiten«, die er in Talequah gekauft hatte. Dann zog er aus dem Metallbehälter zwar nicht das alte Buch, aber die Übersetzung der geheimen Formeln hervor, warf sie auf den Boden und schüttete die ganze Flasche über den Papierblättern aus.

Unsere Gegner brüllten los, schrien wild durcheinander und rannten auf uns zu. In wenigen Atemzügen würden sie uns erreicht haben. Ohne darauf zu achten, zog James Bridger ein Feuerzeug aus der Tasche, schnickte eine Flamme daraus hervor und kniete sich nieder, um sie an die Seiten halten zu können. Das Papier loderte sofort auf.

Rebecca Youngblood kreischte wie eine Feuerwehrsirene. Half ihr leider auch nichts. Die Blätter verbrannten vor ihren Augen.

Rasend vor Wut, verwandelten sich die Woodwalker, die im Hubschrauber gesessen hatten. Es war zu spät, um zu fliehen.

Verräter wider Willen

Der Pilot des Hubschraubers, die Löwen-Wandlerin und zwei ihrer Kämpfer blieben in Menschengestalt. Doch schon ein Blick auf diejenigen Gegner, die sich verwandelt hatten, genügte – wir hatten eindeutig ein Problem. Vor uns stand ein Stier mit dunkelbraunem Fell und gebogenen Hörnern – war das der, der am Tag der Rache bei unserer Schule gekämpft hatte? Neben ihm drohten uns zwei Schwarzbären mit gefletschten Zähnen.

»Großer Gott«, murmelte Joe Bridger und wollte nach dem Mäuseschädel greifen, den er sonst als Talisman um den Hals trug. Doch das Ding war kaputtgegangen bei unserer Flucht. »Wir ergeben uns, richtig?«

»Uns bleibt nichts anderes übrig«, sagte sein Vater, hob die Hände und bewegte sich unauffällig auf Joe zu, schob sich vor ihn. »Mein Fehler. Wären wir auf der Straße geblieben und hätten nicht versucht, mit dem Flugzeug zu fliehen, dann hätten unsere Freunde aus der Clearwater High uns zu Hilfe kommen können.«

»Sie können nichts dafür.« Ich hatte mir schon das T-Shirt ausgezogen, um es nicht zu zerreißen, wenn ich mich verwandelte. Doch gegen diese Übermacht kam ich nicht mal als Puma an, also ließ ich das Stoffding fallen und hob ebenfalls die Hände. Eisige Luft streifte meine Menschenhaut.

Unsere Feinde umringten uns; der Stier wühlte mit dem Huf in den verbrannten Papierresten auf dem geschmolzenen Schnee. *Kein Buch, nur einzelne Seiten,* berichtete er und unsere Gegner frohlockten. »Das kann nicht das Buch gewesen sein, das war irgendwas anderes«, sagte jemand.

Rebecca Youngblood telefonierte, während sie auf uns zuging, sprach wohl mit Verbündeten. Dann ließ sie das Handy in die Tasche gleiten und blickte mich an, als wäre ich ein sehr, sehr kleines Beutetier. »Du jämmerliches Katzenvieh, gleich wünschst du dir, du wärst in deiner gemütlichen Schule geblieben! Du hast von Anfang an nur Ärger gemacht!«

»Wieso sind Sie nicht in Las Vegas geblieben?«, fragte ich sie mit trockenem Mund. »Sie wollten doch berühmt werden, oder? War Ihre Show zu schlecht dafür?«

»Meine Show war Weltklasse, aber niemand hat ihr eine echte Chance gegeben!«, grollte die Youngblood. »Und was geht dich das eigentlich an?« Dann wandte sie sich James Bridger zu, streckte die Hand aus und befahl ihm: »Rucksack her! Sie haben nur so getan, als würden Sie das alte Buch verbrennen … aber auf so einen billigen Trick falle ich nicht rein!«

»Sind Sie sicher, dass Sie meinen Rucksack wollen?«, fragte James Bridger höflich.

Meine Feindin schnaubte, griff hinein … und brachte ein paar Dinge daraus zum Vorschein, die sie mit spitzen Fingern auf die Wiese fallen ließ. Ein Taschentuch, benutzt. Eine Blech-Trinkflasche, fast voll. Kotztüten, zwei Stück, leer (sie hatte Glück). Einen Beutel mit einem Reserve-T-Shirt und einer Ersatz-Unterhose, vermutlich getragen.

Das Gesicht der Youngblood war sehenswert, als sie den Rucksack umdrehte und schüttelte. Nur ein paar lose Krümel fielen heraus.

»Wo ist das alte Buch?«, herrschte sie Bridger an, teilverwandelte ihre Krallen und zerriss seine Winterjacke, als wäre sie aus Papier. Ich ballte die Fäuste; am liebsten wäre ich ihr als Puma ins Genick gesprungen. Was war ich nur für ein jämmerlicher Bodyguard ... mir fiel kein Weg ein, wie ich ihm helfen konnte.

Mein Lehrer wusste, dass er in Lebensgefahr war, doch er fragte trotzdem mit unbewegter Miene: »Was für ein Buch? Falls Sie was zu lesen brauchen, ich könnte Ihnen *Krieg und Frieden* von Tolstoi empfehlen. Das Thema interessiert Sie ja anscheinend.«

Rebecca Youngblood fauchte ihm ins Gesicht, ich sah, wie Spucketröpfchen auf Bridgers Wange landeten. Schon verwandelte sie sich, ihre Kleidung fiel in den Schnee (auch der pinke Schal) und darunter kam hellbraunes Löwenfell zum Vorschein. Nun waren ihre Eckzähne fast so lang wie meine Hand, jede ihrer Pranken so groß wie mein Kopf. *Was habt ihr damit gemacht? Sag mir sofort, was ihr damit gemacht habt!*

Joe war noch nicht sehr erfahren als Wandler. Leider. Selbst ich konnte spüren, dass er seine Gedanken nicht richtig abschirmte.

Auch einer unserer Feinde merkte es. Ich verkrampfte mich, als einer der Bären – Thor – mit wiegendem Gang durch den Schnee auf uns zutappte. Schon berührte seine Schnauze die Jeans von Joe Bridger. *Er denkt gerade, dass das Buch hoffentlich schon auf den Weg in ein fernes Land ist, ich kann nicht genau erkennen, welches ... doch, Namibia!*

In mir verdorrte alles, so fühlte es sich jedenfalls an. Vielleicht wäre es besser gewesen, Mr Bridger hätte auch das alte Buch vernichtet.

Joe wirkte hilflos. »Ich ...«, stammelte er und seine Hände fuhren hoch, berührten seine Schläfen. »Es tut mir so leid!«

Danke, Thor, gut gemacht – Andrew wäre stolz auf dich, schnurrte die Löwin, die um uns herumpirschte und James Bridger aus gnadenlosen Augen betrachtete.

Der sah gerade seinen Sohn an. »Du konntest nichts dafür. Wie man seine Gedanken abschirmt, hat Isidore einfach noch nicht mit euch durchgenommen.«

Mit einer Kopfbewegung befahl die Youngblood ihre Kumpane heran, darunter den ehemaligen Soldaten, der in zweiter Gestalt ein Luchs war. Mit der Schnauze zeigte sie auf James Bridger. *Fesselt ihn. Der kommt mit uns und sein Sohn auch – als Druckmittel.*

Was ist mit dem Pumajungen?, fragte Thor und aus seinem Kopf schwappte eine Welle der Wut über mich hinweg. Brennend heiß fühlte sich das an. *Darf ich den erledigen? Wegen dem ist am Tag der Rache mein Bruder gestorben!*

Nie hätte ich gedacht, dass uns dieser Tag einmal so einholen würde.

Instinktiv antwortete ich in Gedanken, und zwar so laut, dass alle es hören konnten. *Dein Bruder war Derek, nicht wahr? Als die Bienenkönigin eingegriffen hat, ist er gestochen worden ... und war allergisch dagegen, oder? Wieso habt ihr ihm nicht geholfen?*

Wie denn, wir waren alle in zweiter Gestalt, grollte Thor, schlug mit der Pranke nach mir – und hob lauschend den Kopf.

Auch ich hörte das vertraute flappende Geräusch eines Hubschraubers. Knapp über den Baumwipfeln schoss die rot-weiße Maschine heran ... und machte sich bereit zur Landung. Wir duckten uns, während sie den üblichen Schneesturm entfesselte; Eiskristalle prickelten auf meinen Wangen. Dann konnten wir endlich etwas erkennen und mein Herz hüpfte vor Freude, als ich hinter der Windschutzscheibe Jessie Parks erkannte. Unsere Helfer hatten ein Transportmittel aufgetrieben und waren uns gefolgt!

»Lauft!«, schrie James Bridger uns zu und wir rannten alle vier zum Hubschrauber. Aufbrüllend liefen unsere Feinde uns nach – Thor war so nah hinter Joe Bridger, dass er ihn beinahe berühren konnte. Mir war der Stier auf den Fersen, ich konnte ihn durch den Schnee pflügen hören. Sein Schnauben erklang furchtbar nah hinter mir.

Verwandlung im Sprung, dachte ich verzweifelt und spürte dankbar, wie sich mein Körper verformte. Für den Winter in den Bergen war mein Körper viel besser geeignet als seiner. Mit so langen Sprüngen, dass meine Pfoten kaum noch den Boden zu berühren schienen, raste ich davon und bekam wieder etwas Vorsprung.

Joe Bridger versuchte, es mir nachzumachen, oje, was war, wenn er das verpatzte? Er war noch immer ein ziemlicher Anfänger! Doch anscheinend hatte sein Dad das über den Sommer mit ihm

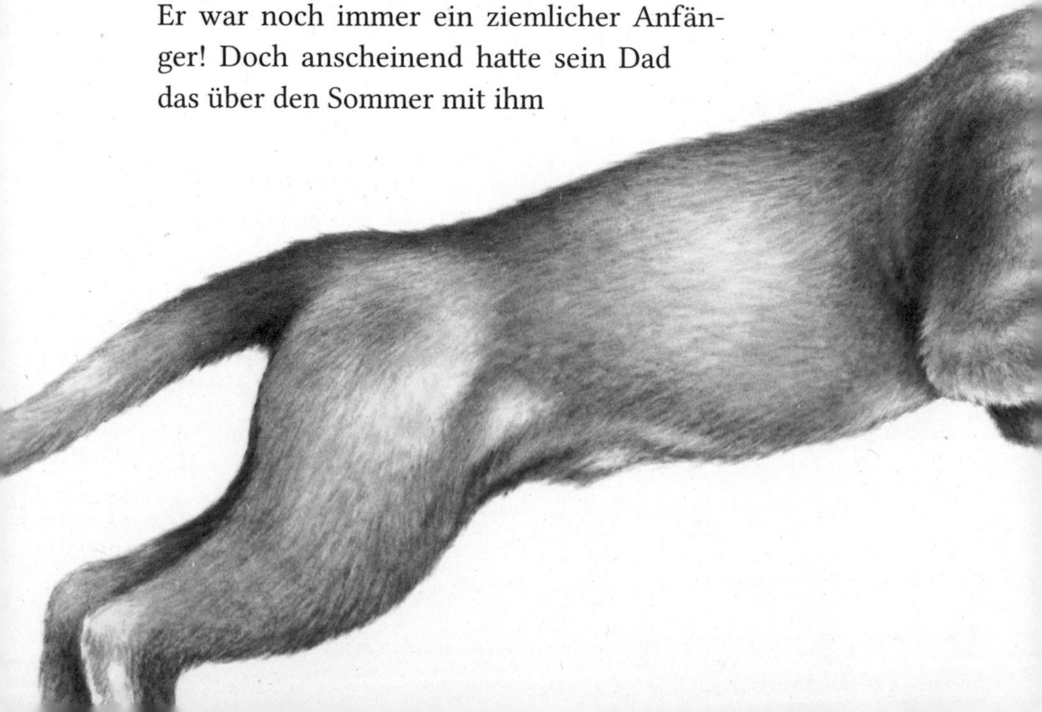

geübt, reibungslos wurde er zum Kojoten, der leichtfüßig voransprintete.

Die Seitentür des Hubschraubers ging auf und federnd sprangen zwei Ratsleute heraus – Jessie Parks, die den Heli geflogen hatte, und ihr Kollege Aboyo. Auch Salomé kam zum Vorschein, die sie mit dem Heli aus der Schule abgeholt haben mussten. Moment mal, warum nicht mehr Leute? Unsere Wölfe waren gute Kämpfer, besonders Tikaani und Cliff!

»Wir mussten Platz im Hubschrauber lassen, damit wir euch hier rausholen können«, rief uns Jessie Parks zu, vielleicht hatte sie meine Gedanken aufgefangen.

Noch war Salomé ein großes, kräftig gebautes Mädchen, warum zögerte sie mit der Verwandlung? Jessie Parks dagegen verlor keine Zeit und nahm ihre Nashorngestalt ein. *Lassen Sie sofort diese Leute in Ruhe!* Ein grauer Koloss stapfte durch den schon ziemlich zerwühlten Schnee, trabte an mir vorbei und senkte den Kopf mit dem armlangen Horn.

Eigentlich hatte ich keine Zeit dafür, aber ich musste mich einfach umschauen. Der Stier glotzte das Nashorn an und sprang fast kaninchenartig zur Seite, bevor es ihn aufspießen konnte. Beruhigt rannte ich weiter.

Fast beim Hubschrauber, fast in Sicherheit! Doch dann hörte ich eine vertraute Stimme aufschreien. Sergej hatte Joe Bridger zu Boden gerissen und versuchte, an seine Kehle heranzukommen. Und während die beiden Bären und der

Stier gemeinsam das Nashorn attackierten, hatte sich Rebecca Youngblood als Löwin meinen Lieblingslehrer vorgenommen und grub ihre Zähne in seinen Oberarm. Dann schleifte sie ihn auf den schwarzen Hubschrauber zu wie ein erbeutetes Zebra; der Schnee bekam rote Flecken.

Mr Bridger, schrie ich und kehrte um. Steve Aboyo rannte als braun gefleckte Hyäne mit mir und bleckte das Gebiss, um den Luchs von Joe wegzuscheuchen. Salomé stand noch immer unschlüssig neben dem Hubschrauber. Auch in der Schule hatte sie manchmal so gewirkt – so als würde sie an sich selbst zweifeln und sich nicht recht wohlfühlen mit sich selbst. Verdammt, warum half sie uns nicht?

Lassen Sie Bridger auf der Stelle los, kommandierte Jessie Parks und senkte schnaubend den gehörnten Kopf. *Sie können hier nicht mehr weg, Youngblood – geben Sie auf!*

Aufgeben? Sehen Sie nicht, dass ich eine Geisel habe? Knurrend begab sich die Löwin mit ihrem Gefangenen hinter einem Felsen in Deckung. *Ich bin eine Nachfahrin einer Göttin und der leibhaftigen Sphinx, Sie erwarten doch nicht im Ernst, dass ich kapituliere?*

»Jessie ... schneid ihr den Fluchtweg ab«, stöhnte mein Lieblingslehrer.

Gute Idee. Grimmig hebelte das Nashorn den Stier aus dem Weg, trampelte über Thor hinweg und nahm dann Anlauf auf den schwarzen Heli zu. Mit der Wucht eines fahrenden Lastwagens rammte es die Maschine von der Seite. Doch beim ersten Angriff gelang es Jessie Parks nicht ganz, das Ding umzuwerfen, nur die Seitentür hatte ein Riesenloch. Panisch versuchte der Pilot, den Motor zu starten und wegzufliegen, doch das dauerte anscheinend zu lang.

»Noch mal!«, feuerte Albert Jessie an.

Diesmal gelang es. Mit einem weiteren kräftigen Schubs warf Jessie Parks den schwarzen Hubschrauber um, er fiel auf die Seite wie ein totes Insekt. Schnee stiebte auf. Mit einem Knacken brachen die sich langsam drehenden Rotorblätter und das gewölbte Glascockpit platzte wie eine Eierschale. Als wäre er das Küken, sprang der Pilot nach draußen und rannte weg, so schnell ihn seine Beine trugen.

Währenddessen griffen Steve Aboyo und ich die Youngblood von beiden Seiten an, gaben der Löwin keinen Moment Verschnaufpause, versuchten, sie von meinem verletzten Lehrer wegzudrängen. Doch es reichte nicht, keine Hyäne und kein Puma konnten es mit einer Raubkatze dieser Größe aufnehmen. Das wusste auch James Bridger. »Salomé – tu es, du hast meine Erlaubnis!«, brüllte er in Richtung der Erstjahresschülerin. »Wir brauchen dich – jetzt!«

»Okay«, sagte Salomé, schluckte ... und verwandelte sich.

Jeder, der sie sah, hörte auf zu kämpfen und starrte sie an, fasziniert und fassungslos zugleich. Ich natürlich auch. Denn ein Tier wie sie konnte es eigentlich nicht geben, nicht hier, nicht in dieser Zeit! Sie war etwa doppelt so groß wie die Löwin vor uns, hatte ein bräunlich geflecktes Fell und gewaltige Hauer, die aus ihrem Oberkiefer ragten. Zähne wie Säbel. Ein solches Tier hatte ich in meinem Geschichtsbuch gesehen, auf einem Bild zusammen mit Mammuts und Höhlenmenschen!

Unsere Feinde wirkten noch immer völlig überrumpelt. Keiner von ihnen hatte damit gerechnet, jemals einen lebenden Säbelzahntiger zu sehen. Doch dieser hier war keineswegs ausgestorben. *Sorry, dass ich euch das nicht sagen konnte – alle fanden es besser, es geheim zu halten,* sagte Salomé hastig zu mir. Dann wandte sie sich an unseren Lehrer, den die Youngblood immer noch mit gefletschten Zähnen bewachte. *Mr Bridger, was soll ich mit dieser Löwen-Wandlerin machen?*

»In vier oder fünf Stücken nach Hause liefern«, schlug Mr Bridger grimmig vor und presste eine Handvoll Schnee auf seinen verletzten Arm, vielleicht um die Blutung zu stillen. »Aber du könntest auch damit anfangen, sie von mir wegzujagen.«

Hör nicht auf ihn! Mädchen, du könntest berühmt werden, noch berühmter als ich, schwärmte die Youngblood währenddessen, während sie Schritt für Schritt zurückwich. *Schließ dich mir an und ich bringe dich ganz groß raus. Du bist eine Sensation, jeder wird dich sehen wollen!*

Nervös beobachtete ich unsere Erstjahresschülerin. Was hielt sie von diesem Angebot, konnte unsere Feindin sie bequatschen? Doch Salomé stieß nur ein tiefes Grollen aus. *In einem Zoo oder einem Zirkus? Vielen Dank, darauf kann ich gut verzichten! Lassen Sie sofort meinen Lehrer los oder ich muss leider angreifen.*

Besorgt behielt ich Mr Bridger im Auge. Seine Verletzung sah übel aus, wir mussten ihn so schnell wie möglich dort wegholen und in ein Krankenhaus bringen. Gleich würden wir ihn befreit haben – mit solchen Verbündeten konnten wir diesen Kampf nur gewinnen!

Dachte ich jedenfalls.

Eisduell

Ungeduldig wartete ich darauf, dass unsere Säbelzahntigerin Mr Bridger befreite und Jessie-das-Nashorn unsere restlichen Feinde plattmachte. Doch um einen Kampf zu gewinnen, braucht man auch Erfahrung … und Salomé war leider eine Erstjahresschülerin. Und das auch erst seit ein paar Wochen. Sie stand unmittelbar vor einer Stelle, wo der Schnee getaut war und ein Bach durch die Lichtung floss – in der Kälte stieg Dampf daraus hervor. Salomé ignorierte diese Tatsache einfach. Ich war im vulkanischen Yellowstone-Gebiet aufgewachsen, ich wusste, was es mit solchen Bächen auf sich hatte … aber Salomé war aus einer ganz anderen Gegend zu uns gekommen.

Als sie zu der Youngblood sagte: *Echt, Sie sind berühmt? Ich hab noch nie was von Ihnen gehört,* und die Löwenfrau wütend auf sie losschoss, schrie ich: *Nicht zurück, nicht zurück!* Aber Salomé wusste nicht, was ich meinte. Sie trat mit einer Hinterpfote voll in den Bach und brüllte auf. Denn das Wasser darin war selbst im Winter nicht etwa kalt, sondern heiß.

Rebecca Youngblood nutzte die Chance, um ihr die Krallen über die Schulter zu ziehen. Eulenkacke! Doch dafür war Mr Bridger jetzt unbewacht. Sofort schossen Aboyo-die-Hyäne und ich vor, um ihn zu befreien. Doch die Löwenfrau sprang wieder zurück zu ihm und flutete unsere Köpfe mit einem hämischen Triumphgefühl. *Netter Versuch, Leute. Aber ihr wart einfach zu schlecht vorbereitet.*

Mit flammenden Augen duckte sich Salomé, um die Youngblood anzuspringen und zu Boden zu ringen. Doch dann stutzte sie. Ein schriller Pfiff hallte über die Lichtung und wir hoben alarmiert die Köpfe. He, was war das denn? Drei Schneemobile – so etwas Ähnliches wie Motorräder mit Kufen – röhrten über das Eis des Yellowstone Lake auf uns zu. Gefahren wurden sie von Leuten, die ich nicht kannte. Leider Verstärkung für unsere Feinde!

Statt diesen Kampf lässig zu gewinnen, weil wir die stärksten Wandler auf unserer Seite hatten, mussten wir mit ansehen, wie Joe und Mr Bridger gepackt und zu den Schneemobilen geschleift wurden. Rebecca Youngblood sowie zwei große, ausgeruhte Löwen-Wandler deckten ihren Rückzug mit ihren Zähnen und Klauen, während Steve Aboyo und ich mit aller Kraft zu verhindern versuchten, dass sie Bridger mitnahmen. Auch Salomé kämpfte mit und erledigte einen der Löwen, doch das reichte nicht. Nicht mehr. Verzweifelt wünschte ich mir die kampferfahrene Tikaani an meiner Seite.

Immerhin, auch wir bekamen Verstärkung. Jessie Parks war Stier und Bären vorübergehend losgeworden und trampelte in unsere Richtung, außerdem hörte ich von oben den Schrei eines Adlers. Nein, zweier Adler!

James, wir holen dich da raus!, rief Lissa Clearwater und jagte im Sturzflug auf die beiden Männer zu, die Bridger zu den Schneemobilen schaffen wollten. Ein zweiter Weißkopf-Seeadler – he, war das nicht ihr Sohn Jack? – schlug den scharfen Schnabel in die Schulter eines Joe-Entführers. Tatsächlich, Jack Clearwaters Stimme rief: *Lasst ihn los, sofort!*

Die Kerle dachten nicht daran. Stattdessen zückte einer der Typen eine Pistole und ich sah Federn herumstieben. Voller Entsetzen sah ich, wie Lissa Clearwater kurz ins Trudeln geriet. Unsere Schulleiterin war getroffen!

Wütend stürzte sich Jack auf den Schützen. Seine Krallen packten zu, er hatte die Waffe. Schon trugen ihn seine großen Schwingen über den See hinaus, ich sah ein metallenes Objekt in die Tiefe fallen und über das Eis rutschen – dort kam so schnell niemand an es heran. Dann flog Jack zu seiner Mutter, die sich auf einen Baum gerettet hatte. Fast gleichzeitig mit Albert fragte er: *Lissa, bist du okay?,* wobei Albert es natürlich laut aussprach.

Keine Sorge, nur ein Streifschuss, antwortete unsere Schulleiterin, doch tun konnte sie nun nicht mehr viel. So wie wir alle. Schon hatten unsere Feinde Bridger und seinen Sohn mit vorgehaltener Waffe auf eins der Schneemobile gezwungen.

Verfolgt von der wütenden Salomé, rannte die Youngblood zu den neuen Transportmitteln und zog sich auf den hinteren Sitz. Der Fahrer ließ den Motor aufröhren, schon jagte die Maschine über den See davon. Das Eis war in dieser Jahreszeit dick genug, um sie zu tragen.

Es tut mir so leid, sagte Salomé zerknirscht und half Jessie, unsere restlichen Gegner in den Wald zu jagen.

Schon gut, brachte ich irgendwie heraus und blickte den Schneemobilen nach. Wohin würden sie unsere Freunde bringen?

Wir müssen sie mit dem Hubschrauber der Ratsleute verfolgen, schrie Lissa Clearwater, doch aus dieser Richtung kamen nur bedauernde Gedanken.

Unsere Maschine hat schräg auf einem Hang aufgesetzt, sie hängt zur Seite ... wenn wir so zu starten versuchen, könnte sie umkippen, berichtete Jessie Parks.

Mit brennenden Augen beobachtete ich, wie Joe Bridger sich plötzlich aufrichtete, sich von seinen Bewachern losriss und versuchte, bei voller Fahrt von dem Schneemobil abzuspringen. Beim großen Gewitter – das sah gefährlich aus, aber wenn er das hinbekam, konnten wir ihm vielleicht helfen! Doch seine Bewacher rissen ihn zurück.

Eulendreck, was war denn das? Da kam ein zweiter fremder Helikopter, dieser hier war blau lackiert. Begeistert winkte Rebecca Youngblood ihm zu. Was hatten unsere Feinde vor?

Mein Atem kam in Stößen, während ich zusah, wie vom blauen Heli aus an einem Kabel ein Mann herabschwebte; die Leute der Youngblood bremsten dort, wo er aufkam, ihre Schneemobile ab. James Bridger begriff anscheinend, wozu die Haltegurte dienten, die der Kerl dabeihatte, denn ich sah, wie er sich heftig wehrte. So heftig, dass drei Leute ihn festhalten mussten und nur noch einer für Joe übrig war.

Das gab Joe die Gelegenheit, die er brauchte. Mit einem Ruck riss er sich los, stürzte, kam aber wieder auf die Beine, obwohl sie seine Hände gefesselt hatten. Gewandt wich er den nach ihm packenden Händen aus und rannte los. Jetzt merkte man ihm den Kojoten an: Er hatte eine verdammt gute Balance und fing sich jedes Mal wieder, wenn er ausrutschte. Doch zwei Männer waren knapp hinter ihm, konnten sie ihn noch einholen? Sie versuchten, im Laufen zu schießen, doch das mit dem Zielen kriegten sie so nicht hin. Der aufstiebende Schnee verriet, dass ihre Kugeln ganz woanders einschlugen, und dann ging ihnen anscheinend die Munition aus.

Salomé und ich rasten los über den zugefrorenen See, um Joe in Sicherheit zu bringen. Wenigstens ihn mussten wir doch retten können!

Seid vorsichtig!, schrie Lissa Clearwater.

Schon hatten wir Joe erreicht und der riesige Säbelzahntiger stellte sich unseren Feinden, die ihn verfolgten, fauchend in den Weg. Sie kapierten schnell, dass ihnen diese Beute entkommen war. Hastig kehrten sie um und liefen zurück zu ihren Schneemobilen.

»Was ist ... mit meinem Dad? Könnt ihr ... meinen Dad ... irgendwie holen?«, stammelte Joe, während Salomé und ich versuchten, seine Fesseln durchzubeißen und ihn zu wärmen.

Es tut mir furchtbar leid, aber ich fürchte, im Moment können wir nicht viel tun, sagte Lissa Clearwater. Schon wurde unser Lehrer an der Winde hochgezogen zum blauen Hubschrauber, der sich über dem See in der Schwebe hielt. Das flappende Geräusch seiner Rotoren hallte weit in der Stille der Wildnis.

Erste Sterne glitzerten am Himmel, es wurde Nacht. Ganz am Rande bekam ich mit, dass gerade zwei Mitglieder unserer Fliegerstaffel eintrafen, denen das überhaupt nichts ausmachte – im Gegenteil.

Hallo, Miss Clearwater, hörte ich Avas Stimme zirpen. Schon landete Trudys Schwester als winziger grau-brauner Steinkauz auf dem Eis und schaute uns mit ihren runden gelben Augen an. *Tut uns echt leid, dass wir so lange gebraucht haben. Wir haben Sie erst nicht gefunden …*

Tabitha – schwarz wie ein Schatten, schnell wie eine Schwalbe – sauste um uns herum, zu dieser Tageszeit war sie am muntersten. *Ja, aber dann haben wir Ihre Kopfstimme gehört und euch hier entdeckt! Beim Vollmond, was sind denn das für schwarze Metallreste am Ufer?*

Ach, nur ein Hubschrauber, der einem Nashorn begegnet ist, erklärte unsere Schulleiterin hastig. *Seht ihr diesen anderen Hubschrauber da vorne? Könnt ihr ihm folgen? Wir müssen rausbekommen, wo sie James hinbringen!*

Tabitha klang wie üblich skeptisch. *Das schaffen wir nicht, an dem dranzubleiben. Außerdem erfrieren wir dabei.*

Keine Sorge, ich habe eine bessere Idee, meldete sich Ava entschlossen zu Wort und flatterte wieder hoch. *Komm, schnell, Tabitha!* Dann huschten die beiden neusten Mitglieder unserer Fliegerstaffel lautlos in die Nacht hinein.

Bessere Idee? Ich hatte keine Ahnung, was sie gemeint hatte. Und konnte nur hoffen, dass es eine gute Idee war! Jack versuchte, ihnen zu folgen, musste aber umdrehen, weil es gerade Nacht wurde und seine scharfen Augen ihm in der Dunkelheit nicht viel nutzten.

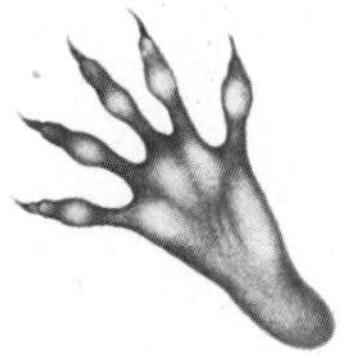

Ein School-Pool und ganz besondere Plätzchen

Es war Zeit, zur Schule zurückzukehren, hier hatten wir nichts mehr verloren. Nach den Aufregungen der letzten Tage war ich völlig fertig und sehnte mich nur nach Tikaani, meinen Freunden und einem saftigen Steak. In genau dieser Reihenfolge.

Salomé verwandelte sich hastig zurück, sie schien erleichtert, ihre aufsehenerregende zweite Gestalt erst mal wieder verbergen zu können. »Ich wäre lieber ein anderes Tier, das kannst du mir glauben – ich finde es schon als Mensch schrecklich, im Mittelpunkt zu stehen«, sagte sie zu mir. Sie war wirklich das genaue Gegenteil von Rebecca Youngblood.

Ich nickte ihr beruhigend zu – es war nicht ihre Schuld, was passiert war.

»Mit deinem Flugzeug können wir nicht mehr starten, oder?«, fragte ich Albert. Betrübt schüttelte er den Kopf und betrachtete die verbogenen Propellerblätter. »Das ist ein Totalschaden. Zum Glück habe ich eine gute Versicherung.«

Auch der Hubschrauber der Ratsleute war noch nicht wieder betriebsbereit, er hing nach wie vor schief. Vorsichtig stemmte sich Jessie Parks in ihrer Nashorngestalt dagegen und versuchte, ihn wieder gerade auf seine beiden Kufen zu setzen. Aber das konnte dauern.

»Sieht aus, als müssten wir zu Fuß gehen«, stellte Joe erschöpft fest.

Ich fliege voraus und schicke euch Hilfe, versprach unsere Schulleiterin. Anscheinend war sie nicht schlimm verletzt.

Immer auf der Hut vor Youngblood-Getreuen und von oben bewacht von Jack Clearwater, der nach Feinden Ausschau hielt, schleppten wir uns zur nächstbesten Straße. Dort holte Theo uns ab und niemand versuchte, uns aufzuhalten.

In der Clearwater High sah ich erleichtert, dass unsere Schulleiterin nur ein großes Pflaster am Arm bekommen hatte. Sie hatte wirklich Glück gehabt, dass es nur ein Streifschuss gewesen war. Verständnislos schaute ich mich in der Eingangshalle um – überall waren Schüler dabei, Weihnachtsdeko aufzuhängen. Lou befestigte Lichterketten, drei Zweitjahresschüler stritten sich darum, wo die Stechpalmenzweige und goldenen Girlanden hinsollten. Cookie versuchte gerade angestrengt, ein etwas schief gemaltes *Merry Christmas*-Schild am Baum in der Eingangshalle aufzuhängen. Meine feine Nase roch Plätzchenduft und Punsch.

»Was schaust du denn so, hast du vergessen, dass heute Abend unsere Schul-Weihnachtsfeier ist, bevor dann die Ferien anfangen und wir alle zu unseren Familien fahren?«, fragte Felix in seinem lustig klingenden Englisch, während meine Schwester mir um den Hals fiel und mir trotz ihrer Menschengestalt ins Ohr schnurrte.

»Äh, ja, hab ich«, sagte ich und drückte Mia zurück.

Brandon klopfte mir auf die Schulter. »Kann ich gut verstehen. Es sausen ja wilde Gerüchte durch die Schule, dass ihr angegriffen worden seid! Stimmt das etwa?« Er warf einen verunsicherten Blick auf Salomé, die niedergeschlagen wirkte.

»Ja, sind wir«, sagte ich und war ganz knapp davor loszuheulen. »Diese Dreckskerle haben James Bridger entführt.«

»Was?!«

»Wir ... wir konnten es nicht verhindern«, sagte Joe Bridger. Seine Augen sahen verdächtig feucht aus – kein Wunder, hier ging es schließlich um seinen Vater.

»Oh nein, das ist schrecklich!« Nell legte ihm die Hand auf den Arm. »Aber wir kriegen das hin, okay? Wir versuchen alles, um ihn freizukriegen.«

»Ach ja, wie denn? Willst du eine Mäusearmee losschicken?«, murmelte Joe. Doch diesmal ließ sich Nell nicht auf einen Streit ein, sie umarmte ihn einfach.

Sehr aufgeregt kam auch Terry angerannt, mal wieder auf vier Pfoten unterwegs, und hüpfte an mir hoch wie ein Gummiball. *Du stinkst nach Flugzeug, hast du das schon gewusst?*

Ich verdrehte die Augen. Jeder beschwerte sich, dass ich nach irgendwas stank, ob nach Deo oder Flugzeug. Anscheinend war nur pures Puma-Aroma okay.

Als Nächstes kam das gesamte Wolfsrudel und endlich sah ich Tikaani wieder. Ihre ruhigen dunklen Augen ruhten auf mir und natürlich spürte sie sofort, wie es mir ging. Es tat mir unendlich gut, sie in die Arme zu nehmen.

»Hey, wieso habt ihr verloren? Ich habe gehört, ihr hattet sogar ein Nashorn dabei und noch so einige besondere Kämpfer mehr«, meckerte Jeffrey.

Verlegen senkte Salomé den Kopf, obwohl unser Möchtegern-Alpha sie überhaupt nicht beachtete – seiner Theorie nach war sie ein Regenwurm.

»Hast du nicht mitbekommen, dass sie Mr Bridger erst mit Schneemobilen und dann mit einem Hubschrauber weggebracht haben?«, verteidigte uns Tikaani und Wing legte nach: »Nashörner können nicht fliegen, falls du das noch nicht wusstest, lieber Jeffrey. Aber du vielleicht? Wann heben wir mal zusammen ab?«

»Ach, ihr seid doch alles Loser, unser Rudel hätte die Youngblood allegemacht«, behauptete Jeffrey. »Wir hätten die Schneemobile aufgehalten und wären zum Hubschrauber hochgesprungen!«

»Jaja, schon klar.« In Pumagestalt hätte sich mir das Fell gesträubt vor Wut. »Du warst nicht da, du hast keine Ahnung, was passiert ist, aber groß rumtönen, das kannst du?«

Jeffrey setzte ein wölfisches Grinsen auf. »Hey, sei nicht so empfindlich. Eigentlich tust du mir ja leid. Du kannst nichts dafür, dass du eine Katze bist.«

Schäumend vor Wut, wollte ich meine Krallen teilverwandeln und ihm durchs Gesicht ziehen, doch da legte sich eine Hand auf meinen Arm. »Tief atmen – denk an was anderes«, sagte eine Jungenstimme. Als ich mich umwandte, sah ich einen schwarzhaarigen Jungen mit brauner Haut und azurblauen Haaren neben mir stehen. Tiago!

Er zog mich weg von Jeffrey und langsam regte ich mich ab.

»Der will dich doch nur provozieren, jedem ist klar, dass er Blödsinn redet«, meinte Tiago und ich freute mich wirklich, ihn zu sehen. »Meinst du?«

»Auf jeden Fall. Anscheinend hat jede Schule mindestens einen Kotzbrocken, irgendwie witzig, oder?« Shari, das Delfinmädchen mit den blonden Locken, lächelte mich beruhigend an.

»Eins ist klar, das coole Weihnachtsgeschenk, das ich für ihn hatte, bekommt er nicht«, beschloss ich an Ort und Stelle. Mir fiel spontan ein viel besseres ein!

Es sprach sich rasend schnell herum, dass unsere Gäste aus

der Blue Reef High eingetroffen waren. Sie wurden mit großem Hallo begrüßt, denn inzwischen drängten sich jede Menge Schüler in der Eingangshalle. Holly und Noah nahmen sich an den Händen und strahlten sich alle paar Momente an. Auch die Kampflehrerin Miss White war mit von der Partie und sah sich neugierig um.

Ich musste ständig daran denken, dass James Bridger nun Gefangener unserer Feinde war, aber ich bemühte mich zumindest, nett zu sein. »Herzlich willkommen in der Clearwater High. Schön, dass ihr da seid.«

Shari versuchte, mit den Fingern ihre blonden Locken durchzukämmen. »Kann mir mal jemand erklären, was dieses Weihnachten eigentlich ist und wie wir das heute Abend feiern?«

Sofort begannen die anderen, etwas über Baby-Jesus, Geschenke und Tannenbäume zu erzählen. Doch dann hob Lissa Clearwater, die ebenfalls zurückgekehrt war, die Hand und wir verstummten alle.

»Ich bin noch nicht sicher, ob wir überhaupt feiern«, sagte sie. »Solange James noch von dieser Löwenfrau gefangen gehalten wird …«

Bedrücktes Schweigen in der Eingangshalle, ein paar Leute nickten. Tikaani hielt ganz fest meine Hand.

»Immerhin haben wir Joe zurück, das ist Glück im Unglück«, meinte Nell, doch mir ging es eher wie unserer Schulleiterin. In meinem Bauch ballte sich ein großer Knoten aus Sorgen. Schon so lange war James Bridger mein Lieblingslehrer und ich wusste, dass er mich auch mochte.

Unsere Gäste aus Florida sahen ein bisschen geknickt aus, versuchten aber heldenhaft, es zu verbergen.

»Können wir die Deko trotzdem hängen lassen?«, fragte Felix.

»Also *wir* schmücken den Baum noch fertig, das lohnt sich

jetzt echt nicht mehr aufzuhören«, meinte Lou, die mit zwei Packungen glänzender Kugeln anscheinend auf dem Weg in die Aula war.

»Ja natürlich, bitte macht das.« Unsere Schulleiterin schaffte ein Lächeln … und schnupperte. »Kann es sein, dass hier irgendwas verbrennt?«

»Neeeein! Meine Plätzchen!« Holly ließ Noah los und düste die Stufen hoch zum zweiten Stock, wo die Küche war.

»Kommt, wir zeigen euch erst mal die Schule«, sagte ich und Mia lächelte unsere Gäste an. »Genau. Es ist echt katzig hier. Die Cafeteria wird euch bestimmt gefallen, man kann dort dreimal am Tag am Buffet Essen jagen, ganz ohne sich anzustrengen! Es läuft nämlich nicht weg.«

»Okay, Leute, ihr dürft gehen«, sagte Jack Clearwater zu unseren Gastschülern. »Aber seid bitte vorsichtig. Beim geringsten Verwandlungskribbeln …«

»Oh stimmt, ihr seid ja zwei Delfine und ein Hai«, fiel es Nimble ein. »Was macht ihr eigentlich, wenn ihr euch hier versehentlich verwandelt? Sterben?«

Ja, das hatte ich mich auch schon gefragt.

»Ich war eigentlich auch dagegen, dass sie hierher mitkommt«, erklärte Tiago allen, die es hören wollten, und deutete auf Shari. »Viel zu gefährlich!«

»Geht's noch?« Shari stemmte die Fäuste gegen die Hüften und funkelte Tiago an. »Meine Verwandlungen sind schon viel besser geworden, mir ist schon ewig nichts mehr …«

»Achtung, Weg frei, bitte beiseitetreten«, unterbrachen uns Henry und Frankie, die eine Art großen blauen Plastikfladen mit sich schleppten. Verständnislos schaute ich zu, während sie das Ding mitten in der Eingangshalle ausrollten und mit einer Luftpumpe anfingen, es aufzublähen. Doch Brandon hatte anscheinend schon kapiert, was hier vorging, und krümmte sich vor Lachen. Sogar Miss Clearwater lächelte ein wenig.

»Wir dachten, das ist im Notfall besser als nichts«, sagte sie, während Frankie losrannte und einen Gartenschlauch anschleppte.

»Das ist sehr cool«, meinte Noah, als er eine Weile später das fertig gefüllte Planschbecken betrachtete. »Also ich passe da locker rein. Tiago ... hm ... der müsste sich ein bisschen verbiegen, falls er das Ding mal braucht.«

»Wir könnten ihn zu einem Fluss schleppen«, schlug Lou vor. »Der Madison River friert nie ganz zu, weil er vulkanisch geheizt wird.«

Frankie tippte sich an die Stirn. »Viel zu weit! Weißt du, was ein Tigerhai wiegt?«

Mehrere Minuten später diskutierten Frankie, Shadow und Lou immer noch, ob man irgendwie einen Gabelstapler und unseren Schul-Kombi benutzen konnte, um einen Hai dieser Größe zum Madison River zu transportieren. Tiago selbst grinste nur. Er wirkte viel ausgeglichener und selbstsicherer als zu der Zeit, als ich mit ihm durch die Everglades getorkelt war. Wir hatten beide viel erlebt und gelernt in den Monaten, die seither vergangen waren!

Bevor wir die Gästeführung starteten, ging ich kurz mit den Lehrern nach draußen, um Ausschau nach Ava und Tabitha zu halten. Schweigend musterten wir den Himmel. »Seltsam, dass sie noch nicht zurück sind«, sagte Jack Clearwater besorgt.

»Gebt ihnen noch ein bisschen Zeit, vielleicht hatten sie eine enorme Flugstrecke«, wandte Miss White ein.

»Zwei Erstjahresschülerinnen ... das ist viel zu riskant, warum habe ich sie nur losgeschickt?« Miss Clearwater presste die Fingerspitzen gegen die Schläfen.

»Weil die beiden unsere einzige Chance waren«, sagte ich. *»Mr Bridgers* einzige Chance.«

Vielleicht ist ihnen was passiert? Terry schmiegte sich gegen mein Bein.

»Nein. Bestimmt nicht.« Tikaani blickte grimmig in die Runde und niemand wagte mehr, ihr zu widersprechen.

»Diese Frau ist echt gruselig«, sagte Salomé plötzlich. »Diese Sphinx.«

»Sie ist keine Sphinx«, widersprach ich. »Nur eine Löwin mit übergroßem Ego. Aber deswegen ist sie leider trotzdem gefährlich.«

Die anderen nickten stumm. Wenigstens wussten die Youngblood und ihre Leute nicht, dass James Bridger die Übersetzung gelesen hatte. Sie würden sicher nicht versuchen, aus ihm herauszupressen, was er wusste. Hoffentlich behandelten sie ihn gut, bis wir ihn freikriegen konnten!

Als Erstes führten wir unsere Gäste in den Keller, wo sie Labore, Werkstätten und den Erdbereich bewunderten. Noch war Brandons Statue unter einem Tuch verborgen. »Sie ist fertig, eigentlich wollte ich sie heute enthüllen«, meinte er und vergrub die Hände in den Taschen. »Aber ohne Tabitha macht das keinen Sinn.«

»Wart nur ab, sie taucht bestimmt gleich auf und erzählt uns brandheiß, wo Mr Bridger gefangen gehalten wird«, sagte ich und versuchte, so fest daran zu glauben wie an das nächste Frühstück.

Stolz präsentierte Maulwurfs-Wandlerin Bobbie den Gästen ihren neusten Tunnel. »Er führt einmal rund um die Schule, ist das nicht cool?«

»Ein Tunnel ... *unter* der Erde?« Shari staunte. »Wie hältst du es darin aus?«

»Es ist total gemütlich darin«, schwärmte Matti, der Dachs, und ich musste Shari wegziehen, sonst hätte sie sich womöglich überreden lassen, mal reinzukriechen. Dort wäre sie ungefähr so gut aufgehoben gewesen wie mein Puma-Ich in einer Zoohandlung.

»Wer mag ein Plätzchen?«, fragte Holly, die lautlos wieder im Kellergeschoss aufgetaucht war, und reichte im dunklen Erdbereich irgendetwas herum, was man nicht richtig sehen konnte. Was, wie ich gleich feststellte, daran lag, dass die Nussplätzchen schwarz waren.

»Die hast du mindestens eine halbe Stunde zu lange dringelassen«, meinte Bobbie und beäugte sie kurzsichtig aus der Nähe.

»Mit wie viel Grad hast du die gebacken, dreihundert?!«, fragte Brandon, nachdem er vorsichtig probiert hatte.

Noah nahm sich ein Exemplar und biss hinein. »Ach, wenn man die Kohleschicht abkratzt, sind sie echt lecker«, sagte er tapfer und Hollys weiße Zähne leuchteten im Halbdunkel auf.

Blitzschnell nahm sich Juniper Ash ebenfalls ein Plätzchen, bevor die verdutzte Holly ihr den Teller wegziehen konnte. »Stimmt. Ich jedenfalls mag sie knusprig«, sagte sie.

Und ein kleines Weihnachtswunder geschah: Holly hielt dem Luchsmädchen wortlos die Plätzchen hin, damit sie sich nachnehmen konnte.

Vier Flügel für ein Halleluja

Im Erdgeschoss zeigten wir den Gästen die Aula, wo die Prüfungen stattfanden, die Basketballfelder und unsere Klassenzimmer.

»Weit und breit kein Wasser, ich kann's echt nicht glauben«, sagte Shari und fröstelte, obwohl sie einen Pullover trug. »Und ganz schön kühl ist es hier. Ist das Weiße da draußen wirklich Schnee? Ich bin kurz reingetreten auf dem Weg in die Schule.«

»Ja genau, das ist Schnee – gefrorenes Wasser«, erklärte Tiago, bevor meine Freunde und ich zu Wort kamen. »Den hab ich schon mal im Fernsehen gesehen.«

Noah gähnte. »In Neuseeland haben wir so viel von diesem Zeug, dass wir sogar welches *verschenken* könnten.«

»Können wir gleich raus? Ich will mehr von dem Schnee ausprobieren!« Shari war ganz aufgeregt.

»Ja klar, das machen wir.« Besorgt spähte ich auf die Vorhersage. Es waren jetzt schon minus fünf Grad. Würden Tabitha und Ava bei dieser Temperatur die Flügel einfrieren? Wo waren die beiden gerade? Und wie ging es Mr Bridger? Wenn die Youngblood ihm etwas antat, würde sie das büßen!

Mühsam schob ich den Gedanken beiseite. Wir liehen Shari, Tiago und Noah dicke Winterjacken, Stiefel, Mützen und

Schneehosen (im warmen Florida gab es so was nicht in den Geschäften). Lou rannte zu ihrem Zimmer, um Handschuhe für Shari zu holen. »Meine müssten ihr eigentlich passen.«

Doch Tiago, Shari und Noah wollten nicht mehr abwarten, schon drängten sie nach draußen. Das Licht des Mondes ließ den knietiefen Schnee glitzern. Tiago stapfte sofort auf die Wiese hinaus, kickte mit den Füßen Schneefontänen hoch und lachte dabei übermütig. »Das Zeug gefällt mir!« Er formte einen Schneeball und blickte listig zu mir herüber.

Währenddessen warf sich Shari auf die Knie, formte die bloßen Hände zu einer Schale und betrachtete die weiße Pracht aus der Nähe. »Oh, wie hübsch, das sind ja ganz viele kleine Kristalle … aua!« Sie ließ den Schnee fallen. »Der beißt!«

»Genau, und das hier hilft dagegen«, sagte Lou und reichte ihr die nötige Schutzausrüstung.

Ich duckte mich gerade noch rechtzeitig, als ein Schneeball in meine Richtung zischte. »Rache!«, johlte Holly. Sie, Tikaani, Brandon und ich begannen, Schneebälle zu kneten, so schnell wir konnten. Ein dichter Hagel von Geschossen zischte über die immer noch völlig fasziniert im Schnee kniende Shari hinweg. Sie bemerkte es nicht mal, gerade war sie dabei, eine Portion Schnee zu probieren. »Oh, es schmilzt auf meiner Zunge! Ihr habt mich nicht angeschwindelt, es ist wirklich Wasser, obwohl es nicht so aussieht.«

Ein Schneeball platzte an ihrem Kragen. Ihr weiß geflecktes, verdutztes Gesicht sah so lustig aus, dass wir losgackern mussten.

Da sprang Shari auf. »Tiago, los, die kriegen wir! Feuer frei auf die Clearwater High!«

Wir mussten grinsen. Es war Tiago, der den Schneeball auf sie geworfen hatte. Aber das machte ja nichts. Drei Atemzüge später war ein heftiges Gefecht in Gange, wir gegen die Leute aus Florida. Schwer zu sagen, wer am Schluss gewonnen hatte, und das war auch egal. Mit roten Wangen stapften wir wieder nach drinnen und ich staunte darüber, dass ich Mr Bridgers Entführung tatsächlich ein paar Minuten lang hatte vergessen können.

Im ersten Stock zeigten Brandon und ich den Gästen unser Zimmer, bei dem sie die Aussicht über das mit einer nun ziemlich zerwühlten weißen Schicht bedeckte Grasland und die Waldstücke bewunderten. Im zweiten Stock gefielen Tiago, Shari und Co die Sofas und die große Glaskuppel, durch die man den Himmel sehen konnte, besonders gut.

»Ich hör was«, rief Tikaani und legte den Kopf in den Nacken. »Da kommt jemand! Schnell, macht die Kuppel auf!«

Aufgeregt betätigten Cliff und Mia, die beide sehr stark waren, den Öffnungsmechanismus. Eine winziges Käuzchen und eine nicht viel größere Fledermaus fielen durch den Spalt und plumpsten auf das rote Sofa darunter. *Kaaalt,* ächzte Ava.

»Ach, es ist nur diese komische Mini-Eule, die nicht mal richtig bis hundert zählen kann«, sagte Ameisenlöwe Paolo und gluckerte ein Glas Weihnachtspunsch runter.

Sofort fielen sämtliche Zweitjahresschüler über ihn her. »Halt sofort die Klappe!«

»Sie ist nicht komisch, verstanden?«

»Ava ist sehr viel toller als du!«

»Du redest so nicht von Trudys Schwester, ist das klar?« Jeder, der Jeffreys Gesichtsausdruck sah, wusste sofort, dass dieser Ameisenlöwe auf der Clearwater High keine angenehme Zukunft haben würde. Obwohl wir es ihm schon ein paarmal erklärt hatten, hatte Paolo anscheinend immer noch nicht kapiert, dass keiner von uns jemals vergessen würde, wer Trudy gewesen war. Und was ihre Schwester hatte aushalten müssen.

»Ich kenne diese doofe Trudy schließlich nicht persönlich«, brummte Paolo und mit klirrend kalter Stimme befahl Bill Brighteye: »Ab auf dein Zimmer! Jetzt. Erster Verweis.«

»Das ist eine echt blöde Schule hier«, murmelte der Ameisenlöwe und zog ab in Richtung seines Zimmers. »Ihr werdet schon sehen, was ihr davon habt, mich schlecht zu behandeln! Ich habe nämlich mächtige Freunde!«

»Was meint er denn damit?« Kimberley, die Kanadagans, schüttelte den Kopf. »Ich hasse Angeber! Klar, es gibt mächtige Woodwalker, aber mit denen hat *der* ganz bestimmt nichts zu tun.« Etwas verlegen verstummte sie.

»Was für ›mächtige Woodwalker‹ meinst du denn?«, fragte Brandon sie erstaunt und auch ich runzelte die Stirn. Das war irgendwie seltsam. Ich hatte gedacht, dass Kimberley erst seit Kurzem überhaupt wusste, dass sie eine Woodwalkerin war, und sich noch nicht so auskannte in unserer Welt. Woher hätte sie irgendwelche mächtigen Wandler kennen sollen?

Kimberley bemerkte unsere Blicke und lächelte ein bisschen verkrampft. »Weiß nicht ... die aus dem Rat oder so? Von denen hat mir neulich jemand erzählt.«

Da hatte sie natürlich recht – die Ratsmitglieder konnte man tatsächlich als »mächtige Woodwalker« bezeichnen. Ich nahm mir vor, nicht immer gleich so misstrauisch zu sein. Außerdem war unser Problem bestimmt nicht Kimberley, sondern eher dieser großmäulige Ameisenlöwe.

»Schon merkwürdig, oder?«, raunte ich meinen Freunden zu. »Für manche jungen Woodwalker ist die Clearwater High die beste Schule der Welt ... und ein paar andere sagen, sie sei die blödeste.«

Nachdenklich nickten Holly, Tikaani und Brandon.

Kaum war Paolo weg, scharten wir uns alle um den Stein-

kauz. Jeffrey ließ Ava, an deren aufgeplusterten Federn Raureif haftete, auf seiner Hand sitzen. »Sollen wir dich in die Krankenstation bringen?«

Ava schüttelte ihr fedriges Köpfchen. *Ein bisschen aufwärmen, dann geht es wieder.*

»Konntet ihr den Kerlen folgen?«, fragte ich und bebte innerlich wie ein Geysir kurz vor dem Ausbruch.

Nein, aber das mussten wir auch gar nicht, erzählte Tabitha, die aussah, als wäre sie schon halb in Winterstarre.

Wir haben uns nämlich in den Hubschrauber reingeschmuggelt!, meinte Ava stolz. *Keiner hat es gemerkt. Wir sind einfach mitgeflogen bis dorthin, wo sie gelandet sind.*

»Halleluja!«, jubelte Lou. Keine Ahnung, was das bedeuten sollte. Lissa Clearwater und die anderen Lehrer drängten sich durch. »Wohin haben sie ihn gebracht?«, drängte unsere Schulleiterin.

Ganz weit nach Nordwesten, raus aus dem Nationalpark, berichtete Ava. *Sie sind an einem seltsamen Ort gelandet, dort stand eine alte Hütte und es gab auch ein Loch im Boden. Dort halten sie ihn gefangen.*

Ein Loch im Boden? Noch während ich mich wunderte, nickte Bill Brighteye. »Wahrscheinlich eine der alten Silber- und Goldminen, von denen gibt es jede Menge hier in der Gegend.« Er atmete tief durch. Sarah Calloway legte den Arm um Joe, der sich das ohne Regung gefallen ließ. Alisha White dagegen schien es sehr gut zu gefallen, dass Jack Clearwater das Gleiche bei ihr tat.

Ich konnte spüren, wie Lissa Clearwaters Anspannung ein

wenig nachließ »Ava, Tabitha, ihr seid großartig! Ihr bekommt eine Note eins in Verhalten in besonderen Fällen, Sei dein Tier, Kampf und Überleben ....«

»... und vielleicht auch noch in Englisch, Mathe und Physik?«, brummte Berta, woraufhin Lissa Clearwater ihr einen strengen Blick zuwarf.

»Wollen wir noch heute versuchen, James da rauszuholen?«, fragte Bill Brighteye, wahrscheinlich konnte auch er sich denken, dass die Nacht nicht leicht werden würde für meinen Lieblingslehrer. Selbst wenn die Youngblood ihn einigermaßen gut behandeln ließ.

»Bin dabei!«, rief Alisha White und Jack Clearwater nickte.

Ich wollte schon »Ja unbedingt!« sagen, da sah ich, dass dem Federbällchen in Jeffreys Hand die Augen zugefallen waren. Und Tabitha hing in Terrys Bauchfell wie etwas, das der Müllmann vergessen hatte mitzunehmen.

»Erst können wir noch ein bisschen gemütlich zusammensitzen, wenn ihr möchtet«, sagte Miss Clearwater. »Es schadet auch nicht, wenn ihr euch eure Geschenke gebt. Dann ein wenig Schlaf, unsere beiden Scouts hier müssen sich dringend ausruhen. Aber noch in dieser Nacht machen wir uns auf den Weg, um James zu befreien. Und bevor die Sonne aufgeht, wird die Youngblood eine herbe Überraschung erleben.«

Darauf tranken wir alle einen großen Schluck Weihnachtspunsch.

Ein waldiges Weihnachten

Andrew Milling

»Es tut mir leid, dass Sie auch an Weihnachten hier sein werden, und Besuch ist leider nicht erlaubt.« Der Pfleger – ein Typ namens Nick – warf ihm einen Fleischbrocken in das neue Gehege, das mehr oder weniger ein nicht sehr großer, rundum vergitterter Hinterhof war. »Möchten Sie vielleicht eine Kerze für die Adventszeit?«

Andrew ignorierte das Fleisch und durchbohrte den Pfleger mit einem Blick aus seinen goldbraunen Puma-Augen. *Glaubst du wirklich, ich will freiwillig Feuer hier drin, Nick? Ich, ein Woodwalker?*

»Nein, äh, vermutlich nicht.« Hastig zog sich der Pfleger zurück, der selbst ein Wandler war.

Wo war er hier? Waren sie immer noch in Colorado? Dass der Rat ihn an diesen unbekannten Ort hatte verlegen lassen, würde seinen Ausbruch verzögern. Aber würde er ihn auch verhindern können? Leider beobachteten seine Bewacher – Nick, Barney sowie die stämmige, wortkarge Belle – ihn und die Umgebung rund um die Uhr durch Überwachungskameras.

Verächtlich markierte Andrew eine von ihnen mit einem hohen Strahl – durch die Linse sah nun sicher alles ziemlich gelb aus.

Andrew! Können Sie bitte aufpassen, wo Sie hinsprühen?, zischte eine Stimme. Wie es aussah, hatte er trotz allem Adventsbesuch. Es war eine gelb-weiße Python, die gesprochen hatte – er sah nicht viel von ihr, nur ihren züngelnden Kopf, der etwa so groß war wie seine Pranke. Der dazugehörige Schlangenkörper, der im Gebüsch verborgen war, musste riesig sein. *Mein Name ist Lydia Lennox, ich bin eine Ihrer Unterstützerinnen.*

Andrew mochte Reptilien. Manchmal vermisste er seine Assistentin, die eine Klapperschlange gewesen war und sich am Tag der Rache aufgeopfert hatte. *Freut mich. Wann könnt ihr mich endlich hier rausholen?*

Die Python betrachtete ihn ungnädig. *Es war nicht ganz leicht, Sie hier zu finden, wie wäre es mit ein bisschen mehr Dankbarkeit?*

Eine Erinnerung dämmerte in ihm hoch, an eine Frau im weißen Kostüm mit brillantbesetzter Armbanduhr. War sie das gewesen, die ihn in seiner Sunny-Meadows-Zelle schweigend, aber respektvoll gemustert hatte?

Danke, sagte Andrew Milling knapp. *Also, was ist der Plan?*

Es ist mir gelungen, Ihren Pfleger Barney zu erpressen – er wird wegschauen, wenn wir Sie befreien, und die anderen daran hindern, Hilfe zu rufen, flüsterte ihm die Python in den Kopf.

Triumphgefühle durchfluteten Andrew. *Klingt gut. Wann geht es los?*

Wir brauchen noch ein bisschen Zeit, um alles vorzubereiten. Und Rebecca will erst das alte Buch mit den Verwandlungsformeln beschaffen, damit wir Ihnen direkt nach dem Ausbruch Ihre erste Gestalt zurückgeben können. Sie ist dem Buch schon dicht auf der Spur.

Andrew musste seine Ungeduld niederkämpfen. *Na gut. Aber beeilt euch gefälligst. Meine Anhänger warten darauf, dass ich zurückkehre. Ich plane gleich zu Anfang eine große Aktion, um den Menschen zu zeigen, was passiert, wenn sie Wald roden oder Tiere schießen.*

Versteht sich von selbst. Die Python klang nicht sehr interessiert. *Ich muss wieder los. Verlieren Sie nicht die Nerven, Milling, und versuchen Sie nichts auf eigene Faust. Bald ist es so weit.*

Schon war sie lautlos zurückgeglitten ins Gebüsch. Ihr Körper war endlos lang, doch geschickt achtete sie darauf, im toten Winkel der Überwachungskamera zu bleiben.

Zufrieden machte sich Andrew daran, den Fleischbrocken mit Zähnen und Klauen zu zerfetzen. Bald. *Bald.* BALD. Sehr bald würde er das wieder mit seinen Feinden tun können und mit all jenen, die ihn verraten hatten.

Carag

Manchmal musste ich daran denken, wie es Andrew Milling wohl jetzt, zur Weihnachtszeit, in seinem Gefängnis erging. Aber nicht allzu oft, vor allem nicht, während unsere Gäste aus Florida hier waren.

»Euch geht's gar nicht schlecht hier, oder?«, meinte Shari, als sie sich am Nachtisch-Buffet eine Portion selbst gebackenen Lebkuchen auf den Teller lud.

»Wie kommst du darauf?«, fragte ich grinsend und schnappte mir das vorletzte Glas mit Sahne-Karamellcreme.

»Oh ja, es ist sehr waldig hier an der Schule«, sagte Mia, die drei Apfeltaschen mit Schoko-Zimt-Füllung an den teilverwandelten Krallen hängen hatte. Mit der anderen Hand schnappte sie sich ebenfalls Lebkuchen. »Es gibt nur ein Problem.« Rasch schaute sie sich um. »Einer der Lehrer ist nicht nett zu mir, weil ich Carags Schwester bin, und er schikaniert auch viele andere. Auch die Klassensprecher konnten nichts dagegen tun.«

»Hm, das ist nicht meerig«, sagte Shari, versank ins Nachdenken und merkte nicht, dass sie sich gerade Zitronenbutter vom Fischbuffet auf ihren Lebkuchen goss. »Vielleicht fällt mir was ein, was ihr dagegen tun könnt. Ich denk mal nach.« Sie biss in ihren durchtränkten Lebkuchen. »Mhm, lecker, der schmeckt irgendwie nach Florida …«

»Muss ich auch mal probieren«, sagte Mia, nur dass sie *ihren* Lebkuchen mit Bratensoße durchtränkte und ihn dann genüsslich verputzte. »Meiner schmeckt nach Rocky Mountains.«

Brandon schüttelte den Kopf. »Was stimmt nicht mit euch? Auch Lebkuchen haben Gefühle!«

»Mhmm, echt? Pech für sie.« Mia gab dem Lebkuchen den Rest. »Und weißt du, was, Carag? Ich hab mir überlegt, im nächsten Jahr schnappe ich mir unsere Puma-Eltern und wir besuchen alle zusammen deine Menschenfamilie!«

»Sehr katzig«, sagte ich. Das konnte spannend werden, denn die Ralstons hatten nicht gerade viel Erfahrung mit Woodwalkern … und meine richtigen Eltern nicht mit Menschen.

In der mit gelben, roten und grünen Lichtern geschmückten Aula im hinteren Teil der Schule erhob sich eine mit Glitzerbändern und Kugeln geschmückte Drehkiefer, die Theo komplett mit Wurzeln ausgegraben hatte und später wieder in den Wald pflanzen würde. Wir Schüler setzten uns mitsamt Gästen auf den Boden aus trockenem Sand und sogen den Duft nach Kiefernadeln und Glühwein ein. Natürlich saßen die meisten Leute mit ihren Freunden zusammen, aber meist auch mit ihren Erstjahresschützlingen.

Besonders gut gelaunt, wirkten Felix und sein Mitbewohner,

der Lemming Oscar. Die beiden saßen zusammen mit Oscars Mentor Henry nicht weit von uns entfernt. Felix beugte sich zu uns rüber. »Kein Mundgeruch mehr!«, sagte er und zeigte mit dem Kinn auf Oscar. »Henry war mit ihm beim Zahnarzt, der hat ihm einige kaputte Zähne gefixt und ihm außerdem eine Zungenbürste verschrieben.«

Oscar lächelte verlegen in unsere Richtung. Erfreut zeigte sein Mentor Brandon ihm den Daumen nach oben.

»Was schenkst du denn jetzt Jeffrey, nachdem du vorhin so sauer auf ihn warst?«, flüsterte mir Tikaani zu, aber ich sagte nur: »Wart ab! Ich hab vorhin was organisiert.«

Theo schleppte in zweiter Gestalt Säcke mit unseren Geschenken auf dem Rücken. Auf dem Elchkopf trug er eine rot-weiße Bommelmütze und im Geweih eine Lichterkette. Wir hatten ihn letztes Jahr schon so gesehen, doch die Erstis kringelten sich vor Lachen über seine lange, mit Glitzerpuder bestäubte Elchnase, die unter der Weihnachtsdeko hervorschaute. Ich schaffte immerhin ein mattes Lächeln, weil James Bridger ständig in meinen Gedanken war und ich es kaum erwarten konnte, dass wir loszogen, um ihn zu befreien.

»Fröhliche Weihnachten allerseits«, sagte Lissa Clearwater. »Trotz allem, was passiert ist.« Dann holten sie und ihr Sohn Jack abwechselnd unsere Päckchen aus den Säcken. Wir horchten alle auf, als er verkündete: »Holly, hier ist dein Geschenk von Juniper Ash!«

Holly war auf den Füßen, bevor der letzte Ton verklungen war, und sprintete nach vorne. Doch dann wurde sie immer langsamer, je näher sie dem Geschenk kam. Ich sah, dass sie nicht ihr Päckchen anblickte, sondern die Neue. In zweiter Gestalt ein Luchs wie der, der ihre Mutter getötet hatte. Tochter des Verräters Norris Clayton. Und doch sah sie gerade aus wie ein ganz normales, schlankes Mädchen mit rötlich blonden, halblangen Haaren. Ich merkte, dass Juniper Ash versuchte, gleichgültig dreinzuschauen, doch ganz gelang es ihr nicht.

Inzwischen hatte jeder mitbekommen, was zwischen den beiden Mädchen ablief. Erwartungsvolles Schweigen senkte sich über die Menge in der Aula.

Ganz langsam wickelte Holly das Geschenkpapier ab und Brandon und ich tauschten einen unruhigen Blick. Wir waren beide bereit, aufzuspringen und einzugreifen.

Unter dem roten, mit Schneeflocken dekorierten Papier kam ein Holzkästchen zum Vorschein. Verblüfft drehte Holly es in den Händen. »Was ist das?«

»Du könntest es aufmachen und es rausfinden – nur so ein Vorschlag«, sagte Juniper Ash und zuckte die Schultern.

Holly klappte das Kästchen auf, sagte »Oh!« und brachte ein einfaches Nähset daraus zum Vorschein. Es bestand aus ein paar Nadeln und Garn in drei Farben: Smaragdgrün, Orange und Lila.

»Neulich habe ich zufällig gesehen, dass die tolle bunte Decke auf deinem Bett inzwischen ein paar Löcher hat – damit kannst du sie zunähen«, sagte Juniper Ash und Holly starrte sie an. Ich sah, dass meine beste Freundin darum kämpfte, nicht loszuheulen. Juniper konnte nicht wissen, was diese Decke ihr bedeutete, aber vielleicht hatte sie es gespürt. Es war das einzige Geschenk ihres Vaters, das Holly geblieben war, und im Waisenhaus hatte sie sogar eine Erzieherin gebissen, um diese Decke zu verteidigen.

»D-danke«, sagte Holly – und unglaublich, war da ein Lächeln auf ihrem Gesicht? Ja, ganz eindeutig, sie lächelte das Luchsmädchen an! »Das ist wirklich ein tolles Geschenk, Juniper. Ich denk mir auch was für dich aus, ja?«

»Vielleicht noch ein paar Plätzchen«, schlug Juniper vor. »Ich kenn ein richtig gutes Rezept mit Marzipan.«

»Ich liebe Marzipan!«, verkündete Holly. »Vielleicht … äh … können wir die ja zusammen backen.«

»Wieso nicht? Aber sie müssen richtig knusprig werden, ich mag sie wirklich so.«

»Krieg ich hin«, versicherte ihr unser Rothörnchen.

»Wieso nehmt ihr nicht gleich Grillkohle?«, witzelte Frankie.

Doch Brandon und ich lachten nicht, wir tauschten nur einen beeindruckten Blick. Diese beiden Mädchen waren eindeutig Weihnachtswunder Teil zwei.

Tikaani hatte für Eric, den Fuchs aus dem dritten Schuljahr, ein witziges Handbuch besorgt, wie man Babys dressiert, weil sie wusste, wie viel Stress er mit seinem kleinen Bruder hatte. Tiago hatte für mich einen Schreibblock mit selbst bemaltem Titelbild angefertigt; es zeigte ein Gruppenbild der Blue-Reef-Leute, die während meiner Besuche dort meine Freunde geworden waren.

»Sehr cool – da kommen viele Berichte rein über das, was ich hier erlebe«, sagte ich erfreut und Tikaani überreichte Tiago unsere Hirschgeweih-Schnitzerei eines pirschenden Pumas – wir hatten schließlich entschieden, sie zusammen anzufertigen. Brandon schenkte ich den Besuch im Fernsehstudio, den ich ursprünglich für Jeffrey geplant hatte, und eine kleine Bisonfigur als Glücksbringer. Aus dem Rest des Geweihs hatte Brandon in der Schulwerkstatt mehrere Würfel gemacht, weil er mitbekommen hatte, dass Matti, der Dachs, Brettspiele liebte.

Für Shari hatten wir, da wir von ihrer Muschelsammlung gehört hatten, ein ziemlich ungewöhnliches Stück ausgewählt – eine versteinerte Muschel, die ich mal gefunden hatte.

Holly schenkte Noah stolz eine bunte Mütze, die sie selbst gestrickt hatte. Mit viel Fantasie konnte man im Muster ein Bild des springenden Schwarzdelfins und des Hörnchens erkennen. Es war gleichzeitig sein Geburtstagsgeschenk, weil er kurz vor Weihnachten fünfzehn Jahre alt wurde. Von ihm bekam Holly einen bunten Badeanzug. »Ich weiß, hier brauchst du ihn nicht oft, aber vielleicht besuchst du mich ja bald mal wieder …«

Ich hatte mir viele Gedanken darüber gemacht, was ich meiner Freundin Tikaani schenken konnte. Gespannt sah ich zu, wie sie einen Erste-Hilfe-Ratgeber auspackte – ich wusste schon lange, dass sie sich für Medizin interessierte und vielleicht sogar Ärztin werden wollte.

»Du willst nur, dass ich dich nach den nächsten Duellen wieder zusammenflicke«, meinte Tikaani und gab mir einen Kuss und eine zärtliche Kopfnuss.

»Genau, deshalb hier mein ergänzendes Geschenk dazu«, meinte Brandon und überreichte ihr sein Paket mit Sicherheitsnadeln und einen Tacker.

Tikaani hatte für mich ein Lederband geflochten, das zu meinem silbernen Wolfspfoten-Anhänger passte, und schenkte Mia ebenfalls einen dieser Anhänger, die in ihrem Stamm jeder trug; sie bedeuteten, dass man entweder selbst ein Woodwalker war oder ihr Freund (wenn man zum Beispiel aus einer Woodwalker-Familie stammte, aber sich nicht selbst verwandeln konnte).

Jack Clearwater überreichte Alisha White einen Silberring mit einem Mondstein, der ihr ein »Wow!« entlockte.

Dann war es so weit, Lissa Clearwater wühlte tief im Stoffsack, zog etwas hervor und rief: »Geschenk für Jeffrey von Carag!«

Ich musste ein Grinsen unterdrücken, als Jeffrey aufstand – er hatte neben Wing gesessen, wieso eigentlich? Die beiden hatten sich doch erst vor Kurzem gestritten, dass die Fetzen flogen? Jeffrey schlenderte nach vorne und nahm verdutzt mein baumförmiges, etwa handlanges Päckchen in Empfang. Beobachtet von Wing, Tikaani, Mondauge, Cliff und sämtlichen anderen Schülern fetzte unser Chef-Wolf das Papier herunter … und brachte einen ganz frischen dunkelgrünen Brokkoli zum Vorschein. Ein rotes Schleifchen verzierte seinen Stamm.

»Guten Appetit«, rief ich hinüber. »Das gibt dir Kraft für den nächsten Kampf, obwohl du den ja sowieso gewinnst.«

Mein Fast-schon-Freund und Manchmal-immer-noch-Lieblingsfeind blickte auf den Brokkoli, den er garantiert nie essen würde, und dann auf mich. Jeffrey wirkte nicht beleidigt, sondern grinste mich an. »Super, danke. Ein wunderbares Geschenk, Carag. Ich hab übrigens auch was für dich. Ist auch etwas, was du wirklich brauchen kannst. So was ist meiner Mutter bei Geschenken immer sehr wichtig.« Er brachte ein längliches Ding zum Vorschein, das von rotem Papier mit vielen kleinen Wölfen darauf verhüllt wurde. Gespannt packte ich es aus – und hielt eine Flasche mit »Katz-weg-Spray« in den Händen.

»Angeblich sehr nützlich gegen Löwen, mit denen hast du ja viel Ärger gehabt in letzter Zeit«, meinte Jeffrey und diesmal war ich es, der grinsen musste.

»Zu gütig. Du hast dir wirklich Gedanken gemacht.«

»Und du erst mal. Danke! Dieses Dankeschön kommt wirklich aus tiefstem Herzen.«

»Schon gut, ihr könnt damit aufhören«, sagte Brandon und schielte zu Tabitha hinüber. »Was ist, kommt ihr mit, wenn ich jetzt feierlich meine Statue enthülle?«

Na klar, verkündete Terry und ließ den Kauknochen, den ich ihm geschenkt hatte, vorübergehend im Stich. Wir marschierten los Richtung Werkstatt.

Kunst und Leckerlis

Ziemlich viele Leute aus meiner Klasse und einige Erstis folgten Brandon und mir in den Keller, um sich die fertige Statue anzusehen. In der nach Steinstaub, Metall und Öl riechenden Werkstatt herrschte bald ein ziemliches Gedränge. Meine Schwester war gekommen (sie umklammerte mit ihren Menschenhänden die Würstchen, die ich ihr geschenkt hatte) und natürlich auch Terry, Felix und Tabitha. Unser Fledermausmädchen stand neben Terry und wirkte ebenso gespannt wie wir anderen. Natürlich beobachtete Brandon sie – auf eine Art, die wohl unauffällig wirken sollte.

»Gut, dass mein Rudel nicht mitwollte«, flüsterte Tikaani mir ins Ohr. »Jeffreys Kommentare sind manchmal, äh, ein bisschen *beißend.*«

»Oh ja«, sagte ich.

Die Skulptur, die Brandon ungefähr bis zur Brust ging, war durch ein altes Bettlaken verdeckt. »So, dann wollen wir mal«, sagte mein bester Freund, lächelte etwas verkrampft und zog das Tuch davon herab.

»Oh wow«, sagte Mia ehrfürchtig. »Das soll bestimmt diesen einen Berg darstellen, wie heißt der noch mal?«

Also ich finde, es sieht ein bisschen aus wie eine Bakterie, sagte Juanita von der Zimmerdecke aus. *Die Sorte, die im Blumenvasenwasser lebt.*

»Quatsch, seht ihr nicht das Gesicht, das oben herausragt? Das ist jemand, der gerade schwimmen lernt«, versicherte uns Tiago. »Stimmt's, Brandon?«

Felix furchte die Stirn. »Nein, warte, verrat's noch nicht, Brandon, ich hab's – das ist ein Junge, der sich gerade verwandelt! Vielleicht sogar ein Igel?«

Inzwischen wirkte Brandon ein bisschen verzweifelt. »Moment, ich arbeite das hier oben noch etwas heraus, dann erkennt man besser, was es sein soll.« Er schnappte sich einen dieser Metallmeißel, setzte ihn oben in der Mitte an und ließ den Hammer darauf niedersausen.

Wir hörten ein Knirschen. Dann begann sich ein Riss durch den Stein zu ziehen und von oben weiter nach unten zu wandern. Ganz langsam kippten die beiden Hälften der Statue auseinander, sie war bis zur Mitte gespalten. Terry winselte. Regungslos starrte Brandon sein Werk an, er schien unter Schock zu stehen.

»Eulendreck«, murmelte ich und wollte schon losrennen, um diesen sekundenschnellen Superkleber zu holen, den Theo mir mal gezeigt hatte.

Doch nun meldete sich Tabitha zu Wort, die sich für Weihnachten schick gemacht hatte – sie trug ein schwarzes Samt-Top, eine Menge Halbedelstein-Ketten und einen dunkelvioletten Rock. »Gut gemacht. Ohne diese Spaltung wäre es banal gewesen, aber so – Respekt! Es soll ausdrücken, wie zwiegespalten deine Seele ist zwischen Licht und Schatten, richtig?« Mit anerkennendem Blick ging sie um die Skulptur herum. »Ich spüre richtig deine innere Aggression, das Schwarze in deinem Herzen! Es sammelt sich in dieser Figur.«

Brandon schluckte einmal. Dann sagte er: »Genau«, und begann zu lächeln.

»Ich finde es auch toll«, sagte ich fest.

»Unheimlich wolfig«, verkündete Miro.

»Meganussig«, ergänzte Holly und der Abend war endgültig gerettet.

Wir gingen zurück in die Aula, um noch ein bisschen zu quatschen. Doch dabei hörten wir leider, was unserer Verwandlungslehrer Mr Ellwood mit uns vorhatte. Bis eben hatte er noch mit Bill Brighteye darüber diskutiert, wie wir am besten Mr Bridger befreiten, doch nun waren wir Schüler sein Thema. Er bemühte sich nicht mal, leise zu sprechen. »Bis zum Ferienbeginn werde ich diese faule, undankbare Bande noch mal richtig drillen. Die meisten denken, sie hätten es schon drauf, dabei habe ich noch nicht mal angefangen mit der Verwandlung in stressigen Situationen!«

Bill Brighteye nickte mit hochgezogenen Augenbrauen.

Oje, dachte ich mitleidig. Das waren die Lektionen, bei denen ich im ersten Jahr am meisten gelitten und zusätzlich Nachhilfe gebraucht hatte. Nun blühte Mia, Terry und den anderen das Gleiche ... nur wahrscheinlich noch gnadenloser! »Irgendjemand muss diesem Kerl mal so richtig die Meinung sagen – notfalls müssen wir ihn zwingen, die Erstis sanfter anzupacken«, flüsterte ich Mia und meinen Freunden zu.

Meine Schwester zerzauste sich nervös den hellbraunen Strubbelkopf. »Warum sagst du mir erst jetzt, dass man Lehrer zu etwas zwingen kann?«

»Na ja, meistens kann man das eher nicht«, meinte Tiago und verzog das Gesicht.

Mit schief gelegtem Kopf, eher neugierig als empört, blickte Shari zu unserem Verwandlungslehrer hinüber. Der wirkte mit seinen ordentlich frisierten braunen Haaren, seiner Art, Leute von oben herab entlang seiner langen Nase anzuschauen, und seiner gepflegten Kleidung so völlig anders als unser durchtrainierter, ganz in Schwarz gekleideter junger Kampflehrer, der Haare für überflüssig hielt.

»Was denkst du?«, fragte Noah Shari. »Du hast doch irgendwas vor, wenn du so dreinschaust!«

Ein Lächeln blühte auf Sharis Gesicht auf. »Ich habe eine Idee, wie ihr euren Mr Ellwood bändigen könntet. Vielleicht noch heute Abend.«

»Leg los!« Wir lauschten aufmerksam, als sie uns ihren Plan erklärte.

»Witzige Sache, das probieren wir aus! Ich will sein Gesicht sehen, wenn wir das machen!«, sagte Holly mit blitzenden Augen, ihre rotbraunen Haare sträubten sich unternehmungslustig. Auch Tikaani wirkte, als hätte ihr jemand gerade eine richtig große, fette Beute versprochen. »Ich hole gleich die Sachen, die wir von draußen brauchen.«

»Währenddessen gehe ich Sherri Rivergirl bequatschen«, sagte ich und sprang auf.

»Um die Deko kümmern wir uns«, verkündeten Holly und Brandon einstimmig.

Aufgeregt rasten wir in der Schule herum, um alles zusammenzusuchen, was wir für den Plan brauchten. Währenddessen brachte Shari Mia und den anderen Erstis versteckt in einem der Computerräume bei, was sie sagen sollten.

Nach einer kurzen Generalprobe war es so weit. Während wir Zweitjahresschüler aus dem Hintergrund alles beobachteten, bewegte sich eine Gruppe von Erstis feierlich auf Mr Ellwood zu. Verständnislos blickte er ihr entgegen. Wahrscheinlich sah er auf den ersten Blick nur einen gewaltigen Strauß aus mit Glitzerbändern geschmückten Fichtenzweigen, der mit saftigen Weizengras-Bündeln, Heukeksen und Huftier-

Leckerlis behängt war. Meine Schwester, die das Ding trug, verschwand fast dahinter.

»Was …«, begann unser Verwandlungslehrer, doch Mia ließ ihn nicht zu Wort kommen.

»Wir wollten uns bedanken«, sagte sie mit ihrem schönsten Lächeln. »Sie geben sich so viel Mühe mit uns Erstis, obwohl wir nicht immer alles gleich kapieren. Es muss ganz schön anstrengend sein, sich mit einer Horde wie uns herumzuplagen! Deshalb hat unsere Klasse ein kleines Dankeschön für Sie gebastelt.«

Zum ersten Mal sah ich, dass Mr Ellwood die Worte fehlten. Ein zarter Hauch von Rot überzog seine Wangen. »Oh. Das ist aber lieb von euch«, sagte er und probierte gleich ein paar Weizengras-Halme. »Sehr lecker! Was für eine tolle Idee. Es ist so schwer, in dieser Jahreszeit etwas Frisches zu bekommen.«

Lassen Sie es sich schmecken, Sie haben es verdient, sagte Terry und wedelte ihn an.

Wir freuen uns schon auf die nächsten Lektionen bei Ihnen, meinte Oscar, der Lemming ohne Mundgeruch.

Genau, die sind super, man lernt richtig was, verkündeten Jonne und Lotta.

Einen Moment lang war ich sicher, dass die vier damit zu dick aufgetragen hatten, sodass dieser Wapitibulle misstrauisch werden würde.

Doch Isidore Ellwood lächelte nur milde auf meinen rebellischen Schützling hinab, ließ den Blick dann über die anderen Mitglieder der Erstjahresklasse schweifen. »Als Nächstes kommt Verwandlung in stressigen Situationen. Aber ich bin sicher, es wird euch Spaß machen. Ich denke mir ein paar Spiele aus, durch die ihr das üben könnt, ja?«

»Klingt toll«, sagte Felix und die anderen Erstis murmelten

ebenfalls etwas in der Richtung. Dann machten sie, dass sie davonkamen – so ganz geheuer war dieser Lehrer ihnen noch immer nicht.

Auch wir Mentoren zogen uns zufrieden zurück. Ich ärgerte mich nur ein bisschen darüber, dass wir nicht schlau genug gewesen waren, so etwas in *unserem* ersten Jahr durchzuziehen.

»Es hat geklappt«, freute sich Mia, als wir uns alle in der Eingangshalle trafen. Sie sah aus, als hätte sie große Lust, ihre Krallen am Ahorn in der Mitte zu schärfen. »Das war eine sehr katzige Idee, Shari!«

Doch Shari hörte nicht mehr zu. »Könnten wir vielleicht noch mal im Schnee spielen? Das fand ich irgendwie schön, wenn auch ein bisschen kühl.«

»Oh ja!«, brüllte Lotta sofort. »Wir sind dabei!«

Und dann stürmten wir alle raus, um uns in diesem weißen Zeug zu wälzen, uns damit zu bewerfen und zu feiern, dass wir junge, wilde Woodwalker waren.

Danksagung

Auch bei der zweiten *Woodwalkers*-Staffel haben mir meine üblichen Verbündeten zur Seite gestanden: Robin, Sonja, Christian, Sabine Hirsekorn, Christian Seiss, Indra Klute und Jana Preinreich haben sich als Testleser:innen bewährt, Lena Schebesta hat mir geholfen, Ava noch lebensechter auszuarbeiten. Elena Kruse und Enya hatten interessante Anregungen. Eileen Gees und Leni Kalshoven haben netterweise ihre Testlese-Eindrücke beigetragen und mir erzählt, was ich noch ändern sollte, damit auch *Woodwalkers*-Neulinge die Geschichte verstehen.

Stefanie Letschert und Lisa-Marie Reuter haben sich wunderbar darum gekümmert, dass aus dem Manuskript ein Buch geworden ist, und mein Lektor Frank hatte wieder viele wichtige Anregungen. Gerd F. Rumler und Martina Kuscheck von der Agentur Rumler haben mich perfekt betreut. Bei dieser zweiten Staffel habe ich zugunsten der Arbeitsgemeinschaft Artenschutz e. V. versteigert, dass Fans Nebenfiguren für meine *Walkers*-Romane erfinden durften. Tolle »Gastfiguren« haben beigesteuert: Hedi Schmidt, Janne und Lotta Trauernicht, Mao Lal, Ben Debertshäuser und Julia Haderecker sowie die Siegerin des letzten FanArt-Wettbewerbs, Zoe Lange (deren Figur allerdings erst im nächsten Band vorkommt). Außerdem bedanke ich mich ganz herzlich bei Corinna Schwetz, die schon lange den Artenschutz unterstützt.

Ein besonderes Dankeschön geht diesmal an Sonja Englert, die als Berufspilotin einen genauen Blick auf die Flugszenen geworfen hat (da hat mein Wissen als ehemalige Segelfliegerin nicht ausgereicht). Sehr hilfreich war auch Thomas Meyer, Einsatzpilot bei der Polizeihubschrauberstaffel Rheinland-Pfalz … vielen Dank für das hilfreiche Interview!

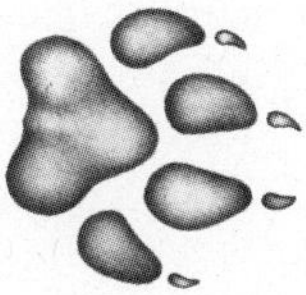

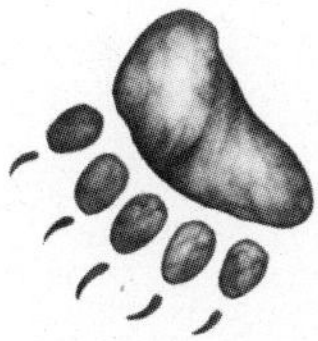

Klassenlisten der Clearwater High

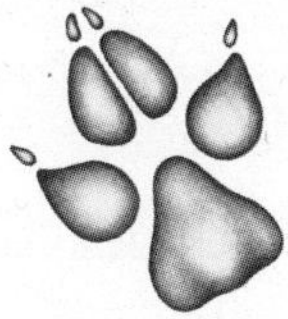

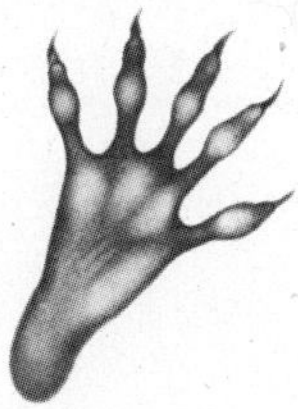

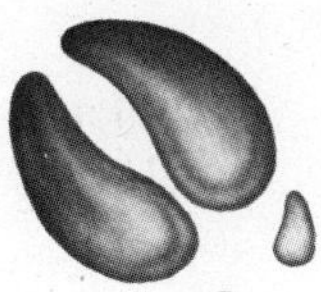

Zweitjahresschüler der Clearwater High
und ihre Schützlinge

Die Altersangaben beziehen sich auf den Beginn des zweiten Schuljahres, also Anfang September

Carag, 14, *Puma*. Er ist mutig und freundlich, liebt sowohl seine Puma- als auch seine Menschenfamilie (bei der er Jay heißt) und würde niemals seine Freunde im Stich lassen. Seine Hassfächer sind aktuell Mathe und Tiersprachen. (Schützling: **Terry**)

Holly, 13, *Rothörnchen*, ist frech und hat immer einen guten Spruch parat. Sie war lange im Waisenhaus und ist nicht besonders gut in der Schule. Seit Carags Ankunft an der Clearwater High ist sie dessen beste Freundin. (Schützling: **Tabitha**)

Brandon, 14, *Bison*. Er ist ein eher ruhiger Typ und musste erst lernen, seine große, kräftige Huftiergestalt zu akzeptieren (was seine Eltern nie geschafft haben). (Schützling: **Felix**)

Jeffrey, 14, *Wolf*, ist der clevere, etwas skrupellose Anführer des Schulrudels. Nett zu sein, empfindet er als Zeitverschwendung. (Schützling: **Mia**)

Tikaani, 15, *Polarwolf*, ist kämpferisch und manchmal etwas schroff; sie ist die Beta in Jeffreys Rudel. Tikaani stammt aus einem Inuit-Dorf hoch im Norden, in dem sich fast alle verwandeln können. (Schützling: **Jonne**)

Cliff, 15, *Wolf*, ist etwas verpennt, aber sehr groß und stark, deshalb ist auch er ein Beta-Wolf im Rudel. Seine reichen Eltern interessieren sich mehr für ihre Firma als für ihn. (Schützling: **Miro**)

Dorian, 15, *Russisch-Blau-Kater*, hat als Haustier gelebt, war im Waisenhaus und fühlt sich sehr wohl in der Clearwater High, wo er jede unnötige Anstrengung vermeidet. (Schützling: **Juniper Ash**)

Nell, 14, *Maus*, ist die einzige schwarze Schülerin in der Klasse und lässt sich von niemandem etwas bieten. Ihre Tante ist Polizistin in New York. (Schützling: **Joe**)

Cookie, 12, *Opossum*, kommt aus einer großen Opossum-Familie, die in Tiergestalt lebt, und ist noch immer zart und ängstlich. Aber sie hat die schönsten Sommersprossen der ganzen Klasse. (Schützling: **Bobbie**)

Juanita, ca. 16, *Spinne,* nimmt meist an der Decke sitzend am Unterricht teil, weil sie sich nicht gerne verwandelt, ist aber allgemein beliebt. Beim Costa-Rica-Austausch haben sie und Vogelspinnen-Wandler Ignacio sich verliebt. (Schützling: **Aidan**)

Berta, 14, *Grizzly,* ist als Mensch in Alaska aufgewachsen und hat ihre Verwandlungen noch immer nicht ganz im Griff. Ihr Vater hat auf Andrew Millings Seite gekämpft. (Schützling: **Ava**)

Lou, 15, *Wapiti,* ist die Tochter des Verwandlungslehrers Mr Ellwood und Klassensprecherin der Zweitjahresklasse. Da sie fünf Geschwister hat, sehnt sie sich manchmal danach, allein zu sein. (Schützling: **Kimberley**)

Leroy, 14, *Skunk,* ist hilfsbereit und neugierig, hat es aber als Stinktier nicht immer leicht, akzeptiert zu werden. (kein Schützling)

Shadow, 16, *Rabe,* ist so wie seine Zwillingsschwester Wing als Tier aufgewachsen. Er denkt oft ans Essen, aber in letzter Zeit auch sehr oft an Frankie, mit dem er seit Juni zusammen ist. (Schützling: **Lotta**)

Wing, 16, *Rabe,* hat wie ihr Bruder Cherokee-Vorfahren. Sie und ihr Bruder sind mit Carag befreundet, aber auch mit dem Wolfsrudel, was ihnen das Leben nicht immer einfach macht. (Schützling: **Mondauge)**

Nimble, 14, *Kaninchen,* ist froh, dass er durch Carags Hilfe nicht mehr von den Wölfen tyrannisiert wird. Er ist musikalisch und zu den Menschen ist er gegangen, um von ihnen mehr über Musik zu lernen. (Schützling: **Matti**)

Frankie, 15, *Otter,* genießt es, sich in den Bächen und Flüssen der Rocky Mountains zu tummeln, und kennt sich exzellent mit Computern aus. Er ist mit Shadow zusammen. (Schützling: **Paolo**)

Henry, 13, *Frosch,* war erst erschrocken, als er durch Carag und seine Freunde erfahren hat, was für eine zweite Gestalt er hat. Aber Lou hat ihn trotzdem geküsst. (Schützling: **Oscar**)

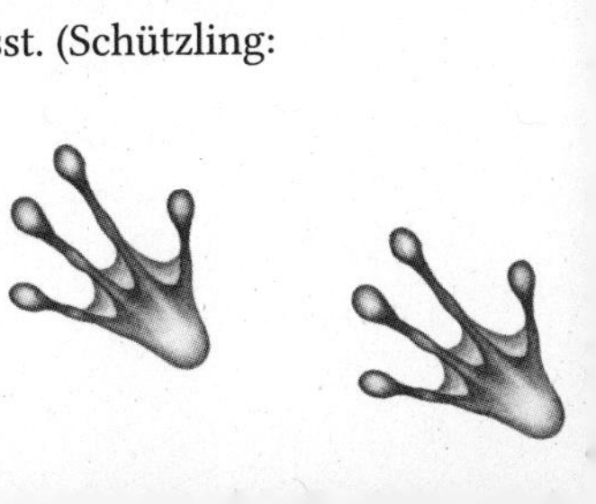

Erstjahresschüler der Clearwater High
und ihre Paten

Mia, 16, *Puma*, ist Carags Schwester, sie ist als Raubkatze in den Rocky Mountains aufgewachsen, doch Carag hat sie neugierig gemacht auf die Menschenwelt und seine Schule. (Pate: **Jeffrey**)

Joe, 18, *Kojote*, der rebellische, intelligente Sohn von Lehrer James Bridger, ist von daheim ausgerissen und jahrelang herumgedriftet, bis er den Weg zur Clearwater High gefunden hat. (Patin: **Nell**)

Miro, 6, *Wolfswelpe*, ist von seinem Wolfsrudel ausgestoßen worden und hat eine neue Heimat an der Schule gefunden, wo ihn Cliff und Bill Brighteye liebevoll betreuen. (Pate: **Cliff**)

Matti, 13, *Dachs*, hätte eigentlich schon ein Jahr früher an die Schule kommen sollen, doch dann fanden seine Eltern ihn noch zu jung. Er liebt Puzzles und Brettspiele und verzieht sich gerne, um allein zu sein. (Pate: **Nimble**)

Aidan, 19, *Assel*, war in psychologischer Behandlung bei Carags Menschenvater, weil er sich »einbildete«, eine Assel zu sein. Er bastelt gerne mit Theo und gründet den Keller-Club mit. (Patin: **Juanita**)

Bobbie, 14, *Maulwurf*, schüchternes Mädchen mit dicker Brille, das großen Spaß an Erdarbeiten im Kellergeschoss der Schule hat. (Patin: **Cookie**)

Lotta, 12, *Polarfuchs*. Lebhaftes, sympathisches Mädchen, das wie ihr Bruder Jonne aus Finnland an die Schule gekommen ist. Sie hat verschiedenfarbige Augen. (Pate: **Shadow**)

Jonne, 14, *Polarfuchs*, Eishockeybegeisterter, kluger Bruder von Lotta (manche nennen ihn auch das wandelnde Lexikon). (Patin: **Tikaani**)

Felix, 14, *Igel*, hat sich unter großen Schwierigkeiten von Deutschland aus in die Rocky Mountains durchgeschlagen. Netter Kerl, der aber noch etwas schwach in Verwandlung ist. (Pate: **Brandon**)

Juniper Ash, 13, *Luchs*, manchmal etwas trotziges, zurückhaltendes Mädchen, das aber eine treue Freundin sein kann. Sie ist schon oft angefeindet worden, weil ihr Vater der berüchtigte Verräter Norris Clayton ist. (Pate: **Dorian**)

Ava, 11, *Steinkauz,* ist mit vielen Eulengeschwistern – darunter ihre Schwester Trudy – auf einer alten Farm aufgewachsen. Trudy, eine ehemalige Schülerin der Clearwater High, ist am Tag der Rache von Millings Leuten getötet worden. (Patin: **Berta**)

Mondauge, ca. 13, eine rötlich graue, etwas misstrauische *Wölfin* aus dem Yellowstone-Rudel. Carag und seine Freunde haben sie in den Sommerferien kennengelernt und gegen Tollwut geimpft. (Patin: **Wing**)

Terry, 12, rebellischer *Hund,* der immer das Gegenteil von dem tut, was man ihm befiehlt. Carag und seine Schwester haben ihn in den Sommerferien aus einem Tierheim befreit. (Pate: **Carag**)

Tabitha, 15, künstlerisch begabte, pessimistische *Fledermaus,* in die Brandon sich verliebt. Sie ist als Mensch aufgewachsen, war aber zusammen mit Terry im Tierheim gefangen und hat sich dort mit ihm angefreundet. (Patin: **Holly**)

Oscar, 12, *Lemming*-Junge aus Norwegen, angriffslustiger Einzelgänger, der sich mit Raubtieren jeder Größe anlegt. Er muss sich gegen den Mythos wehren, dass sich Lemminge immer mal wieder über Klippen stürzen. (Pate: **Henry**)

Paolo, 13, *Ameisenlöwen*-Junge Paolo ist sehr von sich überzeugt, sieht sich als gefährliches Raubtier und ist auch ziemlich stark und im Basketball besser als Carag. (Pate: **Frankie**)

Salomé, 14, *mit geheimer zweiter Gestalt.* Um ihre aufsehenerregende zweite Gestalt so lange wie möglich geheim zu halten, bekommt sie Privatunterricht. Aufsehen zu erregen, ist ihr peinlich, sie ist eher zurückhaltend und liest gerne, besonders Bücher über Medizin. (**Bill Brighteye** persönlich coacht sie.)

Kimberly, 13, *Kanadagans,* mag sich selbst nicht besonders, weil sie sich für zu durchschnittlich und langweilig hält. Durch ihre freundlich-arglose Art wird sie Spionin für Andrew Milling und kommt danach nicht mehr aus der Situation raus. (Patin: **Lou**)

Blue-Reef-High-Schüler

in diesem Band

Tiago, 14, *Tigerhai,* war sehr erschrocken, als er erfahren hat, dass er in zweiter Gestalt ein so gefährliches Meerestier ist. Zu Anfang hatten alle in der Klasse Angst vor ihm, doch inzwischen hat er Freunde gefunden – nicht zuletzt Shari.

Shari, 14, *Delfin,* ist fröhlich, optimistisch und manchmal etwas zu draufgängerisch. Sie ist als Großer Tümmler aufgewachsen und lebt erst seit wenigen Monaten an Land, deshalb kennt sie sich in der Menschenwelt noch nicht sonderlich gut aus.

Noah, 13, *Schwarzdelfin,* stammt aus Neuseeland und ist stolz auf sein Maori-Erbe. Er beeindruckt Holly nicht nur durch seine akrobatischen Sprünge in zweiter Gestalt.

Ella, 14, *Tigerpython,* ist zickig und verwöhnt, aber gar nicht glücklich mit der Haltung ihrer Mutter Lydia Lennox, die Macht und Reichtum über alles stellt, auch über den Schutz ihrer Sumpfheimat in Florida.

10 Dinge, die du tun kannst, um den Wald zu schützen

Katja Brandis, Autorin von *Woodwalkers* (katja-brandis.de)

1. **Respektiere Holz als wertvollen Stoff.** Jedes Stück Holz war mal ein Baum. Behandle es mit Respekt und versuche, aus Holzgegenständen, die deine Familie nicht mehr braucht, etwas anderes herzustellen oder das Material sinnvoll zu verwenden.

2. **Verwendet in der Familie keine Gegenstände aus Tropenholz** wie z. B. Teak, Mahagoni, Abachi, Meranti, Kambala etc. Leider ist es nicht immer leicht zu erkennen, was aus Tropenholz besteht und was nicht. Wenn die Holzart auf einem Produkt nicht genannt wird (zum Beispiel bei billiger Grillkohle), ist das verdächtig. Also zum Beispiel lieber Grillkohle aus Buchenholz kaufen, Buchen wachsen bei uns und sind nicht bedroht. Holz mit dem FSC-Siegel kommt vorwiegend aus nachhaltiger Forstwirtschaft.

3. **Spare Papier und verwende Recyclingpapier.** Statt eines Blatts Küchenrolle könntest du einen Lappen verwenden, statt Geschenkpapier bunte Tücher, statt Brötchentüte einen Stoffbeutel. Papierprodukte, die umweltfreundlich sind, erkennst du am Symbol »Blauer Engel«. Übrigens werden meine Romane im Arena Verlag seit Juni 2020 auf Recyclingpapier gedruckt und mit dem Blauen Engel ausgezeichnet! Du musst beim Bücherkaufen also kein schlechtes Gewissen haben.

4. **Iss weniger Fleisch.** Einerseits werden in Südamerika weite Regenwaldflächen abgeholzt, um Platz für Rinderweiden zu schaffen. Zum anderen wird in den Industriestaaten Soja an Rinder und Schweine verfüttert und für Sojaplantagen muss viel Regenwald weichen.

5. **Meide Produkte, die Palmöl enthalten.** Es ist schon viel Regenwald abgeholzt worden, um Ölpalmen-Plantagen zu schaffen, und das geschieht leider weiterhin. Überwiegend wird das gewonnene Palmöl in Biosprit umgewandelt (also keinen E10-Sprit in den Tank!). Ebenso findet sich Palmöl in Pflegeprodukten und Lebensmitteln.

6. **Lerne den Wald kennen** und erkunde ihn, dadurch wirst du noch mehr über ihn erfahren und ihn noch mehr ins Herz schließen. Aber Achtung, geh im Winter nicht querfeldein, damit du keine Wildtiere störst – auf der Flucht vor dir verbrauchen sie wertvolle Energie. Im Frühjahr (etwa ab April) solltest du deinen Hund in Wald und Feld an der Leine führen, damit er trächtige Wildtiere und neugeborene Junge nicht belästigt.

7. **Protestiere gegen Projekte, die dem Wald schaden.** Das kannst du zum Beispiel, indem du dich bei Umweltschutzorganisationen informierst und an Protesten (zum Teil per Internet/E-Mail), Aktionen und Streiks beteiligst. Auch Briefe und bohrende Fragen an Politiker oder andere Entscheider helfen!

8. **Lass dir ein Stück Wald schenken.** Zum Beispiel könntest du dir von deinen Verwandten statt eines »normalen« Geburtstagsgeschenks eine Spende für den Regenwald oder fürs Bäumepflanzen wünschen. Besonders sinnvoll ist es, Organisationen und Projekte zu unterstützen, die Waldgebiete aufkaufen, um sie zu schützen, oder die Gebiete aufforsten. Selbst wenn du nur zehn Euro spendest oder spenden lässt, hast du schon Dutzende von Bäumen vor Holzfällern bewahrt.

9. **Pflanze selbst Bäume.** Falls du Lust hast, selbst Bäume zu pflanzen (ob in eurem Garten oder anderswo), dann viel Spaß! Sprich das aber am besten mit einem kundigen Erwachsenen ab, damit der richtige Baum an den richtigen Ort kommt.

10. **Gib diese Tipps weiter.** Zum Beispiel könntest du in der Schule einen Vortrag über das Thema halten oder ein Projekt zum Thema starten. Oder wie wäre es mit einem Artikel in eurer Schülerzeitung? Je mehr Leute den Wunsch haben, den Wald zu schützen, desto mehr lässt sich bewegen!

Arena

Katja Brandis

Die Jaguargöttin

Im Dschungelkönigreich Elámon werden Gestaltwandler wie Gottheiten verehrt. Eine von ihnen ist die junge Jaguar-Wandlerin Kitana, die mit ihrer Familie ein sorgloses Leben im Tempel führt. Bis zu dem Tag, als eine Intrige des Ersten Priesters Kitanas heile Welt zerstört und sie zwingt, in den undurchdringlichen Urwald zu fliehen. Dort sucht sie Hilfe bei einem Clan von Panther-Wandlern, der zurückgezogen im Dschungel lebt und sowohl den Jaguargöttern als auch den Menschen misstrauisch gegenübersteht. Als Kitana den wilden, unberechenbaren Pantherjungen Ecco trifft, ändert sich alles für sie ...

480 Seiten • Gebunden • ISBN 978-3-401-60585-2 • www.arena-verlag.de